4508

# OEUVRES

## COMPLETES

### DE

# VOLTAIRE.

# OEUVRES

## COMPLETES

### DE

# VOLTAIRE.

## TOME CINQUANTE-NEUVIEME.

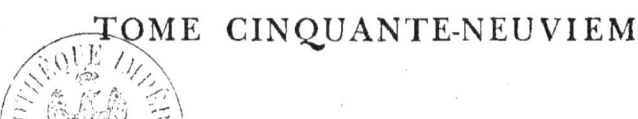

DE L'IMPRIMERIE DE LA SOCIÉTÉ LITTÉRAIRE-
TYPOGRAPHIQUE.

1 7 8 5.

# RECUEIL

## DES LETTRES

## DE M. DE VOLTAIRE.

### 1765–1766.

*Corresp. générale.*     Tome VIII.    A

# RECUEIL

## DES LETTRES

## DE M. DE VOLTAIRE.

### LETTRE PREMIERE.

#### A M. DE BORDES, *à Lyon.*

A Ferney , 4 de janvier.

Vous favez à préfent, mon cher Monfieur , que
l'abbé de *Condillac* eft reffufcité; et ce qui fait qu'il
eft reffufcité , c'eft qu'il n'était pas mort. On ne
pouvait s'empêcher de le croire mort , puifque
M. *Tronchin* l'affurait. On peut douter à toute force
des décifions d'un médecin, quand il affure qu'un
homme eft vivant; mais, quand il le dit mort, il n'y
a pas moyen de douter : ainfi nous avons regretté
l'abbé de *Condillac* de la meilleure foi du monde.
On avait défefpéré de fa vie à Parme avec beaucoup de raifon , puifque M. *Tronchin* n'avait pu le
voir dans fa maladie. Dieu merci, voilà un philofophe que la nature nous a confervé. Il eft bon
d'avoir un loquifte de plus dans le monde , lorfqu'il
y a tant d'afiniftes, de janféniftes, &c. &c.

Je fuis bien aife que vous ayez vu l'*Apocalypfe*

1765.

A 2

—— d'*Abauzit*. On ne doutera plus, après cette preuve,
1765. que le Dictionnaire philofophique ne foit de plufieurs
mains. Les articles *Chriftianifme* et *Meſſie* font faits
par deux prêtres. L'arche eſt abandonnée par les
lévites.

Vous ne me parlez plus de votre comédie ; elle
aurait fait la clôture de mon théâtre que je vais
détruire. Je fuis trop vieux pour être acteur, et les
Génevois ne méritent guère qu'on leur donne du
plaifir. *Jean-Jacques*, que vous avez fi bien réfuté,
met tout en combuſtion dans fa petite république ;
il traite le petit confeil de Genève comme il avait
traité l'opéra de Paris. Il avait voulu perfuader au
parterre que nous n'avions point de mufique, et il
veut perfuader à la ville de Genève qu'elle n'a que
des lois ridicules. Je n'ai point encore lu fon livre
que les magiſtrats trouvent très-féditieux, et que le
peuple trouve très-bon. *Diogène* fut chaffé de la
ville de Sinope, mais il ne la troubla pas.

Adieu, Monfieur ; s'il vous prend jamais envie
de venir paffer quelques jours fur les bords du lac,
vous nous comblerez de joie.

Vous favez que mes yeux ne me permettent pas
d'écrire de ma main. *V.*

# LETTRE II.

### A MADAME

## LA MARECHALE DE LUXEMBOURG.

9 de janvier.

MADAME,

L'HONNEUR que j'ai eu de vous faire ma cour plufieurs années, vos bontés, mon refpectueux attachement, me mettent en droit d'attendre de vous autant de juftice que vous accordez de protection à M. *Rouffeau* de Genève.

Il publie un livre qui jette un peu de trouble dans fa patrie; mais qui croîrait que dans ce livre il excite le confeil de Genève contre moi? Il fe plaint que ce confeil condamne fes ouvrages, et ne condamne pas les miens; comme fi ce confeil de Genève était mon juge. Il me dénonce publiquement ainfi qu'un accufé en défère un autre. Il dit que je fuis l'auteur d'un libelle intitulé, Sermon des cinquante, libelle le plus violent qu'on ait jamais fait contre la religion chrétienne, libelle imprimé, depuis plus de quinze ans, à la fuite de l'*Homme machine*, de *la Métrie*.

Eft-il poffible, Madame, qu'un homme qui fe vante de votre protection, joue ainfi le rôle de délateur et de calomniateur? Il n'eft point d'excufes, fans doute, pour une action fi coupable et fi lâche;

A 3

mais quelle peut en être la caufe ; la voici, Madame :

Il y a cinq ans que quelques génevois venaient chez moi repréfenter des pièces de théâtre ; c'eft un exercice qui apprend à la fois à bien parler et à bien prononcer, et qui donne même de la grâce au corps comme à l'efprit. La déclamation eft au rang des beaux arts. M. *d'Alembert* alors fit imprimer, dans le *Dictionnaire encyclopédique*, un article fur Genève, dans lequel il confeillait à cette ville opulente d'établir chez elle des fpectacles. Plufieurs citoyens fe récrièrent contre cette idée ; on difputa, la ville fe partagea. M. *Rouffeau*, qui venait de donner un opéra et des comédies à Paris, écrivit de Montmorenci contre les fpectacles.

Je fus bien furpris de recevoir alors une lettre de lui, conçue en ces termes : *Monfieur, je ne vous aime point, vous corrompez ma république, en donnant chez vous des fpectacles ; eft-ce-là le prix de l'afile qu'elle vous a donné ?*

Plufieurs perfonnes virent cette lettre fingulière ; elle l'était trop pour que j'y répondiffe ; je me contentai de le plaindre, et même, en dernier lieu, quand il fut obligé de quitter la France, je lui fis offrir pour afile cette même campagne qu'il me reprochait d'avoir choifie près de Genève. Le même efprit qui l'avait porté, Madame, à m'écrire une lettre fi outrageante, l'avait brouillé en ce temps-là avec le célèbre médecin M. *Tronchin*, comme avec les autres perfonnes qui avaient eu quelques liaifons avec lui.

Il crut qu'ayant offenfé M. *Tronchin* et moi, nous

devions le haïr; c'eſt en quoi il ſe trompait beaucoup. Je pris publiquement ſon parti quand il fut condamné à Genève ; je dis hautement qu'en jugeant ſon roman d'*Emile* , on ne feſait pas aſſez d'attention que les diſcours du vicaire ſavoyard, regardés comme ſi coupables , n'étaient que des doutes auxquels ce prêtre même répondait par une réſignation qui devait déſarmer ſes adverſaires; je dis que les objections de l'abbé *Houteville*, contre la religion chrétienne, font beaucoup plus fortes , et ſes réponſes beaucoup plus faibles ; enfin , je pris la défenſe de M. *Rouſſeau.* Cependant M. *Rouſſeau* vous dit , Madame, et fit même imprimer que M. *Tronchin* et moi , nous étions ſes perſécuteurs. Quels perſécuteurs qu'un malade de ſoixante et onze ans, perſécuté lui-même juſque dans ſa retraite, et un médecin conſulté par l'Europe entière, uniquement occupé de ſoulager les maux des hommes, et qui certainement n'a pas le temps de ſe mêler dans leurs miſérables querelles !

Il y a plus de dix ans que je ſuis retiré à la campagne, auprès de Genève, ſans être entré quatre fois dans cette ville ; j'ai toujours ignoré ce qui ſe paſſe dans cette république ; je n'ai jamais parlé de M. *Rouſſeau* que pour le plaindre. Je fus très-fâché que M. le marquis de *Ximenés* l'eût tourné en ridicule. J'ai été outragé par lui, ſans lui jamais répondre; et aujourd'hui il me dénonce juridiquement , il me calomnie dans le temps même que je prends publiquement ſon parti. Je ſuis bien ſûr que vous condamnez un tel procédé , et qu'il ne s'en ferait pas rendu coupable, s'il avait voulu mériter votre protection. Je finis, Madame, par vous demander pardon de vous importuner de mes plaintes; mais voyez fi elles font juftes, et daignez juger entre la conduite de M. *Rouffeau* et la mienne.

Agréez le profond refpect et l'attachement invio-lable avec lequel je ferai toute ma vie, Madame, &c.

Je ne peux avoir l'honneur de vous écrire de ma main, étant prefque entièrement aveugle.

# LETTRE III.

## A M. DAMILAVILLE.

### 12 de janvier.

QUELLE horreur! quelle abomination, mon cher frère! il y a donc en effet des diables! vraiment, je ne le croyais pas. Comment peut-on imaginer une telle abfurdité? fuis-je un prêtre? fuis-je un miniftre? En vérité cela fait pitié. Mais ce qui fait plus de pitié encore, c'eft l'affreufe conduite de *Jean-Jacques;* on ne connaît pas ce monftre.

Tenez, voilà deux feuillets de fes *Lettres de la montagne,* et voilà la lettre que j'ai été forcé d'écrire à madame la maréchale de *Luxembourg,* qu'il a eu l'adreffe de prévenir contre moi. Je vous prie de n'en point tirer de copie, mais de la faire lire à M. d'*Argental;* c'eft toute la vengeance que je tirerai de ce malheu-reux. Quel temps, grand Dieu, a-t-il pris pour rendre la philofophie odieufe! le temps même où elle allait triompher.

Je me flatte que vous montrerez à *Protagoras-Archiméde* la copie que je vous envoie. Je vous

avoue que tous ces attentats contre la philofophie, 
par un homme qui fe difait philofophe, me défef- **1765.**
pèrent.

Frère *Gabriel* doit avoir envoyé une petite lettre
de change payable à *Archimède*. Je verrai lundi les
premières épreuves; il fera fervi comme il mérite de
l'être. Si vous voulez être informé de toutes les
horreurs de *J. J.*, écrivez à *Gabriel*, il vous en dira
des nouvelles. Le nom de *Rouffeau* n'eft pas heureux
pour la bonne morale et la bonne conduite.

Au refte, mon cher frère, je ferais très-fâché que
mes lettres, prétendues *fecrètes*, fuffent débitées à
Paris. Quelle rage de publier des *lettres fecrètes!* J'ai
prié inftamment M. *Marin* de renvoyer ces rogatons
en Hollande, d'où elles font venues. Je fuis bien las
d'être homme public, et de me voir condamné aux
bêtes comme les anciens gladiateurs et les anciens
chrétiens. L'état où je fuis ne demande que le repos
et la retraite. Il faut mourir en paix; mais afin que
je meure gaiement, *écr. l'inf.*

# LETTRE IV.

## A M. LE COMTE D'ARGENTAL.

A Ferney, 12 de janvier.

M ES divins anges, j'ai oublié, dans ma requête
à M. le duc de *Praflin*, de fpécifier que ce vieux
de *Moultou*, qui veut promener fa vieille veffie à
Montpellier, à un fils qu'on appelle prêtre, miniftre

—— du faint Evangile, pafteur d'ouailles calviniftes, et qui n'eft rien de tout cela ; c'eft un philofophe des plus décidés et des plus aimables. J'ignore fi fa qualité de miniftre évangélique s'oppofe aux bontés d'un miniftre d'Etat; j'ignore s'il eft néceffaire que M. le duc de *Praflin* ait la bonté de faire mettre, dans le paffe-port, le fieur de *Moultou* et fon fils le prêtre. Je m'en rapporte uniquement à la protection et à la complaifance de M. le duc de *Praflin ;* les maux que fouffre *Moultou* le père font dignes de fa pitié. Il n'y a pas un moment à perdre, fi on veut lui fauver la vie. *Tronchin* inocule, mais il ne taille point de la pierre.

## LETTRE V.

### A M. ELIE DE BEAUMONT, *avocat.*

A Ferney, le 13 de janvier.

Vous jouez un beau rôle, Monfieur; vous êtes toujours le protecteur de l'innocence opprimée. Vous avez dû être auffi bien reçu en Angleterre qu'un juge des *Calas* le ferait mal. Une nation ennemie des préjugés et de la perfécution, était faite pour vous. Je n'ofe me flatter que vous faffiez aux Alpes et au mont Jura le même honneur que vous avez fait à la Tamife ; mais je crois que j'oublierais ma vieilleffe et mes maux, fi vous fefiez ce pélerinage.

Je cherche actuellement les moyens de vous faire parvenir quelques livres affez curieux qu'on m'a envoyés d'Hollande. Le commerce des penfées eft un peu interrompu en France ; on dit même qu'il n'eft pas permis d'envoyer des idées de Lyon à Paris. On faifit les manufactures de l'efprit humain comme des étoffes défendues. C'eft une plaifante politique de vouloir que les hommes foient des fots, et de ne faire confifter la gloire de la France que dans l'opéra comique. Les Anglais en font-ils moins heureux, moins riches, moins victorieux, pour avoir cultivé la philofophie ? Ils font auffi hardis en écrivant qu'en combattant, et bien leur en a pris. Nous danfons mieux qu'eux, je l'avoue ; c'eft un grand mérite, mais il ne fuffit pas. *Locke* et *Newton* valent bien *Dupré* et *Lulli.*

Mille refpects à votre aimable femme qui penfe. Confervez-moi vos bontés.

## LETTRE VI.

### A M. BESSIN,

*Curé de Plainville en Normandie.*

Ferney, le 13 de janvier.

Vous m'avez envoyé, Monfieur, des vers bien faits et bien agréables, et vous m'apprenez en même temps que vous êtes curé ; vous méritez d'avoir la première cure du Parnaffe ; vous ne chanterez jamais d'antienne qui vaille vos vers. Si je ne vous ai pas répondu plutôt, c'eft que je fuis vieux, malade et

—— aveugle. Je ne ferai pas enterré dans votre paroiffe, mais c'eft vous que je choifirais pour faire mon épitaphe.

J'ai l'honneur d'être, &c.

## LETTRE VII.

### A  M.  DAMILAVILLE.

15 de janvier.

Mon cher frère, J. J. eft en horreur dans fa patrie, chez tous les honnêtes gens; et ce qu'il y a de pis, c'eft que fon livre eft ennuyeux.

Je croyais vous avoir mandé que la petite brochure eft d'un nommé *Vernes* ou *Vernet*. On dit que ce n'eft qu'une feule feuille oubliée prefqu'en naiffant. Ce miniftre *Vernes* a écrit une autre brochure contre J. J., oubliée tout de même. Je n'ai vu ni l'un ni l'autre écrit, Dieu merci, et n'ai fait que parcourir les livres ennuyeux faits à cette occafion.

J'ai été bien aife de détromper madame la maréchale de *Luxembourg*, à qui J. J. avait fait accroire que je le perfécutais, parce qu'il m'avait offenfé ridiculement. Je lui avais offert, malgré fes fottifes, un fort auffi heureux que celui de mademoifelle *Corneille :* etfi, au lieu d'un quintal d'orgueil, il avait eu un grain de bon fens, il aurait accepté ce parti. Il s'eft cru outragé par l'offre de mes bienfaits. Il n'eft pas *Diogène*, mais le chien de *Diogène*, qui mord la main de celui qui lui offre du pain.

Tout ce que vous me dites dans votre lettre du 19 de janvier, est la raison même. Je me suis tenu à Ferney pendant tous ces troubles ; je ne me suis mêlé de rien. Quand les abeilles se battent dans une ruche, il ne faut pas en approcher. Tout s'arrangera, et ce malheureux *Rousseau* restera l'exécration des bons citoyens.

Il est fort difficile d'avoir des *Evangiles ;* il sera peut-être plus aisé d'avoir des *Portatifs.* Je me servirai de la voie que vous m'avez indiquée.

Ma santé est fort mauvaise ; j'ai été malade soixante et onze ans, et je ne cesserai de souffrir qu'en cessant de vivre ; mais en mourant je vous dirai : O vous que j'aime ! persévérez malgré les transfuges et les traîtres, et *écr. l'inf.*

## LETTRE VIII.

### A M. LE COMTE D'ARGENTAL.

17 de janvier.

MON cher ange, d'abord, comment se porte madame d'*Argental ?* ensuite, comment êtes-vous avec le tyran du tripot ? J'ai bien peur, par tout ce qu'il m'écrit, qu'il ne soit très-fâché contre vous ; c'est une de ses grandes injustices ; car je l'ai bien assuré que vous n'aviez ni ne pouviez avoir aucune part à la distribution des dignités comiques ; et il doit savoir que c'est en conséquence de sa permission expresse, datée du 17 de septembre 1764, que je disposais des rôles. Son grand chagrin, son grand cheval de bataille eſt que les proviſions , par moi données au tripot , ont paſſé par vos aimables mains ; en ce cas , vous auriez donc été trahi , les tripotiers vous auraient compromis. Voilà une grande tracaſ-ferie pour un mince ſujet. Cela reſſemble à la guerre des Anglais qui commença pour quatre arpens de neige ; mais je m'en remets à votre prudence.

Je vous avoue que je ſuis un peu dégoûté de tous les tripots poſſibles ; je vois évidemment que celui de Cinna et d'Andromaque eſt tombé pour long-temps. Quand une nation a eu un certain nombre de bons ouvrages , tout ce qu'on lui donne au - delà fait l'effet d'un ſecond ſervice qu'on préſente à des con-vives raſſaſiés. Je vous le répète , l'opéra comique fera tout tomber. Une muſique agréable , de jolies danſes , des ſcènes comiques et beaucoup d'ordures forment un ſpectacle ſi convenable à la nation , que le *Petit carême de Maſſillon* ne tiendrait pas contre lui. Je crois fermement qu'il faut que les comédiens ordinaires du roi aillent jouer dans les provinces , trois ou quatre ans ; s'ils reſtent à Paris , ils ſeront ruinés.

J'ai eu par contre-coup ma petite doſe de tracaſ-ferie au ſujet de ce fou de *Jean-Jacques ;* ſa conduite eſt inouie. S<sup>t</sup> *Paul* n'en uſa pas plus mal avec S<sup>t</sup> *Pierre* , en annonçant le même évangile. Je vois qu'on a très-bien fait de ſuppoſer que la Trinité ne compoſe qu'un ſeul DIEU ; car ſi elle en avait trois , ils ſe feraient coupé la gorge pour quelques querelles de bibus.

A l'ombre de vos ailes. *V.*

## LETTRE IX.

A M. LE MARECHAL DUC DE RICHELIEU.

A Ferney, 21 de janvier.

Mon héros, ſi vous prenez goût à l'empereur *Julien*, j'aurai l'honneur de vous envoyer quelque infamie de cette eſpèce, pour éprouver votre foi et pour l'affermir.

Je ſuis dans mon lit depuis un mois, fort peu inſ-truit de ce qui ſe paſſe dans ce monde-ci et dans l'autre. La faibleſſe du corps diminue toutes les paſ-ſions de l'ame. Je ne me ſens aucun zèle pour le tripot de la comédie françaiſe. Je ſens que, ſi j'étais jeune, j'aurais beaucoup de goût pour celui de l'opéra comique. On y danſe, on y chante, on y dit des ordures ; tous les *Contes de la Fontaine* y ſont mis ſur la ſcène, et on m'aſſure qu'on y jouera inceſſamment le *Portier des Chartreux*, mis en vers par l'abbé *Grizel*.

Vous croyez bien, monſeigneur le Maréchal, que je ne ferai pas aſſez imbécille pour diſputer contre vous ſur la tracaſſerie concernant les dignités de la troupe du faubourg Saint-Germain. Si j'étais un mal-aviſé et un opiniâtre, je vous dirais que votre lettre du 17 de ſeptembre, qui me donnait toute permiſſion, était une réponſe à mes requêtes ; je vous dirais que ces requêtes étaient fondées ſur des repréſentations du tripot même, et je vous jurerais que Parme et Plaiſance n'y avaient aucune part. Mais Dieu me garde d'ofer difputer avec vous ; vous auriez trop d'avantage , non-feulement comme mon héros et comme mon premier gentilhomme de la chambre , mais comme un homme fain , frais, gaillard et difpos, vis-à-vis d'un vieux quinze-vingt malade, qui radote dans fon lit au pied des Alpes.

Le chevalier de *Boufflers* eft une des fingulières créatures qui foient au monde ; il peint en paftel fort joliment. Tantôt il monte à cheval tout feul à cinq heures du matin, et s'en va peindre des femmes à Laufane ; il exploite fes modèles ; de là il court en faire autant à Genève, et de là il revient chez moi fe repofer des fatigues qu'il a effuyées avec des huguenottes.

J'aurai l'honneur de vous dire que je fuis fi dégoûté des tripots , que je me fuis défait du mien. J'ai démoli mon théâtre, j'en fais des chambres à coucher et à repaffer le linge. Je me fuis trouvé fi vieux que je renonce aux vanités du monde. Il ne me manque plus que de me faire dévot, pour mourir avec toutes les bienféances poffibles. J'ai chez moi, comme vous favez, je penfe, un jéfuite à qui on a ôté fes pouvoirs, dès qu'on a fu qu'il était dans mon profane taudis. Son évêque favoyard eft un homme bien mal-avifé , car il rifque de me faire mourir fans confeffion, malheur dont je ne me confolerais jamais. En attendant , je me profterne devant vous. *V.*

LETTRE

## LETTRE X.

## A M. DE MAIRAN.

A Ferney, 21 de janvier.

Il faut, Monfieur, que vous ayez eu la bonté de m'envoyer, il y a fix mois, votre horofcope d'augufte ; car M. *Thiriot* me l'a fait tenir depuis huit jours. Souffrez que je vous remercie en droiture ; fi je m'adreffais à lui, ma lettre ne vous parviendrait qu'en 1766. J'aurais, fi je voulais, un peu de vanité ; car j'ai toujours été de votre avis fur tout ce que vous avez écrit. Souvenez-vous, je vous prie, de la difpute fur la maffe multipliée par le carré de la vîteffe. Je foutins votre opinion contre toute la mauvaife foi de *Maupertuis* qui avait féduit madame *du Châtelet*. Vous m'avez éclairé de même fur plufieurs points de phyfique. Je vous trouve par-tout auffi exact qu'ingénieux. Il n'y a que les Egyptiens fur lefquels je ne me fuis pas rendu. J'aime tant les Chinois et *Confucius*, que je ne peux croire qu'ils tiennent rien du peuple frivole et fuperftitieux d'Egypte.

De toutes les anciennes nations, l'égyptienne me paraît la plus nouvelle ; il me femble impoffible que l'Egypte, inondée tous les ans par le Nil, ait pu être un peu floriffante avant qu'on eût employé dix ou douze fiècles à préparer le terrain. La plupart des régions de l'Afie, au contraire, fe prêtaient naturellement à tous les befoins des hommes. Le pays le plus aifément cultivable eft toujours le premier habité.

*Correfp. générale.* Tome VIII. B

Les pyramides font fort anciennes pour nous ; mais, par rapport au refte de la terre, elles font d'hier ; et, à l'égard de nous autres Gaulois ou Velches, il y a deux minutes que nous exiftons : c'eft peut-être ce qui fait que nous fommes fi enfans.

Adieu, Monfieur ; vous mériteriez d'exifter toujours. Agréez, avec votre bonté ordinaire, la très-tendre et très-refpectueufe reconnaiffance de votre, &c. *V.*

## LETTRE XI.

### A M. LE MARECHAL DUC DE RICHELIEU.

A Ferney, 27 de janvier.

MON héros, permettez que je prenne la liberté de me vanter auprès de vous de l'honneur que j'ai d'être ami de M. d'*Hermenches*, fils d'un gros diable de général au fervice de Hollande, qui s'eft battu pendant quarante ans contre les Français ; le fils a mieux aimé fe battre pour vous. Il eft actuellement dans votre fervice, et il a défiré, comme de raifon, d'être préfenté au général qui a le mieux foutenu la gloire de la France. Vous pouvez d'ailleurs le faire votre aide de camp auprès de mademoifelle d'*Epinai*, ou de mademoifelle d'*Oligny*, ou de mademoifelle *Luzy*, attendu que vous ne pouvez pas tout faire par vous-même. De plus, je dois vous certifier que c'eft l'homme du monde qui fe connaît le mieux en bonne déclamation. J'ai eu l'honneur de jouer le vieux

bon homme *Lufignan* avec lui. Il fefait *Orofmane* à
mon grand contentement, et je le prends pour arbitre
quand on m'accufera injuftement d'avoir donné des
préférences à des filles. Il fait plus que perfonne
avec quel enthoufiafme je vous fuis attaché. Il fait
que vous êtes la première de toutes mes paffions,
et combien je lui envie le bonheur qu'il a de vous
faire fa cour.

Agréez, Monfeigneur, le tendre et profond refpect de votre vieux courtifan, *V.*

# LETTRE XII.

## A M. LE COMTE D'ARGENTAL.

28 de janvier.

M o n cher ange, d'abord, comment va la toux
de madame d'*Argental*, et pourquoi touffe-t-elle?
enfuite, je remercie très-humblement M. le duc de
*Praflin* du paffe-port.

Enfuite, vous faurez que je bataille toujours avec
le tyran du tripot; mais vous fentez bien que je
ferai battu. Il y a de l'aigreur; on ne m'en a jamais
dit la raifon.

Il me femble, au fujet des roués, qu'il ne ferait
pas mal d'attendre Pâques. Peut-être l'acteur dont
vous me parlez, aura déployé alors des talens qui
encourageront le petit ex-jéfuite.

Voulez-vous que je vous envoye un *Portatif* fous
le couvert de M. le duc de *Praflin?* Je ne m'aviferai

1765.

pas de prendre de ces libertés fans vos ordres précis.
Les auteurs de cet ouvrage n'ont pas été affez loin ;
ils n'ont fait qu'effleurer les premiers temps du
chriftianifme. Vous favez bien que *Paul* était une
tête chaude ; mais favez-vous qu'il était amoureux
de la fille de *Gamaliel*. Ce *Gamaliel* était fort fage , il
ne voulut point d'un fou pour fon gendre. Il avait
à la vérité de larges épaules , mais il était chauve
et avait les jambes torfes ; fon grand vilain nez ne
plaifait point du tout à mademoifelle *Gamaliel*. Il fe
tourna du côté de S$^{te}$ *Thècle* , dont il fut directeur :
mais en voilà trop fur cet animal.

Mon cher ange, vivez gaiement , et aimez le plus
que borgne.

## LETTRE XIII.

### A M. LE MARQUIS D'ARGENCE DE DIRAC.

A Ferney, 29 de janvier.

JE ne fuis point étonné , mon cher et aimable
philofophe militaire , qu'un brave homme devienne
poltron quand il eft fuperftitieux et ignorant. On eft
brave à la guerre par vanité , parce qu'on ne veut
pas effuyer de fes camarades le reproche d'avoir
baiffé fa tête devant une batterie de canon ; mais on
n'a point de vanité avec la fièvre double tierce. On
s'abandonne alors à toute fa mifère , on laiffe paraître
des frayeurs dont on ne rougit point , et un prêtre
infolent fait plus de peur qu'une compagnie de

cuiraffiers. Nous recevons dans le moment votre pâté. Le pâtiffier aura beaucoup d'honneur ; fi fes perdrix font arrivées fans barbe par le temps pourri que nous effuyons depuis un mois : nous en ferons inftruits dans quelques heures, et je vous en dirai des nouvelles à la fin de ma lettre.

Mon cher philofophe guerrier, n'envoyez plus de pâtés ; il y a trop loin d'Angoulême à Ferney.

# LETTRE XIV.

## A M. LE COMTE D'ARGENTAL.

30 de janvier.

MON divin ange, vous êtes donc auffi l'ange gardien de M. de *Moultou ;* je parle du fils, car, pour le père, je crois que fa veffie lui jouera bientôt un mauvais tour, et qu'il comparaîtra devant les anges de là-haut. Le fils a le malheur d'être miniftre du faint Evangile dans le tripot de Genève ; c'eft fon feul défaut. Madame la ducheffe d'*Enville* doit certifier à M. le duc de *Praflin* que mon petit *Moultou* eft très-philofophe et très-aimable, et point du tout prêtre. Il compte même, en partant de Genève, remercier les pédans fes confrères, et renoncer au plus fot des miniftères.

Il craint toujours, et à mon avis très-mal à propos, qu'on ne lui faffe des chicanes en Languedoc, pour avoir prêché la doctrine de *Calvin* fur les bords du

B 3

—— lac Leman. Il fupplie très-humblement M. le duc de *Praflin* de vouloir bien mettre dans le paffe-port:

*Pour le fieur de Moultou et fon fils, bourgeois de Genève, avec fa femme et fes enfans.*

Permettez qu'aujourd'hui je ne vous parle que des *Moultou*, et que je réferve les roués pour une autre occafion. Vous me feriez grand plaifir de me dire fi madame d'*Argental* ne touffe plus. Voulez-vous bien faire agréer à M. le duc de *Praflin* mes tendres et profonds refpects. *V.*

# LETTRE XV.

## A M. DE CIDEVILLE.

### Le 4 de février.

J'AI été quelque temps aveugle, mon cher et ancien ami, et à préfent j'ai le quart de mes deux yeux. C'eft avec ce quart que mon cœur tout entier vous écrit. Vous faites un bel éloge du jour de l'an, mais je vous aime toute l'année, et tous les jours font pour moi les kalendes de janvier.

Il eft très-vrai que le gâteau des rois eft une cérémonie païenne; mais quel ufage ne l'eft pas? Proceffions, images, encens, cierges, myftères, tout, jufqu'à la confeffion, eft pris dans l'antiquité. Les Velches n'ont rien à eux en propre, pas même le Cid, qui eft tout entier de deux auteurs efpagnols; pas même le *Soyons amis*, *Cinna*, qui eft de *Sénèque*. Je ne connais guère que le *Qu'il mourût* et le cinquième acte de Rodogune qui foient de l'invention du grand *Corneille*. Ni les *Fables* ni les *Contes* de la Fontaine, ni l'*Art poëtique* ne font nés chez nous ; **1765.** prefque toutes nos beautés et nos fottifes font d'après l'antique. Nous fommes venus tard en tout. A peine commençons-nous à ouvrir les yeux en phyfique, en finance, en jurifprudence, et même dans la difcipline militaire ; auffi avons-nous été battus et ruinés : mais l'opéra comique confole de tout.

Vous renoncez donc à Paris pour cet hiver, mon cher ami : et moi j'y ai renoncé depuis quinze ans pour le refte de ma vie, et je compte n'avoir véritablement vécu que dans la retraite. On parle à Paris, et on ne penfe guère ; la journée fe paffe en futilités, on ne vit point pour foi, on y meurt oublié fans avoir vécu. Peut-être, du temps d'Andromaque, d'Iphigénie, de Phèdre, des belles fêtes de *Louis XIV*, d'Armide et du paffage du Rhin, Paris méritait-il la curiofité d'un honnête homme. Mais les temps font un peu changés : les billets de confeffion, le Serrurier, le Maréchal, les deux vingtièmes, le réquifitoire fur l'inoculation ne méritent pas le voyage.

D'*Alembert* a fait un petit livre fur la deftruction des jéfuites, et c'eft prefque le feul ouvrage marqué au bon coin, depuis trente ans. Il eft plus philofophique que les *Provinciales*, et peut-être auffi ingénieux. Ce d'*Alembert* n'eft pas velche, c'eft un vrai français.

Vivez, mon cher ami, et comptez que vous n'êtes pas plus aimé vers la rivière de Seine que vers les Alpes.

B 4

# L E T T R E  X V I.

## A M. LE COMTE D'ARGENTAL.

10 de février.

Mon divin ange, je ne vous croyais pas si ange
de ténèbres que le dit cet abominable fou de *Vergy*.
Je me souviens bien que *Rochemore* vous appelait
*furie*, mais c'était par antiphrase, comme disent les
doctes. Je ne crois pas que ce *Vergy* trouve beaucoup
de partisans, ni même de lecteurs. Je ne crois pas
qu'il y ait un plus ennuyeux coquin. N'est-ce pas un
parent de *Fréron*? Dites-moi, je vous prie, si on
joue quelquefois l'Ecossaise; j'ai peur qu'elle ne soit
au rang des pièces que le tyran du tripot empêche de
jouer par sa belle disposition des rôles. Je lui ai écrit
en dernier lieu, je lui écrirai encore. J'ai peur qu'une
grande actrice, dont on m'a envoyé la médaille, ne
soit pas absolument dans vos intérêts. Je reconnais
votre cœur au combat qu'il éprouve entre la reconnaissance et la tyrannie tripotière. Je suis à peu-près
dans le même cas que vous; mais, étant plus vieux,
je suis un peu plus indifférent. Me voici dans mon
moment d'apathie, même pour les roués. Avertissez-
moi, je vous prie, mon cher ange, quand vous aurez
quelque bon acteur; cela me ressuscitera peut-être.

Vous m'avez fait espérer que mon petit prêtre
apostat, *Moultou*, qui est un des plus aimables
hommes du monde, serait nommé dans le passe-port.
J'attends cette petite faveur avec un peu de douleur,

car je ferai très-fâché qu'il nous quitte. Il aime la
comédie à la fureur ; je ne suis pas de même. Il y a
des prêtres qui se dégoûtent de dire la messe, je ne
suis pas moins dégoûté des Délices ; les tracasseries de
Genève me sont insipides ; et, m'étant aperçu que je
n'ai qu'un corps, j'ai conclu qu'il ne me fallait pas
deux maisons ; c'est bien assez d'une. Il y a des gens
qui n'en ont point du tout, et qui valent mieux que
moi.

Tout Ferney s'intéresse bien fort à la toux de
madame d'*Argental*. Les deux anges ont ici des autels.

# LETTRE XVII.

## A M. DAMILAVILLE.

### Le 13 de février.

Mon cher frère, ce n'est pas moi qui suis marié,
c'est *Gabriel Cramer*. Il a une femme qui a beaucoup
d'esprit, et qui a été enchantée de la *Destruction ;* ma
nièce a beaucoup d'esprit aussi , mais elle n'en a
rien lu.

Un de mes amis de Franche-Comté vous envoya
un gros paquet, il y a quelques semaines ; j'ignore
si c'est pour son vingtième, mais je vois que vous
n'avez point reçu le paquet. J'ai peur qu'il n'y ait
des esprits malins qui se plaisent à troubler le commerce des pauvres mortels.

Permettez , mon cher frère, que je vous adresse
cette consultation pour M. de *Beaumont* , et cette

1765.

lettre pour M. de *Lavaiſſe*; je l'ai décachetée afin que vous la liſiez. Vous ſerez convaincu que la raiſon n'a pas encore fait de grands progrès chez les Languedochiens, et qu'ils tiennent toujours un peu des Viſigots.

Ne ſoyez point étonné que je quitte ma maiſon de campagne dans le pays génevois : je ſuis vieux, je n'ai qu'un corps, je ne peux plus avoir deux maiſons; je paſſe la moitié de mon temps dans mon lit, et ce n'eſt pas la peine d'en changer. Je n'aime pas d'ailleurs à me mêler des affaires de la parvuliſſime. J'ai renoncé aux vanités du monde.

J'ai reçu *le Fataliſme*; et, en parcourant une page, j'ai trouvé deux ou trois ſottiſes de prime-abord; mais je les pardonnerai, ſi je trouve quelque choſe de raiſonnable. Je vois avec douleur que vous n'avez pas reçu un paquet de Franche-Comté. Ceux de Metz auraient le même ſort. La raiſon eſt bien de contrebande. Conſolons-nous tous deux en aimant paſſionnément cette infortunée.

Adieu, mon cher philoſophe. *Ecr. l'inf.*

# LETTRE XVIII.

## A M. LE CLERC DE MONTMERCI.

10 de février.

JE vous remercie bien tard, mon cher confrère en *Apollon ;* mais affurément je vous remercie de tout mon cœur de l'amitié que vous me témoignez dans toutes les occafions. Il eft vrai que j'ai peu d'obligation à M. *Robinet.* C'eft un grand indifcret, fans doute, que ce M. *Robinet* qui publie ainfi les fecrets des gens qu'il ne connaît pas, et le tout pour vingt-cinq louis d'or ; en vérité, c'eft trop payé. Encore, s'il avait imprimé fidellement mes fecrets, il n'y aurait que demi-mal ; il reffemble aux honnêtes gens qui pendent les autres en effigie, ils ne s'embarraffent pas que le portrait foit reffemblant. Les beaux vers que vous avez bien voulu faire pour moi me confolent ; vous faites mon apothéofe, quand d'autres me damnent. Ma fanté et ma vue s'affaibliffent tous les jours. Je ferai bien fâché de mourir fans avoir pu fouper entre vous et M. *Damilaville,* à qui j'adreffe ce petit billet pour vous. Je fupprime toutes les cérémonies, le fentiment ne les admet pas. *V.*

## LETTRE XIX.

### A M. DAMILAVILLE.

Le 20 de février.

Mon cher frère, j'ai lu une partie de ce *Pluquet* : cet homme est ferré à glace sur la métaphysique ; mais je ne sais s'il n'a pas fourni un souper , dont plusieurs plats feraient assez du goût des spinosistes. Je voudrais bien savoir ce que les d'*Alembert* et les *Diderot* pensent de ce livre.

La *Destruction* doit être partie , ou partira à la fin de cette semaine. Je ne suis pas exactement informé ; trois pieds de neige interrompent un peu la communication. Je crois que cette neige refroidira les esprits de Genève qui étaient un peu échauffés ; on disputera , mais il n'y aura point de guerre civile.

Je crois que j'ai très-bien pris mon temps pour me tirer de la cohue , et pour me défaire des Délices , d'autant plus que mon bail était fini, et que je ne l'avais pas renouvelé. Un M. *Labat*, qui avait dressé les articles du contrat, me fesait quelques difficultés, comme vous l'avez pu voir. Ces difficultés ont dû vous paraître extraordinaires , aussi-bien que le contrat même. On ne ferait pas de tels marchés en France ; celui-là est plus juif que calviniste.

Je me flatte que tout s'accommodera à l'amiable, et beaucoup plus facilement que les affaires de Genève. Messieurs *Tronchin* , qui sont mes amis, m'y aideront ; mais je serai toujours bien aise d'avoir

le fentiment de M. *Elie de Beaumont* au bas de mes
queftions. J'attends avec impatience fon mémoire 1765.
pour les *Calas*. Voilà un véritable philofophe; il
venge l'innocence opprimée, il n'écrit point contre la
comédie, il n'a point un orgueil révoltant, il n'eft
point le délateur de ceux dont il a dû être l'ami et
le défenfeur. Le cœur me faigne de deux grandes
plaies; la première, que *Rouffeau* foit fou; la feconde,
que nos philofophes de Paris font tièdes. Dieu merci,
vous ne l'êtes pas. Vous m'avez gliffé deux lignes,
dans votre lettre du 12 de février, qui font la confolation de ma vie.

Je foupçonne que le paquet de Franche-Comté eft
tombé entre les mains des barbares; il faut mettre
cette petite tribulation aux pieds du crucifix. Je me
recommande à vos faintes prières. J'entre aujourd'hui
dans ma foixante-douzième année, car je fuis né en
1694, le 20 de février, et non le 20 de novembre,
comme le difent les commentateurs mal inftruits. Me
perfécuterait-on encore dans ce monde, à mon âge?
cela ferait bien velche. Je me flatte au moins qu'on
ne me fera pas grand mal dans l'autre.

Adieu, mon cher frère; je vous embraffe bien
tendrement.

# LETTRE XX.

## A M. BERGER.

A Ferney, le 25 de février.

J'AI été touché, Monsieur, de votre lettre du 12 de février. On m'a dit que vous êtes dévot ; cependant je vous vois de la sensibilité et de l'honnêteté.

Vous m'apprenez que vous avez été taillé de la pierre, il y a douze ans ; je vous félicite de vivre, si vous trouvez la vie plaisante. J'ai toujours été affligé que, dans le meilleur des mondes possibles, il y eût des cailloux dans les vessies ; attendu que les vessies ne sont pas plus faites pour être des carrières que des lanternes ; mais je me suis toujours soumis à la Providence. Je n'ai point été taillé ; mais j'ai eu et j'ai ma bonne dose de mal en autre monnaie. Chacun a la sienne : il faut savoir mourir et souffrir de toutes façons.

Vous me mandez qu'on a imprimé je ne sais quelles lettres que je vous écrivis il y a plus de trente années : vous m'apprenez qu'elles étaient tombées entre les mains d'un nommé *Vaugé* qui n'en peut répondre, attendu qu'il est mort. Si ces lettres ont été son seul héritage, je conseille aux hoirs de renoncer à la succession. J'ai lu ce recueil, je m'y suis ennuyé ; mais j'ai assez de mémoire, dans ma soixante-douzième année, pour assurer qu'il n'y a pas une seule de ces lettres qui ne soit falsifiée. Je défie tous les *Vaugé*, morts ou vivans, et tous les éditeurs de rapsodies, de montrer une feule page de ma main, qui foit conforme à ce que l'on a eu la fottife d'imprimer.

Il y a environ cinquante ans qu'on eft en poffeffion de fe fervir de mon nom. Je fuis bien aife qu'il ait fait gagner quelque chofe à de *pauvres diables :* il faut que le pauvre diable vive ; mais il faudrait au moins qu'il me confultât, pour gagner fon argent plus hon-nêtement. Vous m'apprenez, Monfieur, que l'auteur de l'*Année littéraire* a fait ufage de ces lettres ; mais vous ne me dites pas quel ufage, et fi c'eft celui qu'on fait ordinairement de fes feuilles. Tout ce que je peux vous répondre, c'eft que je n'ai jamais lu l'*Année littéraire*, et que je fuis trop propre pour en faire ufage.

Vous craignez que l'impreffion de ces chiffons ne me faffe mourir de chagrin. Raffurez-vous : j'ai de bons parens qui ne m'abandonnent pas dans ma vieilleffe décrépite. Mademoifelle *Corneille*, bien mariée, et devenue ma fille, a grand foin de moi. J'ai dans ma maifon un jéfuite qui me donne des leçons de patience ; car, fi j'ai haï les jéfuites lorfqu'ils étaient puiffans et un peu infolens, je les aime quand ils font humiliés. Je ne vois d'ailleurs que des gens heureux : cela ragaillardit. Mes payfans font tous à leur aife ; ils ne voient jamais d'huiffiers avec des contraintes. J'ai bâti, comme M. de *Pompignan*, une jolie églife où je prie DIEU pour fa converfion et celle de *Catherin Fréron*. Je le prie auffi qu'il vous infpire la difcrétion de ne plus laiffer prendre de copies infidelles des lettres qu'on vous écrit. Portez-vous bien. Si je fuis vieux, vous n'êtes pas jeune. Je vous pardonne de tout mon cœur votre faibleffe ;

1765.

j'ai pardonné à d'autres jufqu'à l'ingratitude. Il n'y a que la méchanceté orgueilleufe et hypocrite qui m'a quelquefois ému la bile ; mais, à préfent, rien ne me fait de la peine que les mauvais vers qu'on m'envoie quelquefois de Paris. J'ai l'honneur d'être, comme il y a trente ans, votre, &c.

*Voltaire.*

## LETTRE XXI.

### A M. ELIE DE BEAUMONT, *avocat.*

A Ferney, le 27 de février.

MES yeux ne peuvent guère lire, Monfieur ; mais ils peuvent encore pleurer, et vous m'en avez bien fait apercevoir. Je ne fais pas quelle impreffion fefaient fur les Romains les oraifons pour *Cluentius* et pour *Rofcius Amerinus ;* mais il me paraît impoffible que votre Mémoire ne porte pas la conviction dans l'efprit des juges, et l'attendriffement dans les cœurs. Je fuis fûr que ce malheureux *David* eft actuellement rongé de remords. Jouiffez de l'honneur et du plaifir d'être le vengeur de l'innocence. Toute cette affaire vous a comblé de gloire. Il ne refte plus aux Touloufains qu'à vous faire amende honorable, en aboliffant pour jamais leur infame fête, en jetant au feu les habits des pénitens blancs, gris et noirs, et en établiffant un fonds pour la famille *Calas ;* mais vous avez affaire à d'étranges Vifigots.

M. *Damilaville* vous a-t-il parlé d'une autre famille

de

de proteftans exécutée en effigie à Caftres, fugitive vers notre Suiffe, et plongée dans la misère pour une **1765.** aventure prefqu'en tout femblable à celle des *Calas*? On croit être au fiècle des Albigeois, quand on voit de telles horreurs. On dit que nous fommes au fiècle de la philofophie, mais il y a encore cent fanatiques contre un philofophe. Jugez quelles obligations nous vous avons.

Mille refpects, je vous prie, à madame de *Beaumont*, qui eft fi digne de vous appartenir.

## LETTRE XXII.

### A M. LE COMTE D'ARGENTAL.

27 de février.

M on cher ange, il y a des monftres, et ce *Vergi* eft un des plus plats monftres qui aient jamais exifté. Ses horribles impertinences font déjà oubliées pour jamais. C'eft le fort de tous ces malheureux qui fe croient quelque chofe, parce qu'ils ont appris à lire et à écrire, et qui ne favent pas que la condition d'un honnête laquais eft infiniment fupérieure à leur état.

Je fais toujours d'humbles repréfentations au tyran du tripot. En vérité, je commence à croire qu'il n'y a point d'autre fondement de vos querelles que la concurrence du pouvoir fuprême. Il me paraît ulcéré de ce que je me fuis adreffé à vous, et non pas à lui, dans le temps que vous étiez à Paris, et lui à Bordeaux. J'ai nié fortement, j'ai foutenu que j'avais envoyé à *Grandval*, fous fon bon plaifir, les provifions des dignités comiques. Ce procès ne finit point; le tyran eft toujours dans une colère à faire pouffer de rire. Je foutiens mon bon droit avec une véhémence douloureufe et pathétique; et je ne défefpère pas qu'à la fin mon innocence ne l'emporte fur fa tyrannie.

Oferais-je vous fupplier, mon divin ange, de dire à M. *du Belloy* combien je fuis enchanté de fon fuccès? vous fouvenez-vous d'une mademoifelle de *Choifeul* qui, étant prête de mourir, et ne pouvant plus coucher avec fon amant, pria une de fes amies de coucher avec le fien en fa préfence, afin de voir deux heureux avant fa mort. Je fuis à peu-près dans ce cas; je baiffe à un point que cela fait pitié. J'ai actuellement chez moi, pour me ragaillardir, un jeune M. de *Villette* qui fait tous les vers qu'on ait jamais faits, et qui en fait lui-même, qui chante, qui contrefait fon prochain fort plaifamment, qui fait des contes, qui eft pantomime, qui réjouirait jufqu'aux habitans de la trifte Genève. DIEU m'a envoyé ce jeune homme pour me confoler dans mon dépériffement, et pour égayer ma décrépitude. Le nombre d'originaux qui me paffent par les mains eft inconcevable. Quand je confidère les montagnes de neige dont je fuis environné de tous côtés, je n'imagine pas comment les gens aimables peuvent aborder. Voilà affurément une drôle de deftinée.

Avouez-moi donc que madame d'*Argental* ne touffe plus. Tout le monde touffe dans mon pays. Nous fommes en Sibérie l'hiver, et à Naples l'été.

J'ai été bien attendri du mémoire d'*Elie*. J'espère que *David* payera pour le parlement de Touloufe. Tous les *David* m'ont toujours paru de méchantes gens. Savez-vous bien que j'ai encore fur les bras une aventure pareille ? Mais comme on n'a été roué cette fois-ci qu'en effigie, et qu'il n'y a qu'une famille entière réduite à la dernière misère, cela ne vaut pas la peine qu'on en parle.

Je rends grâce à M. *Marin* d'avoir renvoyé mes fecrets en Hollande ; je crois que fon refpect pour vous n'y a pas peu contribué.

Mes divins anges ; refpect et tendreffe.

Je crains toujours que mon maudit curé ne me joue quelque tour pour mes dixmes. *V.*

# LETTRE XXIII.

## A M. DAMILAVILLE.

27 de février.

MON cher frère, j'ai oublié, dans mes lettres, de vous demander quel eft l'honnête homme qui veut avoir le recueil de mes bagatelles. Voulez-vous bien joindre à toutes vos bontés, celle de faire acheter un exemplaire chez l'enchanteur *Merlin*, et de mettre cette petite dépenfe fur le compte de ce que je vous dois.

J'apprends que la pièce de mon ami *du Belloy* a beaucoup de fuccès ; je fouhaite qu'elle foit auffi pathétique que le mémoire de M. de *Beaumont* ; ce

—— ferait bien là le cas de crier : *l'auteur ! l'auteur !* Pour moi, fi j'étais à l'audience quand on jugera les *Calas*, je crierais : *Beaumont ! Beaumont !*

Voici un petit billet que j'ai l'honneur de lui écrire. Permettez que j'y ajoute ma réponfe à M. *Berger*, qui s'eft avifé de m'écrire, au bout de trente ans, au fujet de mes prétendues *Lettres fecrètes.* Dieu merci, on les a renvoyées en Hollande.

M. *Blin de Saintmore* me parle d'une édition de *Racine* avec des commentaires, qu'on entreprend par foufcription. On ne me dit point quel eft l'auteur de ces commentaires, mais je foufcris aveuglément.

Tous les honnêtes gens de Genève regardent *Jean-Jacques* comme un monftre. Pour moi, je ne le regarde que comme un fou ; je le crois malheureux à proportion de fon orgueil, c'eft-à-dire qu'il eft l'homme du monde le plus à plaindre.

On dit que *Fréron* eft au fort-l'évêque ; fi cela eft, *abfolvit nunc pœna Deos.*

Je me fuis informé exactement dès papiers qu'on vous avait envoyés de Franche-Comté ; je peux vous répondre, par la pofte, fous l'enveloppe de M. de *Raymond*, directeur des poftes à Befançon. Apparemment qu'il y a dans ce monde des harpies qui mangent le dîner des philofophes. Je deviens bien faible, mais mon zèle devient tous les jours plus fort. Mon regret, en mourant, fera de n'avoir pu crier avec vous, dans un fouper : *Ecr. l'inf. !*

Bonfoir, mon très-cher frère.

LETTRE XXIV.

A M. LE MARECHAL DUC DE RICHELIEU.

27 de février.

MON héros, fi vous êtes affez sûr de votre fait pour qu'on hafarde de vous envoyer le livre diabo-lique que vous demandez, les gens que j'ai confultés difent qu'ils vous en feront tenir un exemplaire par la voie de Lyon ; cela eft très-rare, mais on en trou-vera pour vous. Je ferais bien fâché d'ailleurs qu'on me foupçonnât d'avoir la moindre part au *Philofo-phique portatif*. M. le duc de *Praflin*, qui connaît parfaitement mon innocence, a affuré le roi que je n'étais point l'auteur de ce pieux ouvrage ; ainfi n'allez pas, s'il vous plaît, me défendre comme *Scaramouche* défendait *Arlequin*, en avouant qu'il était un ivrogne, un gourmand, un débauché attaqué de maladies honteufes, et s'excufant envers *Arlequin* en lui difant que c'était des fleurs de rhétorique.

Je n'entends rien aux plaintes que les Bretons font de moi ; elles font apparemment auffi bien fondées que leurs griefs contre M. le duc d'*Aiguillon*. Je n'ai jamais rien écrit de particulier fur la Bretagne, dans mes bavarderies hiftoriques ; les Périgourdins et les Bafques feraient auffi bien fondés à fe plaindre.

A l'égard du tripot, il eft vrai que j'ai demandé mon congé, attendu que je fuis entré dans ma foixante et douzième année, en dépit de mes eftampes qui,

C 3

———— par un menfonge imprimé , me font naître le 20 de novembre, quand je fuis né le 20 de février. Il eſt vrai que la faction ennemie du conſeil de Genève trouva mauvais , il y a quelques années, que les enfans des magiſtrats de la plus illuſtre et de la plus puiſſante république du monde ſe déshono-raſſent au point de venir jouer quelquefois la comédie chez moi, dans le petit et profane royaume de France ; mais on ſe moqua de ces poliſſons. Ce n'eſt pas aſſurément pour eux que j'ai détruit mon théâtre , c'eſt pour avoir des chambres de plus à donner , et pour loger votre ſuite , ſi jamais vous accompagnez madame la comteſſe d'*Egmont* ſur les frontières d'Italie. Je me défais de mes Délices pour une autre raiſon ; c'eſt qu'ayant la plus grande partie de mon bien ſur M. le duc de *Virtemberg* , et mes affaires n'étant pas abſolument arrangées avec lui , j'ai craint de mourir de faim auſſi-bien que de vieil-leſſe. Pardonnez , mon héros , la naïveté avec laquelle je prends la liberté de vous expoſer toutes mes pauvres petites miſères.

Je vous dirai toujours très-véritablement que je m'adreſſai à *Grandval*, que c'eſt à lui ſeul que j'écrivis, en vertu du privilége que vous m'aviez confirmé ; que je mis dans ma lettre ces propres mots : *Avec l'approbation de meſſieurs les premiers gentilshommes de la chambre.*

Je vous prie de conſidérer que je puis avoir beſoin, avant ma mort, de faire un petit voyage à Paris, pour mettre ordre aux affaires de ma famille; que peut-être c'eſt un moyen d'exciter quelques bontés pour moi, que de procurer quelques petits ſuccès à

1765.

mes anciennes fottifes théâtrales, et que je ne peux obtenir ce fuccès qu'avec les meilleurs acteurs. Je me mets entièrement fous votre protection. On m'a mandé que Nanine avait été jouée déteftablement, et reçue de même. Vous favez que tout dépend de la manière dont les pièces font repréfentées, et vous ne voudriez pas m'avilir. Voyez donc fi vous voulez me permettre de vous envoyer la diftribution de mes rôles, d'après la voix publique qu'il faut toujours écouter. Ayez pitié d'un vieux quinze-vingt qui vous eft attaché depuis cinquante années avec le plus tendre refpect. *V.*

## LETTRE XXV.

### A M. DAMILAVILLE.

A Ferney, 4 de mars.

Mon cher frère, je crois que je ne pourrai faire partir la réponfe de M. *Tronchin* que mercredi 6 de ce mois. Je ferai bien étonné s'il vous ordonne autre chofe que des adouciffans et du régime; mais ce qui eft fûr, c'eft qu'il s'intéreffera bien vivement à votre fanté. Il eft philofophe, et il fait que vous l'êtes. Nous fommes tous frères. St *Luc* était le médecin des apôtres, et *Tronchin* eft le nôtre. Il me femble toujours que c'eft une extrême injuftice, dans le meilleur des mondes poffibles, que je ne vous connaiffe que par lettres. Je vous affure que, fi je pouvais m'échapper, je viendrais faire une petite courfe à Paris *incognito*, fouper trois ou quatre fois avec vous et les plus difcrets des gens de bien, et m'en retourner content.

J'ai vu quelques échantillons de la pièce dont vous me parlez (*). Apparemment que l'on n'a pas choifi ce qu'il y a de meilleur, et que le nouvellifte n'eft pas l'intime ami de l'auteur. Je m'intéreffe fort à fon fuccès : c'eft un homme de mérite, et qui n'eft pas à fon aife.

*La Deftruction* doit arriver bientôt : faites bien mes complimens, je vous prie, au deftructeur, et encouragez-le à détruire. On m'a parlé d'un manufcrit de feu l'abbé *Bazin*, intitulé *la Philofophie de l'hiftoire*, dans lequel l'auteur prouve que les Égyptiens, et furtout les Juifs, font un peuple très-nouveau. On dit qu'il y a des recherches très-curieufes dans cet ouvrage. Je crois qu'on achève actuellement de l'imprimer en Hollande, et que j'en aurai bientôt quelques exemplaires. Je vous prépare une petite cargaifon pour le mois de mai.

J'ai quelque efpérance dans l'*Hiftoire de la deftruction des jéfuites;* mais on n'a coupé qu'une tête de l'hydre. Je lève les yeux au ciel, et je crie : *Ecr. l'inf.* !

(*) Le Siége de Calais.

LETTRE XXVI.

## AU MEME.

8 de mars.

Mon cher frère, vous m'apprenez deux nouvelles bien intéreſſantes : on juge les *Calas* ; et le généreux *Elie* veut encore défendre l'innocence des *Sirven*. Cette feconde affaire me paraît plus difficile à traiter que la première, parce que les *Sirven* fe font enfuis, et hors du royaume ; parce qu'ils font condamnés par contumace ; parce qu'ils doivent fe repréfenter en juſtice ; parce qu'enfin, ayant été condamnés par un juge fubalterne, la loi veut qu'ils en appellent au parlement de Touloufe.

C'eſt au divin *Elie* à favoir fi l'on peut intervertir l'ordre judiciaire, et fi le confeil a les bras affez longs pour donner cet énorme foufflet à un parlement. Je crois qu'en attendant il ne ferait pas mal de lâcher quelques exemplaires d'une certaine lettre (*) fur cette affaire.

Quant à celle que j'ai écrite à *Cideville*, il eſt difcret, et je lui ai bien recommandé de fe taire. Je dis ici à tout le monde que *la Deſtruction* eſt d'un génie fupérieur, et que cependant elle n'eſt pas de M. *d'Alembert*. Quoi qu'il en foit, les nez fins le flaireront à la première page. Tout l'ouvrage fent l'*Archiméde-Protagoras* d'une lieue loin. Qu'il dorme

(*) Du 1 de mars.

en paix; la nation le remercîra avant qu'il foit peu.

J'ai reçu le paquet que vous avez eu la bonté de m'envoyer. Je vous remercie tendrement, malgré vous et vos dents, de toutes les bontés que vous avez pour moi.

Vous me mandez que Paris eft ivre; on craint qu'ayant cuvé fon vin, il ne lui refte une grande pefanteur de tête.

Je lirai *l'Homme éclairé par fes befoins*. J'ai grand befoin qu'on m'éclaire, et j'efpère que le livre ne fera pas un amas de lieux communs. Un livre n'eft excufable qu'autant qu'il apprend quelque chofe.

Bonfoir, mon cher frère. Avant de finir, il faut que je vous demande quel cas on fait du *Pyrrhonien raifonnable*, du marquis d'*Autré*, qui croit prouver géométriquement le *péché originel*. Pourquoi emploie-t-il toute la fagacité de fon efprit à défendre la plus déteftable des caufes? pourquoi s'eft-il déclaré contre *Platon-Diderot*? J'ai toujours été affligé qu'un certain ton d'enthoufiafme et de hauteur ait attiré des ennemis à la raifon. Sachons fouffrir, réfignons-nous, et furtout *écr. l'inf.*

## LETTRE XXVII.

### A M. LE MARECHAL DUC DE RICHELIEU.

A Ferney, 13 de mars.

MON HEROS,

Je fais donc parvenir, fuivant vos ordres, à M. *Janel*, l'ouvrage de *Belzébuth* que vous voulez avoir, en fuppofant, comme de raifon, que vous vous entendez avec M. *Janel*, et qu'il vous donne la permiffion d'avoir les livres défendus. J'adreffe le paquet, à double enveloppe, à M. *Tabareau* à Lyon, afin que ce paquet ne porte pas fa condamnation fur le front avec le timbre d'une ville hérétique.

Je vous félicite d'aimer furtout les livres d'hiftoire. On m'en a promis un d'Hollande qui vous fera voir, fi vous avez le temps de le lire, combien on s'eft moqué de nous en nous donnant des *Mille et une nuits* pour des événemens véritables.

Je vais actuellement vous préfenter avec humilité mon petit commentaire fur votre lettre du 3 de mars. Vous avez donc vu ma lettre à monfieur l'évêque d'Orléans ? Vous y aurez vu que je me loue beaucoup de M. l'abbé d'*Eftrées*. Cet abbé d'*Eftrées* vint prendre poffeffion d'un prieuré que monfieur l'évêque d'Orléans lui a donné auprès de Ferney. Il fe fit paffer pour le petit-neveu du cardinal d'*Eftrées*, et, en cette qualité, il reçut les hommages de la province. Il m'écrivit en homme qui attendait le chapeau, et m'ordonna de venir lui prêter foi et hommage pour un pré dépendant de son bénéfice. .

C'est dommage que votre doyen l'abbé d'*Olivet* ne se trouva pas là ; il m'aurait obtenu la protection de M. l'abbé d'*Estrées*, car il le connaît parfaitement. L'abbé d'*Estrées* lui a servi souvent à boire, lorsqu'il était laquais chez M. de *Maucroi*. Cela forme des liaisons dont on se souvient toujours avec tendresse.

Cet abbé d'*Estrées*, après avoir quitté la livrée, se fit aide de camp dans les troupes de *Fréron* ; il composa l'*Almanach des théâtres* ; ensuite il se mit à faire des *Généalogies*, et surtout il a fait la sienne.

J'eus le malheur de ne lui point faire de réponse, et même de me moquer un peu de lui. Il s'en alla chez M. de *la Roche-Aymon* à la campagne ; le procureur général a une terre tout auprès ; il ne manqua pas de dire au procureur général que j'étais l'auteur du *Portatif*. Je parai ce coup comme je le devais. Il est incontestable que le *Portatif* est de plusieurs mains, parmi lesquelles il y en a de respectables et de puissantes ; j'en ai la preuve assez démonstrative dans l'original de plusieurs articles écrits de la main de leurs auteurs.

Je vous remercie infiniment, mon héros, d'avoir bien voulu me défendre ; il est juste que vous protégiez les philosophes.

Je viens aux reproches que vous me faites de n'avoir pas parlé du débarquement des Anglais auprès de Saint-Malo, et de l'échec qu'ils y reçurent. Je vous supplie de considérer que l'*Essai sur l'histoire générale* n'entre dans aucun détail de cette dernière guerre ; que l'objet est d'indiquer les causes des

1765.

grands événemens, fans aucune particularité ; que les conquêtes des Anglais ne contiennent pas quatre pages ; que je n'ai même dit qu'un mot de la prife de Belle-Ifle , parce que ce n'eft pas un objet de commerce, et que cette prife n'influait pas fur les grands intérêts de la France. Je n'ai fait voir les chofes, dans ce dernier volume, qu'à vue d'oifeau. Je n'ai guère particularifé que la prife de Port-Mahon ; et, en vérité, je ne crois pas que ce foit à mon héros à m'en gronder.

Si j'avais détaillé un feul des derniers événemens militaires , je n'aurais pas manqué affurément de dire comment les Anglais furent repouffés auprès de Saint-Malo, et je ne manquerai pas d'en parler dans la nouvelle édition qu'on va faire.

Vous avez bien raifon de dire, Monfeigneur, que les Génevois ne font guère fages ; mais c'eft que le peuple commence à être le maître dans cette petite république. Loin d'être une ariftocratie , comme Venife, la Hollande et Berne, elle eft devenue une démocratie qui tient actuellement de l'anarchie ; et, fi les chofes s'aigriffent, il faudra une feconde fois avoir recours à la médiation, et fupplier le roi de daigner mettre la paix une feconde fois dans ce petit coin de terre dont il a déjà été le bienfaiteur.

Je finis par le tripot. J'avoue que je fuis honteux, dans ma foixante et douzième année, de prendre encore quelque intérêt à ces mifères ; mais, fi la raifon que j'ai eu l'honneur de vous alléguer vous touche, je vous aurai beaucoup d'obligation de vouloir bien permettre que les meilleurs acteurs jouent mes faibles ouvrages.

1765.

Je vous demande mille pardons de vous importuner de cette bagatelle. Je peux vous affurer et vous jurer, par mon tendre et refpectueux attachement pour vous, que M. d'*Argental* n'a eu aucune part à la juftice que je vous ai demandée. Je fais, à n'en pouvoir douter, qu'il eft au défefpoir d'avoir perdu vos bonnes grâces. Il vous a obligation, il en eft pénétré, et il ne fe confole point que fon bienfaiteur le croye un ingrat. Vous favez que le tripot eft le règne de la tracafferie.

Quelque bonne ame n'aura pas manqué de l'accufer d'avoir fait une brigue en ma faveur. Je crois que j'ai encore la lettre de *Grandval*, par laquelle il me demandait les rôles que je lui ai donnés ; mais, encore une fois, je n'infifte fur rien ; je m'en remets à votre volonté et à votre bonté, dans les petites chofes comme dans les plus importantes.

Pardonnez à un vieux malade prefque aveugle de s'être feulement fouvenu qu'il y a un théâtre à Paris. Je ne dois plus fonger qu'à mourir tout doucement dans ma retraite au milieu des neiges. C'eft à la feule philofophie d'occuper mes derniers jours, et vos bontés feront ma confolation jufqu'au dernier moment de ma vie. *V.*

# LETTRE XXVIII.

## A M. LE PRINCE DE LIGNE.

A Ferney, 14 de mars.

MONSIEUR LE PRINCE,

Il faut que vous foyez une bonne ame, pour daigner vous fouvenir d'un pauvre folitaire, au milieu des diètes d'Allemagne et du brillant fracas des couronnemens. Il y a douze ans, Dieu merci, que je n'ai vu que des rois de théâtre, encore même ai-je renoncé à les voir en peinture. J'ai abattu mon petit théâtre. Les calviniftes et les janféniftes ne me reprocheront plus de favorifer l'œuvre de *Satan*.

J'ai trouvé que, dans ma foixante et douzième année, ces amufemens ne convenaient plus à un malade prefque aveugle.

Vraiment, je vous félicite d'avoir à Bruxelles les *Griffet* et les *Neuville ;* ce font les jéfuites qui avaient le plus de réputation en France. J'en ai un chez moi qui dit fort proprement la meffe, et qui joue très-bien aux échecs ; il s'appelle *Adam ;* et, quoiqu'il ne foit pas le premier homme du monde, il a du mérite. Il avait enfeigné vingt ans la rhétorique à Dijon. Je fuis fort content de lui, et je me flatte qu'il n'eft pas mécontent de moi ; il n'a fait que changer de couvent, car vous fentez bien que la maifon d'un homme de mon âge n'eft pas bien femillante. Nous fommes philofophes, nous fommes indépendans ; c'en eſt bien aſſez. Je cultive la terre dans laquelle je rentrerai bientôt, et je m'amuſe à marier des filles, ne pouvant avoir le paſſe-temps de faire des enfans moi-même.

M. d'*Hermenches* nous a abandonnés, et vous ſavez qu'il a quitté le ſervice d'Hollande pour celui de la France ; il prétend qu'il retrouvera en agrémens ce qu'il perd en argent comptant.

Madame *Denis* eſt extrêmement ſenſible au ſouvenir dont vous voulez bien l'honorer. Ma petite famille adoptive, qui eſt augmentée, vous préſente auſſi ſes très-humbles hommages. Je ne vous demande point pardon de ne pas vous écrire de ma main ; à l'impoſſible nul n'eſt tenu.

J'ai l'honneur d'être, &c. *V.*

# LETTRE XXIX.

## A M. DAMILAVILLE.

15 de mars.

QUE vous avez une belle ame, mon cher frère ! Au milieu des ſoins que vous vous donnez pour les *Calas*, vous portez votre ſenſibilité ſur les *Sirven*. Que n'avons-nous à la tête du gouvernement des cœurs comme le vôtre ! par quel aveuglement funeſte peut-on ſouffrir encore un monſtre qui depuis quinze cents ans déchire le genre-humain, et qui abrutit les hommes quand il ne les dévore pas !

M. d'*Argental* doit recevoir, dans quelques jours,

deux

deux paquets de mort aux rats qui pourront au
moins donner la colique à l'*inf*..... Il doit partager
la drogue avec vous. Voici le mémoire des *Sirven*
avec la copie des pièces. Il faudra dreffer une ftatue
à M. de *Beaumont*, avec le fanatifme et la calomnie
fous fes pieds : il faut que j'aye votre portrait pour
le mettre dans ce groupe.

Je crois qu'en effet il ne fera pas mal de publier la
lettre qu'un certain *V*. . . . vous a écrite fur les *Calas*
et les *Sirven;* cela pourra préparer les efprits , et on
verra ce qu'on pourra faire avec M. *d'Argental*. Monfieur le premier préfident de Touloufe eft très-bien
difpofé ; il s'agira de voir fi monfieur le vice-chancelier
voudra qu'on ôte à ce parlement une affaire qui lui
reffortit de plein droit. Les *Sirven* ont été condamnés
à Caftres : s'ils vont à Touloufe , n'eft-il pas à craindre
que des juges irrités ne faffent rouer, pendre , brûler
ces pauvres *Sirven*, pour fe venger de l'affront que la
famille *Calas* leur a fait effuyer ?

Je ferai un mémoire que je vous enverrai; mais
ces *Sirven* font bien moins inftruits des procédures
faites contre eux que ne l'étaient les *Calas*. Ils ne
favent rien , finon qu'ils ont été condamnés et qu'ils
ont perdu tout leur bien. D'ailleurs , n'étant jugés
que par contumace , je ne vois pas comment on
pourrait faire pour les fouftraire à leurs juges naturels.

Le procédé de M. de *Beaumont* m'infpire de la
vénération : fon nom d'*Elie* me fait foupçonner qu'il
n'eft pas d'une famille papifte, et la générofité de fon
ame me perfuade qu'il eft un de nos frères. Laiffons
juger les *Calas*, ne troublons pas actuellement leur
triomphe par une nouvelle guerre. Je me flatte bien

que vous m'apprendrez le plein fuccès auquel je m'attends; on verra, immédiatement après, ce qu'on pourra faire pour les *Sirven*. Ce fera une belle époque pour la philofophie, qu'elle feule ait fecouru ceux qui expiraient fous le glaive du fanatifme. Remarquez; mon cher frère, qu'il n'y a pas eu un feul prêtre qui ait aidé les *Calas;* car, Dieu merci, l'abbé *Mignot* n'eft pas prêtre.

Voulez-vous bien faire parvenir le petit billet ci-joint à la veuve *Calas* ?

Adieu, mon cher frère; vous êtes un homme felon mon cœur; votre zèle eft égal à votre raifon; je hais les tièdes. *Ecr. l'inf.*, *écr. l'inf.*, vous dis-je. Je vous embraffe de toutes mes pauvres forces.

## LETTRE XXX.

### A M. LE COMTE D'ARGENTAL.

15 de mars.

OUI, fans doute, mon ange adorable, j'ai été infiniment touché du mémoire du jeune *Lavaiffe*, de fa fimplicité attendriffante, et de cette vérité fans oftentation qui n'appartient qu'à la vertu. Je vous demande en grâce de m'envoyer l'arrêt dès qu'il fera prononcé. Vous favez que ce *David*, auteur de tout cet affreux défaftre, était un très-mal-honnête homme; le fripon a fait rouer l'innocent; le voilà bien reconnu; il a été deftitué de fa place. J'efpère qu'il payera chèrement le fang de *Calas*.

C'eft une étrange fatalité qu'il fe trouve en même temps deux affaires pareilles. Je fais que la plupart des calviniftes de Languedoc font de grands fous, mais ils font fous perfécutés, et les catholiques de ce pays-là font fous perfécuteurs.

J'ai envoyé à M. *Damilaville* le détail de cette feconde avęnture, qu'il doit vous communiquer. Il y a des malheurs bien épouvantables dans ce meilleur des mondes poffibles.

Je fuppofe, mon cher ange, que vous avez reçu ma lettre à M. *Berger*, dont j'ignore la demeure, comme j'ignorais fon exiftence. Je vous demande bien pardon de vous avoir importuné d'une lettre pour un homme qui eft à la fois indifcret et dévot.

J'ai vu votre fuédois; il retourne à Paris, et s'eft chargé d'un paquet pour vous. Le génevois qui eft chargé d'un autre doit être déjà parti. Je vous fupplierai de donner à frère *Damilaville* les brochures dont vous ne voudrez pas. Je crois qu'il y en a feize; cela fait feize pains bénits pour les fidelles. Songez, je vous en prie, combien la fuperftition a fait périr de *Calas* depuis plus de quatorze cents années. Eft-il poffible que ce monftre ait encore des partifans? Mon horreur pour lui augmente tous les jours, et je fuis affligé quand je vois des gens qui en parlent avec tiédeur.

J'efpère que je verrai bientôt le Siége de Calais imprimé, et que j'applaudirai avec connaiffance de caufe. On peut très-bien envoyer, par la pofte, à Genève, des livres contre-fignés; mais il n'en eft pas de même de Genève à Paris : vous permettez l'exportation, mais non pas l'importation.

D 2

Je ne fais ce qu'a le tyran du tripot , mais il eſt toujours plein de mauvaiſe humeur, et il ne laiſſe pas de me le faire ſentir. L'ex-jéſuite prétend qu'il faut qu'il attende encore quelque temps pour revoir les roués , que les Romains ne ſont pas de ſaiſon, qu'il faut attendre des occaſions favorables; voyez ſi vous êtes de cet avis. Je ſuis d'ailleurs occupé actuellement à augmenter ma chaumière; et, ſi je m'adreſſais à *Apollon* , ce ſerait pour le prier de m'aider dans le métier de maçon. On dit qu'il s'entend à faire des murailles ; cependant ſes murailles ſont tombées comme bien d'autres pièces.

Mais pourquoi M. *Fournier* ſouffre-t-il que madame d'*Argental* touſſe toujours? Je me mets à ſes pieds ; ma petite famille vous préſente à tous deux ſes reſpects. *V.*

## LETTRE XXXI.

### AU MEME.

17 de mars.

DIVINS anges, la protection que vous avez donnée aux *Calas* n'a pas été inutile. Vous avez goûté une joie bien pure en voyant le ſuccès de vos bontés. Un petit *Calas* était avec moi quand je reçus votre lettre , et celle de madame *Calas*, et celle d'*Elie*, et tant d'autres; nous verſions des larmes d'attendriſſement , le petit *Calas* et moi. Mes vieux yeux en fourniſſaient autant que les ſiens ; nous étouffions ,

mes chers anges. C'eſt pourtant la philoſophie toute
feule qui a remporté cette victoire. Quand pourra-
t-elle écraſer toutes les têtes de l'hydre du fanatiſme ?

Vous me parlez des roués, mais le roué *Calas* eſt
le feul qui me remue. Seriez-vous capables de deſcendre à lire de la profe au milieu de la foule des vers
dont vous êtes entourés ? Voici le commencement
d'une eſpèce d'hiſtoire ancienne qui me paraît curieuſe.
Si elle vous fait plaiſir, je tâcherai d'en avoir la fuite
pour vous amuſer ; elle a l'air d'être vraie, et cependant la religion y eſt reſpectée. N'engagerez-vous pas
frère *Marin* à en favoriſer le débit ? Je crois que les
bons entendeurs pourront profiter à cette lecture ; il
y a, en vérité, des chapitres fort ſcientifiques, et le
ſcientifique n'eſt jamais ſcandaleux.

Je crois qu'on touſſe par tout le royaume ; nous
touſſons beaucoup fur la frontière ; c'eſt une épidémie. Nous eſpérons bien que M. *Fournier* empêchera l'un de mes anges de touſſer. Tout Ferney,
qui eſt fans deſſus deſſous, eſt à vos pieds ; et pourquoi eſt-il fans deſſus deſſous ? c'eſt que je fuis
maçon ; je bâtis comme fi j'étais jeune, mais le travail eſt une jouiſſance.

Me fera-t-il permis de vous préſenter encore un
placet pour un paſſe-port ? Les Génevois m'accablent,
parce que vous m'aimez ; mais je ferai fobre fur
l'uſage que je ferai de vos bontés. Encore ce petit
paſſe-port, je vous en conjure, et puis plus ; vous
me ferez un plaiſir bien ſenſible, vous ne vous laſſez
jamais d'en faire. *V.*

LETTRE XXXII.

## A M. DE CIDEVILLE.

A Ferney, le 20 de mars.

Vous étiez donc à Paris, mon cher ami, quand le dernier acte de la tragédie des *Calas* a fini si heureusement. La pièce est dans les règles. C'est ici, à mon gré, le plus beau cinquième acte qui soit au théâtre. Toutes les pièces sont actuellement à l'honneur de la France : les maires heureusement réussissent mieux que les capitouls. Le rôle d'*Elie de Beaumont* est bien beau !

On va donner pour petite pièce *la Destruction des jésuites*. Je ne sais si M. d'*Alembert* en est l'auteur ; et certainement, s'il ne veut pas l'être, il ne faut pas qu'il le soit. Mais il est venu chez nous ce brave monsieur d'*Alembert*, et tous ceux qui ont eu le plaisir de l'entendre, disent : Le voilà, c'est lui, cela est écrit comme il parle. Pour moi, je veux bien croire que ce n'est pas lui ; mais je voudrais bien savoir quel homme a pris son style, sa philosophie, sa gaieté, et qui partage avec lui l'héritage de *Blaise Pascal*, au jansénisme près. Il me paraît, à l'analyse que vous me faites, que vous avez le nez fin ; je gagerais que vous avez raison dans tout ce que vous me dites. On dit que le temps est le seul bon juge ; mais le temps ne décide que d'après des gens comme vous.

Je sais bon gré au président *Hénault* de n'avoir point parlé de la minutie concernant les bourgeois de Calais. Il eſt bien clair qu'*Edouard III* n'avait nulle envie de les faire pendre , puiſqu'il leur donna à tous de belles médailles d'or. Au reſte , je ſuis très-aiſe pour la France , et pour l'auteur qui eſt mon ami , que le Siége de Calais ait un ſi grand ſuccès ; et je ſouhaite que la pièce ſoit jouée auſſi long-temps que le ſiége a duré.

*J. J. Rouſſeau* mérite un peu , à ce qu'on dit ici , l'aventure dont *Edouard III* ſemblait menacer les ſix bourgeois de Calais ; mais il ne mérite point les médailles d'or. Le prétendu philoſophe ne joue que le rôle d'un brouillon et d'un délateur. Il a cru être *Diogéne*, et à peine a-t-il l'honneur de reſſembler à ſon chien. Il eſt en horreur ici.

On dit que meſſieurs du canton de Shwitz ont fait d'énormes inſolences contre le roi ; ces petits cantons-là ſont un peu du quatorzième ſiècle. Je ne vous dis , mon cher ami , que des nouvelles de Suiſſe ; vous m'en donnez du ſéjour des agrémens ; on ne peut donner que ce qu'on a. Ma petite chaumière de Ferney eſt tranquille au milieu de tous ces orages. Je bâtis ſur le bord du tombeau , mais je jouis au moins du plaiſir de faire pour madame *Denis* un château qui vaut mieux que les petits cantons ; elle vous fait mille complimens. Buvez à ma ſanté , je vous en prie , avec *Cicéron de Beaumont* et *Roſcius Garrick*. Adieu ; ma tendre amitié ne finira qu'avec ma vie.

# LETTRE XXXIII.

## A M. DAMILAVILLE.

23 de mars.

Mon cher frère, voici les ordres que le dieu d'Epidaure signifie à vos amygdales. Portez-vous bien, et jouissez de la force d'*Hercule* pour écraser l'hydre.

Je suis affligé de n'avoir point encore appris que le roi ait honoré d'une pension l'innocence des *Calas*.

Vous devez avoir reçu le mémoire des *Sirven*. Rien n'est plus clair; leur innocence est plus palpable que celle des *Calas*. Il y avait du moins contre les *Calas* des sujets de soupçon, puisque le cadavre du fils avait été trouvé dans la maison paternelle, et que le père et la mère avaient nié d'abord que ce malheureux se fût pendu: mais, ici on ne trouve pas le plus léger indice. Que d'horreurs, juste Ciel! on enlève une fille à son père et à sa mère, on la fouette, on la met en sang pour la faire catholique, elle se jette dans un puits, et son père, sa mère, et ses sœurs sont condamnés au dernier supplice!

On est honteux, on gémit d'être homme quand on voit que d'un côté on joue l'opéra comique, et que de l'autre le fanatisme arme les bourreaux. Je suis à l'extrémité de la France, mais je suis encore trop près de tant d'abominations.

Est-il vrai qu'*Helvétius* est parti pour la Prusse? du moins ne brûlera-t-on pas ses livres dans ce pays-là.

*La Deſtruction* eſt - elle enfin entre les mains du public ? *A bon entendeur ſalut ,* doit être la deviſe de ce petit livre. Je doute que *le Pyrrhonien raiſonnable* faſſe une grande fortune , quoique l'auteur ait beaucoup d'eſprit.

Il y a une petite brochure contre *Racine* et *Boileau,* qui ne peut être faite que par un ſot , ou du moins par un homme ſans goût, et cependant je voudrais bien l'avoir.

Je ne ſais ce que c'eſt que *l'Homme de la campagne.* Il y a dans Genève des *Lettres de la campagne* auxquelles *J.J.* a répondu par des *Lettres de la montagne.* C'eſt un procès qui n'eſt intéreſſant que pour des génevois. Pour *l'Homme de la campagne,* ſi c'eſt une ſatire contre ceux qui ſe ſont retirés du monde , la ſatire a tort. Les ridicules et les crimes ne ſont que dans les villes.

Quand vous verrez l'enchanteur *Merlin* , faites-lui mes remercîmens : je viens de recevoir les *Contes moraux* de frère *Marmontel.* J'attends pour les lire que j'aye répondu à deux cents lettres , et que mon cœur ſoit un peu dégonflé de la joie inexprimable que m'ont donnée quarante maîtres des requêtes.

Adieu , mon cher frère.

# LETTRE XXXIV.

## A M. MARMONTEL.

25 de mars.

MON cher confrère, vos *Contes* font pleins d'esprit, de finesses et de grâces ; vous parez de fleurs la raison ; on ne peut vous lire sans aimer l'auteur. Je vous remercie de toute mon ame des momens agréables que vous m'avez fait passer. Il n'y a pas un de vos nouveaux *Contes* dont vous ne puissiez faire une comédie charmante. Vous savez bien que *Michel Cervantes* disait que, sans l'inquisition, don *Quichote* aurait été encore plus plaisant. Il y a en France une espèce d'inquisition sur les livres qui vous empêchera d'être aussi utile que vous pourriez l'être à l'intérêt de la bonne cause : c'est assurément grand dommage, mais c'est du moins une grande consolation que les philosophes se tiennent unis, qu'ils conservent entre eux le feu sacré, et qu'ils en communiquent dans la société quelques étincelles. Vous voyez, par l'exemple des *Calas* et des *Sirven*, ce que peut le fanatisme ; il n'y a que la philosophie qui puisse triompher de ce monstre, c'est l'ibis qui vient casser les œufs du crocodile.

Plus *Jean-Jacques Rousseau* a déshonoré la philosophie, plus de bons esprits comme vous doivent la défendre.

Je vous prie de faire mes complimens à M. *Duclos* et à tous les êtres pensans qui peuvent avoir quelques

bontés pour moi. Mandez-moi, je vous prie, ce que
vous penfez du Siége de Calais ; parlez-moi avec confiance, et foyez bien sûr que je ne trahirai pas votre
fecret. On m'en a mandé des chofes fi différentes que
je veux régler mon jugement par le vôtre. Je ne puis
me figurer qu'une pièce fi généralement et fi long-
temps applaudie, n'ait pas de très-grandes beautés.
On dit qu'on ne l'aura fur le papier qu'après Pâques,
et les nouveautés parviennent toujours fort tard dans
nos montagnes. Adieu, mon cher confrère ; confervez-moi une amitié dont je fens bien tout le prix. *V.*

1765.

## LETTRE XXXV.

### A M. DAMILAVILLE.

27 de mars.

Mon cher frère, vous aurez dans quelque temps la
Philofophie de l'hiftoire , et vous y verrez des chofes
qui font auffi vraies que peu connues. Cet ouvrage
eft d'un abbé *Bazin*, qui refpecte la religion comme
il le doit, mais qui ne refpecte point du tout l'erreur,
l'ignorance et le fanatifme.

Quand vous lirez cet ouvrage , vous ferez étonné
de l'excès de bêtife de nos hiftoires anciennes , à
commencer par celle de *Rollin*. On dit que le livre
eft dédié à l'impératrice de Ruffie , par le neveu de
l'auteur. J'aurais bien voulu connaître l'oncle : il me
paraît qu'il enfonce le poignard avec le plus profond
refpect. On peut le brûler pour tout ce qu'il laiffe

—— entendre; mais, à mon avis, on ne peut le condam-
1765. ner pour ce qu'il dit.

Le mémoire de *Sirven*, que vous devez avoir reçu,
n'eft point, à la vérité, figné de lui, mais il eft écrit
de fa main. Il n'y a qu'à envoyer la dernière page
qui eft numérotée, je la lui ferai figner à Gex par-
devant notaire. Nous verrons s'il y a lieu de demander l'attribution d'un nouveau tribunal. La fentence
par contumace, qui condamne toute la famille, a
été confirmée par le parlement de Touloufe. Il eft à
préfumer que, fi cette pauvre famille va purger la
contumace à Touloufe, elle fera rouée, ou brûlée,
ou pendue par provifion, fauf à tâcher de les faire
réhabiliter au bout de trois années.

Je crois qu'il ferait bon que vous euffiez la bonté
de faire parvenir ma lettre fur les *Calas* et les *Sirven*
à M. *Rouffeau*, directeur du *Journal encyclopédique*, à
Bouillon. Ce *Rouffeau*-là n'eft pas comme celui de la
montagne. Faites-m'en parvenir auffi, je vous fupplie, quelques exemplaires.

Hélas! mon cher frère, ces petites grenades qu'on
jette à la tête du monftre le font reculer pour un
moment, mais fa rage en augmente, et il revient fur
nous avec plus de furie. Les honnêtes gens nous
plaignent quand l'hydre nous attaque, mais ils ne
nous défendent pas comme *Hercule*. Ils difent: Pourquoi ofent-ils attaquer l'hydre?

Je viens de lire le Siége de Calais. L'auteur eft mon
ami: je fuis bien aife du fuccès inouï de fon ouvrage;
c'eft au temps à le confirmer.

Voici encore une petite lettre pour madame *Calas*.
Eft-ce que je n'aurai pas le plaifir de la féliciter de

la penfion du roi ? eft-ce que la lettre des maîtres des requêtes aurait été inutile ? La reine a bu, dit-on, à fa fanté, mais ne lui a point donné de quoi boire.

Gémiffons, mon cher ami; et, en gémiffant, *écr. l'inf.*

# LETTRE XXXVI.

## A M. DE BELLOI,

### *Sur fa tragédie du Siège de Calais.*

Au château de Ferney, 31 de mars.

A Peine je l'ai lue, mon cher confrère, que je vous en remercie du fond de mon cœur. Je fuis tout plein du retour d'*Euftache de Saint-Pierre*, et des beaux vers que je viens de lire :

Vous me forcez, Seigneur, d'être plus grand que vous.

Et celui-ci que je citerai fouvent.

Plus je vis l'étranger, plus j'aimai ma patrie.

Que vous dirai-je, mon cher confrère ? votre pièce fait aimer la France et votre perfonne. Voilà un genre nouveau dont vous ferez le père; on en avait befoin, et je fuis vivement perfuadé que vous rendez fervice à la nation. Recevez, encore une fois, mes tendres remercîmens.

# LETTRE XXXVII.

## A MADAME

## LA MARQUISE DU DEFFANT.

Mars.

VOUS m'avez écrit, Madame, une lettre toute
animée de l'enthoufiafme de l'amitié. Jugez fi elle a
échauffé mon cœur qui vous eft attaché depuis fi
long-temps. Je n'ai point voulu vous écrire par la
pofte; ce n'eft pas que je craigne que ma paffion pour
vous déplaife à M. *Janel*, je le prendrai volontiers
pour mon confident; mais je ne veux pas qu'il fache
à quel point je fuis éloigné de mériter tout le bien
que vous penfez de moi. Madame la ducheffe d'*Enville*
veut bien avoir la bonté de fe charger de mon paquet;
vous y trouverez cette Philofophie de l'hiftoire de
l'abbé *Bazin*; je fouhaite que vous en foyez auffi con-
tente que l'impératrice *Catherine II* à qui le neveu
de l'abbé *Bazin* l'a dédiée. Vous remarquerez que cet
abbé *Bazin*, que fon neveu croyait mort, ne l'eft
point du tout, qu'il eft chanoine de Saint-Honoré,
et qu'il m'a écrit pour me prier de lui envoyer fon
ouvrage pofthume. Je n'en ai trouvé que deux exemplaires à Genève, l'un relié, l'autre qui ne l'eft pas;
ils feront pour vous et pour M. le préfident *Hénault*,
et l'abbé *Bazin* n'en aura point.

Si vous voulez vous faire lire cet ouvrage, faites
provifion, Madame, de courage et de patience. Il

1765.

y a là une fanfaronnade continuelle d'érudition
orientale qui pourra vous effrayer et vous ennuyer;
mais votre ami, en qualité d'historien, vous rassurera,
et peut-être, dans le fond de son cœur, il ne sera
choqué ni des recherches par lesquelles toutes nos
anciennes histoires font combattues, ni des consé-
quences qu'on en peut tirer. Quelque âge qu'on puisse
avoir, et à quelque bienséance qu'on soit asservi,
on n'aime point à avoir été trompé, et on déteste en
secret des préjugés ridicules que les hommes font
convenus de respecter en public. Le plaisir d'en
secouer le joug console de l'avoir porté, et il est
agréable d'avoir devant les yeux les raisons qui vous
désabusent des erreurs où la plupart des hommes font
plongés, depuis leur enfance jusqu'à leur mort. Ils
passent leur vie à recevoir de bonne foi des contes
de *Peau-d'âne*, comme on reçoit tous les jours de la
monnaie sans en examiner ni le poids ni le titre.

L'abbé *Bazin* a examiné pour eux; et, tout respectueux qu'il paraît envers les feseurs de fausse monnaie, il ne laisse pas de décrier leurs espèces.

Vous me parlez de mes passions, Madame; je vous
avoue que celle d'examiner une chose aussi importante a été ma passion la plus forte. Plus ma vieillesse
et la faiblesse de mon tempérament m'approchent
du terme, plus j'ai cru de mon devoir de savoir si
tant de gens célèbres, depuis *Jérôme* et *Augustin* jusqu'à *Pascal*, ne pourraient point avoir quelques
raisons. J'ai vu clairement qu'ils n'en avaient aucune,
et qu'ils n'étaient que des avocats subtils et véhémens
de la plus mauvaise de toutes les causes. Vous voyez
avec quelle sincérité je vous parle; l'amitié que vous

me témoignez m'enhardit; je suis bien sûr que vous n'en abuserez pas. Je vous avouerai même que mon amour extrême pour la vérité, et mon horreur pour des esprits impérieux qui ont voulu subjuguer notre raison, font les principaux liens qui m'attachent à certains hommes que vous aimeriez si vous les connaissiez. Feu l'abbé *Bazin* n'aurait point écrit sur ces matières, si les maîtres de l'erreur s'étaient contentés de nous dire : Nous savons bien que nous n'enseignons que des sottises, mais nos fables valent bien les fables des autres peuples; laissez-nous enchaîner les sots, et rions ensemble : alors on pourrait se taire. Mais ils ont joint l'arrogance au mensonge, ils ont voulu dominer sur les esprits, et on se révolte contre cette tyrannie.

Quel lecteur sensé, par exemple, n'est pas indigné de voir un abbé d'*Houteville* qui, après avoir fourni vingt ans des filles à *Laugeois*, fermier général, et étant devenu secrétaire de l'athée cardinal *Dubois*, dédie un livre sur la religion chrétienne à un cardinal d'*Auvergne* auquel on ne devait dédier que des livres imprimés à Sodôme !

Et quel ouvrage encore que celui de cet abbé d'*Houteville!* quelle éloquence fastidieuse! quelle mauvaise foi ! que de faibles réponses à de fortes objections! quel peut avoir été le but de ce prêtre! Le but de l'abbé *Bazin* était de détromper les hommes, celui de l'abbé d'*Houteville* n'était donc que de les abuser.

Je crois que j'ai vu plus de cinq cents personnes de tout état et de tout pays dans ma retraite, et je ne crois pas en avoir vu une demi-douzaine qui ne pensent comme mon abbé *Bazin*. La consolation de la

vie

vie eſt de dire ce qu'on penſe. Je vous le dis une
bonne fois.

Ne doutez pas, Madame, que je n'aye été fort
content de M. le chevalier de *Magdonal;* j'ai la vanité
de croire que je ſuis fait pour aimer toutes les perſonnes qui vous plaiſent. Il n'y a point de français
de ſon âge qu'on pût lui comparer, mais ce qui vous
ſurprendra, c'eſt que j'ai vu des ruſſes de vingt-deux
ans, qui ont autant de mérite, autant de connaiſſances, et qui parlent auſſi bien notre langue.

Il faut bien pourtant que les Français vaillent
quelque choſe, puiſque des étrangers ſi ſupérieurs
viennent encore s'inſtruire chez nous.

Non-ſeulement, Madame, je ſuis pénétré d'eſtime
pour M. *Crawford,* mais je vous ſupplie de lui dire
combien je lui ſuis attaché. J'ai eu le bonheur de le
voir aſſez long-temps, et je l'aimerai toute ma vie.
J'ai encore une bonne raiſon de l'aimer, c'eſt qu'il a
à peu-près la même maladie qui m'a toujours tour-
menté : les conformités plaiſent.

Voici le temps où je vais en avoir une bien forte
avec vous; des fluxions horribles m'ôtent la vue,
dès que la neige eſt deſſus nos montagnes; ces fluxions
ne diminuent qu'au printemps; mais à la fin le printemps perd de ſon influence, et l'hiver augmente la
ſienne. Sain ou malade, clair-voyant ou aveugle,
j'aurai toujours, Madame, un cœur qui ſera à vous,
ſoyez en bien ſûre. Je ne regarde la vie que comme
un ſonge; mais, de toutes les idées flatteuſes qui peuvent nous bercer dans ce rêve d'un moment, comptez
que l'idée de votre mérite, de votre belle imagination, et de la vérité de votre caractère, eſt ce qui

1765. fait fur moi le plus d'impreffion. J'aurai pour vous la plus refpectueufe amitié jufqu'à l'inftant où l'on s'endort véritablement pour n'avoir plus d'idées du tout.

Ne dites point, je vous prie, que je vous aye envoyé aucun imprimé.

## LETTRE XXXVIII.

### A M. LE COMTE D'ARGENTAL.

A Ferney, 1 d'avril.

MES divins anges , je m'adreffe à vous quand il faut remplir mes devoirs. M. *du Belloi* m'a envoyé fon drame. Vous avez permis que ma première lettre pafsât par vos mains, je demande la même grâce pour la feconde. Vous m'avouerez que le petit ex-jéfuite entendrait bien mal fes intérêts, s'il avait de l'empreffement.

J'ai eu l'honneur de vous envoyer trois feuilles d'un ouvrage qui m'eft tombé entre les mains; mais, comme je n'ai reçu aucun ordre de vous, je n'ai pas continué les envois. Cet ouvrage pourtant m'a paru curieux et digne de vous amufer quelques momens.

La pauvre veuve *Calas* n'a point encore reçu du roi de dédommagement pour la roue de fon mari. Je ne fais pas au jufte la valeur d'une roue, mais je crois que cela doit être cher. Les uns lui confeillent de prendre les juges à partie , les autres non, et moi

je ne lui conseille ni l'un ni l'autre ; mon avis est
qu'elle fasse pressentir monsieur le vice-chancelier et
monsieur le contrôleur général, de peur de faire une
démarche qui pourrait déplaire à la cour, et affaiblir
la bonne volonté du roi.

Vous devez, mes divins anges, avoir reçu deux
gros paquets, l'un par M. de *Villars*, capitaine aux
gardes suisses, l'autre par M. de *Châteauvieux*, autre
capitaine.

Les bagatelles qu'ils renferment sont pour vous et
pour M. *Damilaville.* J'ai envoyé tout ce que j'avais,
il n'y en a plus ; on en refait d'autres ; tout le monde
devient honnête de jour en jour.

Je ne sais nulle nouvelle du tripot ni du tyran du
tripot ; il a un fonds d'humeur où je ne conçois rien.
Mes divins anges, prenez-moi sous votre protection,
dans ce saint temps de Pâques, et daignez me mander, je vous en conjure, si vous avez reçu les petites
drôleries en question.

Toute ma petite famille se met au bout de vos
ailes.

Mes divins anges, je n'entends plus parler des
dixmes ; cela nous inquiète un peu, maman et moi.

LETTRE XXXIX.

A M. DAMILAVILLE.

1 d'avril.

MON très-cher frère, j'ai reçu votre lettre du 24 de mars. Je vous dirai d'abord que, voyant combien les avis font partagés fur la prife à partie, il m'eft venu dans la tête que madame *Calas* devait faire pref-fentir monfieur le vice-chancelier et monfieur le contrôleur général, afin de ne pas faire une démarche qui pourrait alarmer la cour, et diminuer peut-être les bontés qu'elle efpère du roi.

Voilà deux horribles aventures qui exercent à la fois votre bienfefance philofophique. J'enverrai inceffamment la fignature de *Sirven*, fi le généreux *Beaumont* n'aime mieux vous confier la dernière feuille du mémoire.

M. de *la Haye* a dû vous envoyer des chiffons couverts d'une toile cirée : il y a une madame de *Chamberlin* qui aime paffionnément les chiffons, vous ferez une bien bonne œuvre de lui en envoyer deux. On ne peut fe difpenfer d'en envoyer trois à M. de *Ximenès*, attendu qu'il en donnera un à M. d'*Autré* pour lui faire entendre raifon. Vous êtes prié d'en faire tenir un à M. le marquis d'*Argence de Dirac*, à Angoulême.

M. d'*Argental* doit avoir certainement deux paquets que vous devez partager, et ces deux paquets font curieux. Ils font d'une feconde fabrique, et on en fait actuellement une troifième. Ce font des étoffes qui deviennent fort à la mode. Je vois que le goût fe perfectionne de jour en jour ; ce n'eſt peut-être pas en fait de tragédies. Il ne m'appartient pas d'en parler, il y aurait à moi de la mauvaiſe grâce ; mais vous me feriez plaifir de m'inſtruire des ſentimens du public, que vous avez fans doute recueillis. Quelquefois ce public aime à brifer les ſtatues qu'il a élevées, et les yeux fe fâchent du plaifir qu'ont eu les oreilles.

Je me recommande à vos prières, dans ce faint temps de Pâques, et à celles de nos frères. Je vous avais prié de me dire ſi *Helvétius* eſt à Berlin. Pour frère *Protagoras*, il devait bien s'attendre que le libraire, maître de ſon manuſcrit, en difpoferait à ſon bon plaifir, qu'il en donnerait à ſes amis, et que ces amis pourraient en apporter à Paris. Mon ami *Cideville* a gardé le ſecret, et n'en a parlé à perſonne qu'à *Protagoras* lui-même. Le livre d'ailleurs ne peut faire qu'un très-grand effet, et l'auteur jouira de ſa gloire fans rien rifquer.

Continuez, mon cher et digne frère, à faire aimer la vérité : c'eſt à elle que je dois votre amitié ; elle m'en eſt plus chère, et je mourrai attaché à vous et à elle.

# LETTRE XL.

## A M. DE LA HARPE.

2 d'avril.

JE me doutais bien, Monfieur, que les vers char-
mans fur les *Calas* étaient de vous ; car de qui
pourraient-ils être ? J'avais reçu tant de lettres au fujet
de cette famille infortunée, qu'après les avoir mifes
dans mon porte-feuille, j'y trouvai votre belle épître
fans adreffe, et écrite, à ce qu'il me parut, d'une
autre main que de la vôtre.

J'apprends aujourd'hui, par M. le marquis de
*Ximenès*, que je vous ai très-bien deviné ; mais je ne
fais pas fi bien répondre. Mon état eft très-languiffant
et très-trifte, et j'ai encore le malheur d'être furchargé
d'affaires ; je vous affure que mes fentimens pour
vous n'en font pas moins vifs. J'ai été charmé de la
candeur et de la réferve avec lefquelles vous m'avez
écrit fur la pièce nouvelle. Cela eft digne de vos
talens, et met vos ennemis dans leur tort, fuppofé
que vous en ayez. Il n'appartient qu'aux excellens
artiftes comme vous d'approuver ce que leurs confrères ont de bon, et de garder le filence fur ce qu'ils
ont de moins brillant et de moins heureux. Vous
avez tous les jours de nouveaux droits à mon eftime
et à ma reconnaiffance, et vous pouvez toujours me
parler avec confiance, bien fûr d'une difcrétion égale
à l'attachement que je vous ai voué.

# LETTRE XLI.

## A M. LE COMTE D'ARGENTAL.

3 d'avril.

POURQUOI faut-il que, de mes deux anges, il y en ait toujours un qui touffe? permettez-moi de confulter *Tronchin* fur cette toux. Il n'y aurait qu'à en faire l'hiftoire, et fur cette hiftoire *Tronchin* donnerait fes conclufions.

J'envoie à mes anges une autre forte d'hiftoire, dont il y a auffi de bonnes conclufions à tirer. Feu M. l'abbé *Bazin* était un bon chrétien qui n'était point fuperftitieux; il laiffe entrevoir modeftement que les Juifs étaient une nation des plus nouvelles, et qu'ils ont pris chez les autres peuples toutes leurs fables et toutes leurs coutumes. Ce coup de poignard, une fois enfoncé avec tout le refpect imaginable, peut tuer le monftre de la fuperftition dans le cabinet des honnêtes gens, fans que les fots en fachent rien.

Mes anges font fuppliés de faire part à frère *Damilaville* des pilules qui leur ont été apportées par un fuédois et par deux fuiffes. Ces pilules, quoique condamnées par les charlatans, font beaucoup de bien à un malade raifonnable.

Meffieurs du parlement de Touloufe ne paraiffent pas être du nombre de ces derniers. Mes anges font inftruits, fans doute, que ces meffieurs s'affemblèrent, le 20 de mars, pour rédiger des remontrances tendantes à demander ou ordonner que tous ceux

E 4

qu'ils auront fait rouer foient déformais déclarés bien roués, et que furtout on maintienne la belle proceffion annuelle dans laquelle on remercie DIEU, en mafque, du fang répandu de trois à quatre mille citoyens, il y a quelques deux cents ans. De plus, *meffieurs* ont défendu, fous des peines corporelles, d'afficher l'arrêt qui juftifie les *Calas ; meffieurs* me paraiffent opiniâtres.

> Peut-être je devrais, plus humble en ma mifère,
> Me fouvenir du moins que je parle à leur frère.

Mais ce frère appartient à l'humanité avant d'appartenir à *meffieurs*.

Si la réponfe du roi au parlement de Bretagne eft telle qu'on la trouve dans les papiers publics, il paraît que la cour fait quelquefois réprimer *meffieurs ;* il paraît auffi que le public commence à fe laffer de cette démocratie. Ce public brife fouvent fes idoles, et, au bout de quelques mois, il arrive que les applaudiffemens fe tournent en fifflets. ( Ceci foit dit en paffant. )

Je remercie bien humblement mes anges de leur paffe-port, et je les fupplie de vouloir bien dire à M. le duc de *Praflin* combien je fuis touché de fes bontés.

Je trouve que la gratification où penfion, que l'on demandait au roi pour ces pauvres *Calas*, tarde beaucoup à venir ; c'eft ce qui m'a déterminé à leur confeiller de faire preffentir monfieur le vice-chancelier et monfieur le contrôleur général fur la prife à partie, afin de ne point indifpofer ceux de qui cette penfion

dépend : mais je peux me tromper , et je m'en rapporte à mes anges qui voient les chofes de plus
près et beaucoup mieux que moi.

Je ne peux pas dicter davantage , car je n'en peux
plus. Je me meurs avec la folie de planter et de bâtir ,
et avec le chagrin de n'avoir pas vu mes anges
depuis douze ans.

## LETTRE XLII.

### A M. DAMILAVILLE.

Le 5 d'avril.

Vous êtes obéi, mon cher frère ; ce charmant
ouvrage fera imprimé au plus vîte et avec le plus
grand fecret. Que je vous remercie d'avoir encouragé
l'auteur inimitable de ce petit écrit à rendre des
fervices fi effentiels à la bonne caufe ! J'en demande
très-humblement pardon à ce *Blaife Pafcal* , mais je
le mets bien au-deffous d'*Archimède-Protagoras :*
celui-ci ne verra jamais de précipice à côté de fa
chaife , et il bouchera le précipice dans lequel on a
fait tomber tant de fots.

Je vous crois inftruit des démarches du parlement
de Touloufe , qui a défendu qu'on affichât l'arrêt des
maîtres des requêtes, et qui s'eft affemblé pour faire au
roi de belles remontrances téndantes à faire déclarer
bien roués tous ceux qui auront été roués par ledit
parlement. Je ne fais pas fi ces remontrances auront
lieu ; j'ignore jufqu'à quel point la cour ménagera le

—— parlement des Viſigots. C'eſt dans cette incertitude que j'ai conſeillé à la veuve *Calas* de ne point haſarder la priſe à partie, ſans faire preſſentir les deux miniſtres dont dépend ſa penſion; mais je me rendrai à l'avis que vous aurez embraſſé.

Vous daignez me demander, par votre lettre du 27 de mars, le portrait d'un homme qui vous aime autant qu'il vous eſtime : je n'ai plus qu'une mauvaiſe copie d'après un original fait il y a trente ans, et dans le fond de mes déſerts il n'y a point de peintre. Je vous enverrai ce barbouillage, ſi vous le ſouhaitez; mais l'eſtampe faite d'après le buſte de *le Moine*, vaut beaucoup mieux.

J'attends tous les jours de Toulouſe la copie authentique de l'arrêt qui condamne toute la famille *Sirven;* arrêt confirmatif de la ſentence rendue par un juge de village, arrêt donné ſans connaiſſance de cauſe, arrêt contre lequel tout le public ſe ſoulèverait avec indignation, ſi les *Calas* ne s'étaient pas emparés de toute ſa pitié.

Je ne conſeillerais pas à un auteur de donner une ſeconde pièce patriotique. Il n'y a que le zèle admirable de M. de *Beaumont* qui ſoit inépuiſable. Le public ſe laſſe bien vîte d'être généreux.

Je ſuis bien malade; tout baiſſe chez moi, hors mes tendres ſentimens pour vous. Je me ſoumets à l'Etre des êtres et aux lois de la nature; mais *écr. l'inf.*

Je reçois, dans le moment, la ſentence des *Sirven*. Je les croyais roués et brûlés, ils ne ſont que pendus. Vous m'avouerez que c'eſt trop s'ils ſont innocens, et trop peu s'ils ſont parricides. Les complices bannis me paraissent encore un nouvel affront à la justice ; car, s'ils sont complices d'un parricide, ils méritent la mort. Il n'y a pas le sens commun chez les Visigots.

Je crois qu'après les *Sirven*, les gens le plus à plaindre sont ceux qui liront ce griffonnage.

1765.

# LETTRE XLIII.

## A M. LE CLERC DE MONTMERCI.

8 d'avril.

PLUS M. de *Montmerci* m'écrit, et plus je l'aime. Je n'ose lui proposer de venir philosopher dans ma retraite cette année. Je suis environné de maçons et d'ouvriers de toute espèce ; mais je le retiens pour l'année 1766, supposé que les quatre élémens me fassent la grâce de conserver mon chétif corps jusque-là. Je ne veux point mourir sans avoir vu un vrai philosophe qui veut bien m'aimer, et qui, étant libre, pourra faire ce petit voyage sans demander permission à personne. C'est avec de tels frères que je voudrais achever ma vie dans le petit couvent que j'ai fondé.

Quand il y aura quelque chose de nouveau dans la littérature, je vous prierai, Monsieur, de m'en faire part ; mais vos lettres me font toujours plus de plaisir que les ouvrages nouveaux.

LETTRE XLIV.

## A M. LE COMTE D'ARGENTAL.

10 d'avril.

JE vous envoie, mes anges, l'antiquité à bâtons rompus. Je ne fais fi le fatras des fottifes myftérieufes des mortels vous plaira beaucoup. Vous êtes de bien bonne compagnie pour lire avec plaifir ces profondeurs pédantefques ; mais votre efprit s'étend à tout, ainfi que vos bontés.

Les horreurs des *Sirven* vont fuccéder aux abominations des *Calas*. Le véritable *Elie* prend une feconde fois la défenfe de l'innocence opprimée. Voilà trop de procès de parricides, dira-t-on ; mais, mes divins anges, à qui en eft la faute ?

Je ne fais fi vous avez connu feu l'abbé *Bazin*, auteur de la Philofophie de l'hiftoire. Son neveu, le chevalier *Bazin*, a dédié l'ouvrage de fon oncle à l'impératrice de toutes les Ruffies, comme vous le favez ; mais j'ai peur que les dévots de France ne penfent pas comme cette impératrice.

Refpect et tendreffe.

# LETTRE XLV.

## A M. DAMILAVILLE.

10 d'avril.

Vous guérirez furement, mon cher frère, car voilà la troifième lettre d'*Efculape*. Je vous prie , au nom de tous les frères, d'avoir grand foin de votre fanté; c'eft vous qui tenez l'étendard auquel nous nous rallions , c'eft vous qui êtes le lien des philofophes. Il eft venu chez moi un jeûne petit avocat général de Grenoble, qui ne reffemble point du tout aux *Omer :* il a pris quelques leçons des d'*Alembert* et des *Diderot;* c'eft un bon enfant et une bonne recrue. (\*)

Frère d'*Argental* doit actuellement avoir reçu tous fes paquets. Je crois, par conféquent, qu'il peut vous lâcher encore quelques piftolets à tirer contre l'*inf*.... M. de *la Haye* vous a , fans doute, remis fon petit paquet. On tâchera de vous fournir de petites provifions, toutes les fois qu'on pourra-fe fervir d'un honnête voyageur.

Voici les deux feuillets fignés *Sirven*. J'ignore toujours fi le parlement de Touloufe ofera faire des remontrances. Je ne fuis pas plus content que vous des ménagemens qu'on a gardés en réhabilitant les *Calas*, et je fuis affligé de voir tant de délais aux grâces que le roi doit leur accorder. Ce n'eft pas affez d'être juftifié, il faut être dédommagé ; et fi le roi ne paye pas , il faut bien que ce foit *David* qui paye.

(\*) M. *Servan.*

1765.

Je fuppofe qu'à préfent vous avez la *fentence* et l'*arrêt* contre *Sirven*, et qu'il ne manque plus rien à Elie pour être deux fois, en un an, le protecteur de l'innocence opprimée.

L'ouvrage dont vous me parlez, à la fin de votre lettre du premier d'avril, eft auffi déteftable que vous le dites, et ce n'eft pas un poiffon d'avril que vous me donnez. Je ne crois pas qu'il y ait deux avis fur cela parmi les connaiffeurs ; mais vous fentez bien qu'il ne m'appartient pas de dire mon avis. On dit qu'il y a des préjugés qu'il faut refpecter, et celui-là eft refpectable pour moi.

Ne pourrai-je favoir le nom du théologien dénonciateur à qui nous fommes redevables de la plus jolie réfutation qu'on ait faite ( * )? Et *la Deftruction*, qu'en dirons-nous ? eft-elle arrivée ? eft-elle en fureté ?

*Gabriel* ne m'a point fait voir les dernières épreuves de cette *Deftruction* ; il eft un peu négligent. Il m'affure que, malgré les tracafferies de Genève qui l'occupent beaucoup, il fera encore plus occupé de la tracafferie du théologien.

Embraffez pour moi les frères; je vous falue tous dans le faint amour de la vérité. *Ecr. l'inf.*

—

(*) M. l'abbé *Morellet.* C'eft une défenfe de quelques articles de la *Gazette littéraire.*

# LETTRE XLVI. 1765.

## A M. ELIE DE BEAUMONT, *avocat.*

A Ferney , le 13 d'avril.

JE reçois, mon cher *Cicéron*, votre lettre non datée, avec le procès-verbal de la célèbre fervante. Je vais répondre à tous vos articles.

Je ne crois point du tout qu'il m'appartienne de parler dans ma lettre de la conduite du parlement de Touloufe. J'ai voulu et j'ai dû me borner aux faits dont je fuis témoin. C'eft à vous qu'il fied bien de faire voir l'outrage que le parlement de Touloufe a fait au confeil en refufant d'exécuter fon arrêt. Ce que vous en dites eft d'autant plus fort que vous l'avez dit avec le ménagement convenable. Le confeil a fenti tout ce que vous n'avez pas exprimé. Il y a des cas où l'on doit plus faire entendre qu'on n'en dit, et c'eft un des grands mérites de votre mémoire ; c'eft ce qui pourra furtout ramener M. d'*Aguesfeau* qui n'aime pas l'éloquence violente.

J'ai eu mes raifons dans tout ce que je vous ai écrit. Si j'ai le bonheur de vous tenir à Ferney, vous apprendrez à connaître mes voifins. La grandeur d'ame eft dans les pays conquis autrefois par *Gengis-kan*.

Je ne peux faire figner votre mémoire par les *Sirven* que quand il me fera parvenu. Je vous ai déjà mandé que toute communication était interrompue entre Lyon et mon malheureux pays.

Si vous trouvez que ma lettre puiffe être bien reçue

du public , telle que je l'ai envoyée en dernier lieu à M. *Damilaville* , ôtez les mots , *configné entre vos mains* , et mettez , *l'argent qu'on leur offrait pour leur honoraire;* mettez , *le confeil de Berne* au lieu de *Berne; le confeil de Genève* au lieu de *Genève* , et tout fera dans la plus grande exactitude. Il faut rendre à chacun felon fes œuvres, et madame la duchefle d'*Enville* et madame *Geoffrin* ne doivent pas être fruftrées des éloges dus à leur générofité.

Quant à M. *Coqueley*, il eft très-sûr qu'il a eu le malheur d'être l'approbateur de *Fréron;* c'eft être le receleur de *Cartouche.* Mais on dit qu'il a abdiqué depuis long-temps un emploi fi odieux et fi indigne d'un avocat. On m'affure que c'eft un nommé d'*Albaret* qui lui a fuccédé et qui a été réformé; fi cela eft, je tranfporte authentiquement à d'*Albaret* , et par-devant notaire, s'il le faut, l'horreur et le mépris qu'un approbateur de *Fréron* mérite; mais je ne tranfporterai jamais mon eftime et ma tendre amitié pour vous à qui que ce foit dans le monde. Je vous garde ces deux fentimens pour jamais.

*P. S.* J'apprends la juftice qu'on a rendue à celui qui éclaire la juftice et qui la fait rendre. Je partage ce triomphe avec tous les honnêtes gens de Paris. Je m'intéreffe autant qu'eux au rétabliffement de madame de *Beaumont.*

*Sirven* fe met aux pieds du protecteur de l'innocence opprimée, avec la pancarte ci-jointe, et attendra fa commodité.

LETTRE

# LETTRE XLVII.

## A M. DAMILAVILLE.

16 d'avril.

IL eſt donc enfin décidé , mon cher frère , que le roi daignera donner un dédommagement à notre veuve. Je vous aſſure qu'il aura l'intérêt de ſon argent en bénédictions. Un roi fait ce qu'il veut des cœurs : tous les proteſtans ſont prêts à mourir pour ſon ſervice. Il faut bien peu de choſe aux grands de ce monde pour inſpirer l'amour ou la haine.

Je ne ſuis pas aſſez au fait des affaires pour décider ſur la *priſe à partie;* mais ſi cette priſe réuſſiſſait, ce ferait un terrible coup. Je ne crois pas qu'il y en ait d'exemple depuis le maſſacre de Cabrières et de Mérindol : mais cette cruelle affaire était bien d'un autre genre ; il s'agiſſait de l'abus ſanguinaire des ordres du roi , de dix-huit villages mis en cendres , et de huit à neuf mille ſujets égorgés : *tantùm relligio potuit ſuadere malorum !*

Vous ſaurez que le bruit avait couru à Touloufe que l'arrêt des maîtres des requêtes ne regardait que la forme , et que moi votre frère je ferais admonété pour m'être mêlé de cette affaire. Il ſe trouve au contraire que c'eſt moi qui ai l'honneur d'admonéter tout doucement *meſſieurs;* mais les meilleurs admonéteurs ont été M. d'*Argental* et vous.

Si nous pouvons parvenir à faire une ſeconde correction à ceux qui ont pendu l'ami *Sirven* et ſa femme, nous deviendrons très-redoutables. Ne trouvez-vous pas singulier que ce soit du fond des Alpes et du quai Saint-Bernard que partent les flèches qui percent les Touloufains tuteurs des rois ?

Il est bien triste assurément que *Gabriel* ait laissé échapper quelques exemplaires de *la Destruction*, mais je ne crois pas que ce soit cette imprudence qui ait produit les difficultés qu'*Archimède* éprouve. Il me semble que l'enchanteur *Merlin* n'aurait jamais pu s'empêcher de présenter ce livre à l'examen, et n'aurait point hasardé d'être déchu de sa maîtrise. Il me paraît que la douane des pensées est beaucoup plus sévère que celle des fermiers généraux, et qu'il est plus aisé de faire passer des étoffes en contrebande que de l'esprit et de la raison. La maxime du P. *Canaye* subsiste toujours : *point de raison chez les Velches*. Ils sont de toute façon plus *velches* que jamais.

Il n'y a qu'un très-petit nombre de *français* ; *pusillus grex*, comme dit l'autre ; cependant ce petit troupeau augmente tous les jours. J'ai vu depuis peu des officiers et des magistrats qui ne sont point du tout *velches*, et j'ai béni DIEU. Entretenons le feu sacré.

Je vous salue, je vous embrasse en esprit et en vérité ; je m'unis à vous plus que jamais dans la sainte tolérance. *Ecr. l'inf.*

## LETTRE XLVIII.

### AU MEME.

17 d'avril.

Je réponds à votre lettre du 10 ; fi elle avait été du 11, vous auriez été dans un bel enthoufiafme des trente-fix mille livres accordées par le roi à notre famille *Calas*. Si le roi favait combien on le bénit dans les pays étrangers, il trouverait que jamais perfonne n'a mis fon argent à un pareil intérêt. Jamais l'innocence n'a été mieux vengée ni plus honorée. Vous êtes affurément bien payé, mon cher frère, de toutes vos peines. Le généreux *Elie* doit être bien content ; on regarde ici fon mémoire comme un chef-d'œuvre ; il était impoffible que les juges réfiftaffent à la force de fon éloquence. J'ai oublié tous mes maux, quand j'ai appris la libéralité du roi ; je me fuis cru jeune et vigoureux ; et j'imagine qu'à préfent vous ne portez plus d'emplâtre au cou.

Ou je fuis bien trompé, ou M. de *Beaumont* a dû voir l'arrêt du parlement de Touloufe à la fuite de la fentence de Caftres. *Elie* va donc, une feconde fois, tirer la vertu du fein de l'opprobre et de l'infortune. Je vous prie de l'embraffer bien tendrement pour moi, et de lui dire qu'il a un autel dans mon cœur.

Les *Bazin* d'Hollande n'étaient pas encore arrivés, quand M. de *la Haye* partit avec les Caloyers : ces Caloyers m'ont paru fort augmentés, et capables de faire beaucoup de bien. Vous avez une petite lifte

F 2

———— des perfonnes auxquelles on peut en envoyer, et vous trouverez, fans doute, quelque adepte qui fe chargera aifément du refte. Les *Bazin* font d'un genre tout différent. Ils ne me femblent pouvoir faire fortune qu'auprès de ceux qui connaiffent un peu l'hiftoire ancienne. Je crois qu'ils n'effuieront pas le fort de *la Deftruction* ; l'étiquette du fac n'infpire pas la même défiance. Le nom feul de jéfuite effarouche la magiftrature ; on examine l'ouvrage dans l'idée d'y trouver des chofes dangereufes : des fatras d'hiftoire donnent moins d'alarme. La deftruction des Babyloniens par les Perfans effarouche moins que la deftruction des jéfuites par les janféniftes.

L'enchanteur *Merlin* eft très-inftamment prié de n'en pas faire une édition nouvelle avant de faire écouler celle d'un pauvre diable à qui on a donné ce petit morceau pour le tirer de la pauvreté. Je crois que l'enchanteur fe tirera bien de la feconde édition.

Mon cher frère, toutes ces deftructions-là font l'édification des honnêtes gens. Combattez, anges de l'humanité ; *écr. l'inf.*

## LETTRE XLIX.

## A M. ELIE DE BEAUMONT, *avocat.*

A Fernéy, le 19 d'avril.

PROTECTEUR de l'innocence, vainqueur du fanatifme, homme né pour le bonheur des hommes, je
crois que vous avez toutes les pièces néceffaires pour
agir en faveur de la pauvre famille *Sirven* que vous
voulez bien prendre fous votre protection. Vous avez,
je crois, au bas de la fentence du juge du village,
l'extrait de l'arrêt du parlement de Touloufe, authentiquement certifié fur papier timbré. Vous favez que
ces arrêts par contumace s'appellent *délibération* dans
la langue de *oc*, et ce mot délibération doit fe trouver au bout de votre pancarte. *Sirven* a perdu, par
cette aventure, tout fon bien qui confiftait dans un
fonds de dix-neuf mille francs, outre quinze cents
livres de rente nettes que lui valait fa place. Voilà toute
une famille expatriée, couverte d'opprobre, et réduite
à la plus cruelle misère. Le procès qu'on lui a fait me
paraît abfurde, l'enlèvement de fa fille affreux, la
fentence un attentat contre la juftice et contre la raifon. S'il s'agiffait de comparaître devant tout autre
tribunal que celui de Touloufe, j'enverrais cette malheureufe famille fe remettre à la difcrétion de fes juges
naturels ; mais je crains que les juges de Touloufe ne
foient plus ulcérés que corrigés. Qui peut répondre
que fept ou huit têtes échauffées ne fe vengeront pas
fur les *Sirven* du triomphe que vous avez procuré

aux *Calas*? J'attends votre décifion. Je voudrais que vous puiffiez fentir à quel point je vous révère, je vous admire et je vous aime.

Mille refpects à votre digne compagne.

*P. S.* Je reçois dans ce moment, Monfieur, votre lettre pour moi, et le paquet pour les *Sirven*. Je vais envoyer chercher cet infortuné père. Son malheur ne lui a peut-être pas laiffé affez de netteté dans l'efprit pour répondre catégoriquement à toutes les queftions que vous pourrez lui faire. Nous tâcherons cependant de vous fournir des éclairciffemens. Quelque tournure que prenne cette affaire, elle ajoutera bien des fleurons à votre couronne.

Vous êtes trop bon d'avoir bien voulu répondre au petit mémoire à confulter fur une maifon. Je vous en remercie tendrement. L'affaire fut accommodée, dès que j'eus envoyé mon mémoire. Les Juifs qui fefaient ces étranges difficultés n'osèrent pas les foutenir, et les principaux intéreffés n'ont pas balancé un moment à faire tout ce qui était convenable. Votre nom eft tellement en vénération dans ce pays-ci, qu'on n'oferait pas faire une chofe défapprouvée par vous.

## LETTRE L.

A M. ***,

CONSEILLER AU PARLEMENT DE TOULOUSE.

A Ferney, 19 d'avril.

MONSIEUR,

JE ne vous fais point d'excufe de prendre la liberté de vous écrire, fans avoir l'honneur d'être connu de vous. Un hafard fingulier avait conduit dans mes retraites, fur les frontières de la Suiffe, les enfans du malheureux *Calas ;* un autre hafard y amène la famille *Sirven*, condamnée à Caftres, fur l'accufation ou plutôt fur le foupçon du même crime qu'on imputait aux *Calas*.

Le père et la mère font accufés d'avoir noyé leur fille dans un puits, par principe de religion. Tant de parricides ne font pas heureufement dans la nature humaine ; il peut y avoir eu des dépofitions formelles contre les *Calas*, il n'y en a aucune contre les *Sirven*. J'ai vu le procès verbal, j'ai long-temps interrogé cette famille déplorable ; je peux vous affurer, Monfieur, que je n'ai jamais vu tant d'innocence accompagnée de tant de malheurs : c'eft l'emportement du peuple du Languedoc contre les *Calas*, qui détermina la famille *Sirven* à fuir dès qu'elle fe vit décrétée. Elle eft actuellement errante, fans pain, ne vivant que de la compaffion des étrangers. Je ne fuis pas

F 4

étonné qu'elle ait pris le parti de fe fouftraire à la fureur du peuple, mais je crois qu'elle doit avoir confiance dans l'équité de votre parlement.

Si le cri public, le nombre des témoins abufés par le fanatifme, la terreur et le renverfement d'efprit qui put empêcher les *Calas* de fe bien défendre, firent fuccomber *Calas* le père, il n'en fera pas de même des *Sirven*. La raifon de leur condamnation eft dans leur fuite. Ils font jugés par contumace, et c'eft à votre rapport, Monfieur, que la fentence a été confirmée par le parlement.

Je ne vous célerai point que l'exemple de *Calas* effraie les *Sirven*, et les empêche de fe repréfenter. Il faut pourtant ou qu'ils perdent leur bien pour jamais, ou qu'ils purgent la contumace, ou qu'ils fe pourvoyent au confeil du roi.

Vous fentez mieux que moi combien il ferait défagréable que deux procès d'une telle nature fuffent portés dans une année devant fa Majefté; et je fens, comme vous, qu'il eft bien plus convenable et bien plus digne de votre augufte corps que les *Sirven* implorent votre juftice. Le public verra que, fi un amas de circonftances fatales a pu arracher des juges l'arrêt qui fit périr *Calas*, leur équité éclairée, n'étant pas entourée des mêmes piéges, n'en fera que plus déterminée à fecourir l'innocence des *Sirven*.

Vous avez fous vos yeux toutes les pièces du procès; oferais-je vous fupplier, Monfieur, de le revoir. Je fuis perfuadé que vous ne trouverez pas la plus légère preuve contre le père et la mère; en ce cas, Monfieur, j'ofe vous conjurer d'être leur protecteur.

Me ferait-il permis de vous demander encore

une autre grâce ? c'eſt de faire lire ces mêmes pièces
à quelques-uns des magiſtrats vos confrères. Si je
pouvais être sûr que ni vous ni eux n'avez trouvé
d'autre motif de la condamnation des *Sirven* que leur
fuite, ſi je pouvais diffiper leurs craintes uniquement
fondées ſur le préjugé du peuple, j'enverrais à vos
pieds cette famille infortunée, digne de toute votre
compaſſion; car, Monſieur, ſi la populace des catholiques ſuperſtitieux croit les proteſtans capables d'être
parricides par piété, les proteſtans croient qu'on
veut les rouer tous par dévotion, et je ne pourrais
ramener les *Sirven* que par la certitude entière que
leurs juges connaiſſent leur procès et leur innocence.
J'aurais le bonheur de prévenir l'éclat d'un nouveau procès au conſeil du roi, et de vous donner en
même temps une preuve de ma confiance en vos
lumières et en vos bontés. Pardonnez cette démarche
que ma compaſſion pour les malheureux, et ma
vénération pour le parlement et pour votre perſonne me font faire du fond de mes déſerts.

J'ai l'honneur d'être avec reſpect, Monſieur,
votre, &c.

# LETTRE LI.

## A M. DAMILAVILLE.

22 d'avril.

*A Monsieur Joaquim Deguia, marquès de Marros, à Ascoitia, par Baïonne, en Espagne.* C'est, mon cher frère, l'adresse d'un adepte de beaucoup d'esprit, qui s'est adressé à moi, et qui brûlerait le grand inquisiteur, s'il en était le maître. Je vous prie de lui envoyer, par la poste, un des rubans d'Angleterre qu'un fermier général vous a apportés. Cette fabrique prend faveur de jour en jour, malgré les oppositions des autres fabricans qui craignent pour leur boutique. Ces petits rubans font bien plus commodes et d'un débit plus aisé que des étoffes plus larges : on en donne à ceux qui savent les placer. Envoyez-en un à madame la marquise *du Deffant*, et deux à madame la marquise de *Coaslin*.

*Sirven* est chez moi. Il y griffonne son innocence, et la barbarie visigote. Nous achevons, le temps presse. Voici un mot pour le véritable *Elie*, avec les pièces.

Nous vous les adressons à vous, mon cher frère, dont la philosophie consiste dans la vertu autant que dans la sagesse.

## LETTRE LII.

A M. ELIE DE BEAUMONT, *avocat.*

A Ferney, le 22 d'avril.

J'ENVOIE au protecteur de l'innocence la réponfe des *Sirven* en marge. Nous écrivons à Caftres pour avoir des éclairciffemens ultérieurs. Il eft certain que l'évêque de Caftres fit enfermer la fille *Sirven*, de fon autorité privée. Je joins aux réponfes du père les monitoires que vous verrez, Monfieur, entièrement femblables à ceux qui furent publiés contre les *Calas*. Voilà un beau champ pour votre éloquence fage et attendriffante. Quels monftres vous avez à combattre, et quels fervices vous rendez à l'humanité ! Deux parricides en deux mois, imputés par le fanatifme !

*Tantùm relligio potuit fuadere malorum !*

Vous allez tirer un grand bien du plus horrible des maux.

Permettez que je vous embraffe avec la plus tendre amitié. Ma foi, j'en fais autant à votre digne époufe, malgré mes foixante-onze ans paffés.

# LETTRE LIII.

## A M. DAMILAVILLE.

24 d'avril.

En réponfe à votre lettre du 18, mon cher frère, j'embraffe tendrement *Platon-Diderot*. Par ma foi, j'embraffe auffi l'impératrice de toute Ruffie. Aurait-on foupçonné, il y a cinquante ans, qu'un jour les Scythes récompenferaient fi noblement dans Paris la vertu, la fcience, la philofophie, fi indignement trai-tées parmi nous? Illuftre *Diderot*, recevez les tranf-ports de ma joie.

Je ne peux faire la moindre attention aux tracaf-feries de la comédie; cela peut amufer Paris; pour moi, je fuis rempli d'autres idées : la générofité ruffe, la juftice rendue aux *Calas*, celle qu'on va rendre aux *Sirven*, faififfent toutes les puiffances de mon ame. On travaille à force à la condamnation du cuiftre théologien, dénonciateur, fot et fripon; la bonne caufe triomphe fourdement. Nouvelle édition du *Portatif* en Hollande, à Berlin, à Londres; réfu-tations de théologiens qu'on bafoue; tout concourt à établir le règne de la vérité.

Vous aurez l'abbé *Bazin* avant qu'il foit peu, n'en doutez pas. Vous deviez envoyer un ruban à madame *du Deffant;* vraiment, il ne faut lui envoyer rien du tout, fi elle trahit les frères. De quoi s'avife-t-elle, à fon âge et aveugle, de forcer des hommes de mérite à la haïr!

Sans concourir au bien, prôner la bienfefance!

Hélas ! elle ne fait pas que , fans les philofophes, le fang de *Calas* n'aurait jamais été vengé.

Mon chèr frère , faut-il que je meure fans vous avoir vu de mes yeux que le printemps guérit un peu? Je vous vois de mon cœur. *Ecr. l'inf.*

## LETTRE LIV.

### A M. LE MARECHAL DUC DE RICHELIEU.

26 d'avril.

UNE bonne femme , Monfeigneur , m'a donné d'une eau qui a guéri mes miférables yeux , au moins pour quelques mois ; et le premier ufage que je fais de la vue eft de vous renouveler de ma tremblante main mes tendres hommages.

Je fuppofe que le paquet que vous m'ordonnâtes d'adreffer à M. *Janel*, vous a été rendu. Quand vous en voudrez d'autres , vous n'aurez qu'à me donner vos ordres. Je vous obéirai ponctuellement, ne doutant pas d'une fécurité entière fous vos aufpices.

Le bruit des remontrances des gens tenant la comédie eft parvenu jufqu'à l'enceinte de mes montagnes ; il paraît qu'une troupe eft quelquefois plus difficile à conduire que des troupes ; il y a un efprit de vertige répandu dans plus d'un corps.

J'oferais foupçonner qu'il y a eu quelque tracafferie de la part d'une princeffe de théâtre, qui aura pu vous indifpofer contre M. *d'Argental* dont vous aimiez autrefois la bonhomie , les yeux clignotans

et la perruque en nid de pie. Il vous a de plus beaucoup d'obligation ; c'eft vous qui engageâtes le cardinal de *Tençin* à lui affurer une penfion. Il ferait
trop ingrat, s'il avait oublié vos bienfaits. Il jure
qu'il s'en fouvient tous les jours, et qu'il ne vous a
jamais manqué. Je fuis trop intéreffé à vous voir
perfévérer dans votre bienveillance pour vos anciens
ferviteurs, je vous fuis trop attaché, trop fenfible à
toutes vos bontés, pour n'être pas affligé qu'un cœur
reconnaiffant foit dans votre difgrâce. J'ai pris quelquefois la liberté d'avoir de petites altercations avec
M. d'*Argental* fur le tripot; mais que n'oublie-t-on
pas quand on eft fûr d'un cœur?

On a d'ailleurs tant de fujets de fe plaindre des
hommes, on eft entouré dans ce monde de tant
d'ennemis, ou déclarés ou fecrets, que quand on
eft fûr de la fidélité et de l'attachement d'une perfonne, c'eft une acquifition dont il eft cruel de fe
défaire. Pour moi, je vous réponds bien que vous
ferez mon héros jufqu'au tombeau, et que je mourrai
le plus fidelle et le plus refpectueux de tous ceux qui
vous ont été attachés. *V.*

## LETTRE LV.

### A M. LE COMTE D'ARGENTAL.

27 d'avril.

MES divins anges, il me paraît que le tripot est un peu troublé. Si les comédiens étaient assez fermes pour dire : Nous ne pouvons faire les fonctions de notre état, si on l'avilit ; nous sommes las d'être mis en prison si nous ne jouons pas, et d'être excommuniés si nous jouons ; dites-nous à qui nous devons obéir, du roi ou d'un habitué de paroisse ; mettez-nous au dernier rang des citoyens, mais laissez-nous jouir des droits qu'on accorde aux gadouards, aux bourreaux et aux *Frérons*; si, dis-je, ils tenaient ce langage, et s'ils le soutenaient, il faudrait bien composer avec eux ; mais la difficulté sera toujours d'attacher le grelot.

Je me flatte que vous avez été un peu amusés par les dernières feuilles de l'abbé *Bazin*. Si je peux en attraper encore, j'aurai l'honneur de vous en faire part.

Il y aura des misérables qui, malgré les protestations honnêtes et respectueuses de l'abbé, croiront toujours qu'il a eu des intentions malignes ; mais il faut les laisser crier.

Je ne sais à qui en a le tyran du tripot; mon cher ange a fait tout ce qu'il devait. Si le tyran persiste dans sa lubie, mon ange n'ayant rien à se reprocher, l'abandonnera à son sens réprouvé.

1765.    On n'a donc point voulu permettre le débit de la deſtruction jéſuitique qui eſt bien auſſi la deſtruction des janſéniſtes. Tous ces marauds-là en *ites*, et en *iſtes*, et en *iens*, ſont également les ennemis de la raiſon ; mais la raiſon perce malgré eux, ét il faudra bien qu'à la fin ils n'aient d'empire que ſur la canaille. C'eſt à mon gré le plus grand ſervice qu'on puiſſe rendre au genre-humain, de ſéparer le ſot peuple des honnêtes gens pour jamais ; et il me ſemble que la choſe eſt aſſez avancée. On ne ſaurait ſouffrir l'abſurde inſolence de ceux qui vous diſent : Je veux que vous penſiez comme votre tailleur et votre blanchiſſeuſe.

Mes anges, je baiſe le bout de vos ailes. *V.*


## LETTRE LVI.

### A M. DAMILAVILLE.

29 d'avril.

L'IDÉE de l'eſtampe des *Calas* eſt merveilleuſe. Je vous prie, mon cher frère, de me mettre au nombre des ſouſcripteurs, pour douze eſtampes. Il faut réuſſir à l'affaire des *Sirven* comme à celle des *Calas ;* ce ſerait un crime de perdre l'occaſion de rendre le fanatiſme exécrable.

Je crois que le généreux *Elie* peut toujours faire ſon mémoire. La confirmation de l'arrêt de Touloufe eſt aſſez conſtatée par le procès verbal d'exécution. Le mémoire de *Sirven* eſt de la plus grande fidélité ;

il

il a répondu avec exactitude à toutes les interroga- 1765.
tions de fon patron *Elie;* ainfi nous efpérons dans
peu voir la feconde philippique.

L'aventure de mademoifelle *Clairon* eft furieufement velche. Si j'avais un confeil à donner aux gens
tenant la comédie, ce ferait de ne jamais remonter
fur le théâtre qu'on ne leur eût rendu les droits de
citoyen. La contradiction eft trop forte d'être mis au
cachot fi on ne joue pas , et d'être déclaré infame fi
on joue.

Je crois qu'il faut envoyer une aune de ruban à
l'abbé de *Voifenon.* Vous favez d'ailleurs comment
placer ces pompons : on dit qu'ils peuvent guérir les
peftiférés. Il faut en envoyer un à M. le comte de *la
Touraille ,* gentilhomme de la chambre du prince de
*Condé;* un à madame la comteffe de *la Marck.* Fefons
le plus de bien que nous pourrons, DIEU nous en
faura gré.

Je compte que *Gabriel* fera partir, le premier de
mai, la petite batterie dreffée contre l'infolence et
l'abfurdité théologique. Il nous eft arrivé un général
autrichien qui eft tout-à-fait attaché à la bonne caufe;
nous avons auffi un excellent profélyte danois. Toute
langue et toute chaire commence à confeffer la vérité.
O fainte philofophie, que votre règne nous advienne !

J'embraffe tous les frères dans la communion de
l'efprit; DIEU répand fur eux vifiblement fes bénédictions. Je vous aime tous les jours davantage. *Ecr.
l'inf.*

*N. B.* Il me vient en idée de faire deffiner auffi
le portrait du petit *Calas* qui eft encore à Genève ;

il a la phyſionomie du monde la plus intéreſſante. On pourrait, pour faire un beau contraſte, le placer à la porte de la priſon, ſollicitant un conſeiller de la tournelle. Voyez, mon cher frère, ſi cette idée vous plaît ; parlez-en à madame *Calas*.

Mandez-moi, je vous prie, ſi mademoiſelle *Clairon* eſt encore au fort-l'évêque, et ſi elle perſiſte dans la réſolution de renoncer au théâtre.

## LETTRE LVII.

### A MADEMOISELLE CLAIRON.

1 de mai.

L'HOMME qui s'intéreſſe le plus à la gloire de mademoiſelle *Clairon*, et à l'honneur des beaux arts, la ſupplie très-inſtamment de ſaiſir ce moment pour déclarer que c'eſt une contradiction trop abſurde d'être au fort-l'évêque ſi on ne joue pas, et d'être excommunié par l'évêque ſi on joue ; qu'il eſt impoſſible de ſoutenir ce double affront, et qu'il faut enfin que les Velches ſe décident. Les acteurs qui ont marqué tant de ſentimens d'honneur dans cette affaire, ſe joindront ſans doute à elle. Que mademoiſelle *Clairon* réuſſiſſe ou ne réuſſiſſe pas, elle ſera révérée du public ; et ſi elle remonte ſur le théâtre comme un eſclave qu'on fait danſer avec ſes fers, elle perd toute ſa conſidération. J'attends d'elle une fermeté qui lui fera autant d'honneur que ſes talens, et qui fera une époque mémorable.

# LETTRE LVIII.

## A M. HELVETIUS.

1 de mai.

VOICI, mon illuftre philofophe , un gentilhomme anglais très-inftruit , et qui , par conféquent , vous eftime. Je me fuis vanté à lui d'avoir quelque part à votre amitié , car j'aime à me faire valoir auprès des gens qui penfent. M. *Makartney* penfe tout comme vous ; il croit, malgré *Omer* et *Chriftophe*, que, fi nous n'avions point de mains, il ferait affez difficile de faire des rabats à *Chriftophe* et à *Omer* , et des fifflets pour les bourdons de *Simon le Franc*, favori du roi, &c. Il trouve notre nation fort drôle ; il dit que, fitôt qu'il paraît une vérité parmi nous , tout le monde eft alarmé comme fi les Anglais fefaient une defcente. Puifque vous avez eu la bonté de refter parmi les finges, tâchez donc d'en faire des hommes. DIEU vous demandera compte de vos talens. Vous pouvez plus que perfonne écrafer l'erreur , fans montrer la main qui la frappe. Un bon petit catéchifme imprimé à vos frais , par un inconnu , dans un pays inconnu , donné à quelques amis qui le donnent à d'autres ; avec cette précaution , on fait du bien , et on ne craint point de fe faire du mal , et on fe moque des *Chriftophe*, des *Omer*, &c. &c. &c. &c.

*Jean-Jacques* dit, à mon gré, une chofe bien plai-fante, quoique géométrique, dans fa lettre à *Chriftophe*, pour prouver que dans notre fecte la partie eft plus

G 2

grande que le tout. Il fuppofe que notre fauveur
JESUS-CHRIST communie avec fes apôtres; en ce cas, il
eft clair, dit-il, que JESUS mit fa tête dans fa bouche.
Il y a par-ci par-là de bons traits dans ce *Jean-
Jacques.*

On m'a envoyé ces deux extraits de *Jean
Meflier* : il eft clair que cela eft écrit du ftyle d'un
cheval de carroffe, mais qu'il rue bien à propos ! et
quel témoignage que celui d'un prêtre qui demande
pardon, en mourant, d'avoir enfeigné des chofes abfurdes et horribles ! Quelle réponfe aux lieux communs
des fanatiques qui ont l'audace d'affurer que la philofophie n'eft que le fruit du libertinage.

Oh ! fi quelque galant homme, écrivant avec pureté
et avec force, donnant à la raifon les grâces de l'imá-
gination, daignait confacrer un mois ou deux à éclairer le genre-humain ! Il y a de bonnes ames qui font
ce qu'elles peuvent, elles donnent quelques coups de
bêche à la vigne du Seigneur ; mais vous la feriez
fructifier au centuple. *Amen !* Toutefois ne faites
point apprendre à vos enfans le métier de menuifier,
cela me paraît affez inutile pour l'éducation d'un
gentilhomme.

*Vale.* Je vous eftime autant que je vous aime.

## LETTRE LIX.

### A M. DAMILAVILLE.

4 de mai.

JE vois par votre lettre du 24, mon cher frère, que l'enchanteur *Merlin* a été pourfuivi par les diables. Mandez-moi, je vous prie, s'il eft échappé de leurs griffes. Je m'y intéreffe bien vivement. Je tremble pour un paquet que je vous ai envoyé à l'adreffe de monfieur *Gaudet*. Si ce paquet eft perdu, il n'y a plus de reffource, et cependant je ne ferai pas découragé. Je fuis à peu-près borgne comme *Annibal*, j'ai juré comme lui une haine immortelle aux *Romains;* et, duffé-je être empoifonné chez *Prufias*, je mourrai en leur fefant la guerre.

La réfolution de *Pierre Calas* de partir pour Genève m'effraie. Le gouvernement n'en ferait-il pas indigné? *Calas* a-t-il d'autre patrie que celle où *Cicéron-Beaumont* l'a fi bien défendu, où le public l'a fi bien foutenu, où les maîtres des requêtes l'ont fi bien jugé, où le roi a comblé fa famille de bienfaits? car vous favez qu'outre les trente-fix mille livres, il y a encore fix mille livres pour les procédures. Je me flatte qu'au moins vous l'empêcherez de partir fans une permiffion expreffe; et je crains bien encore que la demande de cette permiffion ne déplaife à la cour, et ne faffe perdre les mille écus que le roi lui a donnés. Je foumets mon avis au vôtre.

G 3

1765.

J'ignore fi mademoifelle *Clairon* remontera fur le théâtre de Paris. Je la tiens pour une pauvre créature, fi elle a cette faibleffe. Plus on perfécute la raifon, les talens, la vérité et le goût, plus notre phalange doit marcher ferrée. Je crois que les verges dont on fouette monfieur le dénonciateur théologien arriveront bientôt à fon cu.

Adieu, mon cher philofophe ; je m'unis toujours à vous dans la communion des fidelles, et vous embraffe avec la plus grande effufion de cœur. *Ecr. l'inf.*

# LETTRE LX.

## A M. LE COMTE D'ARGENTAL.

### 13 de mai.

Mes divins anges ne font-ils occupés que de l'hiftoire du jour, et n'ont-ils fait aucune attention à l'hiftoire ancienne ? Je ne reçois point de nouvelles d'eux, ce qui eft une hiftoire du jour fort trifte pour moi. J'ignore s'ils ont reçu le dernier paquet ; je ne me fouviens pas fi je l'ai envoyé fous le couvert de M. le duc de *Praflin*, ou fous un autre. Je ne demande point de nouvelles de mademoifelle *Clairon*, madame d'*Argental* s'en remet à madame de *Florian* ; mais je perfifte toujours dans l'idée que les comédiens doivent propofer un dilèmme dont on ne peut pas fe tirer : *Si nous ne jouons pas, on nous met au fort ou au four de l'évêque ; et fi nous jouons, l'évêque nous*

*excommunie , et nous fommes enterrés comme des chiens.*
Qu'on fe tire de cette difficulté, fi on peut.

1765.

Le Siége de Calais a perdu à cette belle affaire ; il n'eft pas même traîné actuellement en blocus. On l'a abandonné jufqu'en province; je n'ai jamais vu une révolution fi fubite. On l'avait imprimé par-tout fur la foi du Mercure et de l'enthoufiafme de Paris; à peine a-t-on pu le lire. Cette aventure eft un peu velche.

M. de *Villette* , qui a paffé trois mois chez moi, doit être actuellement à Paris. Il y recevra le paquet dont vous avez eu la bonté de vous charger.

M. de *Fontette* m'a fait l'honneur de m'écrire, mais ne m'a pas donné de grandes efpérances. Si malheureufement j'étais obligé de plaider au parlement contre mon prêtre , je jure D I E U que je mourrai avant que le procès foit jugé.

Je crois que je fuis auffi dans la difgrâce du tyran du tripot , mais je me confole très-aifément; et tant que mes anges daigneront m'aimer, je défie le refte des humains de troubler mon repos. Je les fupplie de me mettre aux pieds de M. le duc de *Praflin*, très-indépendamment de mon curé.

Refpect et tendreffe. *V.*

G 4

## LETTRE LXI.

### A M. LE MARECHAL DUC DE RICHELIEU.

15 de mai.

Puisque vous avez reçu, Monseigneur, le dernier paquet que j'eus l'honneur de vous adreſſer, il y a quelque temps, par M. *Janel*, en voici un autre qui m'arrive d'Hollande, et que je vous dépêche par la même voie. Je ne crois pas que vous ayez beſoin de l'eau de Lauſane pour vos yeux; ils ont vingt-cinq ans comme votre imagination et vos grâces. Les miens ſont très-vieux, et ont ſouffert des ophtalmies affreuſes par les vents du nord-eſt autant que par la lecture; mais, ſi vous voulez employer cette eau pour quelqu'un de vos amis, vous n'avez qu'à me donner vos ordres, j'écrirai ſur le champ à Lauſane, afin qu'on en faſſe partir quelques bouteilles par la voie que vous voudrez bien indiquer. Ce remède n'eſt bon que pour ceux qui ont des ulcères aux paupières, et n'eſt aucunement propre d'ailleurs à rétablir l'organe de la vue; il lui ferait même plus de mal que de bien. Il reſte encore à ſavoir ſi cette recette, qui eſt favorable dans le printemps, peut faire le même effet en hiver, ce dont je doute beaucoup.

Permettez-moi de vous dire un petit mot des ſpectacles qui ſont néceſſaires à Paris, et que vous protégez. J'ignore ſi vous pourriez vous ſervir de l'occaſion préſente pour faire ſentir combien il eſt contradictoire que des perſonnes payées par le roi,

1765.

et qui font fous vos ordres , foient en prifon au fort ou au four de l'évêque , fi elles ne rempliffent pas les devoirs de leur profeffion , et excommuniées , damnées par l'évêque , fi elles les rempliffent. Eft-il jufte qu'on perde tous les droits de citoyen , et jufqu'à celui de la fépulture , parce qu'on eft fous votre autorité ? Si quelqu'un peut jamais avoir la gloire de faire ceffer cet opprobre , c'eft affurément vous ; et Paris vous élèverait une ftatue comme Gènes. Mais quelquefois les chofes les plus fimples et les plus petites font plus difficiles que les grandes ; et tel homme qui peut faire capituler une armée d'Anglais , ne peut triompher d'un curé.

Je voudrais bien que vous protégeaffiez les encyclopédiftes. Ce font , pour la plupart , des hommes infiniment eftimables. Leur ouvrage , malgré fes défauts , fera beaucoup d'honneur à la nation ; et ce ne fera pas un honneur paffager et ridicule. Un des grands défauts qu'on reproche à la nation françaife , c'eft que les hommes de mérite qu'elle a produits ont été prefque toujours opprimés ou avilis , et qu'on leur a préféré des miférables. Feu M. *le Normand de Tournehem* avait relégué les tableaux de *Vanloo* dans la chambre de fes laquais. Votre protection , accordée à ceux qui travaillent à l'*Encyclopédie* , les encouragerait ; la plus faine partie de la nation vous en faurait beaucoup de gré.

Il eft un peu humiliant que les Ruffes récompenfent magnifiquement ceux que le parlement de Paris a perfécutés.

On m'a dit que les pairs avaient préfenté au roi un mémoire fur leurs droits. J'ai long-temps examiné

—— cette matière en étudiant l'hiſtoire de France, et je
1765. ſuis convaincu que l'origine de toute juridiction
ſuprême en France eſt la pairie; mais vous avez
M. *Villaret*, votre ſecrétaire, qui en fait beaucoup
plus que moi, et qui ſans doute vous a très-bien
ſervi; c'eſt un homme très-inſtruit. Conſervez vos
bontés à votre plus ancien ſerviteur, qui vous ſera
toujours attaché avec un profond reſpect. *V.*

## LETTRE LXII.

### A M. DAMILAVILLE.

20 de mai.

Voici, mon cher frère, deux petits croquis de
*Donat Calas.* J'aurais déſiré qu'on l'eût fait un peu
plus reſſemblant, et qu'on n'eût pas ſacrifié une
choſe ſi importante à l'idée de le repréſenter dans
une attitude douloureuſe qui défigure ſon joli viſage.
Si vous voulez vous ſervir de ce deſſin, recommandez
au peintre de faire *Donat* le plus joli qu'il pourra.

Vous ſavez d'ailleurs, mon cher frère, que vous avez
carte blanche pour mettre votre frère au rang de ceux
qui contribuent à la façon de cette eſtampe. Ce
monument éternifera la plus horrible des injuſtices,
la plus belle réparation, et la générofité de votre zèle
vertueux.

Il ſemble que plus les philofophes font de bien,
plus on s'efforce de les perſécuter. On a ſaiſi le ballot
qui contenait le bel ouvrage de notre cher *Archimède;*

l'autre aura le même fort; la Philofophie de l'hiftoire, que tous les gens fenfés trouvent très-fage, ne fera pas épargnée. Tout eft fufpect de la part de ceux qui rendent à la nation de vrais fervices. Je crains bien de n'avoir jamais l'*Encyclopédie* ; mon âge, ma mauvaife fanté et la fureur des janféniftes me priveront de la confolation de lire ce grand ouvrage. Ne pourrais-je pas, par votre crédit, obtenir qu'on m'en fît parvenir trois tomes ? je garderais religieufement le fecret.

Si vous voyez le véritable prophète *Elie*, dites-lui, je vous en prie, que nous fommes réduits à faire figner dans Gex une procuration aux filles de *Sirven*, pour fommer le greffier du parlement touloufain de délivrer copie de l'arrêt qui confirme l'injufte fentence ; et fi le greffier refufe, nous enverrons acte de fon refus.

Je trouve que cette caufe peut faire, au moins, autant d'honneur à l'éloquence de M. de *Beaumont* que la caufe des *Calas*. Cette fureur épidémique qui a perfuadé tous les tribunaux d'une province que la loi des proteftans eft parricide, eft un fujet digne d'un citoyen tel que lui. Quiconque arrache une branche du fanatifme, fait une plaie à l'arbre, dont il fe fent jufque dans fes racines. Rendons encore ce fervice à l'humanité dans l'affaire des *Sirven*, et demeurons inébranlables dans celle d'*écr. l'inf*.

Je penfe que déformais il eft à propos que vous m'écriviez à Lyon fous l'enveloppe de M. *Camp*, banquier ; la curiofité des méchans fera trompée. Dites à frère *Archimède* qu'il en faffe autant. Nous pourrons jouir de la confolation de nous ouvrir nos

——— cœurs : le mien eſt à vous juſqu'au dernier moment
1765. de ma languiſſante vie.

*N. B.* Soutenez conſtamment que l'abbé *Bazin*
eſt le véritable auteur de la Philoſophie de l'hiſtoire.
Comment n'en pas croire ſon neveu ? quelle fureur
de m'imputer juſqu'à l'ouvrage d'un théologien anti-
quaire ? perſécutera-t-on toujours l'auteur de la chrétienne *Zaïre* ? Faites beau bruit , vous et les frères.

## LETTRE LXIII.

### AU MEME.

A Genève , le 22 de mai.

J'AI eu hier, mon cher frère, un petit avertiſſement
de la nature , qui me dit que je n'ai pas encore long-
temps à philoſopher avec vous. Cela ne m'a pas empêché , dès que je ſuis revenu à moi , d'envoyer un
exprès à frère *Gabriel* pour lui intimer tous vos ordres.
Vous voyez , au reſte , combien le fanatiſme augmente.
Plus il ſent ſa turpitude , plus il craint qu'on ne la
révèle ; tout lui eſt ſuſpect. Les livres écrits avec le
plus de vérité ſont préciſément ceux qu'il redoute
davantage. On donnera bien un évêché à un prêtre
ſortant du b....., mais on perſécutera ceux qui
auront paſſé leur vie à chercher le vrai, et à faire le
bien.

J'ai relu la Philoſophie de l'hiſtoire, qu'on m'a
envoyée d'Amſterdam : il y a quelques fautes ridicules dans l'imprimé, comme *dix mille* pour *cent*

1765.

*mille* , à l'article *d'Egypte*. Il me semble aussi que l'auteur ne s'est pas toujours exprimé exactement dans le chaos de la chronologie ; mais , en général , l'ouvrage m'a paru assez utile.

L'auteur y montre par-tout un grand respect pour la religion ; il parle même si souvent de ce respect, qu'on voit bien qu'il veut prévenir les lâches persé- cuteurs qui pensent toujours qu'on en veut à leurs foyers. Cependant , malgré toutes les précautions de l'auteur, on a envoyé, de Paris à Berne, un article pour être mis dans la gazette , dans lequel il est dit que la Philosophie de l'histoire est plus dangereuse encore que le Portatif. On me fait aussi l'honneur de m'at- tribuer cette Philosophie. Je voudrais l'avoir faite , quoiqu'on ne me l'attribue que pour me perdre. Mais de quel droit me rend-on responsable des ouvrages d'autrui ? Il n'est pas juste que je sois toujours victime. Il semble que l'abolissement des jésuites ait été un nouveau signal de persécution contre les gens de lettres.

Parlez de tout cela avec frère *Archimède*. Que les frères célèbrent les agapes , en dépit des tyrans jansé- nistes : dressez un autel à la raison dans votre salle à manger.

*Hæc quotiescumque feceritis, in meâ memoriam facietis.*

J'ajoute à cette lettre de mon ami qu'il m'est arrivé des personnes de Paris fort instruites. On a décacheté quelques-unes de nos lettres contre-signées *Courteille* : heureusement il n'y a jamais eu dans vos lettres rien que de vertueux et de sage , qui ne soit digne de

1765. — vous. Mais, pour plus de sureté, écrivez-moi quelque lettre sous la même enveloppe *de Courteille*, et écrivez contre-signé *Laverdy*, à M. *Camp*, banquier à Lyon, et sous le couvert de M. *Camp*, à M. *Wagnière* à Genève. Que frère *Archimède* prenne la même précaution, et qu'il vous donne tout ce qu'il voudra m'écrire. Vous recevrez, par cet ordinaire, une lettre qu'on ouvrira si l'on veut.

Est-il possible qu'on soit obligé à de telles précautions, et que la plus douce consolation de la vie nous soit arrachée ? Gardez-vous bien d'écrire à *Gabriel Cram*... ni à *G*.... Gardez-vous bien qu'on fasse entrer le ballot de ce diable d'abbé *Bazin*, pour qui on prend des gens qui ne s'appellent pas *Bazin*. Il est minuit, je n'en puis plus.

## LETTRE LXIV.

### AU MEME.

A Genève, 22 de mai.

M ON cher et vertueux ami, je vous ai envoyé le portrait du petit *Calas*, peint à l'huile ; sa mère aidera à rectifier les traits ; ils sont mieux peints dans le cœur de cette digne mère que par le pinceau de M. *Hubert*. On fait actuellement un recueil de toutes les pièces de cette triste aventure dont la fin fera tant d'honneur aux maîtres des requêtes, à la nation, et surtout au roi qui a si bien réparé la malheureuse injustice de Toulouse. S'il était mieux instruit, je fuis bien sûr que la bonté de fon cœur réparerait, fur 1765. la fin de ma vie, toutes les injuftices que j'ai effuyées. Vous favez qu'on m'impute tous les jours des ouvrages auxquels je n'ai pas eu la moindre part. Ce ne devait pas être la récompenfe d'avoir fait la Henriade, le Siècle de *Louis XIV*, et quelques autres ouvrages qui n'ont déplu ni au roi ni à la nation ; mais c'eft le fort attaché à la profeffion d'homme de lettres. Peut-être eft-il dur, à l'âge de foixante et douze ans, d'être continuellement en butte à la calomnie ; mais j'ai appris, dans la faine philofophie que nous cultivons tous deux, qu'il faut favoir fe réfigner. Tout ce que je fouhaite, c'eft que le roi et le miniftère puiffent un jour favoir que les gens de lettres font les meilleurs citoyens et les meilleurs fujets. Tout eft cabale à la cour, tout eft quelquefois paffion dans de grandes compagnies qui ne devraient point avoir de paffions ; il n'y a que les vrais gens de lettres qui n'aient point d'intrigues, et qui aiment fincèrement l'ordre et la paix.

Adieu, mon digne ami ; je fuis bien malade, et, en vérité, on ne devrait pas troubler mes derniers jours. Votre amitié vertueufe fait toute ma confolation. *Voltaire.*

# LETTRE LXV.

## A M. LE COMTE D'ARGENTAL.

A Genève, 22 de mai.

MES divins anges, on vient de me dire tout ce que vous aviez donné charge de dire, et je fuis demeuré confondu de la demi-feuille copiée et de cette queftion : *Quel eft donc ce Damilaville* (*)? Hélas! mes chers anges, plût à Dieu qu'il y eût beaucoup de citoyens comme ce *Damilaville !* Je ne ferai point de remarques fur tout cela, parce qu'il n'y en a point à faire; je vous demanderai feulement fi cette demi-feuille eft fi méchante. Je crois que cette lettre vous parviendra furement, puifque je l'adreffe à Lyon, fous l'enveloppe de M. de *Chauvelin.* Cette voie déroutera les curieux, et vous pourrez m'écrire en toute fureté fous l'enveloppe de M. *Camp*, banquier à Lyon, en ne cachetant point avec vos armes, et en mettant fur la lettre, à M. *Wagnière* chez M. *Souchay* à Genève.

Je vois bien que la perfécution des janféniftes eft forte. On a renvoyé le ballot de *la Deftruction jéfuitique* de notre philofophe d'*Alembert*, parce qu'il y a quatre lignes contre les convulfionnaires. On taxe à préfent d'irréligion un favant livre d'un théologien qui témoigne à chaque page fon refpect pour la

(*) Il s'agit ici de quelques paffages d'une lettre à M. *Damilaville*, interceptée à la pofte, et peut-être falfifiée; car on fait que les lettres montrées au gouvernement, ne font pas toujours d'exactes copies des lettres ouvertes.

religion,

religion, et qui ne dit que des vérités qu'il faut être aveugle pour ne pas reconnaître. On m'impute ce livre fans le moindre prétexte, comme fi j'étais un rabbin, et comme fi l'auteur de Mérope et d'Alzire était enfariné des fciences orientales. Il ne dépend pas de moi de rendre les fanatiques fages, et les fripons honnêtes gens ; mais il dépend de moi de les fuir. Je vous demande en grâce de me dire fi vous me le confeillez. Je fuis, quoi qu'on en dife, dans ma foixante et douzième année ; je me vois chargé d'une famille affez nombreufe, dont la moitié eft la mienne, et dont l'autre moitié eft une famille que je me fuis faite.

J'ai commencé des entreprifes utiles et chères, et le petit canton que j'habite commençait à devenir heureux et floriffant par mes foins. S'il faut abandonner tout cela, je m'y réfoudrai, j'irai mourir ailleurs ; il eft arrivé pis à *Socrate*. Je fais qu'il y a certaines armes contre lefquelles il n'y a guère de boucliers.

Ayez la bonté, je vous en prie, de me dire à quel point ces armes font affilées. Je vous avoue que je ferais curieux de voir cette demi-feuille. Il eft minuit, il y a trois heures que je dicte, je n'en peux plus ; pardonnez-moi de finir fitôt, c'eft bien à mon grand regret.

## LETTRE LXVI.

### A M. DAMILAVILLE.

**A Genève, 27 de mai.**

J'AFFLIGERAI votre belle ame en vous difant, mon cher ami, que nous ne pourrons pas avoir fitôt l'arrêt de Touloufe. Je fupplie, en attendant, le défenfeur de l'innocence de tenir toujours fon mémoire tout prêt. Il y a trois ans que cette famille eft dans les larmes. On a effuyé celles des *Calas*, c'eft à préfent le tour des *Sirven*. Ces horreurs font d'autant plus effrayantes, qu'elles fe paffent dans un fiècle plus éclairë. C'eft un affreux contrafte avec la douceur de nos mœurs. Voilà le funefte effet du fyftême de l'intolérance. Il y a encore de la barbarie dans les provinces. Je ne plains plus les *Calas*, après le jugement des maîtres des requêtes et après les bienfaits du roi; mais les *Sirven* font bien à plaindre. Je les recommande plus que jamais aux bontés de M. de *Beaumont*.

Après vous avoir parlé des malheurs d'autrui, il faut que votre amitié me permette encore de parler de mes peines.

Je lifais ce matin un livre anglais dans lequel fe trouve la fubftance de plus de vingt chapitres du Dictionnaire philofophique que l'ignorance et la calomnie m'ont fi groffiérement imputé; et, pour comble de bêtife, il y a dans d'autres chapitres des phrafes entières prifes de moi mot pour mot. Je me mettrais dans une belle colère, fi l'âge et les maladies

n'affaibliſſaient les paſſions. *Tronchin* m'exhorte à la
réſignation pour les maux du corps et de l'ame ; il  **1765.**
me trouve très-bien diſpoſé. Comptez que votre
amitié fait ma plus chère conſolation.

*Voltaire.* ( 1 )

## LETTRE LXVII.

### AU MEME.

A Rolle , pays de Vaud , près de Genève , 28 de mai.

J'ACHEVAIS, mon cher ami , de prendre les eaux
en Suiſſe , où j'ai encore acheté un petit domaine ,
lorſque je reçus votre paquet pour M. *Tronchin.* Je
le lui envoyai ſur le champ. Je vois que votre mal
de gorge eſt opiniâtre ; mais je vous avertis qu'il

( 1 ) Le même jour M. de *Voltaire* adreſſa , par une autre voie , à
M. *Damilaville* , le billet ſuivant :

J'ai écrit à mon cher frère aujourd'hui ; la lettre eſt à ſon adreſſe ,
et je ſuis bien ſûr qu'elle n'arrivera pas ſans avoir été ouverte. Il y a
dans le paquet une lettre à M. *d'Alembert* pour les curieux ; mais je ſuis
très en peine de ſavoir ſi un petit paquet d'Hollande , adreſſé il y a
quinze jours à M. *Gaudet* , eſt arrivé à bon port , et ſi une lettre ſous
l'enveloppe dudit M. *Gaudet* , dans laquelle on s'expliquait avec confiance ,
a été reçue. J'attends , non ſans inquiétude , que mon frère m'éclairciſſe
de tout cela , et qu'il m'écrive par la voie de Lyon. Je l'embraſſe avec
la plus grande tendreſſe. *Ecr. l'inf.*

Nous ne citerons que cet exemple et les lettres des 22 et 28 de mai ,
pour montrer les précautions que M. de *Voltaire* était obligé de prendre ,
en éclairant les hommes par des ouvrages philoſophiques , et en ſervant
l'humanité dans la défenſe des *Calas* et des *Sirven.* Ses lettres étant
ſouvent interceptées , il en écrivait d'oſtenſibles ſous ſon nom , et d'autres
ſous des noms ſuppoſés. C'était un M. *Bourſier* , un M. *Lantin* , un
M. *Ecr. l'inf.* ou *Ecrlinf.* De-là les contradictions apparentes touchant
certains ouvrages qui ſervaient de prétexte pour le perſécuter.

eſt rare qu'un médecin guériſſe ſes malades à cent lieues, et qu'une ſœur de la charité fait plus de bien de près qu'*Eſculape* de loin. Dès que j'aurai la réponſe de l'oracle de Genève, je vous la ferai parvenir.

*Sirven* prend le parti d'aller lui-même à Toulouſe chercher l'arrêt et les pièces dont M. de *Beaumont* a beſoin pour conſommer ſon entrepriſe généreuſe. Il dit qu'il fera agir ſes amis, et qu'il ſaura ſe mettre a l'abri de tout. Ce pauvre homme et ſa famille me fendent le cœur ; ils ſont beaucoup plus malheureux que ne le ſont aujourd'hui les *Calas*. Qu'il eſt beau, mon ami, de faire du bien, et que M. de *Beaumont* va augmenter ſa gloire ! Pour moi, je n'ai à augmenter que ma patience. Je paye un peu cher l'intérêt de ma petite réputation ; car, Dieu merci, il n'y a preſque point de mois qu'on ne faſſe courir quelque ouvrage ſous mon nom : vers et proſe, on m'attribue tout. Quelque libraire d'Hollande a-t-il l'impertinence de m'attribuer un mauvais livre ; auſſitôt je reçois vingt lettres de Paris et de Verſailles, et on veut que j'envoye ſur le champ ce bel ouvrage que je ne connais pas. Enfin, on va juſqu'à m'imputer je ne ſais quelle Philoſophie de l'hiſtoire, ouvrage de quelque rabbin, ou tout au moins d'un ſavant en *us* ou en *és*. On en parle au roi, et on lui dit que je ſuis très-ſavant dans les langues orientales. J'ai beau proteſter que je ne ſais pas un mot de l'ancien chaldéen, on ne m'en croit pas ſur ma parole ; et, ſi je ſuis aveugle, on dit que j'ai perdu les yeux à déchiffrer les livres des anciens brachmanes, et même que je ſuis prêt à faire une ſecte de

Guèbres. Il me faut réſoudre à être vexé juſqu'au
dernier moment.

Mandez-moi , je vous prie , ſi M. d'*Alembert* a
la penſion de M. *Clairaut*: Je verrai *Cramer* quand
je ferai à Genève. Je ne fais ſi c'eſt lui qui a imprimé
le petit ouvrage en faveur de M. l'abbé *Arnaud*. Cet
écrit m'a paru un chef-d'œuvre en ſon genre , mais
j'ai penſé qu'il ne devait réuſſir qu'à Paris , auprès de
céux qui prennent intérêt à ces diſputes littéraires.

Puiſque la paix eſt faite , *Cramer* en fera pour ſes
frais auſſi-bien que pour ceux de la nouvelle édition
qu'il a faite de *Corneille* , et qu'il n'aura pas la permiſſion de débiter dans Paris , à cauſe du privilége
des libraires.

Je vous fais toujours bon gré de cultiver les lettres
au milieu de vos occupations de finance. On dit ,
dans les pays étrangers, que les finances du royaume
vont bien ; mais on n'en dit pas autant de votre
littérature.

Il a couru des bruits fort ridicules fur M. le duc
de *Choiſeul*. Je crois qu'il s'en moque ; il fait bien
qu'il faut laiſſer parler : *Non ponebat enim rumores
antè ſalutem.* Je fais toujours des vœux pour le ſuccès
de ſa colonie ; car enfin c'eſt le pays de *Candide* ,
c'eſt le pays des gros moutons rouges , et je paſſerai
pour un hableur ſi la colonie ne réuſſit pas. Il y a
d'ailleurs quelques-uns de mes bons amis les Suiſſes
qui ſont partis pour la Cayenne ; c'eſt encore un
nouveau motif pour moi de m'y intéreſſer.

Adieu , mon cher ami ; je ſuis trop bavard pour
un malade. *V.*

H 3

# LETTRE LXVIII.

## AU MEME.

28 de mai.

M. *Tronchin* a le paquet de mon frère, et on enverra la réponfe dès qu'on l'aura reçue.

J'ai fu qu'on avait encore envoyé un fecond paquet par M. *Gaudet*, et probablement ce paquet n'eft point parvenu à fa deftination.

On écrivit depuis une lettre inftructive fur l'état des chofes, et on fe fervit de la même voie. Cette lettre partit le 21 ou le 22 du mois. Il ferait très-trifte qu'on l'eût ouverte. On a écrit, le 27, par M. *Héron*, premier commis des bureaux du confeil, et la lettre a été mife à la pofte à Lyon.

Je penfe qu'il eft néceffaire que vous m'écriviez à Genève une lettre fignée de vous. Vous y direz que vos occupations vous permettent peu de vous occuper de littérature ; que vous faites, à la vérité, venir quelquefois des livres d'Hollande pour un de vos amis, et que vous avez à peine le temps d'y jeter un coup d'œil. Vous pourrez me dire que vous avez parcouru la Philofophie de l'hiftoire, et que vous êtes bien étonné qu'on m'attribue un livre rempli de citations chaldéennes, fyriaques et égyptiennes. Vous pourrez me plaindre d'ailleurs d'être en butte à la calomnie, depuis cinquante années ; vous me raffurerez en me difant combien le roi eft équitable. Si ce canevas vous paraît raifonnable,

vous le broderez ; puifqu'on eft curieux, vous fatif-
ferez la curiofité.

Vous pourrez adreffer vos autres lettres fous l'enveloppe de M. *Camp*, banquier à Lyon, comme je
vous l'ai déjà mandé.

Je ne vous dis pas combien il eft douloureux de
recourir à ces expédiens. Nous voilà comme un
amant et une maîtreffe dont les lettres font interceptées par les jaloux. Aimons-nous-en davantage,
et *écr. l'inf.*

## LETTRE LXIX.

### A M. LE COMTE D'ARGENTAL.

29 de mai.

IL y a, au fond de la Suiffe, mes chers anges, des
eaux affez bonnes pour les vieillards cacochymes qui
ont befoin de mettre du baume et de la tranquillité
dans leur fang. Je crois que je vais prendre ces eaux,
et que je pars inceffamment pour avoir de ce baume ;
car il faut mourir à fon aife.

Il me femble que c'eft une ordonnance du médecin, que je fuppofe être dans la demi-feuille dont
madame de *Florian* m'a parlé ; il n'y a qu'une chofe
dont je fuis un peu en doute, c'eft fi cette demi-
feuille ou demi-page parle de maladies mortelles.
Vous fentez combien il eft trifte que les confultations
d'un pauvre malade foient expofées aux regards de
ceux qui ne font pas de la faculté, et qu'il eft très-
bon de changer d'air. Je foupçonne qu'on a joué le

H 4

———— même tour à frère *Damilaville* qui a grand mal à la
1765. gorge, et qui a befoin de régime. Je lui confeille,
pour fon mal, de prendre comme moi de la racine
de patience.

Je me trompe peut-être, mais j'imagine qu'on
peut, avec quelque fureté, écrire pour fes affaires
fous l'enveloppe de M. de *Chauvelin* l'intendant, en
fefant partir le paquet de Lyon, le deffus écrit d'une
main étrangère, et la lettre cachetée d'une tête.

Je préfume encore que vous pouvez avoir la bonté
de m'écrire à Lyon fous le couvert de M. *Camp*,
banquier, contre-figné *Chauvelin*. Je ne crois pas non
plus compromettre l'intérêt que vous voulez bien
prendre à ma fituation violente, en inférant ici un
petit mot pour frère *Damilaville*, que je vous fupplie de lui faire rendre. Je dois un petit mot à
*le Kain*, agréez-vous que je le mette auffi dans ce
paquet ?

Dès qu'il partira quelqu'un pour Paris, je ne
manquerai pas de le charger de quelques *Bazin* de
Hollande, arrivés depuis peu. Je ne fais plus comment le monde eft fait. L'ouvrage de feu l'abbé me
paraît rempli du plus profond refpect pour la religion. Les janféniftes font comme les provinciaux ; ils
croient toujours qu'on veut fe moquer d'eux, ou plutôt
ils reffemblent aux tyrans qui fuppofent continuellement des confpirations contre leur pouvoir. Mes
chers et divins anges, j'ai défriché un coin de terre
fauvage, je l'ai embelli, j'ai rendu fes groffiers
habitans affez heureux ; je quitterai tout le fruit de
mes peines comme on fort d'une hôtellerie, fitôt que
je ne pourrai vivre dans cet afile fans inquiétude.

Mandez-moi, je vous prie, fi je dois refter dans ce trou ou aller dans un autre, parce que tous les trous font égaux pour un homme qui penfe. Celui qu'on habite pour quelques minutes eft fi voifin de celui qu'on habitera pour toujours, que ce n'eft pas la peine de fe gêner.

Toute ma famille raffemblée baife très-humblement les ailes de mes anges. Le patriarche pourrait bien aller de Sichem en Egypte, quoiqu'il n'ait point de femme à préfenter à des *Pharaon. V.*

## LETTRE LXX.

### A M. DAMILAVILLE.

A Genève, 30 de mai.

Le malade réformé à la fuite de *Tronchin* envoie aux malades de Paris les réponfes de l'oracle d'Epidaure. Mais je vous répèterai toujours, mon cher ami, qu'une fœur du pot fait plus de bien à un malade qu'elle foigne, qu'*Efculape* n'en peut faire en dictant fes ordonnances de cent lieues. D'ailleurs M. *Tronchin* n'a pas un moment dont il puiffe difpofer, et ne peut donner au nombre prodigieux de confultations dont on l'accable, toute l'attention qu'il voudrait. Je vous exhorte, mon cher ami, à ne pas négliger de faire voir votre mal de gorge à quelqu'un à qui vous aurez confiance.

Vos amis qui ont fait ce charmant ouvrage de la juftification de la *Gazette littéraire*, doivent être affligés qu'il ne paraiffe pas. Mais tout doit céder aux défirs de M. le duc de *Praflin ;* cette *Gazette littéraire* eft dans fon département ; c'eft lui qui la protége , c'eft à lui à décider de ce qui doit être publié, et de ce qui doit être fupprimé. *Gabriel Cramer ,* à qui on avait envoyé le manufcrit, veut bien facrifier fon édition. Il lui en coûtera fon argent ; un libraire d'Hollande ne ferait pas fi honnête. J'ignore fi l'ouvrage était connu de M. le duc de *Praflin.* Il fe peut que vos amis ne l'aient pas confulté, et qu'ils fe foient repofés fur l'envie de lui plaire ; en ce cas , il n'eft tenu à rien , et ne doit aucun dédommagement. D'ailleurs , la quantité de livres écrits librement eft fi grande dans l'oifiveté de la paix, que je conçois bien que tout ce qui vient de l'étranger eft fufpect. Les *Lettres de Deon ,* de *Vergi ,* l'*Efpion chinois ,* la *Vie de madame de Pompadour ,* les *Récriminations de la fociété de* JESUS , inondent l'Europe. Toutes les fois qu'il paraît un nouveau livre , je tremble. Il a beau être déteftable , je crains toujours qu'on me l'impute. Je voudrais n'avoir jamais rien écrit. C'eft une barbarie de m'avoir attribué ce Dictionnaire philofophique , dont plus de quatre auteurs font affez connus. Il n'y a point d'homme de lettres et de goût qui ne fente la différence des ftyles.

Pour le fatras chaldéen et fyriaque de l'abbé *Bazin ,* je m'y perds ; il n'y a que des calomniateurs bien mal-adroits qui puiffent dire au roi que j'ai fait un tel ouvrage. Je ne crois pas qu'il y ait un bénédictin en France, qui foit capable d'en être l'auteur. Je fuis bien las d'être en butte aux difcours

des hommes. Dans quelle folitude faut-il donc s'enfe-
velir? Adieu, mon cher ami; plaignez et aimez
votre ami *Voltaire*.

## LETTRE LXXI.

### AU MEME.

5 de juin.

Mon cher et vertueux ami, j'ai reçu votre lettre
du 29 de mai. Si vous êtes quatre à la tête de la bonne
œuvre de faire graver une eftampe au profit de la
famille *Calas*, je fuis le cinquième; fi vous êtes
trois, je fuis d'un quart; fi vous êtes deux, je me
mets en tiers. Vous pouvez prendre chez M. de *Laleu*
l'argent qu'il faudra; il vous le fera compter à l'inf-
pection de ma lettre.

Ma fanté eft toujours très-faible, mais il faut
mourir en fefant du bien. On s'adreffe fort mal
quand on veut faire venir de Genève la Philofophie
de l'hiftoire. M. de *Barrière* s'eft avifé de m'écrire
et de me prier de lui faire avoir ce livre. Il n'eft
point imprimé à Genève, mais en Hollande, et il
fe paffe trois mois avant qu'on puiffe tirer un paquet
d'Amfterdam; d'ailleurs je n'aime point ces commiffions. Les janféniftes s'imaginent que, dans les
pays étrangers, tout ce qu'on imprime eft contre
eux; et on fe fait des tracafferies quand on cherche
à rendre ce fervice. Je fuis fi las de jéfuites, de
janféniftes, de remontrances, de démiffions et de

toutes les pauvretés qui rendent la nation ridicule, que je ne songe qu'à vivre en paix dans mon obscure retraite, au pied des Alpes.

J'ai envoyé à M. de *Beaumont* un mémoire pour les *Sirven*. Cette malheureuse famille me fait une pitié que je ne peux exprimer. La mère vient d'expirer de douleur; elle nous était bien nécessaire pour constater des faits importans. Vous voyez les malheurs horribles que le fanatisme cause.

Adieu; je vous embrasse tristement. Vous devez avoir reçu deux lettres auxquelles j'attends réponse.

# LETTRE LXXII.

## AU MEME.

A Genève, 7 de juin.

JE ne sais, mon digne et vertueux ami, si je vous ai mandé que la femme de *Sirven* est morte en prenant, comme *Calas*, DIEU à témoin de son innocence. La douleur a abrégé ses jours. Le père est au désespoir; cela ne nous empêchera pas de faire toutes nos diligences pour fournir au généreux *Beaumont* toutes les pièces nécessaires.

Je suis toujours malade auprès de M. *Tronchin*; mais, quand je serais à la mort, je ne négligerais pas de servir une famille si infortunée.

J'ai reçu vos lettres du 29 de mai et du 31, mais je n'ai pu encore démêler si vous avez reçu, par M. *Gaudet*, la lettre que l'*Ecrlinf* vous adressa le 22.

Je vous supplie de vouloir bien faire parvenir à M. *Briasson* le petit mémoire ci-joint. Je serais curieux d'avoir les ouvrages que l'abbé *Bazin* a donnés de son vivant. C'était un homme qui écrivait dans un style un peu précieux, et à peu-près dans le goût de l'*Histoire de la philosophie*, de *Deslandes*. *Briasson* est fort au fait de tous ces livres rares, et il pourrait me les faire tenir. Je vous serai très-obligé de lui recommander de les faire chercher dans la librairie.

Plusieurs lettres parlent avec beaucoup d'éloges du sermon de monsieur l'archevêque de Toulouse, à l'ouverture de l'assemblée du clergé; cette modération et cette douceur doivent plaire beaucoup au roi dont il seconde la sagesse.

J'ai chez moi l'auteur de Warvick; il va faire une tragédie tirée de l'histoire de France; mais il est à craindre qu'il ne lui arrive la même chose qu'aux bûcherons qui prétendaient tous recevoir une coignée d'or, parce que *Mercure* en avait donné une d'or à un de leurs compagnons, pour une de bois. Les sujets tirés de l'histoire de son pays sont très-difficiles à traiter. Je lui donnerai du moins mes petits conseils; et, ne pouvant plus travailler, je tâcherai d'encourager ceux qui se consacrent au métier dangereux des lettres. Il ne m'a jamais produit que des chagrins; je souhaite aux autres un sort plus heureux.

Avez-vous fait commencer l'estampe des *Calas* ? Il ne faut pas laisser refroidir la chaleur du public; il oublie vite, et il passe aisément du procès des *Calas* à l'opéra comique.

De quoi se mêle le parlement de Pau de donner

aussi sa démission ? Pour moi, j'ai donné la mienne des vers et de la prose ; et, pourvu que la calomnie me laisse en paix, je mourrai tout doucement. En attendant, je vis pour vous aimer.

Je vous embrasse, mon cher ami, avec la plus grande tendresse ; mandez-moi surtout comment va votre gorge.

## LETTRE LXXIII.

### A M. LE MARQUIS DE VILLETTE.

7 de juin.

VOUS êtes encore plus aimable que je ne disais. M. de *la Harpe* vient de me donner votre paquet ; votre lettre me fait plus de plaisir que le *Testament* que vous m'envoyez. Il se pourra bien faire que vous aspiriez un jour à l'honneur d'être père de famille, et que vous soyez docteur *in utroque jure*. Ce sera à vous de voir s'il vaut mieux vivre en philosophe, que de donner des enfans à l'Etat ; c'est une grande question qu'il ne m'appartient pas de décider.

Je suis infiniment touché de la bonté que vous avez eue de me confier le *Testament* ; je le trouve furieusement noble.

Non, je ne me flatte pas de vous voir à Ferney ; c'est un bonheur qui passerait mes espérances. Comment pourrez-vous aller dans votre terre de Bourgogne, au milieu des affaires dont vous devez être

furchargé ? J'ai peur que vous n'attendiez la tenue
des états ; car il faudra bien venir vous faire recevoir
et prendre féance. C'eſt alors que j'oſerais compter ſur
une des plus grandes conſolations que je puiſſe recevoir
en ma vie. M. de *la Harpe* partagerait bien ma joie.
Je vous aſſure que je ferai votre paix avec M. de
*Ximenès* ; cela ne ſera pas difficile ; il ſait trop ce que
vous valez , pour être long-temps fâché contre vous.

Le parlement de Beſançon n'a point du tout envie
de ſe démettre ; il n'a démis que nos vaches auxquelles il a défendu , par un arrêt ſolennel , d'aller
paître dans la Franche-Comté. Elles ont eu beau
préſenter leur requête , et faire valoir la maxime
d'*Ariſtote* : *Que chacun ſe mêle de ſon métier , les vaches
ſeront bien gardées* , on les a condamnées au banniſ-
ſement du reſſort du parlement.

Vous ne devez rien à M. *D*...; tous vos comptes
ſont faits. Je ſouhaite que ceux de l'extraordinaire
des guerres ſe rendent auſſi promptement , et que
vous ſoyez débarraſſé au plus vîte de tout ce tracas
qui n'eſt fait ni pour votre humeur ni pour vos
grâces.

Adieu , très-aimable maréchal des logis. Puiſſe ,
quelque jour , mon heureuſe deſtinée vous amener
dans ma chaumière ! Tout ce qui eſt à Ferney vous
eſt preſque auſſi tendrement attaché que le vieux
malade.

# LETTRE LXXIV.

## A M. LE MARQUIS D'ARGENCE DE DIRAC.

15 de juin.

HEUREUSEMENT, Monſieur, le gouverneur de Pierre-en-Ciſe eſt un officier rempli d'honneur, et qui a les mœurs les plus aimables ; il n'eſt occupé que d'adoucir le ſort de ceux qu'il eſt obligé de recevoir dans le château, et la perſonne dont vous me parlez, ne pouvait être en de meilleures mains. Vous aurez pu recevoir un petit paquet que M. le marquis de *Charas* doit vous remettre ; c'eſt un jeune homme qui m'a paru bien digne de l'amitié que vous avez pour lui. Je ſuis un peu tombé en décadence depuis que je n'ai eu l'honneur de vous voir. Les longues maladies ont précipité chez moi la décrépitude. Je ne crois pas que j'aye long-temps à vivre, mais vous pouvez compter que les ſentimens que vous m'avez connus, s'affermiront dans moi juſqu'au dernier moment, et que je vous aimerai toujours avec la même tendreſſe. Il ne me ſied plus de vous parler de pâtés de perdrix ; mais, quand vous voudrez donner quelques ordres, adreſſez-les à monſieur *Wagnière*, chez M. *Souchay*, à Genève.

*P. S.* Je n'ai jamais lu, ni le n°. 13, ni le n°. 20, de ce miſérable *Fréron*, ni aucun de ſes numéros. Je ſais ſeulement, par la voix publique, que l'arithmétique ne ſuffit pas pour nombrer ſes ſottiſes et

ſes

ſes calomnies. Je ne vois pas d'ailleurs qu'il me ſoit
convenable de lui répondre ; car il faudrait le lire ,   1765.
et je ne peux ſupporter tant d'ennui. Il eſt toujours
d'aſſez mauvaiſe grâce de faire ſa propre apologie et
de récriminer ; mais , ce qui ſerait aviliſſant dans
moi , eſt bien louable dans vous. Je ſens , avec la
plus tendre reconnaiſſance , toute l'étendue de votre
généroſité ; et , s'il eſt décent à moi de me taire , il
eſt bien beau à vous de parler en faveur d'un homme
que vous aimez : le nom d'un pareil avocat fera
bien de l'honneur à ſon client.

Vous ſavez avec quels ſentimens je vous ſuis
dévoué pour toute ma vie.

# LETTRE LXXV.

## A MADEMOISELLE CLAIRON.

21 de juin.

Il y a des gens , Mademoiſelle , qui ſont auſſi
curieux de voir ce qu'on vous écrit , que le public
l'eſt de vous entendre. Je confie ce petit billet à
M. *Cramer* qui vous le fera tenir par une voie ſûre.
M. le comte de *Valbelle* , que j'ai eu l'honneur de
recevoir dans ma petite retraite , a pu vous inſtruire
de l'intérêt extrême que je prends à tout ce qui vous
regarde.

S'il eſt vrai qu'une dame de vos amies vienne à
Genève pour ſa ſanté , je me flatte que vous l'enga-
gerez à prendre à la campagne le même appartement

que M. de *Valbelle* a bien voulu occuper. Vous ne trouverez dans cette maifon que des partifans, des admirateurs et des amis. On y honore les beaux arts, et furtout le vôtre ; on y détefte ceux qui en font les ennemis ; c'eft un temple où l'encens fume pour vous.

Il eft vrai que ce temple eft un peu bouleverfé par des maçons qui s'en font emparés ; mais votre nom eft parvenu jufqu'à eux, et ils difent qu'ils ne vous feront point de bruit.

# LETTRE LXXVI.

## A M. DAMILAVILLE.

A Genève, le 22 de juin.

J'AI reçu, mon cher ami, votre lettre pour le docteur *Tronchin*. Les autres ont été reçues en leur temps. M. *Tronchin* vous affure de fon amitié et de fon zèle ; il dit que vous devez continuer le régime qu'il vous a prefcrit. Pour moi, mon principal régime eft la patience et la réfignation aux ordres immuables de la nature. J'ai affez vécu pour favoir qu'il y a bien peu de chofes à regretter. S'il eft poffible que le foin que vous devez à votre fanté vous conduife à Genève, et que j'aye le plaifir de vous embraffer et de vous ouvrir mon cœur, je croirai la fin de ma vie très-heureufe. Je n'ai rien de nouveau touchant l'ordonnance du parlement de Touloufe.

Il est à croire que les *Sirven* seront réduits à envoyer
à M. de *Beaumont* une protestation contre le refus de
délivrer cette ordonnance et les autres pièces néces-
faires. J'ai toujours même pensé que ce refus serait
favorable à la cause des *Sirven*, et servirait à leur
faire obtenir plus aisément une attribution de juges,
puisqu'il constaterait la mauvaise volonté et l'injustice des tribunaux dont cette famille a tant raison
de se plaindre.

Je vous supplie d'embrasser tendrement pour moi
l'homme supérieur à qui le public rend justice (*), et
à qui ceux qui disposent de ce qui lui est dû, l'ont
rendue si peu. Je m'intéresse à lui, non-seulement
comme à un homme qui fait honneur à la nation,
mais comme à un homme que j'aime de tout mon
cœur. Je suis persuadé qu'il n'attendra que peu de
temps; et, puisque la place n'est point donnée à
d'autres, c'est une preuve qu'il l'aura, ou je suis
bien trompé : on connaît trop ce qu'il vaut, et les
sacrifices généreux qu'il a faits.

Il est sûr que feu l'abbé *Bazin* a donné des ouvrages
de métaphysique; j'en ai vu des lambeaux cités, et
je me flatte que *Briasson*, qui m'a déterré des livres
assez rares, me trouvera encore celui-là. Pour son
*Oeuvre posthume*, qui paraît depuis quelque temps en
Hollande, je ne crois pas qu'il y ait à présent un
homme assez dépourvu de sens pour m'attribuer cet
ouvrage qui ne peut avoir été fait que par un rabbin
ou par un bénédictin, et qui ne peut être lu que
par le petit nombre d'hommes de cabinet qui aiment
ces recherches épineuses.

(*) M. d'*Alembert*.

1765.

I 2

Au reste, je n'entends rien à la manie qu'on a aujourd'hui de vouloir décrier les philosophes. Il me semble que les sottises et les inconséquences de *Rousseau* ne doivent point retomber sur les gens de lettres de France. Ceux que je connais sont les meilleurs sujets du roi, les plus pacifiques, les plus amis de l'ordre. En vérité, les reproches qu'on leur fait ressemblent à ceux que le loup fesait à l'agneau.

Que cette injustice passagère ne vous empêche pas d'aimer les lettres. Adieu, mon cher ami.

## LETTRE LXXVII.

### A M. DE CHABANON.

25 de juin.

LES gens de lettres doivent s'aimer, Monsieur; car, en vérité, les gens du monde et les gens d'Eglise ne les aiment guère. Le refus de la pension due à M. *d'Alembert*, et le libelle du gazetier des convulsions contre lui, font également lever les épaules. Il faut que le petit troupeau des gens qui pensent se tienne serré contre les loups. Je ne savais pas devant qui je parlais, quand je m'avisai de dire ce que je pensais de vous, en présence de M. de *la Chevalerie*. Vos lettres m'avaient inspiré une estime et une amitié que j'aurais témoignée devant vos ennemis, s'il était possible que vous en eussiez.

M. de *la Harpe* a un feu céleste qu'il ne doit qu'à lui; mais il n'y fait encore rien cuire, et vous aurez

achevé votre Virginie avant qu'il ait fait le plan de fa
pièce. C'eſt dommage que nous n'ayons eu , depuis
*Pharamond* , de prince ni de miniſtre qui ait violé
des filles. On demande actuellement des fujets français ; vous ferez réduits , Meſſieurs , à *Louis VIII* qui
aima mieux mourir , dit-on , que de coucher avec
une fille de quinze ans. Ce fujet eſt la converſe de
Virginie. Vous voulez apparemment vous en tenir
à l'impreſſion , parce que mademoiſelle *Clairon* a
pris congé. On dit que *le Kain* en fait autant. Vous
plaiderez par écrit , faute de bons avocats qui plai-
dent ; mais le public aime l'audience , et il y a plus
de ſpectateurs que de lecteurs. Pour moi, Monſieur,
je voudrais vous lire et vous entendre , et jouir de
votre converfation qu'on dit auſſi aimable que vos
mœurs.

Agréez , Monſieur, les fentimens de la véritable
eſtime qu'a pour vous votre , &c. *V.*

# LETTRE LXXVIII.

## A M. HELVETIUS.

26 de juin.

J E vous ai toujours dans la tête et dans le cœur,
mon cher philofophe , quoique vous m'ayez entièrement oublié. Vous m'avez affligé en ne venant
point dans mes déferts libres , au retour d'une cour
defpotique ; ma douleur redouble quand j'apprends
que vous défefpérez de la caufe commune. Un

I 3

—— général tel que vous doit infpirer de la confiance aux armées. Je vous conjure de prendre courage, de combattre, et je vous réponds de la victoire.

Ne voyez-vous pas que tout le Nord eft pour nous, et qu'il faudra tôt ou tard que les lâches fanatiques du Midi foient confondus ? L'impératrice de Ruffie, le roi de Pologne ( qui n'eft pas un imbécille ) , fefant de mauvais livres avec un fecrétaire ex-jéfuite ), le roi de Pruffe, vainqueur de la fuperftitieufe Autriche, bien d'autres princes arborent l'étendard de la tolérance et de la philofophie. Il s'eft fait, depuis douze ans, une révolution dans les efprits, qui eft fenfible. Plufieurs magiftrats, dans les provinces, font amende honorable pour l'infolente hypocrifie de ce malheureux *Omer*, la honte du parlement de Paris. D'affez bons livres paraiffent coup fur coup ; la lumière s'étend certainement de tous côtés. Je fais bien qu'on ne détruira pas la hiérarchie établie, puifqu'il en faut une au peuple ; on n'abolira pas la fecte dominante, mais certainement on la rendra moins dominante et moins dangereufe. Le chriftianifme deviendra plus raifonnable, et par conféquent moins perfécuteur. On traitera la religion en France comme en Angleterre et en Hollande, où elle fait le moins de mal qu'il foit poffible.

Nous ne fommes pas faits en France pour arriver les premiers. Les vérités nous font venues d'ailleurs ; mais c'eft beaucoup de les adopter. Je fuis très-perfuadé que, fi on veut s'entendre et fe donner un peu de peine, la tolérance fera regardée, dans quelques années, comme un baume effentiel au genre-humain. Le nom d'*Omer Joli* fera auffi odieux et auffi ridicule que celui de *Fréron.* C'est à vous à soutenir vos frères, et à augmenter leur nombre. Vous savez qu'il est aisé d'imprimer sans se compromettre ; la *Gazette ecclésiastique* en est une belle preuve. Est-il possible que des sages ne puissent parvenir dans Paris à faire, avec prudence, ce que font des fanatiques avec sécurité ? Quoi, ces malheureux vendront des poisons, et nous ne pourrons pas distribuer des remèdes ! Nous avons, à la vérité, des livres qui démontrent la fausseté et l'horreur des dogmes chrétiens ; nous aurions besoin d'un ouvrage qui fît voir combien la morale des vrais philosophes l'emporte sur celle du christianisme. Cette entreprise est digne de vous. Il vous serait bien aisé d'alléguer un nombre de faits très-intéressans qui serviraient de preuves ; ce serait un amusement pour vous, et vous rendriez service au genre-humain.

Eclairez les hommes, mais soyez heureux. Vous méritez de l'être, et vous avez de quoi l'être. Personne ne s'intéresse plus que moi à votre félicité ; mais je tiens qu'elle sera plus parfaite lorsque, sans vous compromettre, vous aurez contribué à confondre l'erreur. Le secret témoignage qu'on se rend alors à soi-même est une des meilleures jouissances. Votre lâche *Fontenelle* ne vivait que pour lui ; vivez pour vous et pour les autres. Il ne songeait qu'à montrer de l'esprit ; servez-vous de votre esprit pour éclairer le genre-humain. Je vous embrasse dans la communion des fidelles. *V.*

I 4

# LETTRE LXXIX.

## A M. LE MARQUIS DE VILLETTE.

Juin.

JE crois, mon cher Marquis, vous avoir déjà dit de quelle manière il faut m'adreffer vos lettres ; fans cela, vous courez rifque d'avoir plus d'un confident de vos fecrets.

Vous me parlez de la retraite précipitée du minif-tre (\*) ; on peut dire qu'il a foutenu les caprices de la fortune, comme il a reçu fes careffes. Il n'y a pas moins de grandeur à fupporter de grandes injuftices, qu'à faire de grandes actions.

Ce que vous me dites du prélat harangueur m'a étonné et affligé ; car on m'avait flatté que, dans une efpèce de fermon à fon affemblée, il avait prêché la tolérance. Sa fortie contre les philofophes eft plus dangereufe que vous ne penfez ; on n'en veut déjà que trop aux partifans de la raifon ; et vous avez dû vous en apercevoir au refus que M. d'*Alembert* effuie, jufqu'à préfent, d'une petite penfion à laquelle il a un droit inconteftable, et que l'académie des fciences demandait pour lui.

Il me femble qu'il n'eft pas bien honorable pour la France, qu'on prive de douze cents livres de rente un homme fi fupérieur, qui a fait un facrifice de cent mille livres d'appointemens, pour refter dans fon pays qu'il honore. C'eft une réflexion que fans doute tout le monde a faite, et qui vaut la penfion.

(\*) M. de *Choifeul* ; c'était une fauffe nouvelle.

1765.

J'avais raifon, comme vous voyez, de ne point envoyer ce brimborion de frère *Oudin*, qu'on ne peut avoir fait courir que très-défiguré. On ne doit parler du porc de S.<sup>t</sup> *Antoine* et du chien de S.<sup>t</sup> *Roch*, pendant l'affemblée du clergé, qu'avec un profond refpect.

Vous avez beau me dire qu'on lèvera l'excommunication fi juftement fulminée par ceux qui jouent des pièces latines, contre ceux qui jouent des pièces françaifes ; je connais trop l'Eglife ; elle ne peut pas plus fe relâcher qu'elle ne peut errer. Il n'y a plus que les drames bourgeois du néologue *Marivaux* où l'on puiffe aller pleurer en fureté de confcience. Les comédiens français trouveront plus d'indulgence au parlement, dans quelque occafion favorable où ils plaideront contre l'archevêque.

Je fuis fâché du mauvais fuccès de votre protégé ; mais, pour être bon comédien, il faudrait defcendre de *Protée* en ligne directe. Il faut beaucoup de talent pour être excommunié.

M. de *la Harpe* eft à Ferney ; mais il n'y a pas beaucoup travaillé. J'efpérais qu'il ferait ici quelques petits Varvicks. Il n'y a que madame *Dupuits* qui fe mette chez nous à faire des enfans. Pour moi, je mène toujours la même vie. Je lis, avec édification, les pères de l'Eglife. Je prie *Hubert* de deffiner S.<sup>t</sup> *Paul ;* il en fera un portrait fort reffemblant, d'après l'idée qu'en donnent de vieux auteurs qui ont été en tiers avec lui et S.<sup>te</sup> *Thècle*.

Dieu foit loué que vous foyez toujours dans le deffein de venir voir votre terre de Bourgogne, et de vifiter, en paffant, des reclus qui vous font bien tendrement attachés !

## LETTRE LXXX.

## A M. DAMILAVILLE.

A Genève, le 3 de juillet.

Mon cher ami, jai reçu votre lettre du 26 de juin. Il faut toujours commencer par cette formule ; car il y a eu un tel dérangement dans les poftes de Genève, qu'on ne reçoit pas toujours fort exactement les lettres de fes amis. Votre mal de gorge m'inquiéte beaucoup. Serait-il bien vrai que vous puffiez venir dans nos déferts, et franchir les montagnes qui nous entourent ? Je devrais le bonheur de vous voir à une bien trifte caufe ; mais je ferais doublement confolé par le plaifir de vous embraffer, et par l'efpérance que *Tronchin* vous guérirait. Tous les arts utiles feraient-ils tombés en France, ainfi que les arts agréables, au point qu'il n'y ait pas un homme qui fache guérir une tumeur dans les amygdales ? La foi que vous avez dans *Tronchin* fera mon bonheur.

On dit que mademoifelle *Clairon* vient à Genève ces jours-ci, mais ce n'eft pas pour fes amygdales. J'ignore encore fi elle prendra chez moi un logement. Ma chaumière n'eft plus qu'une mafure renverfée et défolée par des maçons ; mais quand je ferai sûr de vous recevoir, je leur ferai bien faire une cellule pour vous dans mon petit couvent. Vous ferez logé, bien ou mal, mon cher ami, et nous aurons le plus grand foin de votre fanté. Je vous ouvrirai un cœur qui eft tout à vous ; nous plaindrons enfemble le fort de la littérature et de ceux qui la cultivent.

Vous vous doutez bien à quel excès le libelle
du gazetier janféniſte m'a indigné. Voilà donc les
ouvrages qu'on permet, tandis que les bons ſont à
peine tolérés, et quelquefois proſcrits !

Je crois qu'on a imprimé quelques ſermons de
l'abbé *Bazin*, et qu'ils ſe trouvent dans des recueils;
on m'en a même envoyé quelques paſſages. Sa Philoſophie de l'hiſtoire, qu'on m'imputait d'abord, et
que, Dieu merci, on ne m'impute plus, n'a pas
laiſſé d'être bien reçue en Angleterre et dans tous les
pays étrangers. On me mande que cet ouvrage a
paru inſtructif et ſage ; mais il n'eſt pas juſte qu'on
m'attribue tous les ouvrages nouveaux qui paraiſſent:
je ne veux ni d'un honneur ni d'une honte que je
ne mérite pas. Je ſuis hors d'état de travailler ; je
voudrais au moins que les autres fiſſent ce que je ne
puis plus faire. *La Harpe*, qui eſt toujours chez moi,
m'avait promis une tragédie ; il n'a rien commencé.
*Vitanda eſt improba ſyren deſidia.*

J'attends patiemment le paquet que m'a promis
*Briaſſon*, et je me flatte que nous lirons enſemble
ce qu'il contient ; nous en raiſonnerons, et ce ſeront
les momens les plus agréables de ma vie.

# LETTRE LXXXI.

## A M. LE MARQUIS DE VILLETTE.

8 de juillet.

L E vieux malade de Ferney préfente fes très-tendres refpects au jeune malingre de l'hôtel d'Elbeuf.

Je vois que vous vous regardez comme un homme dévoué à la médecine, et que vous paffez votre temps entre les ragoûts et les drogues. Cela rend mélancolique, mais cela fait auffi un grand bien; car on en aime mieux fon chez foi, on réfléchit davantage, on fe confirme dans fa philofophie, on fait moins de cas du monde, et, dès qu'on a un rayon de fanté, on court au plaifir. Une telle vie ne laiffe pas d'avoir fon mérite; les malingres ont de très-beaux momens.

Permettez-moi encore, Monfieur, d'abufer de votre bonté, et de vous recommander cette lettre pour M. d'*Alembert*. Il faut que l'air de Ferney ne foit pas bon pour les tragédies. L'auteur de Warvick n'a pas encore fait une pauvre petite fcène. Je ferai bien honteux s'il fort de chez moi fans avoir travaillé. Si la pièce était prête, nous la jouerions.

Je crois vous avoir dit que, madame *Denis* m'ayant demandé une grande falle pour repaffer fon linge, je lui avais donné celle du théâtre; mais, après y avoir penfé mûrement, elle a conclu qu'il vaut mieux être en linge fale, et jouer la comédie. Elle a rebâti le théâtre, et demain on joue Alzire, en

attendant Warvick, et en attendant auffi mademoifelle *Clairon* qui peut-être ne viendra pas.

Puiffiez-vous, Monfieur, vifiter bientôt vos terres
de Bourgogne ! Nous vous donnerons la comédie,
et vous ne ferez pas mécontent de la comédie. Je
fuis fi vieux que je ne peux plus jouer les vieillards ;
c'eft grand dommage ; car je vous avoue modeftement que je jouais *Lufignan* beaucoup mieux que
*Sarrazin.*

Lorfque vous ferez votre tournée, mandez-nous
quels rôles vous voulez. Vous devez être un excellent acteur, fi vous êtes fur le théâtre comme à
fouper, et je vous foupçonne de vous tirer à merveille de tout ce que vous voudrez faire.

Confervez-moi une amitié que je mérite par mes
très-tendres fentimens pour vous.

# LETTRE LXXXII.

## A M. LE COMTE D'ARGENTAL.

10 de juillet.

JE dépêche à mes anges le dernier mot du petit
prêtre tragique ; il vient de m'apporter fes roués,
et les voilà. Vous ne fauriez croire à quel point ce
petit provincial vous refpecte et vous aime. Je fens
bien, m'a-t-il dit, que mon œuvre dramatique n'eft
pas digne de vos anges ; le fujet ne comporte pas ces
grands mouvemens de paffions qui arrachent le

cœur, ce pathétique qui fait verfer des larmes ; mais on y trouvera un affez fidelle portrait des mœurs romaines dans le temps du triumvirat. Je me flatte qu'on trouvera plus d'union dans le deffein qu'il n'y en avait dans les premiers effais, que les fureurs de *Fulvie* font plus fondées, fes projets plus dévoilés, le dialogue plus vif, plus raifonné et plus contrafté, les vers plus foignés et plus vigoureux. Le fujet eft ingrat, et les connaiffeurs véritables me fauront peut-être quelque gré d'en avoir furmonté les dif-ficultés.

Je vous avoue que j'ai à peu-près les mêmes efpérances que le petit novice ex-jéfuite. Si vous trouvez la pièce paffable, pourrait-on la faire jouer à Fontainebleau ? Les places font prifes. Ce ferait peut-être un affez bon expédient de faire préfenter la pièce à M. le maréchal de *Richelieu* par quelqu'un d'inconnu que *le Kain* détacherait, ou par quelque actrice que *le Kain* mettrait dans la confidence de l'ouvrage, fans lui laiffer foupçonner l'auteur. Cette démarche eft délicate ; mais je parle à des politiques, à des conjurés qui peuvent rectifier mes idées, et les faire réuffir.

J'ai reçu de quelques amis d'affez amples paquets contre-fignés *Courteille*, qui n'ont point été ouverts, et qui font venus très-librement à mon adreffe. Vous avez fait enfin, divins anges, précifément ce que je demandais ; vous m'avez inftruit de ce que contenait la demi-page. Permettez que je pouffe la curiofité jufqu'à demander fi le maître de la maifon l'a vue, ou fi elle n'a été que jufqu'à monfieur fon fecrétaire.

Je voudrais bien que M. le duc de *Praslin* proté-
geât fortement M. *d'Alembert* ; il ferait une action
digne de lui.

Respect et tendresse. *V.*

# LETTRE LXXXIII.

## A MADEMOISELLE CLAIRON.

Aux Délices, 12 de juillet.

IL n'y a, Mademoiselle , que le plaisir de vous
voir et de vous entendre qui puisse me ranimer :
vous serez ma fontaine de Jouvence. J'ai auprès de
moi à présent toute ma famille ; je vous l'amènerai :
nous passerons les monts pour vous admirer. Tout
ce qu'on me dit de vous me ferait courir au bout
du monde pour vous seule. Je vous connaissais
déjà les plus grands talens ; vous les avez poussés ,
depuis quelques années , à cette perfection à laquelle
il est si rare d'arriver. Il n'y a personne qu'on vous
compare. Serai-je assez heureux encore pour faire
quelque chose que vous daignassiez embellir ? Il faut
que je me hâte ; car malheureusement je baisse autant
que vous vous élevez. Il ne vous faut ni de vieux
soupirans, ni de vieux poëtes. Je ne sais pas encore
dans quel temps vous serez à Lyon ; mais j'écris à
Lyon pour m'en informer , dans la crainte que ma
réponse ne vous trouve plus à Marseille.

M. le duc de *Villars* m'a fait l'honneur de me
mander qu'il était enchanté de vous. Vraiment , je

—— le crois bien. J'efpère que M. *Tronchin* me mettra
bientôt en état d'être au nombre de ceux que vous
étonnerez à Lyon, et à qui vous arracherez des
larmes. Comptez que perfonne ne s'intéreffe plus
que moi à vos fuccès, à votre gloire et à votre
bonheur. C'eft avec ces fentimens que je ferai toute
ma vie, Mademoifelle, votre, &c.


## LETTRE LXXXIV.

### A M. LE COMTE D'ARGENTAL.

15 de juillet.

MES anges, le préfent paquet contient deux chofes
bien importantes que je mets fous votre protection ;
la première confifte en mauvais vers pour mettre à
la place d'autres mauvais vers de l'ex-jéfuite, dans
vos roués ; la feconde eft un paquet de pièces un
peu meilleures, que nous préfentons, madame *Denis*
et moi, à M. de *Calonne*, et nous efpérons qu'elles ne
feront point fifflées, grâce à vos bontés. Nous pré-
fumons que nos anges gardiens voudront bien lui
faire parvenir ce paquet qui eft réellement pour nous
de la plus grande importance ; il contient l'acte de
l'inféodation de nos dixmes.

Je voudrais perdre mes dixmes, et que les roués
fuffent intéreffans ; mais on ne peut tirer d'un fujet
que ce qu'il comporte. Je le trouve intéreffant, moi,
parce que j'aime mieux les Romains que les Velches
et les Bretons du quatorzième fiècle ; mais les Romains

ne

ne font plus à la mode. Je demande bien pardon à mes anges des libertés que je prends toujours avec eux.

Je les supplie de vouloir bien faire agréer par M. le duc de *Praslin* mon respect et ma reconnaissance. *V.*

# LETTRE LXXXV.

## A M. LE MARQUIS D'ARGENCE DE DIRAC.

### 16 de juillet.

JE me hâte, Monsieur, de répondre à votre lettre du 5 de juillet. Non, sans doute, le parlement de Toulouse ne peut rien contre l'arrêt d'un tribunal suprême, nommé par le roi pour juger en dernier ressort, et jugeant au nom du roi même. Je crois l'arrêt des maîtres des requêtes affiché actuellement dans Toulouse, par un huissier de la chaîne. Toute la famille *Calas* doit rentrer dans son bien, dans son état, dans sa renommée ; la mémoire de *Jean Calas* est réhabilitée, et il ne manque à cette famille que le pardon que les huit juges fanatiques doivent lui demander à genoux, l'argent à la main. Je ne fais pas ce que fera ce parlement ; mais je sais que les lois, le conseil d'Etat, la France et l'Europe entière le condamnent. On est occupé à présent à tirer du greffe la sentence qui a condamné les *Sirven ;* si on y parvient, nous aurons bientôt deux grands monumens du fanatisme de province, et de l'équité de Versailles.

L'impératrice de Russie a écrit une lettre charmante, pleine de raison et d'esprit, au neveu de

—— l'abbé *Bazin*. On penfe dans le Nord comme auprès d'Angoulême.

La nièce a pour vous, Monfieur, les mêmes fentimens que moi. Continuez à aimer le bien et à le faire.

Vous favez que ce n'eft point à moi d'écrire la lettre que vous voulez bien demander, puifque je n'ai point vu la fottife à laquelle vous croyez qu'il faut répondre : on ne peut écrire au hafard. Je ne peux rien ajouter à ce que j'ai eu l'honneur de vous mander à ce fujet.

Adieu, Monfieur; permettez-moi de vous embraffer très-tendrement.

# LETTRE LXXXVI.

## A MADEMOISELLE CLAIRON.

A Ferney, 23 de juillet.

S I j'avais pu, Mademoifelle, recevoir votre réponfe avant de vous avoir écrit mon épître, cette épître vaudrait bien mieux ; car j'ai oublié cette louange qui vous eft due, d'avoir appris le coftume aux Français. J'ai très-grand tort d'avoir omis cet article dans le nombre de vos talens; je vous en demande bien pardon, et je vous promets que ce péché d'omiffion fera réparé. Ménagez votre fanté qui eft encore plus précieufe que la perfection de votre art. J'aurais bien voulu que vous euffiez pu paffer quelques mois auprès d'*Efculape-Tronchin* ; je me flatte qu'il vous

1765.

aurait mife en état d'orner long-temps la fcène françaife à laquelle vous êtes fi néceffaire. Quand on
pouffe l'art auffi loin que vous, il devient refpectable, même à ceux qui ont la groffièreté barbare
de le condamner. Je ne prononce pas votre nom,
je ne lis pas un morceau de *Corneille* ou une pièce
de *Racine*, fans une véhémente indignation contre
les fripons et contre les fanatiques qui ont l'infolence
de profcrire un art qu'ils devraient du moins étudier
pour mériter, s'il fe peut, d'être entendus quand
ils ofent parler. Il y a tantôt foixante ans que cette
infame fuperftition me met en colère. Ces animaux-là
entendent bien peu leurs intérêts, de révolter contre
eux ceux qui favent penfer, parler et écrire, et de
les mettre dans la néceffité de les traiter comme
les derniers des hommes. L'odieufe contradiction de
nos Français, chez qui on flétrit ce qu'on admire,
doit vous déplaire autant qu'à moi, et vous donner
de violens dégoûts. Plût à Dieu que vous fuffiez
affez riche pour quitter le théâtre de Paris, et jouer
chez vous avec vos amis, comme nous fefons dans
un coin du monde où nous nous moquons terriblement des fottifes et des fots. J'ai bien réfolu de n'en
pas fortir. Mon unique fouhait eft que *Tronchin* foit
le feul homme au monde qui puiffe vous guérir, et
que vous foyez forcée de venir chez nous.

Adieu, Mademoifelle ; foyez auffi heureufe que
vous méritez de l'être ; croyez que je vous admire
autant que je méprife les ennemis de la raifon et des
arts, et que je vous aime autant que je les détefte.
Confervez-moi vos bontés ; je fens tout ce que vous
valez ; c'eft beaucoup dire. *V.*

K 2

# LETTRE LXXXVII.

## A M. LE COMTE D'ARGENTAL.

28 de juillet.

Nous avons été confondus, mes divins anges, de votre lettre du 18 de juillet. Le paquet que le jeune homme vous avait envoyé était adressé à M. le duc de *Praflin* ; il contenait l'ouvrage de ce pauvre petit novice. J'y avais joint une grande lettre que je vous écrivais, avec un mémoire pour M. de *Calonne*, accompagné de l'original de l'inféodation des dixmes de Ferney, et de la preuve que ces dixmes ont toujours appartenu aux feigneurs. Tout cela formait un paquet confidérable, et on croirait que le nom de M. le duc de *Praflin* ferait refpecté. Si l'n'avait été queftion que de l'ouvrage du jeune homme, on n'aurait pas manqué de l'envoyer tout ouvert, ce paquet feul pouvant être pour lui comme pour vous ; mais on avait, par difcrétion, adreffé le tout à votre nom, pour ne pas abufer de celui de M. de *Praflin*, jufqu'au point de le charger de mes mémoires pour le rapporteur des dixmes de Genève et des miennes. Nous n'avions abufé que de vos bontés ; ce font nos précautions qui ont occafionné l'ouverture du paquet, et probablement auffi l'ouverture d'un autre que je vous adreffai huit jours après. Ce dernier contenait des pièces effentielles fur le procès des *Sirven* que vous voulez bien protéger ; elles étaient pour M. *Elie de Beaumont* qui vous fait quelquefois fa cour. Je ne doutais pas, encore une fois, que ces deux paquets, à l'adreſſe de M. le duc de *Praſlin*, ne fuſſent en ſureté. 1765.

Je crains aujourd'hui que ceux de M. de *Calonne* ne ſoient perdus auſſi-bien que ceux de M. de *Beaumont*.

J'oſe vous ſupplier de m'informer de ce que ces paquets vous ont coûté ; j'eſpère qu'on vous rendra votre débourſé. Je ſuis à vos pieds, et je rougis de tous les embarras que je vous cauſe ; mais les papiers pour MM. de *Calonne* et de *Beaumont* ſont ſi eſſentiels, que je ne balance pas à vous ſupplier de vous faire informer s'ils ont été reçus. Il ſe peut que les commis de la poſte aient décacheté la première enveloppe, et qu'ils aient envoyé les paquets à leurs adreſſes reſpectives ; il ſe peut auſſi qu'ils ne l'aient pas fait, et que tout ſoit perdu ; en ce cas, j'en ferais pour mes dixmes, et *Sirven* pour ſon bien et pour ſa roue. Pardonnez à mon inquiétude, et agréez la confiance que j'ai en vos bontés.

Cette aventure m'afflige d'autant plus qu'on m'apprend l'affaire déſagréable que *Beaumont* eſſuie d'une grande partie de ſes prétendus confrères, et je ne ſais encore comment il s'en eſt tiré.

On me dit, dans ce moment, que l'infant eſt mort de la petite vérole naturelle, après avoir ſauvé ſon fils par l'artificielle. Je me flatte que cette mort funeſte ne changera rien à votre état, et que vous ſerez miniſtre du fils comme du père. Je ſuis ſi affligé, et d'ailleurs ſi malade et ſi faible, que je n'ai pas le courage de vous parler de votre jeune homme. J'avais une cinquantaine de corrections à vous faire

K 3

——— tenir de fa part, ce fera pour une autre occafion.
1765. Vous pouvez compter qu'il fongera très-férieufement
à tout ce que vous lui faites l'honneur de lui dire ;
il eft auffi docile à vos avis, que fenfible à vos
bontés.

Nous avons ce foir mademoifelle *Clairon*. J'aurais
bien d'autres chofes à vous communiquer, mais
vous favez qu'on eft privé de la confolation d'ouvrir
fon cœur.

Refpect et tendreffe. *V.*

# LETTRE LXXXVIII.

## A M. LE MARQUIS ALBERGATI CAPACELLI.

A Ferney, 29 de juillet.

C'EST une grande confolation, Monfieur, dans
ma vieilleffe infirme, de recevoir de vous le beau
recueil dont vous m'avez honoré. Votre préfent eft
venu bien à propos ; je peux encore lire dans les
beaux jours de l'été. J'ai déjà lu votre traduction
de Phèdre, et j'ai parcouru tout le refte que je vais
lire très-attentivement. Je fuis toujours étonné de
la facilité avec laquelle vous rendez vers pour vers
une tragédie tout entière. Votre ftyle eft fi naturel
qu'un étranger, qui n'aurait jamais entendu parler
de la Phèdre de *Racine*, et qui aurait appris parfaitement l'italien et le français, ferait très-embarraffé
à décider laquelle des deux pièces eft l'original. Il
faut vous avouer que les Français n'ont jamais eu

1765.

de traductions pareilles en aucun genre : cet avantage, que vous possédez, ne vient pas seulement de l'heureuse flexibilité de la langue italienne, il est dû à votre génie.

Je trouve, Monsieur, que votre préface est une belle réponse aux ardélions ; elle doit vous faire aimer de vos inférieurs, et vous faire respecter de vos égaux. J'ai entrevu, par ce que vous dites sur Idoménée, qu'en effet vous aviez trop honoré un ouvrage qui ne méritait pas vos soins : ce qui est méprisé chez nous ne doit pas être estimé en Italie.

Permettez que je joigne ici les éloges et les remercîmens que je dois à M. *Paradisi;* il me paraît bien digne de votre amitié : vous ne pouviez être mieux fecondé dans la culture des beaux arts. On disait autrefois dans les temps d'ignorance : *Bononia docet;* on doit dire aujourd'hui, grâces à vous, dans le temps du goût et de l'esprit : *Bononia placet.*

Adieu, Monsieur. Je ne peux mieux finir ma carrière qu'en regrettant de n'avoir pas eu l'honneur de vivre avec vous. Tant que je vivrai, vous n'aurez point de partisan plus zélé, ni d'ami plus véritable. *V.*

# LETTRE LXXXIX.

## A M. LE MARECHAL DUC DE RICHELIEU.

30 de juillet.

Il n'eſt pas juſte, Monſeigneur, qu'un vieux ama-
teur et ſerviteur du tripot comique, comme moi, ait
chez lui mademoiſelle *Clairon*, ſans vous demander
vos ordres. Elle vient d'arriver; j'ignore encore l'état
de ſa ſanté. J'ignore le parti qu'elle ſera obligée de
prendre, et je crois que je dois demander vos ordres
pour ſavoir ſur quel ton je dois lui parler, et quelles
ſont vos intentions. Ce n'eſt pourtant pas que je
penſe que mes conſeils aient beaucoup d'autorité
ſur elle; il eſt à croire que M. le comte de *Valbelle*
aura beaucoup plus de crédit que moi; mais enfin,
ſi vous avez quelques ordres à me donner, je les
exécuterai très-fidellement. Je ſuis aſſez comme cette
vieille m..... qui ſe mourait, et qui diſait à ſes
demoiſelles : Croyez-vous que je puiſſe tromper
quelqu'un en l'état où je ſuis? Comptez, Monſeigneur, que l'envie de vous plaire ſera ma dernière
volonté.

La mort du duc de Parme eſt une belle leçon de
l'inoculation; ſon fils qui a eu la petite vérole artificielle eſt en vie, et le père, qui a négligé cette
précaution, meurt à la fleur de ſon âge. Les vieilles
femmes inoculent elles-mêmes leurs petites filles
dans le pays que j'habite. Eſt-il poſſible que le préjugé dure en France ſi long-temps !

Je fuis actuellement auprès de M. *Tronchin ;* ainfi vous me pardonnerez de vous parler d'inoculation. J'ai un peu recouvré la vue, mais je perds tout le refte. Confervez votre fanté, ce bien fans lequel les autres ne font rien, et vivez, s'il fe peut, auffi long-temps que votre gloire. *V.*

# LETTRE XC.

## A M. LE COMTE D'ARGENTAL.

12 d'augufte.

MES chers anges, j'avais preffenti combien vos deux belles ames feraient affligées de la perte que vous avez faite. Toute notre petite fociété habitante du pied des Alpes, en partageant votre douleur, a cherché fa confolation dans l'idée que ce malheur ne changerait rien à votre fituation ; et nous croyons en avoir l'affurance, quoique vous ne nous en ayez pas éclaircis dans la dernière lettre que vous avez eu la bonté de m'écrire.

Mademoifelle *Clairon* va jouer, à baffe note, *Aménaïde* et *Electre* fur mon petit théâtre de Ferney, qu'on a rétabli comme vous le vouliez. C'eft contre les ordres exprès de *Tronchin*, qui ne répond pas de fa vie fi elle fait des efforts, et qui veut abfolument qu'elle renonce à jouer la tragédie. Auffi a-t-elle été obligée de lui promettre qu'elle ne remonterait plus fur le théâtre de Paris, qui exige des éclats de voix et une action véhémente qui la feraient infail-liblement fuccomber.

Pour moi, qui fuis encore plus malade qu'elle, je retourne me mettre entre les mains de *Tronchin* à Genève. Il eft jufte que je meure dans une terre étrangère, pour prix de cinquante années de travaux, et que *Fréron* jouiffe à Paris de toute fa gloire.

Je vous fupplie, encore une fois, au nom de l'amitié dont vous m'avez toujours honoré, de me mander fi vous croyez que les calomnies, dont j'ai toujours été la victime, ont fait une affez forte impreffion pour que je doive prendre le parti d'aller vivre dans un petit bien que j'ai vers la Suiffe, ou plutôt pour y aller mourir. Je fuis tout prêt, et je mourrai en vous aimant. *V.*

# LETTRE XCI.

## AU MEME.

### 22 d'augufte.

Il faut d'abord rendre compte à mes anges du voyage de mademoifelle *Clairon*. Elle a joué fupérieurement *Aménaïde;* mais, dans l'Electre, elle aurait ébranlé les Alpes et le mont Jura. Ceux qui l'ont entendue à Paris difent qu'elle n'a jamais joué d'une manière fi neuve, fi vraie, fi fublime, fi étonnante, fi déchirante. Voilà ce que vous perdez, meffieurs les Velches : mais, vraiment, j'apprends que vous en faites bien d'autres ; vous ne voulez pas qu'on grave madame *Calas* et fes enfans ; vous craignez que cela ne déplaife à M. *David* et à huit confeillers de

Touloufe. Graver madame *Calas !* la grande police ne peut fouffrir un pareil attentat.

Ma foi, meffieurs les Velches, on vous fiffle d'un bout de l'Europe à l'autre, et il y a long-temps que cela dure; cependant je vous pardonne en faveur des ames bien nées et véritablement françaifes qui font encore parmi vous, et furtout en faveur de mes anges. J'efpère que l'attention polie qu'on a eue pour *meffieurs* de Touloufe n'empêchera pas que l'eftampe ne foit très-bien débitée.

J'ai deux grâces à vous demander; la première, de vouloir bien me dire ce que c'eft qu'un M. *Barrau* que je foupçonne être employé dans les bureaux des affaires étrangères. Il m'a envoyé de Verfailles quelques remarques fur le Siècle de *Louis XIV*, qui me paraiffent d'un homme parfaitement inftruit de tous les détails. C'eft une bonne connaiffance à cultiver.

Vous pourriez encore me dire s'il y a eu des fecrétaires d'ambaffade en titre d'office, avant qu'on eût propofé ce titre à cet étonnant et extravagant *Déon de Beaumont* qui travaillait aux feuilles de *Fréron*, avant d'être capitaine et plénipotentiaire. M. de *Saint-Foix*, ou celui qui eft chargé du dépôt, pourrait vous dire s'il y a eu en effet des fecrétaires d'ambaffade à Venife, nommés par la cour; s'il y a eu un traitement et des honneurs affectés à cette place, et fi *Jean-Jacques Rouffeau* en a joui lorfqu'il accompagna M. de *Montaigu* dans fon ambaffade à Venife.

Ces petites notices font néceffaires aux barbouilleurs comme moi, qui fe mêlent d'être hiftoriens, et à qui l'on fait toujours des chicanes. Vous me ferez un extrême plaifir de me fournir quelques

—— inftructions fur ces bagatelles , comme vous m'en
avez fourni fur la prétendue ambaffade du marquis
de *Taleyrand* en Ruffie.

A propos de Ruffie , l'impératrice a écrit une
lettre charmante au neveu de l'abbé *Bazin.* Vous
voyez comme elle en ufe avec les Français , et vous
fentez bien que feu monfieur fon mari aura tort
dans la poftérité.

Refpect et tendreffe.

## LETTRE XCII.

### A M. LE MARECHAL DUC DE RICHELIEU.

A Genève , 23 d'augufte.

VOILA , Monfeigneur , mes fluxions fur les yeux
qui recommencent , ainfi vous permettrez à ce vieux
malade de vous écrire d'une main étrangère.

J'ai reçu mademoifelle *Clairon* comme vous le
vouliez et comme elle le mérite : elle a été honorée,
fêtée , chantée.

Criaillez tant que vous voudrez contre les encyclopédiftes ; ce font des gens très-dangereux , qui vous
ont fait perdre le Canada , qui ont caufé l'épidémie
mortelle à la Cayenne , et qui viennent de vous faire
battre à Maroc. Rien n'eft plus jufte affurément que
de les faire pendre , comme vous le propofiez dans
une de vos gracieufes lettres ; mais je vous fupplie de
m'excepter de la fentence. Je ne fuis point du tout
encyclopédifte , je ne fuis qu'un laboureur malade

qui défriche des champs incultes , et qui marie des
filles dans un coin de terre ignoré. Ce petit afile n'eft
connu que depuis que vous l'avez honoré de votre
préfence, et de vos beaux faits. Tout ce que je
demande, c'eft qu'on ne m'impute point les rogatons
dont *Rouſſeau* inonde ce pays. On a grand foin de
mettre de temps en temps , fous mon nom, des Dic-
tionnaires philofophiques et autres ravauderies. Je fuis
bien loin de m'amufer à ces fottifes ; ma fanté eft
devenue fi mauvaife que je ne fonge plus qu'à mourir ;
et je mourrai pénétré pour vous de la plus refpectueufe tendreffe. *V.*

## LETTRE XCIII.

### A M. LE MARQUIS DE CHAUVELIN.

A Ferney , 28 d'augufte.

L E petit ex-jéfuite, auteur des roués , n'a pas une
fanté bien brillante, et n'eft pas dans la première
jeuneffe. Ce vieux pauvre diable préfente fes très-
fincères refpects à leurs Excellences ; il vous fupplie
de lui renvoyer, foit à lui, foit aux anges, certain
drame qu'il a tâché de rendre moins indigne de votre
fuffrage, quand vous aurez une occafion ; renvoyez,
dit-il, ce croquis, afin qu'on tâche de vous préfenter
un tableau.

Nous avons eu M. de *la Tremblaye* qui fait de fort
jolies chofes, et M. le prince *Camille* qui en fent le
prix. M. le duc de *Lorge* eft toujours à Genève ; il a

1765.

mal par devant et par derrière, et moi j'ai mal par-tout;
ainsi je lui fais peu ma cour. Mais voici M. le duc de
*Randan* qui arrive aussi avec dix-sept ou dix-huit amis
qui jouent tous la comédie. Ils prétendent représenter
sur le théâtre de Ferney; je le leur abandonne de tout
mon cœur, pourvu que je ne sois pas de la troupe;
voilà qui est fait; j'ai renoncé au théâtre. Il faut
prendre congé à soixante et dix ans passés. Si c'était
madame l'ambassadrice qui jouât Phèdre, encore
pourrais-je faire *Théramène*, et puis mourir à ses
pieds; mais c'est un effort que je ne ferai que pour
elle.

Dirai-je à votre Excellence qu'il m'est venu un
M. de *la Balle*? point; c'est M. de la *Balme*, sur-
nommé de l'*Echelle*, gentilhomme savoyard, par
conséquent pauvre, et, en qualité de pauvre, grand
feseur d'enfans. Ce M. de *la Balme* est oncle de ce
jeune homme à qui j'ai donné mademoiselle *Corneille*.
J'ai un fils haut de cinq pieds et demi, m'a-t-il dit,
et je ne sais qu'en faire; vous êtes connu de monsieur
l'ambassadeur de France à Turin; il a pour vous des
bontés; il est sans doute ami du ministre de la guerre,
ainsi mon fils sera enseigne: il a déjà un frère et
deux oncles dans le service, et ses ancêtres ont servi
dès le temps de *César;* je m'en prendrai à vous si
mon fils n'est pas enseigne. Monsieur, lui ai-je
répondu, je doute fort que M. de *Chauvelin* se mêle
des enseignes de Savoie, et je ne suis pas assez hardi
pour abuser à ce point des bontés dont il m'honore.
Alors le bon M. de *la Balme* m'a embrassé tendrement. Mon cher M. de *Voltaire*, écrivez à monsieur
l'ambassadeur, je vous en conjure. Monsieur, je

n'ofe, cela paffe mes forces. Enfin, il m'a tant prié, tant preffé, il était fi ému, que j'ai la hardieffe d'écrire; 1765.
mais je n'écris qu'autant que la chofe foit facile,
qu'elle s'accorde avec toutes vos convenances, qu'elle
ne vous compromette en rien, et que vous me par-
donniez la liberté que je prends.

Que vos Excellences agréent les refpects du bon
homme *V*.

## LETTRE XCIV.

### A MADEMOISELLE CLAIRON, *à Marfeille.*

A Ferney, 30 d'augufte.

JE ne vous dirai pas, Mademoifelle, à quel point
vous êtes regrettée, parce que je ne pourrais l'exprimer.

Voici ce qu'on m'écrit de Verfailles : *Tout le monde
veut favoir des nouvelles de mademoifelle Clairon, et le
roi tout le premier.*

Voici ma réponfe :

,, Elle eft partie auffi malade que regrettée et
,, honorée, couchée dans fon carroffe et foutenue par
,, fon courage. M. *Tronchin* ne répond pas de fa vie
,, fi elle remonte fur le théâtre. Elle lui a dit
,, qu'elle ferait forcée d'obéir à fes ordonnances ;
,, mais que toutes les fois que le roi voudrait l'en-
,, tendre, elle ferait comme tous fes autres fujets,
,, qu'elle hafarderait fa vie pour lui plaire ,,.

Vous voyez, Mademoifelle, que j'ai dit la vérité
toute pure, fans rien ajouter ni diminuer.

Permettez-moi de préfenter mes refpects, au plus aimable des Français, et au plus aimable des Ruffes.

Nous nous entretenons de vous à Ferney, nous vous aimons de tout notre cœur, et en cela, nous n'avons d'avantage fur perfonne. J'ai par-deffus les autres le fentiment de la reconnaiffance. Nous ne nous flattons pas de vous avoir une feconde obligation. Vous êtes pour moi le phénix qu'on ne voyait qu'une fois en fa vie.

Vous êtes au-deffus des formules de lettres. *V.*

# LETTRE XCV.

## A M. DE CIDEVILLE.

A Ferney, le 31 d'augufte.

MON cher et ancien ami, j'ai penfé comme l'académie de Rouen; j'ai trouvé les conquérans normands très-bien chantés. et j'ai été fort aife que vous ayez donné le prix au jeune M. de *la Harpe*. Il a paffé quelques jours dans mon hermitage, et comme j'aime beaucoup à corrompre la jeuneffe, je l'ai fort exhorté à fuivre la déteftable carrière des vers. C'eft un homme perdu. Il fera certainement de bons ouvrages, moyennant quoi il mourra de faim, fera honni et perfécuté; mais il faut que chacun rempliffe fa deftinée. La vôtre eft de vivre heureux, de ne cultiver les lettres que pour votre plaifir, de vous partager très-prudemment entre les plaifirs de la ville et ceux de la campagne. Je fuis tout jufte la moitié

auffi

auffi prudent que vous ; la campagne feule peut me
plaire, même pendant l'hiver. '

Je fuis bien aife que l'abbé *Bazin* vous ait amufé.
Il y a un abbé *Bazin* à Paris, qui croit avoir fait ce
livre, et qui s'eft plaint à moi, affez plaifamment,
qu'on eût mis dans le titre, *par feu M. l'abbé Bazin.*
Je lui ai prouvé que, depuis *Bazin* roi de Thuringe,
il y avait eu plufieurs grands-hommes de ce nom,
et que ce n'était pas lui qui avait fait cette Philofophie.
Je fais bien que des gens ont cru que j'étais de la
famille des *Bazin ;* mais je n'ai point cette vanité. Ce
livre eft farci d'érudition orientale dont on ne peut
me foupçonner qu'avec une extrême injuftice.

J'ai eu chez moi mademoifelle *Clairon* qui a bien
voulu jouer *Aménaïde* et *Electre* fur mon petit théâtre.
Madame *Denis* a très-bien joué *Clytemneftre ;* madame
de *Florian* s'eft tirée à merveille du rôle de la fimple
et tendre *Iphife.* Pour mademoifelle *Clairon,* elle nous
a tous étonnés ; j'en fuis encore tranfporté. Je crois
qu'elle quitte le théâtre, moyennant quoi il faut
qu'on le ferme.

Adieu, mon cher ami ; toute la famille vous fait
mille tendres complimens. Confervez votre fanté.

## LETTRE XCVI.

### A M. LE MARQUIS DE VILLETTE.

1 de septembre.

Il y a long-temps, Monsieur, que je médite de vous écrire. Le séjour de mademoiselle *Clairon* m'a un peu dérangé ; et, après son départ, il a fallu réparer le temps que les plaisirs avaient dérobé à ma philosophie.

Je ne connaissais point le mérite de mademoiselle *Clairon*, je n'avais pas même l'idée d'un jeu si animé et si parfait. J'avais été accoutumé à cette froide déclamation de nos froids théâtres, et je n'avais vu que des acteurs récitant des vers à d'autres acteurs, dans un petit cercle entouré de petits-maîtres.

Mademoiselle *Clairon* m'a dit que ni elle ni mademoiselle *Duménil* n'avaient déployé l'action dont la scène est susceptible, que depuis que M. le comte de *Lauraguais* a rendu au public, assez ingrat, le service de payer de son argent la liberté du théâtre et la beauté du spectacle. Pourquoi nul autre homme que lui n'a-t-il contribué à cette magnificence nécessaire ? et pourquoi ce même public s'est-il plus souvenu de quelques fautes de M. de *Lauraguais*, que de sa générosité et de son goût pour les arts ? Les torts qu'un homme peut avoir dans l'intérieur de sa famille, ne regardent que sa famille ; les bienfaits publics regardent tous les honnêtes gens. *Alcibiade* peut avoir fait quelques sottises, mais *Alcibiade* a fait de belles

chofes ; auffi le préfère-t-on à tous les citoyens inutiles
qui n'ont fait ni bien ni mal.

Je ne fais pas encore quelle efpèce de vie vous
mènerez ; mais, comme je ne vous ai vu faire que des
actions généreufes, comme vous avez un cœur fenfible et beaucoup d'efprit, et que par-deffus tout cela
vous allez être très-riche, vous devez bien vous
attendre qu'on épluchera votre conduite. Vous vous
trouverez entre la flatterie et l'envie, mais j'efpère
que vous vous démêlerez très-habilement de l'une
et de l'autre. Pardonnez à ma petite morale.

Je ne vous envoie point les verficulets faits en
l'honneur de mademoifelle *Clairon*. On en tira quelques exemplaires ; mademoifelle *Clairon* en emporta
une moitié, mes nièces fe jetèrent fur l'autre ; je
n'en ai pas à préfent, Dieu merci, une feule copie.
Dès que j'en aurai recouvré une, je vous l'enverrai ;
mais, en vérité, ces bagatelles ne font bonnes qu'aux
yeux de ceux pour qui elles font faites ; elles font
comme les chanfons de table, qu'il ne faut chanter
qu'en pointe de vin.

Je vous remercie de toutes vos nouvelles. Souvenez-
vous toujours de la bonne caufe : ce n'eft pas affez
d'être philofophe, il faut faire des philofophes.

Si vous voyez M. le comte de *la Touraille*, ne
m'oubliez pas auprès de lui. Il me paraît avoir bien
de la raifon, de l'efprit et du goût ; cela n'eft pas à
négliger.

## LETTRE XCVII.

### A M. LE COMTE D'ARGENTAL.

4 de septembre.

Premièrement, mes divins anges sauront que c'est la chose du monde la plus aisée d'envoyer au suppliant un paquet de vers contre-signé.

Secondement, que je renverrai sur le champ en droiture, à M. le duc de *Praslin*, la pièce entière dûment corrigée, avec la préface honnête et modeste du petit ex-jésuite; et, si mes anges sont contens, ils remettront le tout à *le Kain*, qui saisira le temps le plus favorable pour imprimer l'ouvrage à son profit, supposé qu'il puisse y avoir du profit, et que le public ne soit pas lassé de tant d'œuvres dramatiques.

Troisièmement, mes anges me permettront-ils de leur présenter la pancarte ci-jointe? M. *Fabry*, dont il est question, a rendu en effet des services, en réglant les limites de la France, de la Suisse et de Genève. Si mes anges ont la bonté de m'assurer des intentions favorables de M. le duc de *Praslin*, je serai bien content, et je ferai grand plaisir à M. *Fabry*.

Notre résident se porte mieux, mais M. *Tronchin* ne croit pas qu'il en réchappe; il peut se tromper, tout grand médecin qu'il est. Vingt personnes demandent déjà cette place.

Je crois que M. le duc de *Praslin* est instruit du

1765.

mérite de M. *Aſlier*, qui eſt employé depuis long-temps. Je ne le connais pas, mais je fais qu'il eſt tout-à-fait pour la bonne cauſe, et extrêmement circonſpect.

Je ſuis extrêmement content de M. *Damilaville;* c'eſt un homme d'une probité courageuſe.

Il faut vous dire un petit mot de la vertu de *Jean-Jacques Rouſſeau*, qui eſt dans un autre goût.

Il vient d'être avéré que, pour être admis à la communion des fidelles dans le village où il aboie, il a promis, par un écrit ſigné de ſa main, *qu'il écrirait contre le livre abominable d'Helvétius*. Son curé, avec lequel il s'eſt brouillé comme avec le reſte du monde, a été obligé de faire imprimer cette belle promeſſe.

Il eſt bien triſte, pour la philoſophie, que ce miſérable en ait pris le manteau pendant quelque temps ; mais il ne faut pas que *Platon* ceſſe de philo-ſopher, parce que le chien de *Diogène* veut mordre ; il faut vivre et mourir dans l'amour de la vérité.

Je baiſe plus que jamais le bout des ailes de mes anges.

L 3

LETTRE XCVIII.

A M. LE COMTE D'AUTRÉ.

6 de feptembre.

CE n'eſt donc plus le temps, Monſieur, où les *Pythagore* voyageaient pour aller enſeigner les pauvres Indiens. Vous préférez votre campagne à mes maſures. Soyez bien perſuadé que je mourrai très-affligé de ne vous avoir point vu. J'ai eu l'honneur de paſſer quelque temps de ma vie avec madame votre mère, dont vous avez tout l'eſprit avec beaucoup plus de philoſophie.

Si j'avais pu vous poſſéder cette automne, vous auriez trouvé chez moi un philoſophe qui vous aurait tenu tête, et qui mérite de ſe battre avec vous; pour moi, je vous aurais écouté l'un et l'autre, et je ne me ſerais point battu; j'aurais tâché ſeulement de vous faire une bonne chère plus ſimple que délicate. Il y a des nourritures fort anciennes et fort bonnes, dont tous les ſages de l'antiquité ſe ſont toujours bien trouvés. Vous les aimez, et j'en mangerais volontiers avec vous; mais j'avoue que mon eſtomac ne s'accommode point de la nouvelle cuiſine. Je ne peux ſouffrir un ris de veau qui nage dans une ſauce ſalée, laquelle s'élève quinze lignes au-deſſus de ce petit ris de veau. Je ne puis manger d'un hachis compoſé de dinde, de lièvre et de lapin, qu'on veut me faire prendre pour une ſeule viande. Je n'aime ni le pigeon à la crapaudine, ni le pain qui n'a pas de

croûte. Je bois du vin modérément, et je trouve fort
étranges les gens qui mangent fans boire, et qui ne
favent pas même ce qu'ils mangent.

Je ne vous diffimulerai pas même que je n'aime
point du tout qu'on fe parle à l'oreille quand on eft
à table, et qu'on dife ce qu'on a fait hier à fon
voifin qui ne s'en foucie guère, ou qui en abufe ; je
ne défapprouve pas qu'on dife *Benedicite ;* mais je
fouhaite qu'on s'en tienne là, parce que fi l'on va
plus loin, on ne s'entend plus ; l'affemblée devient
cohue, et on difpute à chaque fervice.

Quant aux cuifiniers, je ne faurais fupporter l'ef-
fence de jambon, ni l'excès des morilles, des cham-
pignons, et de poivre et de mufcade, avec lefquels
ils déguifent des mets très-fains en eux-mêmes, et
que je ne voudrais pas feulement qu'on lardât.

Il y a des gens qui vous mettent fur la table un
grand furtout où il eft défendu de toucher ; cela m'a
paru très-incivil. On ne doit fervir un plat à fon
hôte que pour qu'il en mange, et il eft fort injufte
de fe brouiller avec lui, parce qu'il aura entamé un
cédrat qu'on lui aura préfenté. Et puis, quand on
s'eft brouillé pour un cédrat, il faut fe raccommoder
et faire une paix plâtrée, fouvent pire que l'inimitié
déclarée.

Je veux que le pain foit cuit au four, et jamais
dans un privé. Vous auriez des figues au fruit, mais
dans la faifon.

Un fouper fans apprêts, tel que je le propofe, fait
efpérèr un fommeil fort doux et fort plein, qui ne
fera troublé par aucun fonge défagréable.

Voilà, Monfieur, comme je défirerais d'avoir

l'honneur de manger avec vous. Je fuis un peu malade à préfent. Je n'ai pas grand appétit, mais vous m'en donneriez, et vous me feriez trouver plus de goût à mes fimples alimens.

Madame *Denis* eft très-fenfible à l'honneur de votre fouvenir. Elle eft entièrement à mon régime. C'eft d'ailleurs une fort bonne actrice; vous en auriez été content dans une affez mauvaife pièce à la grecque, intitulée Orefte, et vous l'auriez écoutée avec plaifir, même à côté de mademoifelle *Clairon*. Confervez-moi au moins vos bontés, fi vous me refufez votre préfence réelle. *V.*

# LETTRE XCIX.

## A M. LE COMTE D'ARGENTAL.

9 de feptembre.

Notre réfident *Montpéroux* vient de mourir; à qui donnera-t-on cette place? je voudrais bien que ce fût à un philofophe. Plufieurs perfonnes la demandent. Je ne connais point du tout par moi-même M. *Aftier* qui eft en Hollande, et qui a, dit-on, bien fervi; mais je fais qu'il eft fort fage et fort paifible. Il eft fans doute convenable de ne pas envoyer dans cette ville un bigot fanatique.

Je fonge à ce pauvre *Tercier* qui a perdu fi mal à propos fa place, pour avoir approuvé un livre médiocre, qui n'était que la paraphrafe des *Penfées de la Rochefoucault*. Si nous pouvions l'avoir, ce ferait une grande confolation. Quoi qu'il en foit, je fupplie inftamment mes anges de nous envoyer un réfident philofophe.

M. de *Chauvelin*, l'ambaffadeur à Turin, m'a mandé qu'il vous enverrait la petite drôlerie de l'ex-jéfuite; mais à quoi vous fervira-t-elle, mes divins anges ? Cet exemplaire eft, à la vérité, un peu plus complet que le vôtre, mais il y a encore beaucoup de chofes à corriger. Ne vaudrait-il pas mieux renvoyer au petit prêtre fa guenille en droiture ? Je vous ai déjà dit que je recevais fans difficulté les paquets contre-fignés qui m'étaient adreffés. Et où ferait le mal quand on enjoliverait ce paquet d'une demi-feuille de papier, dans laquelle on écrirait : *Voilà ce que M. le duc de Praflin vous envoie, il trouve vos vers fort mauvais, et vous recommande de les corriger,* ou telle autre chofe femblable. Il me femble que cette grande affaire d'Etat peut fe traiter très-facilement par la pofte ; on renverra le tout avec une préface des plus honnêtes, et toutes les indications néceffaires à l'ami *le Kain*.

Je fuis toujours très-émerveillé de la défenfe qu'on a faite au roi de donner le privilége à madame *Calas* de vendre fon eftampe. J'ai déjà fait quelques foufcriptions dans ma retraite, et M. *Tronchin* en a fait bien davantage, comme de raifon. Je plains bien mes pauvres *Sirven*. Malheur à tous ceux qui viennent les derniers, dans quelque genre que ce puiffe être ; l'attention du public n'eft plus pour eux. Il faudrait à préfent avoir eu deux hommes roués dans fa famille, pour faire quelque éclat dans le monde.

Je m'imagine que l'affaire des dixmes fera décidée à Fontainebleau. Il en est de cette besogne comme de celle de l'ex-jéfuite, il n'importe en quel temps elle finisse, pourvu que mes anges et M. le duc de *Praslin* les favorisent toutes deux.

Tout ce qui est dans ma petite retraite se met au bout des ailes de mes anges. *V.*

# LETTRE C.

## A MADEMOISELLE CLAIRON.

16 de septembre.

M ES yeux, Mademoiselle, ne sont pas si heureux à présent qu'ils l'étaient quand ils avaient le bonheur de vous voir. Ils pouvaient alors le disputer à mes oreilles ; mais actuellement ils sont si malades que je ne peux avoir l'honneur de vous écrire de ma main.

Vous m'ordonnez de vous écrire à Aix, cela me fait craindre que vous n'ayez pas reçu la lettre que je vous écrivis à Marseille. Je vous y rendais compte de l'empressement de M. le maréchal de *Richelieu* à savoir des nouvelles de votre santé. Le roi s'en était informé lui-même. Je vous confiais que j'avais instruit M. le maréchal de *Richelieu* de la vérité ; je lui disais que vous vous étiez trouvée fort mal de l'effort que vous aviez fait de représenter *Electre* et *Aménaïde* sur mon petit théâtre, et que M. *Tronchin* avait déclaré qu'il y allait de votre vie, mais que vous ne

balanceriez pas de la rifquer quand il s'agirait de
plaire au roi. Si ma première lettre eft perdue, celle-ci **1765.**
fervira de fupplément.

L'amitié que vous me témoignez me fait encore
plus de plaifir que les talens inimitables que je vous
ai vu déployer. Je m'intéreffe à votre bonheur autant
qu'à votre gloire. Vous ferez les délices de vos amis
comme vous avez fait celles du public ; et, en vérité,
le public ne vaut pas des amis.

Toute ma famille vous fait les complimens les
plus tendres et les plus fincères. Ne m'oubliez pas,
je vous en fupplie, auprès de M. le comte de
*Valbelle ;* il ne m'appartient pas d'envier fa place,
mais j'envie celle de M. de *Neledensky*, puifqu'il vous
accompagne.

Si vous êtes à Aix, voulez-vous bien me recommander aux bontés de M. le duc de *Villars ?* Je ne
le fatigue point de mes inutiles lettres, mais je lui
ferai attaché toute ma vie.

Adieu, Mademoifelle ; fi j'avais de la fanté, vous
me trouveriez à Lyon fur votre paffage. *V.*

## LETTRE CI.

### A M. LE MARECHAL DUC DE RICHELIEU.

A Genève, 16 de feptembre.

Vous vous êtes donc mis, Monfeigneur, à reffufciter les morts ? vous avez déterré je ne fais quelle Adélaïde morte en fa naiffance, et que j'avais empaillée pour la déguifer en Duc de Foix ; vous lui avez donné la plus belle vie du monde. *Tronchin* n'approche pas de vous, quelque grand médecin qu'il foit ; il ne peut me faire autant de bien que vous en faites à mes enfans. Je ne défefpère pas, tandis que vous êtes en train, que vous ne reffufcitiez auffi la Femme qui a raifon. On prétend qu'il y a quelques ordures, mais les dévotes ne les haïffent pas. Que fait-on même fi un jour vous ne ferez pas jouer la Princeffe de Navarre ? La mufique du moins en eft très-belle, et je fuis fûr qu'elle ferait grand plaifir ; cela vaudrait bien un opéra comique.

Je ne fais fi mademoifelle *Clairon* rajufte fa fanté dans le beau climat de Provence. Je crois que le public ferait en elle une perte irréparable. Vous aurez trouvé que j'ai pouffé l'enthoufiafme un peu loin dans certains petits verficulets ; mais fi vous aviez vu comme elle a joué *Electre* dans mon tripot, vous me pardonneriez.

Vous allez vous occuper de plaifirs à Fontainebleau ; ces plaifirs-là font de ma compétence ; mais il ne m'appartient pas de les goûter à votre cour. J'ai

environ deux douzaines d'enfans qui fe produifent
quelquefois fous votre protection ; mais, pour le père,
il fait fort bien d'aimer fa retraite, et de ne pas défirer
autre chofe. Il ne regrette que le bonheur qu'il a eu
fi long-temps de vous approcher et d'admirer votre
gaieté au milieu de vos affaires de toute efpèce. Ses
yeux, pochés par le vent du Nord, ne lui permettent
pas de vous écrire de fa main à quel point il eft
pénétré de refpect pour vous, et combien il prend
la liberté de vous aimer. *V.*

## LETTRE CII.

### A M. LE COMTE D'ARGENTAL.

17 de feptembre.

Mes divins anges, je vois bien que je ne connaiffais pas encore ce public inconftant que je croyais
connaître. Je ne me doutais pas qu'il dût approuver
avec tant de tranfports ce qu'il avait condamné avec
tant de mépris. Vous fouvenez-vous qu'autrefois,
lorfque *Vendôme* difait, à la dernière fcène, *Es-tu
content, Coucy ?* les plaifans répondaient, *Couffi,
Couffi ?* J'ai retrouvé ici, dans mes paperaffes, deux
tragédies d'Adélaïde ; elles font toutes deux fort différentes, et probablement la troifième, qu'on a jouée
à la comédie, diffère beaucoup des deux autres. Je
fais toujours mon thème en plufieurs façons. Il eft
à croire que *le Kain* fera imprimer, à fon profit,
cette Adélaïde qu'on vient de repréfenter ; mais je
penfe qu'il conviendrait qu'il m'envoyât une copie

—— bien exacte, afin qu'en la conférant avec les autres,
1765. je puſſe en faire un ouvrage ſupportable à la lecture,
et dont le ſuccès fût indépendant du mérite des
acteurs. C'eſt ſur quoi je vous demande vos bons
offices auprès de *le Kain*, car je vous demande toujours des grâces.

A l'égard des roués, j'attends toujours votre
paquet et vos ordres; le petit jéſuite a ſa préface toute
prête, mais il dit qu'il ne faut pas s'attendre à de
grands mouvemens de paſſion dans un triumvir; et
que cette pièce eſt plus faite pour des lecteurs qui
réfléchiſſent, que pour des ſpectateurs qu'il faut
animer. Il ſait de plus que le pardon d'*Octave* à
*Pompée* ne peut jamais faire l'effet du pardon d'*Auguſte*
à *Cinna*, parce que *Pompée* a raiſon et que *Cinna*
a tort, et ſurtout parce que ceux qui ſont venus les
premiers ne laiſſent point de place à ceux qui
viennent les feconds.

Je ſais bien que j'ai été un peu trop loin avec mademoiſelle *Clairon;* mais j'ai cru qu'il fallait un tel
baume ſur les bleſſures qu'elle avait reçues au fort-
l'évêque. Elle m'a paru d'ailleurs auſſi changée dans
ſes mœurs que dans ſon talent; et plus on a voulu
l'avilir, et plus j'ai voulu l'élever.

J'eſpère qu'on me pardonnera un peu d'enthouſiaſme pour les beaux arts; j'en ai dans l'amitié, j'en
ai dans la reconnaiſſance.

# LETTRE CIII.

## AU MEME.

21 de feptembre.

MES divins anges, tout le monde croit que j'ai bien du crédit dans votre cour célefte ; tout le monde demande la place de *Montpéroux* ; tout le monde s'adreffe à moi. Madame de *la Chevalerie*, fœur de M. de *Chabanon* que vous protégez, veut obtenir la réfidence de Genève pour fon mari, qui eft officier et qui a la croix de Saint-Louis. Elle m'a ordonné de vous en écrire, et j'obéis à fes ordres. Je fuis perfuadé que M. de *Chabanon* vous en aura déjà parlé ; mais je fuis perfuadé auffi qu'il lui fera plus aifé de faire une bonne pièce, que d'obtenir pour fon beau-frère cette place que vous m'avez dit être deftinée à ceux qui ont fervi dans les affaires étrangères.

Pour moi, je me borne à obtenir une copie de l'Adélaïde que vous avez fait jouer. Je voudrais furtout favoir fi le duc de *Némours* eft reconnu rival de fon frère, au troifième ou au quatrième acte. Voilà les intérêts politiques qui m'occupent. Je vous écris en fortant de Mérope, qu'on a exécutée fur mon petit théâtre de marionnettes, au grand étonnement des Allobroges. Figurez-vous qu'il n'y avait rien chez vous de fi brillant ; car madame de *Schouvalof* avait prêté à madame *Denis* pour deux cents mille écus de diamans, et à peu-près autant à madame de *Florian*, pour jouer la baronne dans Nanine. Ce qui

—— eft encore plus étonnant, c'eft que M. de *Schouvalof* jouait *Egifthe* dans Mérope.

Je ne m'attendais pas, quand je fis cette pièce, que je la verrais exécutée par des ruffes, près du lac de Genève. Ce monde-ci eft une plaifante pièce de théâtre, et meffieurs du clergé, qui me mêlent dans leurs caquets, font de plaifans comédiens.

Refpect et tendreffe. *V.*

# LETTRE CIV.

## A M. THOMAS,

*Qui lui avait envoyé l'Eloge de Defcartes.*

Le 22 de feptembre.

JE n'ai reçu qu'aujourd'hui, Monfieur, le préfent dont vous m'avez honoré, et la lettre charmante dont vous l'accompagnez. La mort de notre réfident, chez qui le paquet eft refté long-temps, a retardé mon plaifir, et je me hâte de vous témoigner ma reconnaiffance; vous ne favez pas combien je vous fuis redevable. Ce n'eft point là un difcours acadé-mique, c'eft un excellent ouvrage d'éloquence et de philofophie. Autrefois nous donnions pour fujet du prix des textes faits pour le féminaire de Saint-Sulpice, aujourd'hui les fujets font dignes de vous. Il eft plaifant qu'à la fuite d'un écrit fi fublime, il fe trouve une approbation de deux docteurs : elle ne

peut

peut nuire pourtant à votre ouvrage ; il eſt admira- 1765.
ble, malgré leur fuffrage.

On ne lit plus *Defcartes*, mais on lira ſon éloge,
qui eſt en même temps le vôtre. Ah, Monſieur, que
vous y montrez une belle ame et un efprit éclairé !
quel morceau que l'hiſtoire de la perſécution du
nommé *Voët* contre *Defcartes* ! Vous avez employé
et fortifié les crayons de *Démoſthène*, pour peindre un
coquin abfurde qui oſe pourfuivre un grand-homme.
Vous m'avez fait un grand plaiſir de ne pas oublier
le petit conſeiller de province, qui mépriſait le philoſophe ſon frère. Tout votre ouvrage m'enchante
d'un bout à l'autre. Je vais le relire, dès que j'aurai
dicté ma lettre ; car l'état où je ſuis me permet rarement d'écrire. Vous avez parfaitement ſéparé le
génie de *Defcartes* de ſes chimères, et vous avez
habilement montré combien l'auteur même des
tourbillons était un homme ſupérieur.

On m'a dit que vous faites un poëme épique fur
le czar *Pierre*. Vous êtes fait pour célébrer les grands-
hommes ; c'eſt à vous à peindre vos confrères. Je
m'imagine qu'il y aura une philoſophie ſublime dans
votre poëme. Le ſiècle eſt monté à ce ton-là, et
vous n'y avez pas peu contribué.

Vous faites, dans votre *Eloge de Defcartes*, un éloge
de la ſolitude qui m'a bien touché. Plût à Dieu que
vous vouluſſiez bien partager la mienne, et vivre
avec moi comme un frère que l'éloquence, la poëſie
et la philoſophie m'ont donné. J'ai dans ma maſure
un ami qui eſt comme moi votre admirateur, et
avec qui je voudrais paſſer le reſte de ma vie ; c'eſt
M. *Damilaville*, qu'un malheureux emploi de finance

—— rappelle à Paris. Il vous dira quelle obligation je vous aurais, si vous daigniez venir tenir sa place. Il est vrai que dans l'été nous avons un peu de monde, et même des spectacles; mais je n'en suis pas moins solitaire. Vous travailleriez avec le plus grand loisir, vous feriez renaître ces temps que nos petits-maîtres regardent comme des fables, où les talens et la philosophie réunissaient des amis sous le même toit.

J'ai bien peur que ma proposition ne soit aussi une fable; mais enfin il ne tiendra qu'à vous d'en faire la vérité la plus consolante pour votre serviteur, pour votre admirateur, et, permettez-moi de le dire, pour votre ami. *V.*

# LETTRE CV.

## A M. LE COMTE D'ARGENTAL.

23 de septembre.

O R , mes anges, voilà donc mon ami *Fabry* agent par intérim de la parvulissime république de Genève. Mais, quand vous voudrez, vous m'enverrez les roués ; et, en attendant, permettez que je vous adresse ce petit mot pour le duc de *Vendôme*.

Je viens de lire le sublime *Eloge de Descartes*, par M. *Thomas*. J'aime mieux lire, je vous jure, le panégyriste que le héros. C'est un homme d'un rare mérite que ce *Thomas* ; et ni *Thomas d'Aquin*, ni *Thomas Didyme*, ni *Thomas de Cantorbéry* n'approchent de lui. Il avait bien voulu m'envoyer son ouvrage,

et le paquet contre-signé *Praslin* était resté chez ce
pauvre *Montpéroux* pendant sa dernière maladie.

Vous voyez donc bien que je reçois mes paquets
contre-signés, à moins que les résidens ne soient
morts, et que c'est pure malice si vous ne m'envoyez
pas les roués, et pure malice encore si *le Kain* ne me
fait pas tenir sa vieille Adélaïde : car, encore une
fois, je suis très en peine de savoir laquelle des trois
copies est la passable.

Vous vous souciez fort peu de savoir que l'impératrice de Russie, la bonne amie de l'abbé *Bazin*,
voulait avoir des filles pour enseigner le français aux
petites filles de son empire. Plusieurs étaient déjà
parties. Le conseil de Genève a trouvé cela fort
mauvais; et, sans aucun respect pour l'impératrice,
il a fait arrêter ces filles dans l'État de Berne, qui
a favorisé leur enlèvement. L'auguste et ferme
*Catherine* sera très-courroucée, et moi je le suis aussi.
Cette action me paraît brutale et tyrannique. Je ne
prends plus le parti du conseil genevois que pour
mes dixmes.

Voici un placet pour *le Kain*, sur lequel je vous
demande votre protection. *V.*

# LETTRE CVI.

## A M. ELIE DE BEAUMONT, *avocat*.

A Ferney, le 26 de septembre.

Vous entreprenez, Monsieur, un ouvrage digne de vous, en essayant de réformer la jurisprudence criminelle. Il est certain qu'on fait trop peu de cas en France de la vie des hommes. On y suppose apparemment que les condamnés, étant dûment confessés, s'en vont droit en paradis. Je ne connais guère que l'Angleterre où les lois semblent plus faites pour épargner les coupables que pour sacrifier l'innocence. Croyez que par-tout ailleurs la procédure criminelle est fort arbitraire.

Le roi de Prusse a fait un petit code intitulé *le Code selon la raison*, comme si le digeste était selon la folie; mais, dans ce code, le criminel est oublié. Le meilleur usage établi en Prusse, comme dans toute l'Allemagne et en Angleterre, est qu'on n'exécute personne sans la permission expresse du souverain. Cette coutume était établie en France autrefois. On est un peu trop expéditif chez vous. On y roue les gens de broc en bouche, avant que le voisinage même en soit informé; et les cas les plus graciables échappent à l'humanité du souverain.

J'ai écrit en Suisse, selon vos ordres. Je ne peux mieux faire que de vous envoyer la réponse de M. de *Correvon*, magistrat de Lausane; mais vous

troûverez furement plus de lumières en vous que
dans les jurifconfultes étrangers.

1765.

A l'égard des *Sirven*, M. de *Lavaiſſe* me mande
que l'ordonnance du parlement de Touloufe, portant
permiffion à un juge fubalterne d'effigier fon prochain, n'eft point regardée comme une confirmation
de fentence. Voilà, je vous l'avoue, une fingulière
logomachie. Quoi, la permiffion de déshonorer un
homme et de confifquer fon bien, n'eft pas un jugement! Le parlement donne donc cette licence au
hafard! Ou la fentence lui paraît jufte ou inique.
Il en ordonne l'exécution, il confirme donc la juftice
ou l'iniquité. Il ne peut ordonner cette exécution
qu'en connaiffance de caufe. De bonne foi, eft-ce
une fimple affaire de ftyle, d'ordonner la ruine et la
honte d'une famille?

Voilà un beau champ pour votre éloquence. La
rage d'accufer en Languedoc les pères de tuer les
enfans, fubfifte toujours. Un enfant meurt d'une
fièvre maligne à Montpellier; le médecin va voyager;
pendant fon voyage, on accufe le père d'avoir affaffiné
fon fils. On allait le condamner, lorfque le médecin
arrive, parle aux juges, les fait rougir, et le père
prend actuellement les juges à partie. Cette aventure
pourrait bien mériter un épifode dans votre mémoire.
Je vais écrire au médecin pour favoir le nom de ce
brave père.

Adieu, Monfieur; j'ai le malheur de n'avoir vu
ni madame de *Beaumont* ni vous, mais j'ai le bonheur de vous aimer tous deux de tout mon cœur.

M 3

# LETTRE CVII.

## A M. LE COMTE D'ARGENTAL.

2 d'octobre.

A Peine le petit prêtre a-t-il reçu fes roués de la part de fes divins anges, qu'il s'eft mis fur le champ à faire ce que lefdits anges ont prefcrit, excepté à la fcène d'*Octave* et de *Julie*. Le pauvre diable confeffe qu'il ne peut réchauffer cette fcène, et il dit qu'il lui eft impoffible de faire d'*Octave* un amoureux violent. L'impuiffance dont il convient lui fait beaucoup de peine; mais il dit que c'eft le feul vice dont on ne peut pas fe corriger.

Ce malheureux prêtre renverra, le plutôt qu'il pourra, fes roués, avec l'honnête préface convenable en pareil cas. Le temps ne fait rien à l'affaire. Il compte fur les gens qui aiment l'hiftoire romaine; mais, comme il y en a beaucoup plus qui aiment l'opéra comique, il n'efpère pas un fuccès prodigieux.

Pour moi, j'attends Adélaïde, et je la renverrai auffi avec fa préface; car il me femble qu'elle en mérite une.

Je ne favais point que *Clairon* eût manqué à mes anges, quand je lui fis, je ne fais comment, des vers hexamètres comme pour une héroïne romaine; mais elle avait fi bien joué *Electre*, elle avait été fi fêtée par tout le pays, elle avait été fi honnête et fi polie, que je fus enquinaudé.

On dit qu'il n'eſt pas bien ſûr que l'on donne à
Fontainebleau toutes les fêtes qu'on préparait. 1765.

J'ai écrit un petit mot de félicitation à M. *Hénin*;
M. le duc de *Praſlin* ne pouvait faire un meilleur
choix; ce ſera un homme de bonne compagnie de
plus, dans notre petit canton allobroge. J'adreſſai ma
lettre à M. de *Saint-Foix*, ne ſachant pas ſi M. *Hénin*
eſt à Paris.

Le plaiſant ſecrétaire d'ambaſſade que *Jean-Jacques*!
voilà un étrange original; c'eſt bien dommage qu'il
ait fait *le Vicaire ſavoyard*. La converſation de ce
vicaire méritait d'être écrite par un honnête homme.

J'ai vu, depuis peu, des fatras d'inſtructions
paſtorales, d'arrêts contre les inſtructions, d'arrêts
contre les arrêts, et de lettres contre les arrêts, et
de lettres ſur les miracles de *Jean-Jacques*, et j'ai
conclu qu'une tragédie eſt plus touchante, et que
Ce qui plaît aux dames eſt plus agréable; et j'ai dit
dans mon cœur, il n'y a de bon que de ſouper avec
ſes amis, et de ſe réjouir dans ſes œuvres; et j'ai
ſurtout ajouté que la conſolation de la vie conſiſte
à être un peu aimé de ſes divins anges, ces divins
anges à qui je n'ai pas l'honneur d'écrire de ma main,
attendu que je ſuis retombé dans mes malingreries,
et je ne m'en mets pas moins à l'ombre de leurs
ailes. *V.*

## LETTRE CVIII.

### AU MEME.

8 d'octobre.

MES anges fauront que j'ai reçu aujourd'hui Adélaïde. On a remis fur le champ les roués dans le porte-feuille, et on va reprendre cette Adélaïde en fous-œuvre, non fans faire des Velches le cas qu'ils méritent; non fans être honteux de travailler pour gens qui approuvent dans un temps ce qu'ils condamnent dans un autre.

Mon philofophe *Damilaville*, qui avait fait pendant quelques mois la confolation de ma vie, eft parti et a pris fon plus long pour aller voir un ami avec lequel il reftera quelque temps. Je ne fais pas trop dans quel temps il fe préfentera devant mes anges.

J'ai envoyé à M. *Elie de Beaumont* toutes les pièces néceffaires pour entreprendre le procès des *Sirven*. Je ne crois pas qu'il trouve dans cette affaire la même faveur et le même enthoufiafme que dans celle de *Calas*. Je connais notre public, il fe refroidit bien vîte, il n'aime pas les répétitions; il lui faut du nouveau, et c'eft ce qui fait la fortune de l'opéra comique. Cependant je me flatte que mes anges voudront bien encourager *Elie*. Il eft néceffaire que le mémoire foit très-bien fait, et qu'il foit dépouillé de toute cette déclamation du barreau, qui eft le contraire de la véritable éloquence. *Elie* peut m'en-

voyer ce factum fous le premier contre-feing venu,
et je répète encore que tous les paquets à mon
adreffe me font très-fidellement rendus.

J'ai lu une excellente lettre qui juftifie l'arrêt du
parlement contre le clergé, en citant le procès de
*Guillaume Rofe*, évêque de Senlis, le plus déteftable
ennemi d'*Henri IV*. Le bon Dieu béniffe l'auteur de
cette lettre, quel qu'il foit! Dieu me pardonne, je
crois que je fuis actuellement parlementaire; mais,
ce qui eft bien plus fûr, c'eft que je fuis attaché à
mes anges, avec mon culte de latrie ordinaire.

Permettent-ils que j'insère ici ce petit mot pour
*Rofcius le Kain*?

Et nos dixmes! mes divins anges, et nos dixmes!
ayez pitié de nous.

# LETTRE CIX.

## AU MEME.

### 11 d'octobre.

J'IGNORE fi l'un de mes anges eft à Fontainebleau.
Je ne fais ni quand ni comment je pourrai renvoyer
à *le Kain* fon Adélaïde, avec un bout de préface;
tout eft prêt, les roués le font auffi : mais fefons une
réflexion. Les roués finiffent à peu-près comme
Adélaïde. On cède au cinquième acte fa maîtreffe
à fon rival. Ne penfez-vous pas qu'il faut mettre un
intervalle entre les publications de ces deux pièces?

n'eſt-il pas convenable que l'on reprenne Adélaïde
au retour de Fontainebleau, une ou deux fois, pour
favoriſer le débit de l'édition au profit de *le Kain*?
S'il entend ſes intérêts, il fera vendre l'ouvrage à la
comédie même, le jour de la dernière repréſentation;
et, s'il veut me faire plaiſir, il ne demandera point
de privilége, parce que ces inutiles pancartes ne
ſervent qu'à faire naître des querelles entre ceux qui
ſont en poſſeſſion d'imprimer mes ſottiſes.

La nouvelle qu'on me donne pour ſûre; eſt-elle
vraie? On m'aſſure que M. le duc de *Praſlin* veut
ſe retirer après le voyage de Fontainebleau. Je conçois bien qu'un homme auſſi ſage que lui préfère
une vie douce, avec ſes amis, au tracas fatigant des
affaires; mais il me ſemble qu'il eſt encore trop jeune
pour déſirer ce repos qui doit être la récompenſe d'un
long travail. Je ſerais très-fâché qu'il prît ce parti,
à moins que ſa ſanté ne l'y force.

Je vous demande en grâce de me dire ſi cette
nouvelle eſt auſſi bien fondée qu'on le dit. Je pré-
ſume que *Tronchin* viendra bientôt à Paris prendre
ſoin de la ſanté de M. le duc d'*Orléans*, qui ne
paraît pas avoir beſoin de médecin. Que deviendrai-
je, moi chétif, quand je ne ſerai plus dans le voiſi-
nage de *Tronchin*? On dit que je n'en ai pas pour ſix
mois.

Voici choſes d'une autre eſpèce. Je crois vous avoir
déjà mandé que l'impératrice de toutes les Ruſſies,
ſouveraine de deux mille lieues de pays, et de trois
cents mille automates armés, qui ont battu les
Pruſſiens batteurs des Autrichiens, &c., que ladite
impératrice daignait faire venir quelques femmes de

Genève, pour montrer à lire et à coudre à de jeunes filles de Pétersbourg ; que le conseil de Genève a été assez fou et assez tyrannique pour empêcher des citoyennes libres d'aller où il leur plaît ; et enfin, assez insolent pour faire sortir de la ville un seigneur envoyé par cette souveraine.

M. le comte de *Schouvalof*, qui était chez moi, m'avait recommandé ces demoiselles. Je ne balance pas assurément entre *Catherine II* et les vingt-cinq perruques de Genève.

Cette aventure m'a été fort sensible ; elle m'a engagé à faire venir chez moi des citoyens parens de ces voyageuses affligées. Ils m'ont prouvé que le conseil agit en plus d'une occasion contre toutes les lois, et qu'il est bien loin de mériter (comme je l'ai cru long-temps) la protection du ministère de France. Il y a dans ce conseil trois ou quatre coquins, c'est-à-dire trois ou quatre dévots fanatiques qui ne sont bons qu'à jeter dans le lac.

Mes anges, traitez les fanatiques comme le diable le fut par S$^t$ *Michel. V.*

# LETTRE CX.

## A M. LE MARQUIS D'ARGENCE DE DIRAC.

### 12 d'octobre.

VRAIMENT, Monfieur, je croyais vous avoir envoyé la lettre que vous me demandez; la voici, quoiqu'elle n'en vaille pas trop la peine. Je fuis toujours très-étonné que le parlement de Touloufe foit demeuré, dans cette affaire, dans une inaction qui ne peut être que honteufe. S'il croit avoir bien jugé les *Calas*, il doit publier la procédure, pour tâcher de fe juftifier; s'il fent qu'il fe foit trompé, il doit réparer fon injuftice ou du moins fon erreur; il n'a fait ni l'un ni l'autre, et voilà le cas où c'eft le plus infame des partis de n'en prendre aucun.

On me mande de Languedoc que cette fatale aventure a fait beaucoup de bien à ces pauvres huguenots, et que, depuis ce temps-là, on n'a envoyé perfonne aux galères pour avoir prié DIEU en pleine campagne, en vers français auffi mauvais que nos pfaumes latins.

Adieu, Monfieur; vous ne fauriez croire combien je fuis fenfible au bien que vous faites dans votre province. Mille refpects à mademoifelle votre fille, qui fera bientôt madame.

# LETTRE CXI.

## A MADAME

## LA MARQUISE DU DEFFANT.

16 d'octobre.

J'AI vu, Madame, votre écoffais qui aurait droit d'être fier comme un écoffais, fi on pouvait être fier en proportion de fes connaiffances et de fon mérite. Il m'a dit que, malgré la mélancolie dont vous me parlez, vous confervez une imagination charmante dans la fociété. Il n'y a point de dédommagement pour les deux yeux, mais il y a de grandes confolations. Voici bientôt le temps où je vais perdre la vue ; mes déteftables fluxions me reprennent dans l'automne et l'hiver : je fuis précifément comme *Pollux* qui ne voyait le jour que fix mois de l'année.

Nous avons beaucoup parlé de vous et de M. le préfident *Hénault*. Vous favez bien que je m'intéreff -ferai tendrement à l'un et à l'autre jufqu'au dernier moment de ma vie. Il me manda, par fa dernière lettre, que tout doit finir. Rien n'eft plus vrai : tous les êtres animés ne font nés qu'à cette condition ; mais il faut bien fe fouvenir que *Cicéron*, qui était premier préfident du parlement de Rome, dit fouvent, dans fes lettres, et quelquefois même au fénat romain, que la mort n'eft que la fin des douleurs. *Céfar*, qui a conquis et gouverné votre pays des

——— Velches, penſait de même ; et ces deux meſſieurs valaient bien le père *Eliſée*.

En attendant, il faut s'amuſer. Madame de *Florian*, ma nièce, vous fera tenir, avec cette lettre , quelques feuilles imprimées que j'ai trouvées chez un curieux. Il y a une lettre ſur mademoiſelle de l'*Enclos*, écrite à un miniſtre huguenot , qui pourra vous égayer quelques minutes. Il y a quelques chapitres méta- phyſiques qui pourront vous ennuyer, et d'autres où l'on ne dit que des choſes que vous ſavez , et que vous dites beaucoup mieux.

J'y joins un autre ouvrage qu'on appelle le Diction- naire philoſophique. Des méchans me l'ont imputé ; c'eſt une calomnie atroce dont je vous demande juſtice. Je ſuis fâché qu'un livre ſi dangereux ſoit ſi commode pour le lecteur ; on l'ouvre et on le ferme ſans déranger les idées. Les chapitres ſont variés comme ceux de *Montagne* , et ne ſont pas ſi longs.

On m'aſſure que cette édition-ci eſt plus ample et plus inſolente que toutes les autres. Je ne l'ai pas vue ; vous en jugerez : et je la condamne s'il y a du mal.

Je vous dirai cependant à ma honte que j'aime aſſez en général tous ces petits chapitres qui ne fatiguent point l'eſprit.

Je vais faire chercher encore une Pucelle pour vous amuſer ; mais je doute que j'aye le temps de la trou- ver avant le départ de madame de *Florian*. On trouve rarement des pucelles chez ces marauds d'huguenots de Genève.

Je ne ſors jamais de chez moi, et je m'en trouve bien : on a tous ſes momens à ſoi ; et la vie eſt ſi courte qu'il n'en faut pas perdre un quart d'heure.

Je fuis fâché que vous preniez en averfion nos
pauvres philofophes. Si vous croyez qu'ils marchent
un peu fur mes traces, je vous prie de ne pas battre
ma livrée.

Je fais toute l'hiftoire de la petite vérole de madame
la duchefse de *Boufflers*. S'il était vrai qu'elle eût été
en effet bien inoculée, et qu'elle eût eu la petite
vérole naturelle après l'artificielle, cela ferait trifte
pour elle ; mais ce ferait un exemple unique entre
vingt mille ; et les exceptions rares n'ôtent rien à la
force des lois générales.

Je n'étais pas inftruit de la maladie de madame la
maréchale de *Luxembourg*. Elle n'a point répondu
à une lettre qui méritait affurément une réponfe ;
mais je m'intérefferai toujours à elle, comme fi elle
répondait.

Adieu, Madame ; je vous aimerai toujours fans
la plus légère diminution. Je fouhaite que vous foyez
le moins malheureufe qu'on puiffe être fur ce ridicule
petit globe. *V.*

# LETTRE CXII.

## AM. DAMILAVILLE.

16 d'octobre.

J'AI paffé de beaux jours avec vous, mon cher
frère ; il me refte les regrets ; mais il me refte auffi la
douceur du fouvenir, et l'efpérance de vous revoir
encore avant que je meure. Qui vous empêcherait,
par exemple, de revenir un jour avec M. et madame

—— de *Florian* ? Vous favez combien ils vous aiment, car vous avez gagné tous les cœurs. J'ai reçu votre lettre de Dijon, et madame de *Florian* ne vous rendra la mienne qu'à Paris. Je me flatte que votre zèle, conduit par votre prudence, va fervir la bonne caufe avec toute la chaleur que la nature a mife dans votre cœur généreux, fincère et compatiffant. Les indignes ennemis de la raifon et de la vertu fentiront bientôt qu'il n'y a de raifon et de vertu que chez les vrais philofophes. L'infame *J. J.* eft le *Judas* de la confrérie, mais vous ferez de dignes apôtres.

Vous favez avec quelle impatience j'attends les manufcrits de *Fréret*, que vous m'avez promis. Ceux que vous avez emportés peuvent fe multiplier aifément. La lumière ne doit pas demeurer fous le boiffeau. Je me flatte que vous m'inftruirez des querelles du parlement et du clergé : nous fommes cette fois-ci parlementaires, et de dignes paroiffiens de M. l'archevêque de Novogorod.

Les divifions de Genève éclateront bientôt. Il eft abfolument néceffaire que, vous et vos amis, vous répandiez dans le public, que les citoyens ont raifon contre les magiftrats; car il eft certain que le peuple ne veut que la liberté, et que la magiftrature ambitionne une puiffance abfolue. Y a-t-il rien de plus tyrannique, par exemple, que d'ôter la liberté de la preffe ? et comment un peuple peut-il fe dire libre, quand il ne lui eft pas permis de penfer par écrit ? Quiconque a le pouvoir en main voudrait crever les yeux à tous ceux qui lui font foumis ; tout juge de village voudrait être defpotique : la rage de la domination eft une maladie incurable.

Je

1765.

Je commence à lire aujourd'hui le livre italien *des Délits et des peines*. A vue de pays, cela me paraît philofophique ; l'auteur eft un frère.

Adieu, vous qui ferez toujours le mien. Adieu, mon cher ami ; périffent les infames préjugés qui déshonorent et qui abrutiffent la nature humaine, et vive la raifon et la probité qui font les protectrices des hommes contre les fureurs de l'*inf....! * Adieu, encore une fois, au nom de *Confucius*, de *Marc-Antonin*, d'*Epictète*, de *Cicéron* et de *Caton*.

# LETTRE CXIII.

## A M. DE LA HARPE.

19 d'octobre.

J'AVOUE qu'il y a quelque chofe de vrai dans ce que vous dites de la belle réception qu'on fit à cette Adélaïde du Guefclin, long-temps avant que vous fuffiez né. On ne réuffit dans ce monde qu'à la pointe de l'épée ; le plaifant de l'affaire, c'eft qu'il n'y a pas un mot de changé dans la pièce autrefois fifflée et aujourd'hui applaudie. Ces exemples doivent confoler la jeuneffe. Songez que, fi vous travaillez pour des Français, vous travaillez auffi pour des Velches qui ont approuvé une *Electre* amoureufe d'un *Itis*, qui ont préféré la Phèdre de *Pradon* à celle de *Racine*, et qui ont méprifé Athalie pendant trente ans. C'eft bien pis dans les provinces où les préfidens des élections et les échevins jugent d'un ouvrage par les feuilles de

*Fréron.* Heureusement vous avez autant de courage que de génie. Quelqu'un a dit que la gloire réside au haut d'une montagne; les aigles y volent, et les reptiles s'y traînent. Vous avez pris un vol d'aigle dans Warvick, et vos ailes sont bonnes.

Je vous embrasse de tout mon cœur. Madame *Denis* vous fait mille complimens.

## LETTRE CXIV.

### A M. LE COMTE D'ARGENTAL.

26 d'octobre.

Je vous obéis toujours ponctuellement, mon divin ange, mais c'est quand je le peux. Votre dernière lettre, du 19 d'octobre, qui, par parenthèse, est charmante, me remontre mon devoir sur deux ou trois points d'Adélaïde. Vous verrez, par la feuille suivante, que mon devoir est rempli, bien ou mal.

Les quatre vers que vous regrettez, et qui commencent : *Il faut à son ami montrer son injustice*, sont déjà restitués, et je les ai envoyés à *le Kain*, à qui je vous supplie de faire tenir ce nouveau brimborion.

Comme il faut à son ami montrer son injustice, vous croyez donc me montrer la mienne en prenant parti contre les filles, et vous trouvez bon qu'on les empêche d'aller où vous savez, c'est-à-dire en Russie. Je conçois bien qu'il n'est pas permis d'enrôler des soldats, et de débaucher des manufacturiers; mais je vous assure que les filles majeures ont le droit de voyager, et que la manière dont

on en a ufé avec un feigneur envoyé par *Catherine*,
eft directement contre les lois divines, humaines, et 1765.
même génevoifes. J'en ai été d'autant plus piqué
que M. le comte de *Schouvalof*, très-intéreffé dans
cette affaire, était alors chez moi.

Je vous affure de plus que je n'ai jamais vécu
avec les membres du confeil de la parvuliffime république de Genève; car, excepté les *Tronchin* et
deux ou trois autres, ce tripot eft compofé de pédans
du feizième fiècle. Il y a beaucoup plus d'efprit et
de raifon dans les autres citoyens. Au refte, vient
chez moi qui veut, je ne prie perfonne; madame
*Denis* fait les honneurs, et moi je refte dans ma
chambre, condamné à fouffrir où à barbouiller du
papier; les vifites me feraient perdre mon temps;
je n'en rends aucunes, Dieu merci. Les belles et
grandes dames, les pairs, les intendans même fe
font accoutumés à ma groffièreté. Il n'eft pas en
moi de vivre autrement, grâce à ma vieilleffe et à
mes maladies.

Madame la comteffe d'*Harcourt* fe fera porter dans
un lit à la fuite de *Tronchin*. Elle pouvait fe remuer
quand elle vint ici, elle ne fe remue plus; on
dépofera fon lit fous des hangards ou des remifes,
de cabaret en cabaret, jufqu'à Paris. Je voudrais
bien en faire autant qu'elle, uniquement pour vous
faire ma cour, et pour jouir de la confolation de
vous revoir. Mon cœur vous l'a dit cent fois, il
eft dur de mourir fans avoir caufé avec vous. Mais
j'ai avec moi un parent qui, quoique jeune, eft
réduit à un état pire, fans comparaifon, que celui
de madame d'*Harcourt*. Il a befoin de nos fecours

journaliers. Comment l'abandonner? comment laisser
ma petite *Corneille* grosse de six mois ? Je me dis,
pour m'étourdir, ce sera pour l'année qui vient;
belle chimère! l'année qui vient je serai mort, et
les dévots riront bien quand je serai damné.

Je soupçonne que si M. le duc de *Praslin* se
dégoûte d'un tracas qui n'est qu'un fagot d'épines,
s'il est assez philosophe pour rester ministre avec
la liberté de vivre avec ses amis, et de jouir de
ses belles possessions, M. de *Chauvelin* vous con-
solera. Il est parti bien brusquement de Turin,
comme vous savez, et comme vous saviez sans
doute avant qu'il partît. J'ai été confondu qu'il n'ait
pas pris son chemin par mes masures ; mais il m'a
mandé qu'il était très-pressé, et moi j'ai été très-
fâché de ne pouvoir lui rendre mes hommages à
son passage.

Vos Velches gâtent tout, ils détériorent jusqu'à
l'inoculation. Ces choses-là n'arrivent point en Angleterre. Je suis bon français, *quoi-qu'on die;* je suis
affligé des sottises que font certains corps; ils se
mettent évidemment dans le cas d'avoir tort quand
ils auront raison.

Adieu, mon divin ange ; madame *Denis* vous
fait mille tendres complimens, et vous savez combien je vous idolâtre.

Que devient madame d'*Argental* pendant votre
absence ? *V.*

# LETTRE CXV.

## A M. LE PRINCE DE GALLITZIN.

Octobre.

MONSIEUR,

J'AI trop d'obligations à fa majefté impériale, je lui fuis trop refpectueufement attaché pour ne l'avoir pas fervie autant qu'il a dépendu de moi, dans le deffein qu'elle a eu de faire venir dans fon empire quelques femmes de Genève et du pays de Vaud, pour enfeigner la langue françaife à des jeunes filles de qualité à Mofcou et à Pétersbourg. C'eft d'ailleurs un fi grand honneur pour notre langue, que j'aurais fecondé cette entreprife, quand même la reconnaif-fance ne m'en aurait pas impofé le devoir.

M. le comte de *Schouvalof* a déjà rendu compte à votre Excellence de toute cette affaire et de la manière dont le petit confeil de Genève a fait fortir de la ville M. le comte de *Bulau*, chargé des ordres de l'impératrice. Je peux affurer à votre Excellence que jamais il n'a été défendu à aucun génevois ni à aucune génevoife d'aller s'établir où bon leur femble. Ce droit naturel eft une partie effentielle des droits de cette petite nation dont le gouvernement eft démocratique. Il eft vrai qu'elle ne prétend pas qu'on faffe des recrues chez elle, et M. le duc de *Choifeul* même a eu la bonté de fouffrir que les capi-taines génevois, au fervice de France, ne fiffent point de recrues à Genève, quoiqu'il fût très en

N 3

—— droit de l'exiger ; mais il y a une grande différence
1765. entre battre la caiffe pour enrôler des foldats, et
accepter les conditions que demandent des femmes,
maîtreffes d'elles-mêmes, pour aller enfeigner la
jeuneffe.

Le petit confeil de Genève femble, je l'avoue, ne
s'être conduit ni avec raifon, ni avec juftice, ni avec
le profond refpect que doivent des bourgeois de
Genève à votre augufte impératrice ; mais votre
Excellence fait bien que dans les compagnies, ce ne
font pas toujours les plus vertueux et les plus fenfés
qui prédominent. Il y a quelques magiftrats que
l'efprit de parti a rendus ridiculement ennemis de la
France et de la Ruffie, et qui fefaient des feux de
joie à leurs maifons de campagne, lorfque nos
armes avaient été malheureufes dans le cours de la
dernière guerre.

Ce font ces confeillers de ville qui ont forcé les
autres à faire à M. de *Bulau*, l'affront intolérable
dont M. le comte de *Schouvalof* fe plaint fi juftement.
Je ne me mêle en aucune manière des continuelles
tracafferies qui divifent cette petite ville ; et fans avoir
la moindre difcuffion avec perfonne, je me fuis
borné, dans cet éclat, à témoigner à M. le comte
de *Schouvalof* et à d'autres, mon refpect, ma reconnaiffance et mon attachement pour fa majefté l'impératrice. Ces fentimens, gravés dans mon cœur,
feront toujours la règle de ma conduite. C'eft ce que
j'ai écrit en dernier lieu à un ami de M. le duc de
*Praflin*, et c'eft une proteftation que je renouvelle
entre vos mains.

J'ai l'honneur d'être avec refpect, &c.

# LETTRE CXVI.

## A M. LE MARQUIS DE FLORIAN, *à Paris.*

A Ferney, 1 de novembre.

JE suis très-fâché, Monsieur, que vous soyez arrivé sitôt à Paris ; j'aurais bien voulu tenir encore chez moi long-temps M. et madame de *Florian*, et M. de *Florianet*.

Je ne sais si les spectacles ont cessé à Paris, dans la crise dangereuse où se trouve monsieur le dauphin ; ils doivent du moins être déserts, et le clergé doit suspendre ses querelles, pour ne s'occuper qu'à prier DIEU. Il vaut beaucoup mieux qu'il fasse des prières que des mandemens ; les unes seront très-bien reçues de DIEU, et les autres fort mal du public. M. *Tronchin* est parti pour Paris, nous verrons si on le consultera. Madame d'*Harcourt* le suit dans un lit dont elle ne sortira point sur la route. Elle est, ainsi que d'*Aumart*, un terrible exemple du pouvoir de la médecine.

Je crois que vous ne vous intéressez guère aux affaires de messieurs de Genève. Une grande partie des citoyens est toujours fort aigrie contre les grandes perruques. On s'est assemblé aujourd'hui pour faire des élections, je n'en sais point encore le résultat. Mon devoir et mon goût sont, ce me semble, de jouer un rôle directement contraire à celui de *Jean-Jacques*. *Jean-Jacques* voulait tout brouiller, et moi, comme bon voisin, je voudrais,

N 4

s'il était poſſible, tout concilier. Il y a, de part et d'autre, des gens de mérite; mais ce ſont des mérites incompatibles. Je reçois les uns et les autres de mon mieux; c'eſt à quoi je me borne. Il faut tâcher de ne pas reſſembler au voiſin *Robert*, qui ſe trouvait fort mal d'avoir voulu raccommoder *Sganarelle* et ſa femme.

Je me flatte que madame de *Florian* eſt en bonne ſanté. J'ai beau faire des allées et des étoiles pour ſa sœur, elle ne s'y promène point; elle a le malheur d'être à la campagne, et de n'en pas jouir; je fais continuellement avec elle le repas du renard et de la cicogne.

Mes complimens, je vous prie, à votre beaufrère et à votre beau-fils. Si vous rencontrez quelque évêque, dites-lui qu'il ne m'excommunie point; ſi vous rencontrez quelque conſeiller du parlement, dites-lui qu'il ne me brûle point au pied du grand eſcalier (comme la lettre circulaire de l'évêque de Reims), en préſence de maître *Dagobert Iſabeau*.

Adieu, Monſieur; je vous embraſſe vous et madame votre femme, ſans cérémonie et de tout mon cœur. *V*.

# LETTRE CXVII.

## A M. DE LA BORDE,

### PREMIER VALET DE CHAMBRE DU ROI.

A Ferney, 4 de novembre.

SAVEZ-VOUS, Monsieur, combien votre lettre me fait d'honneur et de plaisir? Voici donc le temps où les morts ressuscitent. On vient de rendre la vie à je ne sais quelle Adélaïde, enterrée depuis plus de trente ans; vous voulez en faire autant à Pandore; il ne me manque plus que de me rajeunir: mais M. *Tronchin* ne fera pas ce miracle, et vous viendrez à bout du vôtre. Pandore n'est pas un bon ouvrage, mais il peut produire un beau spectacle, et une musique variée; il est plein de duo, de trio et de chœurs; c'est d'ailleurs un opéra philosophique qui devrait être joué devant *Bayle* et *Diderot;* il s'agit de l'origine du mal moral et du mal physique. *Jupiter* y joue d'ailleurs un assez indigne rôle; il ne lui manque que ses deux tonneaux. Un assez médiocre musicien, nommé *Royer*, avait fait presque toute la musique de cette pièce bizarre, lorsqu'il s'avisa de mourir. Vous ne ressusciterez pas ce *Royer*, vous êtes plutôt homme à l'enterrer.

J'avoue, Monsieur, qu'on commence à se lasser du récitatif de *Lulli*, parce qu'on se lasse de tout, parce qu'on fait par cœur cette belle déclamation notée, parce qu'il y a peu d'acteurs qui fachent y mettre de l'ame ; mais cela n'empêche pas que cette déclamation ne foit le ton de la nature, et la plus belle expreffion de notre langue. Ces récits m'ont toujours paru fort fupérieurs à la pfalmodie italienne, et je fuis comme le fénateur *Pococurante*, qui ne pouvait fouffrir un châtré fefant, d'un air gauche, le rôle de *Céfar* ou de *Caton*.

L'opéra italien ne vit que d'ariettes et de fredons ; c'eft le mérite des Romains d'aujourd'hui ; la grand-meffe et les opéra font leur gloire. Ils ont des fefeurs de doubles croches, au lieu de *Cicérons* et de *Virgiles ;* leurs voix charmantes raviffent tout un auditoire en *a*, en *e*, en *i* et en *o*.

Je fuis perfuadé, Monfieur, qu'en uniffant enfemble le mérite français et le mérite italien, autant que le génie de la langue le comporte, et en ne vous bornant pas au vain plaifir de la difficulté furmontée, vous pourrez faire un excellent ouvrage fur un très-médiocre canevas. Il y a heureufement peu de récitatif dans les quatre premiers actes, il paraît même fe prêter aïfément à être mefuré et coupé par des ariettes.

Au refte, fi vous voulez vous amufer à mettre le péché originel en mufique, vous fentez bien, Monfieur, que vous ferez le maître d'arranger le jardin d'Eden tout comme il vous plaira ; coupez, taillez mes bofquets à votre fantaifie, ne vous gênez fur rien. Je ne fais plus quelle dame de la cour, en écrivant en vers au duc d'*Orléans* régent, mit à la fin de fa lettre,

Alongez les trop courts, et rognez les trop longs,
    Vous les trouverez tous fort bons.

1765.

Vous écourterez donc, Monfieur, tout ce qui vous plaira; vous difpoferez de tout. Le poëte d'opéra doit être très-humblement foumis au muficien; vous n'aurez qu'à me donner vos ordres, et je les exécuterai comme je pourrai. Il eſt vrai que je fuis vieux et malade, mais je ferai des efforts pour vous plaire, et pour vous mettre bien à votre aife.

Vous me faites un grand plaifir de me dire que vous aimez M. *Thomas*; un homme de votre mérite doit fentir le fien. Il a une bien belle imagination guidée par la philofophie; il penfe fortement, il écrit de même. S'il ne voyageait pas actuellement avec *Pierre le grand*, je le prierais d'animer Pandore de ce feu de *Prométhée* dont il a une fi bonne provifion; mais la vôtre vous fuffira; le peu que j'en avais n'eſt plus que cendres; foufflez deffus, et vous en ferez peut-être fortir encore quelques étincelles. Si j'avais autant de génie que j'ai de reconnaiffance de vos bontés, je reffemblerais à l'auteur d'*Armide*, ou à celui de *Caſtor* et de *Pollux*.

J'ai l'honneur d'être avec les fentimens les plus refpectueux, Monfieur, &c.

# LETTRE CXVIII.

## A M. DAMILAVILLE.

4 de novembre.

Mon cher frère, je ne fuis pas étonné que les petits-maîtres de Paris choquent un peu le bon fens d'un philofophe tel que vous. Vous n'aviez pas befoin de Ferney pour détefter les faux airs, la légéreté, la vanité, le mauvais goût. Votre *Platon* eft fans doute revenu avec vous, et vous vous confolerez enfemble de l'importunité des gens frivoles. Le petit nombre des élus fera toujours celui des penfeurs.

Je fuis trop vieux, et je ne me porte pas affez bien pour aller faire un tour chez les Shavanois; mais je les refpecte et je les aime. Je connaiffais déjà la belle harangue de ce peuple vraiment policé aux Anglais de la nouvelle Angleterre, qui fe difent policés. J'ai déjà même écrit quelque chofe à ce fujet, qui m'a paru en valoir la peine. Les vrais fauvages font les ennemis des beaux arts et de la philofophie ; les vrais fauvages font ceux qui veulent établir deux puiffances ; les vrais fauvages font les calomniateurs des gens de lettres. La calomnie mérite bien le nom d'*infame* que nous lui avons donné.

Avouez que vous l'avez trouvée bien infame quand vous avez été témoin de ma vie philofophique et retirée, quand vous avez vu mon églife,

que je tiens pour auffi jolie, auffi bien recrépie,
et auffi bien deffervie que celle de *Pompignan*. Son
frère, l'évêque du Puy, m'appelle impie, et voudrait
me faire brûler, parce que j'ai trouvé les pfaumes
de *Pompignan* mauvais ; cela n'eft pas jufte, mais
la vertu fera toujours perfécutée.

Je crois que vous allez donner une nouvelle
chaleur à la foufcription en faveur des *Calas*. Les
belles actions font votre véritable emploi. Celui
que la fortune vous a donné, n'était pas fait pour
votre belle ame.

J'ai pris la liberté de fupplier l'électeur palatin
d'ordonner à fon miniftre à Paris de foufcrire pour
plufieurs exemplaires; je vous fupplie de vous informer fi fes ordres font exécutés. Il doit y avoir
pour environ mille écus de foufcriptions à Genève.
J'en ai pour ma part quarante-neuf qui ont payé, et
cinq qui n'ont pas payé. Vous pourrez faire prendre
l'argent chez M. de *Laleu*, quand il vous plaira.

M. le comte de *la Tour-du-Pin* m'écrivit fur le
champ une lettre digne d'un brave militaire. Il
m'ordonna de ne point rendre l'homme en queftion, fous quelque prétexte que ce pût être. Voilà
comme il en faudrait ufer avec les perfécuteurs de
l'abominable efpèce que vous connaiffez.

On dit que Ce qui plaît aux dames (*) a eu un
grand fuccès à Fontainebleau. Il ne m'appartient
pas, à mon âge, de me rengorger d'avoir fourni
le canevas des divertiffemens de la cour, mais je
fuis fort aife qu'elle fe réjouiffe; cela me prouve

---

( * ) La Fée Urgèle, opéra comique.

évidemment que monsieur le dauphin n'est point en danger comme on le dit.

J'ai peur qu'à la Saint-Martin le parlement et le clergé ne donnent leurs opéra comiques; dont la musique sera probablement fort aigre; mais la sagesse du roi a déjà calmé tant de querelles de ce genre, que j'espère qu'il dissipera cet orage.

On m'a mandé qu'il paraissait un mandement d'un évêque grec, je ne sais si c'est une plaisanterie ou une vérité. Il me semble que les Grecs ne sont plus à la mode; cela était bon du temps de M. et de madame *Dacier*. Je fais plus de cas des confitures sèches que vous m'avez promis de m'envoyer par la diligence de Lyon; je crois que les meilleures se trouvent chez *Fréret*, rue des Lombards. Pardon des petites libertés que je prends avec vous, mais vous savez que les dévots aiment les sucreries.

Je peux donc espérer que j'aurai, au mois de janvier, le gros ballot qu'on m'a promis. Il me fera passer un hiver bien agréable, mais cet hiver ne vaudra pourtant pas le mois d'été que vous m'avez donné. Il me semble qu'avec cette pacotille, je pourrai avoir de quoi vivre sans recourir aux autres marchands qui ne débitent que des drogues assez inutiles. Je sais fort bien aussi qu'il y a des drogues dans le gros magasin que j'attends, et que tout n'est pas des bons feseurs; mais le bon l'emportera tellement sur le mauvais, qu'il faudra bien que les plus difficiles soient contens.

*Tronchin* m'a demandé aujourd'hui des nouvelles

de votre gorge ; je me flatte que vous m'en apprendrez de bonnes. Ma fanté eft toujours bien faible,
et les pluies dont nous fommes inondés ne la for-
tifient pas.

Adieu, mon vertueux ami ; foutenez la vertu,
confondez la calomnie, et écrafez cette infame.


## LETTRE CXIX.

### A MADAME LA MARQUISE DE FLORIAN.

7 de novembre.

MA chère nièce, voici un gros paquet que madame
la ducheffe d'*Enville* a bien voulu vous faire parvenir. Vous y trouverez d'abord une lettre de M. le
comte de *Schouvalof* pour M. de *Florian*, et un
paquet pour madame *du Deffant*, que je vous fupplie de lui faire tenir comme vous pourrez, et
le plutôt que vous pourrez.

Je ne fais pas trop quand vous recevrez tout cela,
car nous fommes inondés ; les ponts font emportés,
les coches de Lyon fe noient dans la rivière d'Inn ;
nous voilà féparés du refte du monde ; mais je
m'aperçois feulement que je fuis féparé de vous.
Vous m'aviez accoutumé à une vie fort douce.

On ne fait point encore quand M. *Tronchin* ira
s'établir à Paris ; il femble qu'il redoute d'y être
confulté fur la maladie de monfieur le dauphin. Les
nouvelles de cette maladie varient tous les jours ; mais
je m'imagine toujours que le péril n'eft pas preffant,
puifque les fpectacles continuent à Fontainebleau.

Je n'ai point vu mademoiselle *Clairon* sur la liste des plaisirs; il semble qu'on ait voulu lui faire croire qu'on pouvait se passer d'elle. Vous allez avoir, à la Saint-Martin, l'opéra comique, le parlement et le clergé. Tout cela sera fort amusant; mais, si vous êtes un peu philosophe, vous vous plairez davantage à la conversation de MM. *Diderot* et *Damilaville.*

Je ne sais si vous savez que *J. J. Rousseau* a été lapidé comme S<sup>t</sup> *Etienne*, par des prêtres et des petits garçons de Motier-Travers. Il me semble qu'on en parlait déjà quand vous étiez dans l'enceinte de nos montagnes; mais le bruit de ce martyre n'était pas encore confirmé. Heureusement les pierres n'ont pas porté sur lui. Il s'est enfui comme les apôtres, et a secoué la poussière de ses pieds.

Nous verrons si le clergé de France fera lapider les parlemens. Il me semble que celui de Paris a perdu son procès au sujet des nonnes de Saint-Cloud. Cela est bien juste; l'archevêque est duc de Saint-Cloud, et il faut que le charbonnier soit maître chez lui, surtout quand il a la foi du charbonnier.

Je vous prie, quand il y aura quelque chose de nouveau, de donner au grand écuyer de *Cyrus* la charge de votre secrétaire des commandemens. Vous ferez une bonne action, dont je vous saurai beaucoup de gré, si vous donnez à dîner à M. de *Beaumont*, non pas à *Beaumont l'archevêque*, mais *Beaumont le philosophe*, le protecteur de l'innocence, et le défenseur des *Calas* et des *Sirven*. L'affaire des *Sirven* me tient au cœur; elle n'aura pas l'éclat de celle des *Calas* : il n'y a eu malheureusement personne

de

de roué, ainſi nous avons beſoin que *Beaumont* répare par ſon éloquence ce qui manque à la cataſ-trophe. Il faut qu'il faſſe un mémoire excellent. Je voudrais bien le voir avant qu'il fût imprimé, et je voudrais ſurtout que les avocats ſe défiſſent un peu du ſtyle des avocats.

Adieu, ma chère nièce ; vous devez recevoir, ou avoir reçu une lettre de votre ſœur. Nous feſons mille complimens à tout ce qui vous entoure, mari, fils et frère, et nous vous ſouhaitons autant de plaiſir qu'on en peut goûter quand on eſt détrompé des illuſions de Paris.

1765.

## LETTRE CXX.

### A M. DE CHABANON.

Au château de Ferney, 13 de novembre.

Je fais paſſer ma réponſe, Monſieur, par madame votre ſœur que j'ai eu l'honneur de voir quelque-fois dans mes maſures helvétiques. Vous m'avez envoyé l'épître de M. *Delille*, mais ſouvenez-vous que c'eſt en attendant votre Virginie.

*Nardi parvus onix eliciet cadum.*

On fait de beaux vers à préſent, on a de l'eſprit et des connaiſſances ; mais il eſt bien rare de faire des vers qui ſe retiennent et qui reſtent dans la mémoire, malgré qu'on en ait. Il règne, dans preſ-que tous les ouvrages de ce temps-ci, une abondance d'idées incohérentes qui étouffent le ſujet, et quand

*Correſp. générale.* Tome VIII. O

—— on les a lus, il femble qu'on ait fait un rêve; on fe fouvient feulement que l'auteur a de l'efprit, et on oublie fon ouvrage.

1765.

M. *Delille* n'eft pas dans ce cas; il penfe d'ailleurs en philofophe, et il écrit en poëte; je vous prie de le remercier de la double bonté qu'il a eue de m'envoyer fon ouvrage, et de me l'envoyer par vous. Je lui fais bon gré d'avoir loué *Catherine*. Elle m'a fait l'honneur de me mander qu'elle venait de chaffer tous les capucins de la Ruffie; elle dit qu'*Abraham Chaumeix* eft devenu tolérant, mais qu'il ne deviendra jamais un homme d'efprit. Elle en a beaucoup, et elle perfectionne tout ce que cet illuftre barbare *Pierre I* a créé. Je fuis perfuadé que, dans fix mois, on ira des bouts de l'Europe voir fon carroufel; les arts et les plaifirs nobles font bien étonnés de fe trouver à l'embouchure du lac Ladoga.

Adieu, Monfieur; vivez gaiement fur les bords de la Seine, et faites-y applaudir Virginie. Je foupçonne fon hiftoire d'être fort romanefque; elle n'en fera pas moins intéreffante. Perfonne ne prendra plus de part à vos fuccès que votre très-humble, très-obéiffant ferviteur et confrère, *V.*

# LETTRE CXXI.

## A M. LE COMTE D'ARGENTAL.

**13 de novembre.**

Le petit ex-jéfuite, mes anges, eft toujours très-docile; mais il fe défie de fes forces, il ne voit pas jour à donner une paffion bien tendre et bien vive à un triumvir; il dit que cela eft auffi difficile que de faire parler un lieutenant criminel en madrigaux.

Permettez-moi de ne point me rendre encore fur l'article des filles de Genève. Non-feulement la loi du couvent n'eft pas que les filles feront cloîtrées dans la ville, mais la loi eft toute contraire. Les chofes font rarement comme elles paraiffent de loin. Le cardinal de *Fleuri* regardait les derniers troubles de Genève comme une fédition des halles. M. de *Lautrec* arriva plein de cette idée; il fut bien étonné quand il apprit que le pouvoir fouverain réfide dans l'affemblée des citoyens; que le petit confeil avait excédé fon pouvoir, et que le peuple avait marqué une modération inouie jufqu'au milieu même d'un combat où il y avait eu du fang de répandu.

Les mécontentemens réciproques, entre les citoyens et le confeil, fubfiftent toujours. Il ne convient ni à ma qualité d'étranger, ni à ma fituation, ni à mon goût d'entrer dans ces querelles. Je dois,

O 2

—— comme bon voifin, les exhorter tous à la paix,

1765. quand ils viennent chez moi; c'eſt à quoi je me borne.

On vient malheureuſement de m'adreſſer une fort mauvaiſe ode, ſuivie d'une hiſtoire des troubles de Genève juſqu'au temps préſent. Cette hiſtoire vaut bien mieux que l'ode; et plus elle eſt bien faite, plus je parais compromis par un parti qui veut s'attacher à moi. Cet ouvrage doit d'autant plus alarmer le petit conſeil, que nous ſommes préciſément dans le temps des élections. J'ai ſur le champ écrit la lettre ci-jointe à l'un des *Tronchin*, qui eſt conſeiller d'Etat. Je veux qu'au moins cette lettre me lave de tout ſoupçon d'eſprit de parti; je veux paraître impartial comme je le ſuis.

Je vous ſupplie, mes divins anges, de bien garder ma lettre, et de vouloir bien même la montrer à M. le duc de *Praſlin*, en cas de beſoin, afin que je ne perde pas tout le fruit de ma ſageſſe. Si je tiens la balance égale entre les citoyens et le conſeil de Genève, il n'en eſt pas ainſi des querelles de votre parlement et de votre clergé. Je me déclare net pour le parlement, mais ſans conſéquence pour l'avenir; car je trouve fort mauvais qu'il fatigue le roi et le miniſtère pour des affaires de bibus, et je veux qu'il réſerve toutes ſes forces contre les uſurpations eccléſiaſtiques, ſurtout contre les romaines. Il m'a fallu, en reſſaſſant l'hiſtoire, relire la *Conſtitution;* je ne crois pas qu'on ait jamais forgé une pièce plus impertinente et plus abſurde. Il faut être bien prêtre, bien velche, pour faire, de cette arlequinade jéſuitique et romaine, une loi de l'Eglife et de l'Etat. O Velches ! ô Velches ! vous n'avez pas le fens d'une oie.

Monfieur l'abbé le coadjuteur m'a envoyé fon portrait ; je lui ai envoyé quelques rogatons qui me font tombés fous la main. Je me flatte qu'on entendra parler de lui dans l'affaire des deux puif-fances , et que ce *Bellérophon* écrafera la chimère du pouvoir facerdotal, qui n'eft qu'un blafphème contre la raifon , et même contre l'Evangile.

J'ai chez moi un jéfuite et un capucin; mais, par tous les Dieux immortels , ils ne font pas les maîtres.

Refpect et tendreffe. *V.*

*Nota bene.* Ou que M. de *Praflin* garde fa place, ou qu'il la donne à M. de *Chauvelin ;* voilà mon dernier mot.

## LETTRE CXXII.

### A M. DAMILAVILLE.

13 de novembre.

MON cher ami, plus je réfléchis fur la hon-teufe injuftice qu'on fait à M. d'*Alembert* , plus je crois que le coup part des ennemis de la raifon; c'eft cette raifon qu'on craint et qu'on hait , et non pas fa perfonne. Je fais bien qu'un homme puiffant a cru , l'année paffée, avoir lieu de fe plain-dre de lui ; mais cet homme puiffant eft noble et

généreux, et ferait beaucoup plus capable de fervir
un homme de mérite que de lui nuire. Il a fait du
bien à des gens qui ne le méritaient guère. Je m'imagine qu'il expierait fon péché en procurant à un
homme comme M. d'*Alembert*, non-feulement l'étroite
juftice qui lui eft due, mais les récompenfes dont
il eft fi digne.

Je ne connais point d'exemple de penfion accordée
aux académiciens de Pétersbourg qui ne réfident pas,
mais il mérite d'être le premier exemple, et affurément cela ne tirerait pas à conféquence. Il faudrait
que je fuffe sûr qu'il n'ira point préfider à l'académie
de Berlin, pour que j'ofaffe en écrire en Ruffie.
*Rouffeau* doit être actuellement à Potfdam ; il refte
à favoir fi M. d'*Alembert* doit fuir ou rechercher fa
fociété, et s'il eft bien déterminé dans le parti qu'il
aura pris. J'agirai fur les inftructions et les affurances
pofitives que vous me donnerez.

L'impératrice de Ruffie m'a écrit une lettre à
la *Sévigné* (*) ; elle dit qu'elle a fait deux miracles ; elle a chaffé de fon empire tous les capucins,
et elle a rendu *Abraham Chaumeix* tolérant. Elle
ajoute qu'il y a un troifième miracle qu'elle ne
peut faire, c'eft de donner de l'efprit à *Abraham
Chaumeix*.

Auriez-vous trouvé *Bigex* à Paris ? Pour moi,
j'ai toujours mon capucin (2). Je fais mieux que
l'impératrice ; elle les chaffe, et je les défroque.

(*) Voyez la Correfpondance de l'impératrice, lettre du 22 d'augufte
1765.

(2) Ce capucin que M. de *Voltaire* tolérait chez lui, finit par le voler,
et fe réfugia à Londres où il mourut de la v...

1765.

Il paraît à Genève un livre qui m'eſt en quelque façon dédié : c'eſt une hiſtoire courte, vive et nette des troubles paſſés et des préſens. Les citoyens y expoſent de très-bonnes raiſons ; il ſemble que l'auteur veuille me forcer, par des louanges, et même par.d'aſſez mauvais vers, à prendre le parti des citoyens contre le petit conſeil ; mais c'eſt de quoi je me garderai bien. Il ferait ridicule à un étranger, et furtout à moi, de prendre un parti. Je dois être neutre, tranquille, impartial, bien recevoir tous ceux qui me font l'honneur de venir chez moi, ne leur parler que de concorde ; c'eſt ainſi que j'en uſe ; et s'il était poſſible que je leur fuſſeˢ de quelque utilité, je ne pourrais y parvenir que par l'impartialité la plus exacte.

Je vais faire raſſembler ce que je pourrai des anguilles de M. *Néedham*, pour vous les faire parvenir ; ce ne font que des plaiſanteries. Les choſes auxquelles *Bigex* peut travailler font plus dignes de l'attention des ſages.

On m'a dit qu'on allait faire une nouvelle édition de l'ouvrage attribué à *Saint-Evremond*, et de quelques autres pièces relatives au même objet. J'ai cherché en vain à Genève une lettre d'un évêque grec (*) ; il n'y en a qu'un ſeul exemplaire qui eſt, je crois, entre les mains de madame la ducheſſe d'*Enville*. On prétend que c'eſt un morceau aſſez inſtructif fur l'abus des deux puiſſances. L'auteur prouve, dit-on, que la ſeule véritable puiſſance eſt celle du ſouverain, et que l'Egliſe n'a d'autre

(*) Voyez le Mandement de l'archevêque de Novogorod, volume de Facetics.

pouvoir que les prérogatives accordées par les rois et par les lois. Si cela eft, l'ouvrage eft très-raifonnable. J'efpère l'avoir inceffamment.

Adieu, mon cher ami ; tout notre hermitage vous fait les plus tendres complimens. *V.*

# LETTRE CXXIII.

## AU MEME.

### 19 de novembre.

M O N cher frère, voici des guenilles qui ne font pas miraculeufes, mais dans lefquelles un honnête impie fe moque prodigieufement des miracles. Le prophète *Grimm* en demande quelques exemplaires, je vous en envoie *cinq*. Ce ne font-là que des troupes légères qui efcarmouchent ; vous m'avez promis un corps d'armée confidérable. J'attends ce livre de *Fréret*, qui doit être rempli de recherches favantes et curieufes ; envoyez-moi une bonne provifion ; la victoire fe déclare pour nous de tous côtés. Je vous affure que dans peu il n'y aura que la canaille fous les étendards de nos ennemis, et nous ne voulons de cette canaille ni pour partifans ni pour adverfaires. Nous fommes un corps de braves chevaliers défenfeurs de la vérité, qui n'admettons parmi nous que des gens bien élevés. Allons, brave *Diderot*, intrépide *d'Alembert*, joignez-vous à mon cher *Damilaville*, courez fus aux fanatiques et aux fripons, plaignez *Blaife Pafcal*, méprifez *Houtteville*

et *Abadie* autant que s'ils étaient pères de l'Eglife ;
détruifez les plates déclamations , les miférables fophifmes, les fauffetés hiftoriques , les contradictions, les abfurdités fans nombre ; empêchez que les gens de bon fens ne foient les efclaves de ceux qui n'en ont point : la génération naiffante vous devra fa raifon et fa liberté.

Je vous ai toujours dit que M. le duc de *Choifeul* a une ame noble et fenfible ; c'eft un grand malheur qu'il foit mécontent de *Protagoras*. Eft-il poffible qu'un homme d'un efprit fi fupérieur que *Saurin* faffe toujours des pièces qui ne réuffiffent guère ? à quoi tient donc le fuccès ? Des gens médiocres font des pièces qu'on joue pendant vingt ans ; on repréfente encore la Didon de *Pompignan*. Grâce au ciel, je n'ai point fait le Siége de Paris ; il y a pourtant là un certain évêque *Goflin* qui fefait une belle figure ; il n'exigeait point de billets de confeffion , mais il fe battait comme un diable fur la brèche , et tuait des normands tant qu'il pouvait. Si jamais on met des évêques fur le théâtre , comme je l'efpère, je retiens place pour celui-là.

N'oubliez pas de preffer *Briaffon* de tenir fa promeffe. Je peux mourir cet hiver, et je ne veux point mourir fans avoir eu entre mes mains tout le *Dictionnaire encyclopédique*. Je commencerai par lire l'article *Vingtième*.

Nous vous embraffons tous.

# LETTRE CXXIV.

## A MADAME

## LA MARQUISE DU DEFFANT.

A Ferney, 20 de novembre.

Il faut que vous fachiez, Madame, qu'il y a près d'un mois que madame la ducheffe d'*Enville* voulut bien fe charger d'un affez gros paquet pour vous. Ce paquet, qui en contenait d'autres, eft adreffé à madame de *Florian*, qui doit prendre ce qui eft pour elle, et vous faire tenir ce qui eft pour vous. Le départ de madame la ducheffe d'*Enville* a été retardé de jour en jour ; mais enfin elle ne fera pas toujours à Genève.

Je ne fais fi ce que je vous envoie vous amufera ; mais vous verrez, dans la lettre qui eft jointe à ce paquet, que je vous ouvre entièrement mon cœur. Je m'y fuis livré au plaifir de caufer avec vous, comme fi j'étais au coin de votre feu. Je ne peux vous rien dire de plus que ce que je vous ai dit. Je penfe fur le préfent et fur l'avenir, comme j'ai parlé dans ma lettre. Plus on vieillit, dit-on, plus on a le cœur dur : cela peut être vrai pour des miniftres d'Etat, pour des évêques et pour des moines ; mais cela eft bien faux pour ceux qui ont mis leur bonheur dans les douceurs de la fociété et dans les devoirs de la vie.

1765.

Je trouve que la vieilleſſe rend l'amitié bien néceſſaire ; elle eſt la conſolation de nos miſères et l'appui de notre faibleſſe, encore plus que la philoſophie. Heureux vos amis, Madame, qui vous conſolent et que vous conſolez ! Je vous ai toujours dit que vous vivriez fort long-temps, et je me flatte que M. le préſident *Hénault* pouſſera encore loin ſa carrière. Le chagrin, qui uſe l'ame et le corps, n'approche point de lui.

On m'a mandé qu'on avait découvert un bâtard de *Moncrif* qui a ſoixante et quatorze ans. Si cela eſt, *Moncrif* eſt le doyen des beaux eſprits de Paris ; mais il veut toujours paraître jeune, et dit qu'il n'a que ſoixante et dix-huit ans : c'eſt avoir un grand fonds de coquetterie.

Je m'occupe à bâtir et à planter comme ſi j'étais jeune ; chacun a ſes illuſions. Je vous ai mandé que je commençais mon quartier de quinze-vingt qui arrive tous les ans avec les neiges.

Voilà la ſaiſon, Madame, où nous devons nous aimer tous deux à la folie ; c'eſt dans mon cœur un ſentiment de toute l'année.

Je ne ſais s'il eſt vrai que monſieur le dauphin ait vomi un abcès de la poitrine, et ſi cette criſe pourra le rendre aux vœux de la France. Je voudrais que les mauvaiſes humeurs, qu'on dit être dans les parlemens et dans les évêques, euſſent auſſi une évacuation favorable ; mais l'eſprit de parti eſt plus envenimé qu'un ulcère aux poumons.

Portez-vous bien, Madame, et agréez mon tendre reſpect. Daignez ne me pas oublier auprès de votre ancien ami. *V.*

# LETTRE CXXV.

## A M. DAMILAVILLE.

25 de novembre.

Votre mal de gorge et votre amaigriſſement me déplaiſent beaucoup ; vous ſavez ſi je m'inté-reſſe à votre bien-être et à votre long-être. Notre *Eſculape - Tronchin* ne guérit pas tout le monde : madame la ducheſſe d'*Enville* pourra bien reſter tout l'hiver à Genève. Quoi qu'il faſſe, mon cher ami, la nature en ſaura toujours plus que la méde-cine. La philoſophie apprend à ſe ſoumettre à l'une et à ſe paſſer de l'autre ; c'eſt le parti que j'ai pris.

Cette philoſophie, contre laquelle on ſe révolte ſi injuſtement, peut faire beaucoup de bien, et ne faire aucun mal. Si elle avait été écoutée, les parlemens n'auraient pas tant harcelé le roi, et tant outragé les miniſtres. L'eſprit de corps et la phi-loſophie ne vont guère enſemble. Je crains que l'archevêque de Novogorod, dont vous me parlez, ne puiſſe les ſoutenir dans la ſeule choſe où ils paraiſſent avoir raiſon, et qu'après avoir combattu mal à propos l'autorité royale ſur des affaires de finance et de forme, ils ne finiſſent par ſuccomber quand ils ſoutiennent cette même autorité contre quelques entrepriſes du clergé.

Mais la ſanté de monſieur le dauphin eſt un objet ſi intéreſſant qu'il doit anéantir toutes ces

querelles. La bulle *Unigenitus* et toutes les bulles
du monde ne valent pas affurément la poitrine et ~~1765.~~
le foie d'un fils unique du roi de France.

Madame *Denis* ne fe porte pas trop bien ; elle
me charge de vous dire combien elle vous aime
et vous eftime. Elle attend les boîtes de confitures que vous voulez bien nous envoyer; il n'y
a qu'à les mettre au coche de Lyon.

Embraffez pour moi MM. *Diderot* et d'*Alembert*,
quand vous les verrez. Toute mon ambition eft que
la cour pût les connaître , et rendre juftice à leur
mérite qui fait honneur à la France.

Qu'eft devenu le très-pareffeux *Thiriot* ? Il m'écrit
une ou deux fois l'an par boutade. Vous favez
probablement que *Jean-Jacques* eft à Strasbourg où
il fait jouer le Devin du village ; cela vaut mieux
que de chercher à mettre le trouble dans Genève ,
et d'être lapidé à Motier - Travers. Les magiftrats
et les citoyens font toujours divifés ; je ne les vois,
les uns et les autres, que pour leur infpirer la concorde : c'eft la bouffole invariable de ma conduite.

Je vous demande en grâce de preffer M. de *Beaumont*
fur l'affaire des *Sirven* ; elle me paraît toute prête;
le temps eft favorable ; je ne crois pas qu'il y ait
un inftant à perdre.

Je vous embraffe du meilleur de mon cœur.

# LETTRE CXXVI.

## AU MEME.

### 27 de novembre.

JE ne manquai pas, mon cher ami, de faire chercher, il y a quelques jours , à Genève , chez le fieur
*Bourfier*, les deux petites facéties de Neuchâtel.
Je les adreffai fous l'enveloppe de M. de *Courteille*,
comme vous me l'aviez prefcrit. Je ferais fâché
qu'elles fuffent perdues , il ferait difficile de les
retrouver. Ce font des bagatelles qui n'ont qu'un
temps , après quoi elles périffent comme les feuilles
de *Fréron*.

Les divifions de Genève continuent toujours,
mais fans aucun trouble. Ce fut, ces jours paffés,
une chofe affez curieufe de voir huit cents cinquante citoyens refufer leurs fuffrages aux magiftrats
avec beaucoup plus d'ordre et de décence que les
moines n'élifent un prieur dans un chapitre. Plufieurs magiftrats et plufieurs citoyens m'ont prié de
leur donner un plan de pacification. Je n'ai pas
voulu prendre cette liberté fans confulter monfieur d'*Argental*. Je crois d'ailleurs qu'il faut attendre
que les efprits un peu échauffés , foient refroidis.
M. *Hénin* , nommé à la réfidence de Genève , viendra bientôt ; c'eft un homme de mérite , très-inftruit ;
il eft plus capable que perfonne de porter les Génevois à la concorde. *Jean-Jacques* a un peu embrouillé
les affaires ; on découvre tous les jours de nouvelles folies de ce *Jean-Jacques*. Vous connaiffez,

1765.

je crois, *Cabanis*, qui eſt un chirurgien de grande réputation. Ce *Cabanis* a mis long-temps des bougies en ſa vilaine petite verge, il l'a ſoigné, il l'a nourri long-temps. *Jean-Jacques* a fini par ſe brouiller avec lui comme avec M. *Tronchin*. Il paraît que l'ingratitude entre pour beaucoup dans la philoſophie de *Jean-Jacques*.

Notre enfant, madame *Dupuits*, vient d'accoucher, à ſept mois, d'un garçon qui eſt mort au bout de deux heures. Il a été heureuſement baptiſé ; c'eſt une grande conſolation. Il eſt triſte que père *Adam* n'ait pas fait cette fonction ſalutaire, dont il ſe ſerait acquitté avec une extrême dignité.

Adieu, mon très-cher *écr*. de *l'inf*.

*P. S.* Je recommande toujours à vos bontés l'affaire de *Sirven*. Un homme de loi de ſon pays m'a mandé qu'il lui avait conſeillé lui-même de fuir ; et que, dans le fanatiſme qui aliénait alors tous les eſprits, il aurait été infailliblement ſacrifié comme *Calas*. Cette ſeconde affaire fera autant d'honneur à M. de *Beaumont* que la première, ſans avoir le même éclat. On verra que l'amour de l'humanité l'anime plutôt que celui de la célébrité.

# LETTRE CXXVII.

## A M. LE COMTE D'ARGENTAL.

27 de novembre.

Je dois dire, où répéter à mes anges, que quand je leur ai envoyé un plan, qui n'eſt pas un plan de tragédie, je n'ai pris cette liberté que parce que pluſieurs perſonnes des deux partis m'en avaient prié. J'ajoute encore que je n'ai mis par écrit mes idées que pour donner à M. *Hénin* des notions pré-liminaires de l'état des choſes. M. *Fabry*, dont j'ai déjà eu l'honneur de vous parler, et qui eſt à peu-près chargé des affaires par intérim, m'a paru être de mon avis dans les converſations que j'ai eues avec lui. Ce qui pourrait me faire croire que j'ai rencontré aſſez juſte, c'eſt qu'ayant propoſé en géné-ral le nombre de ſept cents citoyens pour exiger une aſſemblée du corps entier de la république, ce nombre a paru trop fort aux citoyens, et trop petit aux magiſtrats; par conſéquent il ne s'écarte pas beaucoup du juſte milieu que j'ai propoſé, puiſque l'aſſemblée générale n'eſt preſque jamais compoſée que de treize cents, tout au plus, et qu'il n'y a qu'un ſeul exemple où elle ait été de qua-torze cents.

Mes remontrances à *le Kain* deviennent inutiles après l'édition faite d'Adélaïde, ainſi n'en parlons plus. Un temps viendra où les tracaſſeries de la comédie ſeront finies comme celles de Bretagne,

et

et où le petit ex-jésuite pourra revenir à ses roués; mais, pour moi, je serai toujours à mes anges avec respect et tendresse. *V.*

# LETTRE CXXVIII.

## AU MEME.

28 de novembre.

Iʟ y a deux choses, mes divins anges, à considérer en ce paquet. La plus importante est celle de deux vers à restituer dans Adélaïde; et ces deux vers se trouvent dans une lettre ci-jointe à *le Kain*, laquelle je soumets à la protection de mes anges.

La seconde est une billevesée d'une autre espèce, qui fera voir à mes anges combien je suis impartial, ami de la paix, exempt de ressentiment, équitable, et peut-être ridicule.

Plusieurs membres du conseil de Genève, et plusieurs citoyens sont venus tour à tour chez moi, et m'ont exposé les sujets de leurs divisions. J'ai pris la liberté de leur proposer des accommodemens. Il y a quelques articles sur lesquels on transigerait dans un quart d'heure; il y en a d'autres qui demanderaient du temps, et surtout plus de lumières que je n'en ai. Mon seul mérite, si c'en est un, est de jouer un rôle diamétralement opposé à celui de *Jean-Jacques*, et de chercher à éteindre le feu qu'il a soufflé de toutes les forces de ses petits poumons. J'ai mis par écrit un petit plan de pacification, qui me paraît clair et très-aifé à entendre par ceux qui ne font pas au fait des lois de la parvuliffime république de Genève ; donnez-vous, je vous en prie, le plaifir ou l'ennui de lire ma petite chimère; je ne veux pas la préfenter aux intéreffés avant que vous m'ayez dit fi elle eft raifonnable. Je crois qu'il faudrait préalablement la montrer à deux avocats de Paris, afin de favoir fi elle ne répugne en rien au droit public et au droit des gens. Enfuite je vous prierai de la faire lire à M. de *Saint-Foix*, à M. le marquis de *Chauvelin*, à M. *Hénin* et enfin à M. le dúc de *Praflin*; mais non pas à M. *Cromelin*, parce qu'il eft partie intéreffée, et que, malgré tout fon efprit et toute fa raifon, il peut être préoccupé.

Si M. le duc de *Praflin* approuvait ce plan, je le propoferais alors au confeil de Genève, et ce ferait un préliminaire de la paix que M. *Hénin* ferait à fon arrivée. Je ne me mêlerai plus de rien, dès que M. *Hénin* fera ici ; je ne fais que préparer les voies du Seigneur.

Je fais bien, mes divins anges, que M. le duc de *Praflin* a maintenant des affaires plus importantes. Je vois avec douleur que les parlemens, à force d'avoir demandé des chofes qui ont paru injuftes, fuccomberont peut-être dans une chofe jufte, et que la France ne fera pas du diocèfe de Novogorod la grande.

La maladie de monfieur le dauphin caufe encore de plus grandes inquiétudes, et ce n'eft pas trop le temps de parler des tracafferies de Genève ; mais auffi les tracafferies étrangères peuvent fervir de délaffement, et amufer un moment.

Amufez-vous donc, et donnez-moi vos avis et
vos ordres.

Quand vous ferez dans un temps plus heureux
et plus fait pour les plaifirs, le petit ex-jéfuite
vous enverra fes roués. Il a profité, autant qu'il
a pu, de vos très-bons confeils ; il ne parviendra
jamais à faire une pièce attendriffante ; ce n'était
pas fon deffein ; mais elle pourra être vigoureufe
et attachante.

Toute ma petite famille baife très-humblement
le bout de vos ailes.


# LETTRE CXXIX.

## A M. LE KAIN.

A Ferney, 29 de novembre.

M O N cher grand acteur, j'ai reçu votre Adélaïde.
Je m'imagine que la maladie de monfieur le dauphin,
et les tracafferies de Bretagne, ne permettent pas
qu'on donne une grande attention aux vers bons
ou mauvais. J'ai peur que cette année-ci ne foit
pas l'année de votre plus groffe recette ; mais fi
mademoifelle *Clairon* ne donne pas fa démiffion,
vous pourrez encore vous tirer d'affaire. M. de
*la Harpe* me mande que vous avez donné la préférence à Stockholm fur Tolède. Je ne doute pas
qu'il n'y ait dans fa pièce autant d'intérêt que
dans celle de *Piron*, avec de plus beaux vers.

Quant à la pauvre Adélaïde, elle ne me paraît

P 2

—— pas fi heureufe à la lecture qu'à la repréfentation.
1765. Je vois bien que vos talens l'avaient embellie.
L'édition a beaucoup de fautes qui ne font point
corrigées dans l'errata. Il me tombe fous la main
un vers que je n'entends point du tout, c'eft à la
page 3o :

> Gardez d'être réduit au hafard dangereux
> Que les chefs de l'Etat ne trahiffent leurs vœux.

cela n'eft ni français pour la conftruction, ni intelligible pour le fens. J'ai fait beaucoup de mauvais
vers en ma vie; mais, Dieu merci, je n'ai pas à
me reprocher celui-là ; il eft plat et barbare. Voilà
où mène la malheureufe coutume de couper et d'étri-
quer des tirades. Quoique je fois bien vieux, je
ne laiffe pas d'avoir un peu de goût et même un
peu d'amour propre, et je fuis fâché d'être fi ridicule. Je vois bien qu'il n'y a plus de remède. Je
vous prie, pour me confoler, de me mander comment vont les fpectacles, les plaifirs ou l'ennui de
Paris, et de ne plus mettre *comédie françaife* en
contre-feing fur vos lettres ; il eft fort indifférent
pour la pofte que vos lettres viennent de la comédie françaife ou de la comédie italienne ; ce qui
n'eft pas indifférent, c'eft votre amitié.

Je vous embraffe de tout mon cœur. *V.*

Je reçois votre lettre du 23. Je ne crains pas
que le temple vous faffe grand tort, fi Guftave-
Vafa eft beau et bien joué.

# LETTRE CXXX.

## A M. CAILHAVA,

*Auteur de la comédie intitulée le Tuteur dupé.*

Au château de Ferney, 30 de novembre.

JE ne puis trop vous remercier, Monfieur, de la bonté que vous avez eue de me faire partager le plaifir que vous avez donné à tout Paris. Je n'ai point été étonné du fuccès de votre pièce ; non-feulement elle fournit beaucoup de jeu de théâtre, mais le dialogue m'en a paru naturel et rapide ; elle eft auffi bien écrite que bien intriguée. Il eft à croire que vous ne vous bornerez pas à cet effai, et que le théâtre français s'enrichira de vos talens. Ma plus grande confolation, dans ma vieilleffe languiffante, eft de voir que les beaux arts que j'aime font foutenus par des hommes de votre mérite.

J'ai l'honneur d'être avec toute l'eftime qui vous eft due, Monfieur, &c.

# LETTRE CXXXI.

### A M. CHRISTIN, *fils*, *avocat à Saint-Claude.*

2 de décembre.

Il eſt ſi juſte, Monſieur, de pendre un homme pour avoir mangé du mouton le vendredi, que je vous prie inſtamment de me chercher des exemples de cette pieuſe pratique dans votre province. La perte de la liberté et des biens, pour avoir fourni de la viande aux hérétiques en carême, n'eſt qu'une bagatelle. Je voudrais bien ſavoir de quelle date eſt la défenſe de traduire *la Bible* en langue vulgaire. Cette défenſe, d'ailleurs, était très-raiſonnable de la part de gens qui ſentaient leur cas verreux.

Quand vous feuilleterez vos archives d'horreur et de démence, voulez-vous bien vous donner la peine de choiſir tout ce que vous trouverez de plus curieux et de plus propre à rendre la ſuperſtition exécrable.

On ne peut être plus touché que je le ſuis, Monſieur, de votre façon de penſer et de votre amitié; vous êtes véritablement chéri dans notre maiſon.

# LETTRE CXXXII.

## A M. LE COMTE D'ARGENTAL.

A Ferney, 2 de décembre.

MES ANGES,

JE vous confirme que je me fuis laffé de perdre mon temps à vouloir pacifier les Génevois. J'ai donné de longs dîners aux deux partis ; j'ai abouché M. *Fabry* avec eux. Cette noife, dont on fait du bruit, eft très-peu de chofe ; elle fe réduit à l'explication de quelques articles de la médiation. Il n'y a pas eu la moindre ombre de tumulte. C'eft un procès de famille qui fe plaide avec décence. Il n'eft point vrai que le parti des citoyens *ait mis oppofition à l'élection des magiftrats*, comme l'a mandé M. *Fabry*, qui était alors peu inftruit, et qui l'eft mieux aujourd'hui. Les citoyens qui élifent ont feulement demandé de nouveaux candidats.

M. *Hénin* trouvera peut-être le procès fini, ou le terminera aifément. Mon feul partage, comme je vous l'ai déjà dit, a été de jeter de l'eau fur les charbons de *Jean-Jacques Rouffeau*.

Ce qui m'a le plus déterminé encore à renvoyer les citoyens à M. *Fabry*, c'eft un énorme foufflet donné en pleine rue à M. le préfident *du Tillet*, l'un des malades de M. *Tronchin*. C'eft un homme languif-fant depuis trois ans, et dans l'état le plus trifte. Un citoyen, qui apparemment était ivre, lui a fait cet

P 4

affront. Le conseil, occupé de ses différens, n'a point pris connaissance de cet excès si punissable. Le docteur *Tronchin*, pour ne pas effaroucher les malades qui viennent de France, a traité le soufflet de maladie légère, et a voulu tout assoupir. Les soufflets dégoûteraient les voyageurs. Voilà pourtant la seconde insulte faite dans Genève à des français. Le conseil en pouvait faire justice d'autant plus aisément qu'il a mis aux fers un citoyen pour s'être rendu caution du droit de cité qu'un habitant réclamait sans montrer ses titres.

Il n'y a pas long-temps que M. le prince *Camille* fut condamné dans Genève à dix louis d'une espèce d'amende, pour avoir voulu séparer un de ses laquais qui se battait avec un citoyen. M. *Hénin*, encouragé par la protection de M. le duc de *Praslin*, mettra ordre à toutes ces étranges irrégularités. Pour moi, que mon âge et mes maladies retiennent dans la retraite, je fais de loin des vœux pour la concorde publique. J'aime tant la paix, et je l'inspire quelquefois avec tant de bonheur, que mon curé m'a donné un plein désistement du procès pour les dixmes. Ce désistement n'empêchera pas M. le duc de *Praslin* de persister dans ses bontés, et de faire rendre un arrêt du conseil qui confirmera les droits du pays de Gex et de Genève ; mais, à présent, des objets plus importans et plus intéressans doivent attirer son attention.

Je vous supplie, mes divins anges, de vouloir bien, quand vous le verrez, l'assurer de ma respectueuse reconnaissance. Le même sentiment m'anime pour vous avec l'amitié la plus tendre. *V.*

LETTRE CXXXIII.

A M. LE MARQUIS D'ARGENCE DE DIRAC.

4 de décembre.

Je vous crois actuellement, Monfieur, en train d'être grand-père ; car je m'imagine qu'on ne perd pas fon temps dans votre beau climat. Notre petite *Dupuits* a perdu le fien ; elle s'eft avifée d'accoucher avant fept mois d'un petit drôle gros comme le pouce, qui a vécu environ deux heures. On était fort en peine de favoir s'il avait l'honneur de poff* der une ame ; père *Adam*, qui doit s'y connaître et qui ne s'y connaît guère, n'était pas là pour décider la queftion ; une fille l'a baptifé à tout hafard, après quoi il eft allé tout droit en paradis, où votre arche-vêque d'*Auch* prétend que je n'irai jamais. Mais il devrait favoir que ce font les calomniateurs qui en font exclus, et que la porte eft ouverte aux calomniés qui pardonnent et qui font du bien.

Permettez-moi de préfenter mes refpects à toute votre famille préfente et à venir. Tout Ferney vous fait les plus fincères complimens. *V.*

LETTRE CXXXIV.

A M. DAMILAVILLE.

Le 4 de décembre.

Mon confrère *Saurin*, mon cher frère, m'a envoyé
son Orpheline léguée, et je lui en fais mes remercîmens
par cette lettre que je vous adreffe. Je ne crois pas
que ce legs ait valu beaucoup d'argent à l'auteur. Il
y a beaucoup d'efprit dans son ouvrage, bien de la
fineffe, une grande profondeur de raifon dans les
détails ; les vers font bien faits, le ftyle eft aifé et
agréable ; et, avec tout cela, une pièce de théâtre
peut très-bien n'avoir aucun fuccès. Il faut *vis comica*
pour la comédie, et *vis tragica* pour la tragédie ;
fans cela, toutes les beautés font perdues. Ayez la
bonté de lui faire parvenir ma lettre.

Je viens d'être bien attrapé par un livre que j'avais
fait venir en hâte de Paris. L'annonce me fefait
efpérer que je connaîtrais tous les peuples qui ont
habité les bords du Danube et du Pont-Euxin, et
que j'entendrais fort bien l'ancienne langue flavone.
L'auteur, M. *Peyffonel*, qui a été conful en Tartarie,
promettait beaucoup, et n'a rien tenu. Je mettrai fon
livre à côté de *l'Hiftoire des Huns*, par *Guignes*, et
ne les lirai de ma vie. J'attends, pour me confoler, le
ballot que *Briaffon* doit m'envoyer. Il ne fonge pas
qu'en le fefant partir au mois de janvier par les rouliers, il m'arrivera au mois de mars ou d'avril.

Je ne fais de qui eft une analyfe qui court en

manufcrit, et qui eft très-bien faite. Les erreurs groffières d'une chronologie affez intéreffante y font développées par colonnes. On y voit évidemment que fi DIEU eft l'auteur de la morale des Hébreux, comme nous n'en pouvons douter, il ne l'eft pas de leur chronologie. Mais ces difcuffions ne font faites que pour les favans ; et, pourvu que les autres aiment JESUS-CHRIST en efprit et en vérité, il n'eft pas néceffaire qu'ils en fachent autant que *Newton* et *Masham.*

Bonfoir, mon cher frère. *Ecr. l'inf.*

# LETTRE CXXXV.

## A M. SAURIN.

Le 4 de décembre.

JE foupçonne, Monfieur, qu'il en eft à peu-près aujourd'hui comme de mon temps. Il y avait tout au plus, aux premières repréfentations, une centaine de gens raifonnables ; c'eft pour ceux-là que vous avez écrit. Votre pièce eft remplie de traits qui valent mieux, à mon gré, que bien des pièces nouvelles qui ont eu de grands fuccès. On y voit à tout moment l'empreinte d'un efprit fupérieur, et vous ne ferez jamais rien qui ne vous faffe beaucoup d'honneur auprès des fages.

Il me paraît que madame votre femme eft de ce nombre, puifqu'elle fent votre mérite, et qu'elle vous rend heureux ; c'eft une preuve qu'elle l'eft auffi. Je vous en fais à tous deux mes très-tendres complimens.

Quant aux Anglais, je ne peux vous favoir mauvais gré de vous être un peu moqué de *Gilles Shakespeare*. C'était un fauvage qui avait de l'imagination. Il a fait beaucoup de vers heureux, mais fes pièces ne peuvent plaire qu'à Londres et au Canada. Ce n'eft pas bon figne pour le goût d'une nation, quand ce qu'elle admire ne réuffit que chez elle.

Rendez toujours fervice, mon cher confrère, à la raifon humaine. On dit qu'elle a de plats ennemis qui ofent-lever la tête. C'eft un bien fot projet de vouloir aveugler les efprits, quand une fois ils ont connu la lumière.

Confervez-moi votre amitié ; elle me fera oublier les fots dont votre grande ville eft encore remplie.


# LETTRE CXXXVI.

## A M. DE CHABANON.

A Ferney, 4 de décembre.

VOULEZ-VOUS favoir, Monfieur, l'effet que fera Virginie, envoyez-la-nous. S'il y a deux rôles de femme, je vous avertis que j'ai chez moi deux bonnes actrices, l'une ma nièce *Denis*, l'autre ma fille *Corneille*; j'ai deux ou trois acteurs fous la main, qui ne gâteront point votre ouvrage; nous ferons cinq ou fix fpectateurs, tous gens difcrets. Soyez fûr que la pièce ne fortira pas de mes mains, et que les rôles me feront rendus à la fin de la repréfentation.

C'eft, à mon fens, la feule manière de juger d'une

pièce de théâtre. J'ai toujours ouï dire que *Despréaux*,
qui était le confidènt de *Racine* et de *Molière*, se
trompait toujours sur les scènes qu'il croyait devoir
réussir le plus, et sur celles dont il se défiait: or jugez,
si *Despréaux* se trompait toujours dans Auteuil près de
Paris, ce qui m'arriverait à Ferney au pied du
mont Jura. Je crois qu'il faut voir les choses en
place, pour en bien juger.

Je me flatte qu'en effet, Monsieur, vous pourrez
nous donner les violons dans notre enceinte de montagnes. On nous assure que madame votre sœur
doit acheter une belle terre dans mon voisinage; vous
y viendrez sans doute. Le plaisir de vous entretenir
augmentera, s'il se peut, encore l'estime que vos
lettres m'ont inspirée; mais dépêchez-vous, car ma
mauvaise santé m'avertit que je ne serai pas doyen de
l'académie française. Je vous donne ma voix pour
être mon successeur, à moins que vous n'aimiez
mieux choisir selon l'ordre du tableau.

Vous me parlez de la meilleure édition de mes
sottises, il n'y en a point de bonne; mais j'aurai
l'honneur de vous envoyer la moins détestable que
je pourrai trouver.

Permettez-moi de vous embrasser tout comme si
j'avais déjà eu l'honneur de vous voir. *V.*

LETTRE CXXXVII.

## A M. LE MARQUIS DE VILLEVIEILLE.

A Ferney, 4 de décembre.

MES maladies qui me perfécutent, Monfieur, quand
l'hiver commence , et mes yeux qui fe couvrent
d'écailles quand la neige arrive , ne m'ont pas permis
de répondre auffitôt que je l'aurais fouhaité à votre
obligeante lettre. Madame *Denis* et madame *Dupuits*
font auffi fenfibles que moi à l'honneur de votre
fouvenir. Madame *Dupuits* s'eft avifée d'accoucher à
fept mois d'un petit garçon qui n'a vécu que deux
heures ; j'en ai été fâché, en qualité de grand-père
honoraire ; mais ce qui me confole, c'eft qu'il a été
baptifé. Il eft vrai qu'il l'a été par une garde huguenotte ; cela lui ôtera dans le paradis quelques degrés
de gloire que père *Adam* lui aurait procurés.

Je ne fuis point étonné, Monfieur , que vous ayez
de mauvais comédiens à Nancy ; on dit que ceux de
Paris ne font pas trop bons. Il eft difficile de faire
naître des talens , quand on les excommunie. Les
Grecs , qui ont inventé l'art , avaient plus de politeffe
et de raifon que nous.

Il me paraît que vous n'êtes pas plus content de la
fociété des femmes que du jeu des comédiens ; le
bon eft rare par-tout en tout genre. Vous trouverez
dans votre philofophie des reffources que le monde
ne vous fournira guère. Si jamais le hafard vous

ramène vers l'enceinte de nos montagnes, n'oubliez
pas l'hermitage où l'on vous regrette.

Agréez les respects de *V.*

# LETTRE CXXXVIII.

## A M. LE MARQUIS D'ARGENCE DE DIRAC.

8 de décembre.

Béni soit Dieu, Monsieur, vous et votre chanoine
vous faites de bien belles actions ; couronnez-les en
fesant de *J. Meslier* ce que vous avez fait de la lettre
sur *Calas*. Il faut que les choses utiles soient publiques ; vous en pouvez venir très-aisément à bout.
Vous rendrez un service essentiel à tous les honnêtes
gens. Ayez cette bonne œuvre à cœur. Il n'y a pas
un homme de bien dans le pays que j'habite qui ne
pense comme vous, et je me flatte qu'il en sera bientôt de même dans le vôtre.

Le docteur *Tronchin* craint pour les jours de monsieur
le dauphin ; on dit que les médecins de la cour ne sont
pas d'accord ; tout le monde est dans les plus vives
alarmes ; mais on a toujours des espérances dans sa
jeunesse et dans la force de son tempérament. Dieu
veuille nous conserver long-temps le fils et le père !
Adieu, Monsieur ; nous fesons les mêmes vœux
pour toute votre famille.

1765.

# LETTRE CXXXIX.

## A M. DAMILAVILLE.

A Ferney, 9 de décembre.

Mon cher ami, ma lettre doit commencer d'une façon toute contraire aux épîtres familières de *Cicéron;* et je dois vous dire : Si vous vous portez mal, j'en suis très-affligé ; pour moi, je me porte mal. La différence entre nous, c'est que vous êtes un jeune chêne qui essuyez une tempête, et que moi je suis un vieux arbre qui n'a plus de racines. *Tronchin* ne guérira ni vous ni moi. Vous vous guérirez tout seul par votre régime : c'est-là la vraie médecine dans tous les cas ordinaires. Il se peut pourtant que votre grosseur à la gorge n'ayant pas suppuré, l'humeur ait reflué dans le sang ; en ce cas, vous seriez obligé de joindre à votre régime quelques détersifs légers. Peut-être que la petite sauge avec un peu de lait vous ferait beaucoup de bien. Les alimens et les boissons qui servent de remèdes ont seuls prolongé ma vie ; et je ne connais point de médecin supérieur à l'expérience.

Je fais bien des vœux pour que notre cher *Beaumont* trouve l'exemple qu'il cherche. Il fera surement triompher l'innocence des *Sirven* comme celle des *Calas*.

On dit qu'il s'est déjà présenté soixante personnes pour remplir le nouveau parlement de Bretagne ; en ce cas, c'est une affaire finie, et la paix ne sera plus troublée dans cette partie du royaume. Je me flatte qu'elle régnera aussi dans notre voisinage : il n'y a

pas

pas eu la moindre ombre de tumulte, et il n'y en
aura point. Vous pouvez être sûr que tout ce qu'on 1765.
vous dit eft fans fondement.

Rien n'eft plus ridicule que l'idée que vous dites
qu'on s'eft faite de ce pauvre père *Adam*; il me dit la
meffe et joue aux échecs : voilà, en vérité, les deux
feules chofes dont il fe mêle. Il ne connaît pas un
feul génevois, il ne va jamais à la ville. J'ai eu le
bonheur de plaire aux magiftrats et aux citoyens, en
tâchant de les rapprocher, en leur donnant de bons
dîners, en leur fefant l'éloge de la concorde et de
leur ville.

M. *Hénin*, qui arrive inceffamment, trouvera les
voies de la pacification préparées, et achèvera l'ouvrage. J'ai joué le feul rôle qui me convînt, fans faire
aucune démarche, recevant tout le monde chez moi
avec politeffe, et ne donnant fur moi aucune prife.
M. d'*Argental* fait bien que telle a été ma conduite ;
M. le duc de *Praflin* en eft inftruit ; je laiffe parler les
gens qui ne le font point. Je fais bien qu'il faut que
dans Paris on dife des fottifes. Il y a cinquante ans
que je fuis en butte à la calomnie, et elle ne finira
qu'avec moi. Je m'y fuis accoutumé comme aux indi-
geftions.

Digérez, mon cher ami, et mandez-moi, je vous
en conjure, des nouvelles de votre fanté.

# LETTRE CXL.

## A M. LE COMTE D'ARGENTAL.

14 de décembre.

MES anges, vous n'allez point à Fontainebleau,
vous êtes fort fages ; ce féjour doit être fort mal
fain, et vous y feriez trop mal à votre aife. J'ai peur
que la cour n'y refte tout l'hiver. J'ai peur auffi que
vous n'ayez pas de grands plaifirs à Paris ; la maladie
de monfieur le dauphin doit porter par-tout la trifteffe.
Cependant, voilà une comédie de *Sédaine* qui réuffit
et qui vcus amufe ; celle de Genève ne finira pas fitôt.
Je crois, entre nous, que le confeil s'eft trop flatté
que M. le duc de *Praflin* lui donnerait raifon en
tout. Cette efpérance l'a rendu plus difficile, et les
citoyèns en font plus obftinés. J'ai préparé quelques
voies d'accommodement fur deux articles ; mais le
dernier furtout fera très-épineux, et demandera toute
la fagacité de M. *Hénin.* Je lui remettrai mon mémoire
et la confultation de votre avocat : cet avocat me
paraît un homme d'un grand fens et d'un efprit plein
de reffources. Si vous jugez à propos, mes divins
anges, de me faire connaître à lui, et de lui dire
combien je l'eftime, vous me rendrez une exacte
juftice.

Je ne chercherai point à faire valoir mes petits
fervices, ni auprès des magiftrats, ni auprès des
citoyens ; c'eft affez pour moi de les avoir fait dîner

enfemble à deux lieues de Genève ; il faut que mon- —— fieur *Hénin* faffe le refte, et qu'il en ait tout l'honneur. 1765. Tout ce que je défire, c'eft que M. le duc de *Praflin* me regarde comme un petit *Anti-Jean-Jacques*, et comme un homme qui n'eft *pas venu apporter le glaive, mais la paix.* Cela eft un peu contre la maxime de l'Evangile, cependant cela eft fort chrétien.

Vous ne fauriez croire, mes divins anges, à quel point je fuis pénétré de toutes vos bontés. Vous me permettez de vous faire part de toutes mes idées, vous avez daigné vous intéreffer à mon petit mémoire fur Genève, vous me ménagez la bienveillance de M. le duc de *Praflin*, vous avez la patience d'atten- dre que le petit ex-jéfuite travaille à fon ouvrage ; enfin votre indulgence me tranfporte. Je fouhaite paffionnément que les parlemens puiffent avoir le crédit de foutenir, dans ce moment-ci, les lois, la nation et la vérité contre les prêtres ; ils ont eu des torts, fans doute, mais il ne faut pas punir la France entière de leurs fautes. Vive l'impératrice de Ruffie ! vive *Catherine*, qui a réduit tout fon clergé à ne vivre que de fes gages, et à ne pouvoir nuire !

Toute ma petite famille baife les ailes de mes anges comme moi-même. *V.*

# LETTRE CXLI.

## AU MEME.

21 de décembre.

MES anges de paix, j'ai remis à M. *Hénin* les rameaux d'olivier que vous avez bien voulu m'envoyer. La consultation de vos avocats m'a paru, comme je vousl'ai mandé, pleine de raison et d'équité. Ils se sont trompés sur quelques usages de Genève, qu'ils ne peuvent connaître; ils ont dit ce qui leur a paru juste; et M. *Hénin* conciliera la justice et les convenances. Je crois surtout qu'il ne souffrira pas qu'on donne des soufflets impunément à nos présidens, et qu'il soutiendra la dignité de résident de France mieux que ne fesait ce pauvre petit *Montpéroux.*

Berne et Zurich sont près d'envoyer des médiateurs à cette pauvre république qui ne sait pas se gouverner elle-même. On dit, dans Genève, que M. le duc de *Praslin* enverra M. le marquis de *Castries.* Si c'est un bruit faux, comme je le crois, je ne vois pas pourquoi le résident de France ne serait pas nommé médiateur. Il me semble que les lois en seraient plus respectées, et la paix mieux affermie, quand le médiateur, restant résident, serait en état de faire aller la machine qu'il aurait montée lui-même.

De plus, M. *Hénin* étant déjà très au fait du sujet des dissentions, serait plus capable que personne de concilier les esprits. Enfin, c'est une idée qui me

1765.

vient ; il ne me l'a point du tout fuggérée, et je vous la foumets ; voyez fi vous voulez en parler à M. le duc de *Praflin*.

Il y a quelques têtes mal faites dans Genève, qui trouvent mauvais, dit-on, qu'on ait confulté des avocats de la petite ville de Paris, fur les affaires de la puiffante ville de Genève; on prétend même qu'elles veulent engager *Cromelin* à s'en plaindre. Je ne crois pas qu'elles veuillent pouffer le ridicule jufque-là. Je n'ai d'ailleurs rien fait que fur les prières des meilleurs citoyens, je n'ai agi que dans des vues d'impartialité et de juftice ; et cela eft fi vrai que je me fuis adreffé à vous.

En voilà affez pour Genève, venons à l'autre tripot. Il fe peut faire qu'en lifant rapidement la copie d'Adélaïde du Guefclin, que *le Kain* m'avait envoyée, et la voyant en général affez conforme à un exemplaire que j'avais, je n'aye pas fait affez d'attention à ces deux malheureux vers qui feraient tomber Phèdre et Athalie :

> Gardez d'être réduit au hafard dangereux
> Que les chefs de l'Etat ne trahiffent leurs vœux.

Je n'aurais pas fait de pareils vers à l'âge de quatorze ans; on a fait une coupure en cet endroit. Il fe peut que cette coupure ait été faite autrefois pour une feconde repréfentation, et qu'on ait coufu ces deux vers diaboliques pour rattraper la rime.

Quand je les ai vus imprimés, j'ai été fur le point de m'évanouir, comme vous croyez bien. Si vous voyez *le Kain*, je vous prie de lui peindre le jufte

Q 3

excès de ma douleur. Je fuis bien loin de l'accufer
de ce fanglant affront, j'en rejette l'opprobre fur
*Quinault*, et fur qui on voudra ; mais je prie *le Kain*
inftamment de faire mettre à la fin de l'édition , *en
errata* , ce que je lui ai envoyé. Comptez que ces
deux vers-là , et ceux qu'on m'envoie de Paris, con-
tribueront à abréger ma vie.

On m'a mandé que *le Philofophe fans le favoir*
n'avait ni nœud , ni intrigue , ni dénouement , ni
efprit , ni comique, ni intérêt , ni vraifemblance, ni
peinture des mœurs ; mais il faut bien pourtant qu'il
y ait quelque chofe de très-bon , puifque vous l'ap-
prouvez. Après tout , ce n'eft qu'à la longue, comme
vous favez , que les ouvrages en tout genre peuvent
être appréciés.

Je vous fouhaite les bonnes fêtes , comme on dit
à Parme ; et puiffe le temps des bonnes fêtes ne vous
pas faire le même mal qu'il fait à ma poitrine et à
mes yeux !

Vous ferez bien aimable de faire valoir un peu
auprès de M. le duc de *Praflin* la manière franche et
défintéreffée dont je me fuis conduit avec mes voifins,
avant l'arrivée de M. *Hénin*.

Refpect et tendreffe. *V.*

# LETTRE CXLII.

## A M. DAMILAVILLE.

A Ferney, 25 de décembre.

Mon cher frère, connaiffez-vous ce proverbe efpagnol? *De las cofas mas feguras, la mas fegura es dudar: Des chofes les plus sûres, la plus sûre eft de douter.* Comment voulez-vous que madame *du Deffant* ait ces Mélanges dont vous me parlez, puifqu'ils ne font pas encore achevés d'imprimer? Il eft vrai que madame *du Deffant* a une lettre fur mademoifelle de l'*Enclos;* c'eft une épreuve du troifième volume, dont j'ai cru pouvoir la régaler, parce qu'elle me demandait, avec la dernière inftance, de quoi l'amufer dans le trifte état où elle eft.

On ne vous a pas dit plus vrai fur les affaires de Genève. Les deux partis n'ont point promis de prendre les armes, il n'a jamais été queftion de pareilles extrémités. Tout s'eft paffé, fe paffe et fe paffera avec la plus grande tranquillité; et, fi j'avais quelque vanité, je pourrais dire que je n'ai pas peu contribué à la bienféance que les citoyens ont gardée dans toutes leurs démarches.

On exagère tout, on falfifie tout, on m'attribue tous les jours des ouvrages que je n'ai jamais vus, et que je ne lirai point. Je me fuis réfigné à la deftinée des gens de lettres un peu célèbres, qui eft d'être calomniés toute leur vie.

Q 4

Adieu, mon cher frère ; confervez votre fanté. M. *Bourfier* m'a mandé qu'il vous avait écrit.

Je crois qu'*Helvétius* a dû être bien étonné du prix que *J. J.* a mis à fa communion huguenotte.

# LETTRE CXLIII.

## AU MEME.

28 de décembre.

MON cher frère, je me flatte que le trifte événement de la mort de monfieur le dauphin arrêtera, pour quelque temps, la guerre des rochéts et des robes noires ; qu'on ne parlera plus de bulle, quand il ne s'agit que de malheureux *De profundis.* Les hommes rentrent en eux-mêmes dans les grands événemens qui font la douleur publique, et laiffent, pour quelques jours, leurs vains débats et leurs folles querelles.

*J. J. Rouffeau* n'eft bon qu'à être oublié ; il fera comme *Ramponeau* qui a eu un moment de vogue à la Courtille, à cela près que *Ramponeau* a eu cent fois moins de vanité et d'orgueil que le petit poliffon de Genève.

Vous aurez inceffamment M. *Tronchin* à Paris, ainfi vous n'aurez plus de mal de gorge ; pour moi, je ferai réduit à être mon médecin moi-même ; ma fobriété me tiendra lieu de *Tronchin.*

Il y a un *Traité des fuperftitions* qui paraît depuis peu : s'il en vaut la peine, je vous fupplie de me

l'envoyer. J'efpère recevoir dans un mois le gros
ballot que *Briaffon* a déjà fait partir ; j'en com- **1765.**
mencerai la lecture comme celle des livres hébreux,
par la fin , et vous favez pourquoi.

J'attends auffi des étrennes de vous, et de M. *Fréret*,
et de *Bigex*. M. *Bourfier* prétend toujours qu'il
vous a écrit.

*N. B.* À propos, voici ce que j'ai toujours oublié
de vous dire pour l'affaire des *Sirven*. Il me paraît
néceffaire que M. de *Beaumont* rappelle , dans fon
exorde, la dernière aventure d'un citoyen de Montpellier qui, dans le temps qu'il pleurait la mort
de fon fils, fut accufé de l'avoir tué, vit defcendre
chez lui la juftice avec le plus terrible appareil ,
s'évanouit, et fut fur le point de mourir.

Ce dernier exemple, joint à l'aventure éternellement mémorable des *Calas* , fera voir quels horribles préjugés règnent dans les efprits des Vifigots.
Cela peut non-feulement fournir de beaux traits
d'éloquence, mais encore difpofer favorablement
le confeil.

1765.

# LETTRE CXLIV.

## A M. *** ,

### OFFICIER DE MARINE (*).

MONSIEUR,

IL est vrai que j'ai hasardé un Essai sur l'histoire
générale, qui n'est qu'un tableau des malheurs que
les rois, les ministres, les peuples de tous les pays
s'attirent par leurs fautes. Il y a peu de détails
dans cet ouvrage. Si, dans ce tableau général, on
plaçait tous les portraits, cela formerait une gale-
rie de peintures qui règnerait d'un bout de l'univers
à l'autre. Je me suis contenté de toucher en deux
mots les faits principaux. Le peu que j'ai dit du
combat de Finistère est tiré mot à mot des papiers
anglais. Notre nation n'est jamais bien informée
de rien dans la première chaleur des événemens,
et la nation anglaise se trompe très-souvent. Je
sais au moins qu'elle ne s'est pas trompée sur la
justice qu'elle a rendue à tous les officiers français
qui combattirent à cette journée; et, comme vous
étiez, Monsieur, un des principaux, cette justice
vous regarde particulièrement. Il se peut très-bien
faire qu'alors on ignorât à Londres si vous alliez au
Canada ou si vous reveniez de la Martinique. Il est
encore très-naturel que les Anglais aient qualifié les
six vaisseaux de guerre français de gros vaisseaux

(*) On croit que c'est M. de *Vaudreuil.*

de roi, pour les diftinguer des autres. L'amiral
anglais était à la tête de dix-fept vaiffeaux de
guerre ; et, quoique vous n'eûtes à faire qu'à quatorze , votre réfiftance n'eft pas moins glorieufe.
Je fuis encore très-perfuadé que les Anglais outrè-
rent , dans les premiers momens de leur joie,
leurs avantages , et qu'ils fe trompèrent de plus de
moitié en prétendant avoir pris la valeur de vingt
millions. Vous favez qu'à ce trifte jeu les joueurs
augmentent toujours le gain et la perte.

Mon feul but avait été de faire voir la prodigieufe fupériorité qu'on avait laiffé prendre alors
fur mer aux Anglais , puifque , de trente-quatre
vaiffeaux de guerre, il n'en refta qu'un au roi à la
fin de la guerre : c'eft une faute dont il paraît qu'on
s'eft fort corrigé.

Quant aux efpèces frappées avec la légende
*Finiftere*, il y en eut peu, et j'en ai vu une. Je verrais, fans doute, avec plus de plaifir, Monfieur, un
monument qui célébrerait votre admirable conduite
dans cette malheureufe journée. On commencera
bientôt une nouvelle édition de cet Effai fur l'hiftoire
générale. Je ne manquerai pas de profiter des inftructions que vous avez eu la bonté de me donner. Je
rectifierai avec foin toutes les méprifes des Anglais,
et furtout je vous rendrai la juftice qui vous eft
due. Je n'ai point de plus grand plaifir que celui
de m'occuper des belles actions de mes compa-
triotes. Les rois , tout puiffans qu'ils font , ne le
font pas affez pour récompenfer tous les hommes
de courage qui ont fervi la patrie avec diftinction.
La voix d'un hiftorien eft bien peu de chofe ; elle

1765.

se fait à peine entendre, surtout dans les cours, où le présent efface toujours le souvenir du passé. Mais ce sera pour moi une très-grande consolation, si vous voyez, Monsieur, votre nom avec quelque plaisir dans un ouvrage historique qui contient très-peu de noms et de détails particuliers. Il s'en faut beaucoup que cet Essai historique soit un temple de la gloire ; mais, s'il l'était, ce serait avec plaisir que j'y bâtirais une chapelle pour vous.

J'ai l'honneur d'être, avec tous les sentimens qui vous sont dus, Monsieur, votre, &c.

## LETTRE CXLV.

### A MADAME DE TREVENEGAT.

MADAME de *Trévénegat* s'est adressée à un malade, pour savoir des nouvelles de ce que vaut une mort subite. L'homme à qui elle s'est adressée se connaît en maladies de langueur, depuis environ cinquante ans ; mais en morts subites, point du tout. Il faut demander cela à *César*, qui disait que cette façon de quitter le monde était la meilleure. A l'égard des justes et des réprouvés, dont madame de *Trévénegat* parle, l'avocat consultant répond qu'il connaît force honnêtes gens, et qu'il ne connaît ni réprouvés ni justes ; que ce n'est pas là son affaire ; qu'il n'a jamais envoyé personne ni en paradis ni en enfer, et qu'il souhaite à madame de *Trévénegat* une mort subite pour le plus tard que faire se pourra.

En attendant, il lui conseille de s'amuser, de jouer, ——
de faire bonne chère, de bien dormir, de se bien 1765.
porter, et lui présente ses respects.

## LETTRE CXLVI.

### A MADEMOISELLE CLAIRON.

IL est vrai, Mademoiselle, que la belle *Ofilds*, la
première comédienne d'Angleterre, jouit d'un beau
mausolée dans l'église de Vestminster, ainsi que les
rois et les héros du pays, et même le grand *Newton*.
Il est vrai aussi que mademoiselle *le Couvreur*, la
première actrice de France en son temps, fut portée,
dans un fiacre, au coin de la rue de Bourgogne,
non encore pavée; qu'elle y fut enterrée par un
crocheteur, et qu'elle n'a point de mausolée. Il y
a dans ce monde des exemples de tout. Les Anglais
ont établi une fête annuelle en l'honneur du fameux
comédien-poëte *Shakespeare*. Nous n'avons pas encore
parmi nous la fête de *Molière*. *Louis XIV*, au comble de la grandeur, dansa avec les danseurs de
l'opéra, devant tout Paris, en revenant de la fameuse
campagne de 1672. Si l'archevêque de Paris en avait
voulu faire autant, il n'aurait pas été si bien accueilli,
quand même il eût été le premier homme de l'Europe pour le menuet.

   L'Italie, au commencement de notre seizième
siècle, vit renaître la tragédie et la comédie, grâce
au goût du pape *Léon X*, et au génie des prélats
*Bibiena*, *la Casa*, *Trissino*. Le cardinal de *Richelieu*

—— fit bâtir la falle du Palais-royal pour y jouer fes pièces et celles de fes cinq garçons poëtes. Deux évêques fefaient, par fes ordres, les honneurs de la falle, et préfentaient des rafraîchiffemens aux dames dans les entr'actes.

Nous devons l'opéra au cardinal *Mazarin ;* mais voyez comme tout change. Les cardinaux *du Bois* et *Fleuri*, tous deux premiers miniftres, ne nous ont pas valu feulement une farce de la foire. Nous fommes devenus plus réguliers, nos mœurs font, fans doute, plus févères. On a foupçonné les janféniftes d'avoir armé les bras de l'Eglife contre les fpectacles, pour fe donner le plaifir de tomber fur les jéfuites qui fefaient jouer des tragédies et des comédies par leurs écoliers, et qui mettaient ces exercices parmi les premiers devoirs d'une bonne éducation. On prétend même que les jéfuites intimidés cefsèrent leurs fpectacles quelque temps avant que leur fociété fût abolie en France.

Vous avez fans doute entendu dire, Mademoifelle, aux grands favans qui viennent chez vous, que le contraire était arrivé chez les Grecs et chez les Romains nos maîtres. L'argent deftiné pour les frais du théâtre d'Athènes était un argent facré; il n'était pas même permis d'y toucher dans les plus preffantes néceffités, et dans les plus grands dangers de la guerre.

On fit encore mieux dans l'ancienne Rome. Elle était défolée par la pefte, vers l'an 390 de fa fondation; il fallait apaifer les Dieux par les cérémonies les plus faintes : que fit le fénat? il ordonna qu'on jouàt la comédie, et la pefte cefsa. Tout bon médecin

n'en doit pas être furpris ; il fait qu'un plaifir honnête eft fort bon pour la fanté.

Malheureufement nous ne reffemblons ni aux
Grecs ni aux anciens Romains ; il eft vrai qu'en
France il y a beaucoup d'aimables français , mais
il y a auffi des velches , et ceux-ci ne regarderaient
pas la comédie comme un fpécifique , s'ils étaient
attaqués de la pefte. Pour moi, Mademoifelle , je
voudrais paffer ma vie à vous entendre, ou la
pefte m'étouffe. J'avoue que les contradictions qui
divifent les efprits au fujet de votre art font fans
nombre , mais vous favez que la fociété fubfifte
de contradictions ; il n'y en a point parmi ceux
qui vivent avec vous ; ils fe réuniffent tous dans
les fentimens d'eftime et d'amitié qu'ils vous doivent.

# LETTRE CXLVII.

## A M. MOREAU,

### DIRECTEUR DES PEPINIERES DU ROI.

Le . . . . .

Vous voulez , Monfieur, que j'aye l'honneur de
vous répondre fous l'enveloppe de monfieur le contrôleur général , et je vous obéis.

Il eft vrai que j'avais fort applaudi à l'idée de
rendre les enfans trouvés et ceux des pauvres, utiles
à l'Etat et à eux-mêmes. J'avais deffein d'en faire venir
quelques-uns chez moi pour les élever. J'habite
malheureufement un coin de terre dont le fol eft

———— auffi ingrat que l'afpect en eft riant. Je n'y trouvai d'abord que des écrouelles et de la misère.
J'ai eu le bonheur de rendre le pays plus fain, en
defféchant des marais ; j'ai fait venir des habitans,
j'ai augmenté le nombre des charrues et des maifons ; mais je n'ai pu vaincre la rigueur du climat.

Monfieur le contrôleur général invitait à cultiver la
garance ; je l'ai effayé, rien n'a réuffi. J'ai fait planter plus de vingt mille pieds d'arbres que j'avais
tirés de Savoie, prefque tous font morts. J'ai bordé
quatre fois le grand chemin de noyers et de châ-
taigniers, les trois quarts ont péri, ou ont été arrachés
par les payfans. Cependant je ne fuis pas rebuté ;
et, tout vieux et infirme que je fuis, je planterais
aujourd'hui, fûr de mourir demain ; les autres en
jouiront.

Nous n'avons point de pépinières dans le défert
que j'habite ; je vois que vous êtes à la tête des
pépinières du royaume, et que vous avez formé
des enfans à ce genre de culture, avec fuccès ; puis-
je prendre la liberté de m'adreffer à vous pour
avoir deux cents ormeaux qu'on arracherait à la fin
de l'automne prochaine, qu'on m'enverrait pendant
l'hiver par les rouliers, et que je planterais au
printemps ? Je les payerais au prix que vous ordon-
neriez. Je voudrais qu'on leur laifsât à tous un peu
de tête.

Il y a une efpèce de cormier qui porte des grappes
rouges, et que nous appelons *timier ;* ils réuffiffent
affez bien dans notre climat : fi vos ordres pouvaient m'en procurer une centaine, je vous aurais
Monfieur, beaucoup d'obligation.

J'ai

J'ai été très-touché de votre amour du bien public ; celui qui fait croître deux brins d'herbe où il n'en croiffait qu'un, rend fervice à l'Etat.

J'ai l'honneur d'être avec l'eftime la plus refpectueufe, &c.

# LETTRE CXLVIII.

## A M. D'ALBERTAS,

### PREMIER PRESIDENT DE LA CHAMBRE DES COMPTES D'AIX.

Monsieur le premier préfident des comptes, vous comptez mal ; *car* vous avez compté quarante-cinq louis à un homme pour les compter à madame votre femme, et il les a comptés à une autre, et ce n'eft pas là le compte. Quand madame la préfidente faura cela, elle fe fâchera ; *car* les femmes aiment à fe fâcher contre leurs maris ; et elle dira : Si mon mari fait voyager de petits fuiffes, j'en ferai voyager de grands, et cela ruinera la maifon, *car* les Suiffes font chers.

Envoyez-lui donc bien vîte beaucoup d'argent, *car* elle n'en a point ; et il ne faut pas qu'une femme foit fans argent, *car* on ne fait point ce qui peut arriver.

Ne croyez plus, parce que vous êtes couleur de rofe et blanc, et le plus honnête homme du monde, qu'un fuiffe couleur de rofe et blanc foit auffi honnête homme ; *car* il y a des fripons de toutes les couleurs. Ne confiez plus votre cher argent à ceux

*Correfp. générale.* Tome VIII. R

—— qui vivent aux dépens d'autrui ; *car*, pour ces gens-là,

1765. rien n'eſt plus prochain que l'argent.

Croyez qu'il eſt preſque néceſſaire de connaître les hommes pour connaître les ſuiſſes, *car* aujourd'hui rien ne reſſemble plus à un homme qu'un ſuiſſe. Il en eſt même, comme vous voyez, qui commencent à ſe former, *car* ils prennent les mœurs des nations polies.

Répaŕez vîte vos torts, *car* c'eſt le moyen de faire qu'on vous les pardonne, et ſurtout qu'on vous garde le ſecret.

Conſolez-vous auſſi le plutôt que vous pourrez, *car* rien n'eſt plus triſte que d'avoir du chagrin ; et pour vous conſoler, croyez que vous n'êtes ni le ſeul ni le premier qui ait été attrapé par le petit ſuiſſe ; *car* malheureuſement le malheur d'autrui conſole.

# LETTRE CXLIX.

## A M. LE MARQUIS DE VILLETTE.

A Ferney, 4 de janvier.

C'EST vous, Monſieur, qui m'avez appris que

1766. de bons et braves citoyens de Paris avaient porté des chandelles à la ſtatue d'*Henri IV*. Je vous dois la réponſe que je fais à ces bonnes gens (*). Si j'avais été à Paris, je les aurais accompagnés ; mais, comme je ne veux point me brouiller avec les moines de

————————

(*) L'épître à *Henri IV*, volume d'Epîtres.

Sainte-Geneviève, je vous demande en grâce, avec les
inftances les plus vives, de ne laiffer prendre aucune
copie de ces vers. Il eft vrai que de la poëfie allobroge, venant du pied du mont Jura et du fond des
glaces affreufes qui nous environnent, ne mérite
guère la curiofité des gens de Paris ; mais le fujet
eft fi intéreffant qu'il peut tenter les moins curieux.

De plus, il m'eft important de favoir ce qu'on
penfe de ces vers, avant qu'on les publie. Je dois
peut-être adoucir la préférence trop marquée que je
donne à l'adorable *Henri IV* fur S^te *Geneviève* ; ma
paffion pour ce grand-homme m'a peut-être emporté
trop loin : je n'ai fongé qu'aux bons Français en com-
pofant cet ouvrage tout d'une haleine, et je n'ai pas
affez fongé aux dévots qui peuvent trop fonger à
moi.

Recueillez les voix, je vous en prie, et inftruifez-
moi de ce qu'on dit, afin que je fache ce que je
dois faire.

Vous m'appelez plaifamment votre protecteur, et
moi, je vous appelle férieufement le mien dans cette
occafion.

R 2

# LETTRE CL.

## A M. L'ABBÉ CESAROTTI.

A Ferney, 10 de janvier.

MONSIEUR,

JE fus bien agréablement furpris de recevoir, ces jours paffés, la belle traduction que vous avez daigné faire de la Mort de Céfar et de la tragédie de Mahomet.

Les maladies qui me tourmentent, et la perte de la vue dont je fuis menacé, ont cédé à l'empreffement de vous lire. J'ai trouvé dans votre ftyle tant de force et tant de naturel, que j'ai cru n'être que votre faible traducteur, et que je vous ai cru l'auteur de l'original. Mais plus je vous ai lu, plus j'ai fenti que, fi vous aviez fait ces pièces, vous les auriez faites bien mieux que moi, et vous auriez bien plus mérité d'être traduit. Je vois, en vous lifant, la fupériorité que la langue italienne a fur la nôtre. Elle dit tout ce qu'elle veut, et la langue françaife ne dit que ce qu'elle peut. Votre difcours fur la tragédie, Monfieur, eft digne de vos beaux vers; il eft auffi judicieux que votre poëfie eft féduifante. Il me paraît que vous découvrez d'une main bien habile tous les refforts du cœur humain, et je ne doute pas que, fi vous avez fait des tragédies, elles ne doivent fervir d'exemples comme vos raifonnemens fervent de préceptes. Quand on a fi bien montré les chemins, on y marche fans s'égarer. Je fuis perfuadé que les Italiens feraient

nos maîtres dans l'art du théâtre, comme ils l'ont ——
été dans tant de genres, fi le beau monftre de l'opéra
n'avait forcé la vraie tragédie à fe cacher. C'eft bien
dommage, en vérité, qu'on abandonne l'art des
*Sophocle* et des *Euripide* pour une douzaine d'ariettes
fredonnées par des eunuques. Je vous en dirais
davantage fi le trifte état où je fuis me le permettait.
Je fuis obligé même de me fervir d'une main étrangère pour vous témoigner ma reconnaiffance, et
pour vous dire une partie de ce que je penfe. Sans
cela, j'aurais peut-être ofé vous écrire dans cette belle
langue italienne, qui devient encore plus belle fous
vos mains.

Je ne puis finir, Monfieur, fans vous parler de
vos ïambes latins; et, fi je n'y étais pas tant loué, je
vous dirais que j'ai cru y retrouver le ftyle de *Térence*.

Agréez, Monfieur, tous les fentimens de mon
eftime, mes fincères remercîmens, et mes regrets de
n'avoir point vu cette Italie à qui vous faites tant
d'honneur.

# LETTRE CLI.

## A M. CHRISTIN.

10 de janvier.

Je vous demande bien pardon, mon cher ami, de
répondre fi tard à votre lettre. Vous ne doutez pas
combien j'ai été fenfible à la perte que nous avons
faite tous deux du plus digne ami que vous euffiez.

—— Je le regretterai toute ma vie. Vous êtes le feul, dans
1766. le pays où vous êtes, qui puiffiez me confoler. Je vous
plains de vivre avec des perfonnes fi éloignées du
caractère de celui dont nous pleurons la mort. Nous
défirons infiniment à Ferney de pouvoir arranger
les chofes de façon que vous vécuffiez avec nous. La
vie n'eft fupportable qu'avec d'honnêtes gens dont
les fentimens font conformes aux nôtres.

Je me tiendrai très-heureux quand vous pourrez
laiffer des bœufs ruminer avec des bœufs, et venir
penfer avec vos amis.

Je tiens l'hiftoire de l'homme pendu pour avoir
mangé gras, très-véritable. Cet arrêt d'ailleurs me
femble fort jufte; car les hommes qui fe laiffent traiter
ainfi n'ont que ce qu'ils méritent.

Nous vous fefons tous les plus fincères complimens. *V.*

## LETTRE CLII.

### A M. LE COMTE D'ARGENTAL.

#### 11 de janvier.

MES divins anges, j'aurais pu faire une fottife fi
j'avais mis ma dernière lettre d'hier fous l'enveloppe
d'un autre miniftre que M. le duc de *Praflin*, ou
M. le duc de *Choifeul*, qui font également vos amis.
Quoi qu'il en foit, vous me pardonnerez de n'avoir
pu réfifter à la paffion, qui eft devenue chez moi
dominante, de vous voir médiateur à Genève. Je

crois bien que cette nomination ne fera pas fitôt
faite. Le confeil de Genève n'a écrit au roi et aux **1766.**
confeils de Berne et de Zurich , que pour réclamer
la garantie , et il eft probable que ce ne fera qu'après
beaucoup de préliminaires que le roi daignera envoyer
un médiateur.

Je vous répète que fi les petites paffions ne s'étaient
pas oppofées à la raifon, dont elles font les ennemies
mortelles, les petites querelles qui divifent Genève
fe feraient apaifées aifément. Je crus devoir faire
lire un précis de la décifion judicieufe des avocats
de Paris à quelques-uns des plus modérés des deux
partis. Ils tombèrent d'accord que rien n'était plus
fagement penfé. Ils commençaient à agir de concert
pour faire accepter des propofitions fi raifonnables,
lorfque M. *Hénin* arriva. Je fentis qu'il était de la
bienféance que je lui remiffe toute la négociation, et
que mon amour propre ne devait pas balancer un
moment mon devoir. Les chofes fe font fort aigries
depuis ce temps-là, comme je vous l'ai mandé, fans
qu'on puiffe reprocher à M. *Hénin* d'avoir négligé de
porter les efprits à la concorde.

M. *Hénin* paraît penfer, comme moi, qu'il y a un
peu de ridicule à fatiguer un roi de France pour
favoir en quels cas le confeil des vingt-cinq de Genève
doit affembler le confeil général des quinze cents.
C'était une queftion de jurifprudence qu'on devait
décider à l'amiable par des arbitres ; et, encore une
fois , les avocats de Paris avaient faifi le nœud de la
difficulté, et en avaient préfenté le dénouement.

Plufieurs citoyens y ayant plus mûrement penfé,
font venus chez moi aujourd'hui ; ils m'ont prié de

R 4

—— leur communiquer la confultation, ou du moins le précis de cette pièce, me difant qu'ils efpéraient qu'on pourrait s'y conformer. Je leur ai répondu que je ne pouvais le faire fans votre permiffion. Je me fuis contenté de leur en lire le réfultat, tel que je l'avais lu, il y a plus d'un mois, à quelques magiftrats et à quelques citoyens.

Je vous demande donc aujourd'hui cette permif-fion, mes divins anges; je crois qu'elle ne fera qu'un très-bon effet. Cette démarche me fera utile, en per-fuadant de plus en plus mes voifins de mon extrême impartialité et de mon amour pour la paix.

Il faut que *Jéan-Jacques Roufſeau* foit un grand extravagant d'avoir imaginé que c'était moi qui l'avais fait chaffer de l'Etat de Genève et de celui de Berne; j'aimerais autant qu'on m'eût accufé d'avoir fait rouer *Calas*, que de m'imputer d'avoir perfécuté un homme de lettres. Si *Roufſeau* l'a cru, il eft bien fou; s'il l'a dit fans le croire, c'eft un bien mal-honnête homme. Il en a perfuadé madame la maré-chale de *Luxembourg*, et peut-être M. le prince de *Conti;* et, ce qu'il y a de fouverainement ridicule, c'eft que cette belle idée eft la caufe unique de la diffention qui règne aujourd'hui dans Genève.

On dit que c'eft un petit prédicant, originaire des Cévennes, qui a femé le premier tous ces faux bruits; un prêtre en eft bien capable. Il faudra tâcher que la paix de Genève fe faffe comme celle de Veft-phalie, aux dépens de l'Eglife. Je fuis comme le vieux *Caton*, qui difait toujours au fénat : Tel eft mon avis, et *qu'on ruine Carthage*.

Refpect et tendreffe. *V.*

## LETTRE CLIII.

## A M. DE CHABANON.

A Ferney , 13 de janvier.

Plus vos lettres, Monfieur, m'ont infpiré d'eftime et d'amitié pour vous, plus je fens qu'il eft de mon devoir de répondre à la confiance dont vous m'honorez, en vous difant librement ma penféé.

Il m'eft arrivé avec vous ce qui arrive prefque toujours avec les gens du métier, que l'on confulte; ils voient le fujet fous un point de vue, et l'auteur l'a envifagé fous un autre.

Je m'intéreffe véritablement à vous; le fujet m'a paru d'une difficulté prefque infurmontable. Ne m'en croyez pas; confultez ceux de vos amis qui ont le plus d'ufage du théâtre, et le goût le plus fûr; laiffez repofer quelque temps votre ouvrage; vous le reverrez enfuite avec des yeux frais, et vous en ferez meilleur juge que perfonne. Ce pas-ci eft gliffant; il ne faudrait vous compromettre à donner une pièce de théâtre qu'en cas que tous vos amis vous euffent répondu du fuccès, et que vous-même, en revoyant votre pièce après l'avoir oubliée, vous vous fentiffiez intérieurement entraîné par l'intérêt de l'intrigue. C'eft de cette intrigue dont il s'agit principalement; vous jugerez fi elle eft affez vraifemblable et affez attachante; c'eft-là ce qui fait réuffir les pièces au théâtre. La diction, la beauté continue des vers font pour la lecture. Efther eft divinement écrite,

et ne peut être jouée ; le ſtyle de Rhadamiſte eſt quelquefois barbare ; mais il y a un très-grand intérêt,
et la pièce réuſſira toujours. Je ne ſais ſi je me trompe,
mais j'aurais ſouhaité que *Virginie* n'eût point eu trois
amans ; j'aurais voulu que l'état d'eſclave, dont elle
eſt menacée, eût été annoncé plutôt, et que cet aviliſ-
ſement eût fait un beau contraſte avec les ſentimens
romains de cette digne fille ; qu'elle eût traité ſon
tyran en eſclave, et que ſon père l'eût reconnue pour
légitime à la nobleſſe de ſes ſentimens. Je voudrais
que le doute ſur ſa naiſſance fût fondé ſur des preuves
plus fortes qu'une ſimple lettre de ſa mère.

La conſpiration contre *Appius* ne me paraît point
faire un aſſez grand effet, elle empêche ſeulement
que l'amour n'en faſſe. Les intérêts partagés s'affai-
bliſſent mutuellement.

J'aurais aimé encore, je vous l'avoue, à voir dans
*Virginius* un ſimple citoyen, pauvre, et fier de cette
pauvreté même. J'aurais aimé à voir le contraſte de
la tyrannie inſolente et du noble orgueil de l'indigence vertueuſe.

Mais je ne vous confie toutes ces idées qu'avec la
juſte défiance que je dois en avoir. Pardonnez-les,
Monſieur, au vif intérêt que je prends à votre gloire :
un mot, quoique jeté au haſard et mal à propos,
fait ſouvent germer des beautés nouvelles dans la
tête d'un homme de génie. Vous êtes plus en état de
juger mes penſées que je ne le ſuis de juger votre
ouvrage. Agréez l'eſtime infinie que je vous dois, et
les ſentimens d'amitié que vous faites naître dans
mon cœur. Je ſupprime les complimens inutiles. *V.*

## LETTRE CLIV.

### A M. LE COMTE D'ARGENTAL.

15 de janvier.

Oui, mes divins anges, il faut abfolument que vous veniez, fans quoi je prends tout net le parti de mourir.

M. *Hénin* vous logera très-bien à la ville, et nous aurons le bonheur de vous poffeder à la campagne. Je vous avertis que tout le tripot de Genève et les députés de Zurich et de Berne défirent un homme de votre caractère. Il y avait eu bien des coups de fufil de tirés et quelques hommes de tués, en 1737, lorfqu'on envoya un lieutenant général des armées du roi; mais aujourd'hui il ne s'agit que d'expliquer quelques lois, et de ramener la confiance. Perfonne affurément n'y eft plus propre que vous.

Je fens combien il vous en coûterait de vous féparer long-temps de M. le duc de *Praflin;* mais vous viendrez dans les beaux jours, et pour un mois ou fix femaines tout au plus. M. *Hénin* vous enverra tout le procès à juger, avec fon avis et celui des médiateurs fuiffes. Ce fera encore un grand avantage de pouvoir confulter à Paris les avocats en qui vous avez confiance, quoique vous n'ayez pas befoin de les confulter. Lorfqu'enfin M. le duc de *Praflin* aura approuvé les lois propofées, vous viendrez nous apporter la paix et le plaifir.

M. *Hénin* fignera après vous, non-feulement le traité, mais l'établiffement de la comédie. Ce qui refte dans Genève de pédans et de cuiftres du feizième fiècle, perdra fes mœurs fauvages. Ils deviendront tous français. Ils ont déjà notre argent, ils auront nos mœurs. Ils dépendront entièrement de la France, en confervant leur liberté.

M. *Hénin* eft l'homme du monde le plus capable de vous feconder dans cette belle entreprife; il eft plein d'efprit et de grâces, très-inftruit, conciliant, laborieux et fait pour plaire aux gens aimables et aux barbares.

Au refte, le jeune ex-jéfuite vous attend après Pâques. Je vous répète qu'on eft très-content de fa conduite dans la province. Il n'a eu nulle part ni au Dictionnaire philofophique, ni aux Lettres des fieurs Covelle et Beaudinet; il a toujours preuve en main. Il dit qu'il eft accoutumé à être calomnié par les *Frérons*, mais que l'innocence ne craint rien; que non-feulement on ne peut lui reprocher aucun écrit équivoque, mais que, s'il en avait fait dans fa jeuneffe, il les défavouerait, comme St *Auguftin* s'eft rétracté. Il ne fe départira pas plus de ces principes que du culte de latrie qu'il vous a voué. *V.*

## LETTRE CLV.

## AU MÊME.

17 de janvier.

JE vous envoie, mes divins anges, le confentement plein de refpect et de reconnaiffance que les citoyens de Genève, au nombre de mille, ont donné à la réquifition que le petit confeil a faite de la médiation. Je leur ai confeillé cette démarche qui m'a paru fage et honnête, et vous verrez que je les ai engagés encore à faire fentir qu'ils font prêts à écouter les témpéramens que le confeil pourrait leur propofer ; mais j'aurais voulu qu'ils euffent propofé eux-mêmes des voies de conciliation. Quoi qu'il en foit, on a bien trompé la cour, quand on lui a dit que tout était en feu dans Genève. Je vous répète encore qu'il n'y a jamais eu de divifion plus tranquille. C'eft même moins une divifion qu'une différence paifible de fentimens dans l'explication des lois. Quoique j'aye remis à M. *Hénin* la confultation de vos avocats, quoiqu'il ne m'appartienne en aucune manière de vouloir entrer le moins du monde dans les fonctions de fon miniftère ; cependant, comme depuis plus de trois mois je me fuis appliqué à jouer un rôle tout contraire à celui de *Jean-Jacques*, j'ai continué à donner mes avis à ceux qui font venus me les demander. Ces avis ont toujours eu pour but la concorde. Je n'ai caché au confeil aucune de mes démarches, et le confeil même m'en remercia par la bouche d'un

—— confeiller du nom de *Tronchin*, la veille de l'arrivée
1766. de M. *Hénin*.

En un mot, tout eft et fera tranquille, je vous
en réponds. Je vous prie de l'affurer à M. le duc de
*Praflin*. La médiation ne fervira qu'à expliquer les
lois.

Je redouble mes vœux de jour en jour pour que
vous foyez le médiateur ; M. *Hénin* le défire comme
moi, et vous n'en doutez pas. Je fais que M. le
cómte d'*Harcourt* eft fur les lieux, je fais qu'il a un
mérite digne de fa naiffance ; mais M. le duc de
*Praflin* fait auffi que ce n'eft pas le mérite qu'il faut
pour concilier des lois qui femblent fe contredire,
pour en changer d'autres qui paraiffent peu convena-
bles, et pour affurer la liberté des citoyens, fans
offenfer en rien l'autorité des magiftrats.

Je ne cefferai de vous dire que ce doit être là
votre ouvrage, et je me livre dans cette efpérance à
des idées fi flatteufes, que je ne fais pas comment
je pourrais fupporter le refus. Venez, mes chers
anges, je vous en conjure.

Il faut vous dire encore un petit mot de ces lettres
qui ont amufé tous les honnêtes gens, et jufqu'à des
prêtres. Elles ne font ni ne feront jamais de moi,
elles n'en peuvent être. Je vous renvoie à la lettre
que je vous ai écrite fous l'enveloppe de M. le duc
de *Praflin*. Je ne puis pas répondre que la fréronaille
ne me calomnie quelquefois, mais je vous réponds
bien que j'aurai toujours un bouclier contre fes
armes ; l'impofture peut m'accufer, mais jamais me
confondre. Je ferais beau bruit, fi on s'avifait de
s'en prendre à un homme de foixante et douze ans,

à qui toute sa petite province rend témoignage de sa
conduite chrétienne, de ses bons sentimens et de
ses bonnes œuvres, et qui, de plus, est sous les ailes
de ses anges. En vérité, je fais trop de bien pour
qu'on me fasse du mal.

1766.

Respect et tendresse. *V.*

# LETTRE CLVI.

## AU MEME.

20 de janvier.

VOILA donc qui est fait; j'aurai la douleur de
mourir sans vous avoir vus; vous me privez, mes
cruels anges, de la plus grande consolation que
j'aurais pu recevoir. Je ne vous alléguerai plus de
raisons, vous n'entendrez de moi que des regrets et
des gémissemens. Quel que soit le ministre médiateur que M. le duc de *Praslin* nous envoie, il sera
reçu avec respect, et il dictera des lois. Si je pouvais espérer quelques années de vie, je m'intéresserais
beaucoup au sort de Genève. Une partie de mon bien
est dans cette ville, les terres que je possède touchent
son territoire, et j'ai des vassaux sur son territoire
même.

Il est d'ailleurs bien à désirer qu'un arrangement,
projeté avec les fermes générales, réussisse, qu'on
transporte ailleurs les barrières et les commis qui
rendent ce petit pays de Genève ennemi du nôtre;
qu'on favorise les Génevois dans notre province,
autant que le roi de Sardaigne les a vexés en Savoie;

qu'ils puiffent acquérir chez nous des domaines, en payant un droit annuel équivalent à la taille, ou même plus fort, fans avoir le nom humiliant de la taille. Le roi y gagnerait des fujets ; le prodigieux argent que les Génevois ont gagné fur nous refluerait en France en partie ; nos terres vaudraient le double de ce qu'elles valent. Je me flatte que M. le duc de *Praflin* voudra bien concourir à un deffein fi avantageux. Je ne me repentirais pas alors de m'être prefque ruiné à bâtir un château dans ces déferts.

Je ne faurais finir fans vous dire encore que je n'ai aucune part aux plaifanteries de M. *Beaudinet*, et de M. *Montmolin*. Soyez fûr d'ailleurs que, s'il y a encore des cuiftres du feizième fiècle dans ce pays-ci, il y a beaucoup de gens du fiècle préfent ; ils ont l'efprit jufte, profond, et quelquefois très-délicat.

Il n'y a point à préfent de pays où l'on fe moque plus ouvertement de *Calvin* que chez les calviniftes, et où l'efprit philofophique ait fait des progrès plus prompts ; jugez-en par ce qui vient de fe paffer à Genève. Un peuple tout entier s'eft élevé contre fes magiftrats, parce qu'ils avaient condamné le *Vicaire favoyard;* il n'y a point de pareil exemple dans l'hiftoire, depuis 1766 ans.

Ceux qui ont eu part au Dictionnaire philofophique font publiquement connus. Je fais bien qu'on a inféré dans ce livre plufieurs paffages qu'on a pris dans mes œuvres ; mais je ne dois pas être plus refponfable de cette compilation dont on a fait cinq éditions, que de tout autre livre où je ferais cité quelquefois. Si on avait l'injuftice barbare de me perfécuter pour des livres que je n'ai point faits et que je défavoue

hautement

hautement, vous favez que je partirais demain, et que j'abandonnerais une terre dont j'ai banni la pauvreté, et une famille qui ne fubfifte que par moi feul. Vous favez qu'il m'importe bien peu que les vers du pays de Gex ou d'un autre faffent de mauvais repas de ma maigre figure. Les dévots font bien méchans ; mais j'efpère qu'ils ne feront pas affez heureux pour m'arracher à la protection de M. le duc de *Praflin*, et pour infulter à ma vieilleffe.

Les tracafferies de Genève font devenues extrêmement plaifantes. M. *Hénin*, qui en rit comme un homme de bonne compagnie qu'il eft, en aura fait rire fans doute M. le duc de *Praflin ;* on fe fait des niches de part et d'autre avec toute la circonfpection et toute la politeffe poffible. Ce n'eft pas comme en Pologne, où l'on tire un fabre rouillé à chaque argument de l'adverfe partie. Ce n'eft pas comme dans le canton de Shwitz, où l'on fe donne cent coups de bâtons pour donner plus de poids à fon avis. On commence à plaifanter à Genève; on dit que les fyndics ufent du droit négatif avec leurs femmes, attendu qu'ils n'en ont point d'autre. Le monde fe déniaife furieufement, et les cuiftres du feizième fiècle n'ont pas beau jeu.

L'ex-jéfuite vous enverra fes guenillons à Pâques ; il eft malade par le froid horrible qu'il fait en Sibérie. Nous nous mettons, lui et moi, fous les ailes de nos anges.

# LETTRE CLVII.

## A M. DAMILAVILLE.

20 de janvier.

MON cher frère, je souhaite la bonne année à madame *Calas* par le petit billet que je vous adresse, et vous la lui donnerez par l'estampe que vous lui destinez.

Je peux donc me flatter de voir le mémoire de *Sirven*. Le véritable *Elie* n'obtiendra peut-être pas un arrêt d'attribution, mais il obtiendra un arrêt d'approbation au tribunal du public. Il sera regardé comme le protecteur de l'innocence ; et, tant qu'il sera au barreau, il sera le refuge des opprimés.

*Platon* était peut-être le seul homme capable de faire l'*Histoire de la philosophie*. Quand il sera aux deux premiers siècles de notre ère vulgaire, un autre serait embarrassé, et c'est où il triomphera.

Quelle horreur de persécuter les philosophes ! Les Romains, plus sages que vous, n'ont pas persécuté *Lucrèce*. Jamais personne n'a parlé plus hardiment que *Cicéron*, et il a été consul ; mais il n'avait pas affaire à des Velches. Il convient à des Velches que *Fréron* s'enivre à Paris, et que je meure au pied des Alpes.

Les tracasseries de Genève continuent, mais elles font à pouffer de rire. Les deux partis se jouent tous les tours imaginables, avec toute la discrétion possible. Les médiateurs seront bien étonnés quand ils

verront qu'on les fait venir pour une querelle de
ménage, dont il eſt difficile de trouver le fondement ;
c'eſt faire deſcendre *Jupiter* du ciel pour arranger
une fourmilière. Le plaiſant de l'affaire, c'eſt que
l'origine de toute cette belle querelle eſt que la ville
de *Calvin*, où l'on brûla autrefois *Servet*, a trouvé
mauvais qu'on ait brûlé le *Vicaire ſavoyard*. Il me
ſemble que les Pariſiens n'ont rien dit, quand on a
brûlé le poëme de *la loi naturelle*.

Les comédiens ont-ils donné quelque choſe de
nouveau à la rentrée ? comment vous portez-vous ?
Je n'en peux plus ; je me réſigne, et je vous aime.
*Ecr. l'inf.*

# LETTRE CLVIII.

## A MADAME

## LA MARQUISE DE FLORIAN, *à Paris.*

22 de janvier.

J'AI fini avec regret l'*Hiſtoire de Ferdinand et d'Iſabelle.*
Elle m'a fait un très-grand plaiſir, et je ne doute
pas qu'elle n'ait beaucoup de ſuccès auprès de tous
ceux qui préfèrent les choſes utiles et vraies aux
romaneſques. Je fais mon compliment à l'auteur,
et je m'énorgueillis de lui appartenir de ſi près. Si
*Iſabelle* revenait au monde, elle lui donnerait au
moins un canonicat de Tolède ; mais ſi la petite
*Geneviève* de Nanterre revenait, elle me traiterait

S 2

—— fort mal. Dès que j'eus fait ces maudits vers (*),
M. *Dupuits* et père *Adam* les portèrent à Genève sans
m'en rien dire ; ils furent imprimés sur le champ
dans la ville de *Calvin ;* ils l'ont été dans le quartier
de *Geneviève* à Paris ; et me voilà brouillé avec la
sainte, avec tous les génovéfains, avec M. *Souflot*,
et peut-être avec les dévots de la cour ; mais c'est
ma destinée. J'avais pourtant bonne intention. Je me
suis laissé trop entraîner à mon zèle pour *Henri IV.*
Il n'y a d'autre remède à cela que de faire pénitence,
et de réciter l'oraison de sainte *Geneviève* pendant
neuf jours.

Je ne me mêle en aucune façon du recueil qu'on
fait à Lausane des pièces concernant les *Calas.* Je
n'aime point le titre d'*Assassinat juridique* , parce qu'un
titre doit être simple, et non pas un bon mot. Il est
très-vrai que la mort de *Calas* est un assassinat affreux,
commis en cérémonie ; mais il faut se contenter de
le faire sentir sans le dire.

Le père *Corneille* est venu voir sa fille. Je ne crois
pas qu'à eux deux ils viennent à bout de faire une
tragédie ; mais le père est un bon homme, et la fille
une bonne enfant.

Il n'y a point de trouble à Genève, comme on se
tue de le dire ; il n'y a que des tracasseries, des
misères, des pauvretés auxquelles les médiateurs
mettront ordre dans quatre jours.

Le docteur *Tronchin* doit être parti aujourd'hui,
suivi de quelques-uns de ses malades qui le mènent
en triomphe. J'espère que M. et madame de *Florian*

(*) Epître à *Henri IV*, volume d'Epîtres.

le verront dans fa gloire, et qu'ils me maintiendront
dans fon amitié.

J'embraffe tendrement nièce, neveu et petits-
neveux.

# LETTRE CLIX.

## A M. LE COMTE D'ARGENTAL.

24 de janvier.

Je vous avoue, mon divin ange, et à vous auffi,
ma divine ange, que je trouve vos raifons pour ne
pas venir à Genève extrêmement mauvaifes. Je penferai toujours qu'un confeiller d'honneur du parlement de Paris peut très-bien figurer avec un grand
tréforier du pays de Vaud. Je penferai qu'un miniftre
plénipotentiaire d'un petit-fils du roi de France eft
fort au-deffus de tous les plénipotentiaires de Zurich
et de Berne. Je penferai que l'incompatibilité du
miniftère de Parme avec celui de France eft nulle,
et qu'on a donné des lettres de compatibilité en mille
occafions moins importantes. Enfin, je croirai toujours que ce voyage ne ferait pas inutile auprès de
madame de *Grofley;* mais vous ne voulez point venir,
il ne me refte que de vous aimer en gémiffant.

On me mande de Paris que le jour de Sainte-
Geneviève, jour auquel fa chapelle autrefois ne défem-
pliffait pas, il ne fe trouva perfonne qui daignât
lui rendre vifite; et que celle qui donne la pluie et
le beau temps gela de froid le jour de fa fête. Je ne

1766.

me souviens plus si je vous ai mandé que M. *Dupuits*
et mon jésuite, qui nous dit la messe, s'en allèrent
malheureusement donner à Genève des copies de
cette guenille ; on l'imprima sur le champ, le tout sans
que j'en susse rien. On l'a imprimée à Paris. *Fréron*
dira que je suis un impie et un mauvais poëte, les
honnêtes gens diront que je suis un bon citoyen.

Vous souvenez-vous d'un certain mandement d'un
archevêque de Novogorod contre la chimère aussi
dangereuse qu'absurde des *deux puissances* ? L'auteur
ne croyait pas si bien dire. Il se trouve en effet que
non-seulement cet archevêque, à la tête du synode
grec, a réprouvé ce système des *deux puissances*, mais
encore qu'il a destitué l'évêque de Rostof qui osait
le soutenir. L'impératrice de Russie m'a écrit huit
grandes pages de sa main, pour me détailler toute
cette aventure. J'ai été prophète sans le savoir, comme
l'étaient tous les anciens prophètes. Voici d'ailleurs
deux lignes bien remarquables de sa lettre : *La tolérance est établie chez nous, elle fait loi de l'Etat, et il
est défendu de persécuter.*

Pourquoi faut-il que ma *Catherine* ne règne pas
dans des climats plus doux, et que la vérité et la
raison nous viennent de la mer glaciale ? Il me semble
que, dans mon dépit de ne vous point voir arriver à
Genève, je m'en irais à Kiovie finir mes jours, si
*Catherine* y était ; mais malheureusement je ne peux
sortir de chez moi ; il y a deux ans que je n'ai fait
le voyage de Genève.

Vous me demandez qui sera mon médecin quand
je n'aurai plus le grand *Tronchin* ? je vous répondrai,
personne ou le premier venu ; cela est absolument

égal à mon âge ; mon mal n'eſt que la faibleſſe avec
laquelle je ſuis né , et que les ans ont augmentée.
*Eſculape* ne guérirait pas ce mal-là ; il faut ſavoir ſe
réſigner aux ordres de la nature.

*Rouſſeau* eſt un grand fou , et un bien méchant
fou , d'avoir voulu faire accroire que j'avais aſſez de
crédit pour le perſécuter , et que j'avais abuſé de ce
prétendu crédit. Il s'eſt imaginé que je devais lui
faire du mal , parce qu'il avait voulu m'en faire , et
peut-être parce qu'il lui était revenu que je trouvais
ſon *Héloïſe* pitoyable , ſon *Contrat ſocial* très-inſocial,
et que je n'eſtimais que ſon *Vicaire ſavoyard* dans
ſon *Emile ;* il n'en faut pas davantage dans un auteur
pour être attaqué d'un violent accès de rage. Le
ſingulier de toute cette affaire-ci , c'eſt que les petits
troubles de Genève n'ont commencé que par l'opinion inſpirée par *Jean-Jacques* au peuple de Genève,
que j'avais engagé le conſeil de Genève à donner un
décret de priſe de corps contre *Jean-Jacques* , et
que la réſolution en avait été priſe chez moi , aux
Délices. Parlez , je vous prie , de cette extravagance
à *Tronchin* , il vous mettra au fait ; il vous fera voir
que *Rouſſeau* eſt non-ſeulement le plus orgueilleux
de tous les écrivains médiocres , mais qu'il eſt le plus
mal-honnête homme.

J'ai été tenté quelquefois d'écrire au conſeil de
Genève pour démentir ſolennellement toutes ces
horreurs , et peut-être je ſuccomberai à cette tenta-
tion; mais j'aime bien mieux la déclaration que me
donnèrent , il y a quelque temps , les ſyndics de la
nobleſſe et du tiers état de notre province , les curés
et les prêtres de mes terres , lorſqu'ils ſurent qu'il y

S 4

avait, je ne fais où, des gens affez malins pour m'accufer de n'être pas bon chrétien. Je conferve précieufement cette pièce authentique, et je m'en fervirai, fi jamais la tolérance n'eft pas établie en France comme en Ruffie.

Adieu, anges cruels, qui ne voulez voir ni les Alpes ni le mont Jura; je ne m'en mets pas moins à l'ombre de vos ailes.

## LETTRE CLX.

### A M. DAMILAVILLE.

25 de janvier.

Mon cher frère, vous fouvenez-vous d'un certain mandement de l'archevêque de Novogorod, que je reçus de Paris, la veille de votre départ? J'en ignore l'auteur, mais furement c'eft un prophète.

Figurez-vous que la lettre de M. le prince de *Gallitzin* en renfermait une de l'impératrice qui daigne m'apprendre qu'en effet l'archevêque de Novogorod a foutenu hautement le vrai fyftême de la puiffance des rois contre la chimère abfurde des *deux puiffances*. Elle me dit qu'un évêque de Roftof, qui avait prêché les *deux puiffances*, a été condamné par le fynode auquel l'archevêque de Novogorod préfidait, qu'on lui a ôté fon évêché, et qu'il a été mis dans un couvent. Faites fur cela vos réflexions, et voyez combien la raifon s'eft perfectionnée dans le Nord.

Notre grand *Tronchin* ne vous apporte rien, parce

que je n'ai rien. Les chiffons dont vous me parlez
ont été bien vîte épuifés. *Bourfier* jure qu'il vous a 1766.
envoyé les numéros 18 et 19. *Fauche* n'envoie point
les ballots; je ne reçois rien, et je meurs d'inanition.

Il pleut tous les jours à Genève de nouvelles brochures; ce font des pièces du procès, qui ne peuvent
être lues que par les plaideurs.

La querelle de *Roufeau* fur les miracles a produit
vingt autres petites querelles, vingt petites feuilles
dont la plupart font allufion à des aventures de
Genève, dont perfonne ne fe foucie. On m'a fait
l'honneur de m'attribuer quelques-unes de ces niai-
feries. Je fuis accoutumé à la calomnie, comme
vous favez.

Je ne faurais finir fans vous parler de S^te *Genevièvc.*
Il eft bon d'avoir des faints, mais il eft encore mieux
de fe réfigner à DIEU. Il eft utile même que le peuple foit perfuadé que la vie et la mort dépendent du
Créateur, et non pas de la fainte de Nanterre. C'eft
le fentiment de tous les théologiens raifonnables et
de tous les honnêtes gens éclairés. *Ecr. l'inf.*

# LETTRE CLXI.

## A M. LE COMTE D'ARGENTAL.

*27 de janvier.*

COMME mes anges m'ont paru avoir envie de lire quelques-unes des lettres de MM. *Covelle* et *Beaudinet*, je vous en envoie une que j'ai retrouvée. Je m'imagine, peut-être mal à propos, qu'elle vous amufera. Je fuis un franc provincial qui croit qu'on peut s'occuper à Paris de ce qui fe paffe dans fon village. Vous ne ferez point furpris que M. *Beaudinet*, qui demeure à Neuchâtel, ait donné quelques louanges adroites à fon fouverain. Vous faurez de plus que ce fouverain lui écrit fouvent, et que M. *Beaudinet*, qui peut-être n'eft pas trop dans les bonnes grâces de la prêtraille, doit fe ménager des retraites et des appuis à tout hafard. Le prince qui lui écrit lui mandait que, depuis quelques années, il s'eft fait une prodigieufe révolution dans les efprits en Allemagne, et que l'on commence même à penfer en Bohème et en Autriche, ce qui ne s'était jamais vu. Les efprits s'éclairent de jour en jour, depuis Mofcou jufqu'en Suiffe.

Vous voyez que la philofophie n'eft pas une chofe fi dangereufe, puifque tant de fouverains la protégent fous main, ou l'accueillent à bras ouverts. Je vous affure qu'on rirait bien, dans l'étendue de deux ou trois mille lieues où notre langue a pénétré, fi on favait qu'il n'eft pas permis de dire en France que fainte *Geneviève* ne fe mêle pas de nos affaires. On

1766.

aurait bien raison alors de penser que les Velches arrivent toujours les derniers. Il faudra bien pourtant qu'ils arrivent à la fin ; car l'opinion gouverne le monde, et les philosophes à la longue gouvernent l'opinion des hommes.

Il est vrai qu'il y a un certain ordre de personnes auxquelles on donne une éducation bien funeste ; il est vrai qu'on combattra la raison autant qu'on a combattu les découvertes de *Newton* et l'inoculation de la petite vérole ; mais, tôt ou tard, il faut que la raison l'emporte. En attendant, mes divins anges, je vous supplie de m'avertir si jamais il passe quelque idée triste dans la tête de certaines personnes qui peuvent faire du mal. Je connais des gens qui ne manqueraient pas de prendre leur parti sur le champ.

J'ai grande impatience que vous entreteniez notre docteur *Tronchin*. Dites-moi donc, je vous en prie, qui vous enverrez à votre place à Genève. Quel qu'il puisse être, DIEU m'est témoin combien je vous regretterai. On dit que c'est M. le chevalier de *Beauteville ;* on ne pouvait, en ne vous nommant pas, faire un meilleur choix ; étant d'ailleurs ambassadeur en Suisse, il est presque sur les lieux, et doit connaître parfaitement le tripot de Genève.

Respect et tendresse. *V.*

# LETTRE CLXII.

## A MADAME

## LA MARQUISE DU DEFFANT.

**27 de janvier.**

Je me jette à vos genoux, Madame. Je vois par votre lettre du 6 de janvier, qui ne m'est parvenue pourtant que le 18, que je vous avais alarmée. Comptez que je serais désespéré de vous causer la plus légère affliction. Vous sentez bien que, dans la situation où je suis, je ne dois donner aucune prise à la calomnie : vous savez qu'elle saisit les choses les plus innocentes pour les empoisonner.

Il y a des gens qui m'envient une retraite au milieu des rochers, qui n'auraient pitié ni de ma vieillesse ni des maux qui l'accablent, et qui me persécute-raient au-delà du tombeau ; mais je suis pleinement rassuré par votre lettre ; et vous avez dû voir, par ma dernière, avec quelle confiance je vous ouvre mon cœur. Ce cœur est plein de vous, il est conti-nuellement sensible à votre état comme à votre mérite, il aime votre imagination et votre candeur, il vous sera attaché tant qu'il battra dans mon faible corps.

Vous et votre ami, vous pouvez avoir été convaincus, par ma dernière lettre, combien je suis éloigné de quelques philosophes modernes qui osent

nier une intelligence suprême, productrice de tous
les mondes. Je ne puis concevoir comment de si
habiles mathématiciens nient un mathématicien
éternel.

Ce n'était pas ainsi que pensaient *Newton* et *Platon*.
Je me suis toujours rangé du parti de ces grands-
hommes. Ils adoraient un Dieu , et détestaient la
superstition.

Je n'ai rien de commun avec les philosophes
modernes que cette horreur pour le fanatisme into-
lérant ; horreur bien raisonnable , et qu'il est utile
d'inspirer au genre-humain pour la sûreté des princes ,
pour la tranquillité des États , et pour le bonheur
des particuliers.

Voilà ce qui m'a lié avec des personnes de mérite,
qui peut-être ont trop d'inflexibilité dans l'esprit,
qui se plient peu aux usages du monde , qui aiment
mieux instruire que plaire , qui veulent se faire
écouter, et qui dédaignent d'écouter ; mais ils rachè-
tent ces défauts par de grandes connaissances et par
de grandes vertus.

J'ai d'ailleurs des raisons particulières d'être attaché
à quelques-uns d'entre eux ; et une ancienne amitié
est toujours respectable.

Mais soyez bien persuadée , Madame , que , de
toutes les amitiés , la vôtre m'est la plus chère. Je
n'envisage point sans une extrême amertume la
nécessité de mourir sans m'être entretenu quelques
jours avec vous ; c'eût été ma plus chère consolation.
Vos lettres y suppléent ; je crois vous entendre quand
je vous lis. Jamais personne n'a eu l'esprit plus vrai
que vous. Votre ame se peint toute entière dans tout

ce qui vous paſſe par la tête : c'eſt la nature elle-même avec un eſprit ſupérieur ; point d'art, point d'envie de ſe faire valoir, nul artifice, nul déguiſement, nulle contrainte : tout ce qui n'eſt pas dans ce caractère me glace et me révolte.

Je vous aime, Madame, parce que j'aime le vrai : en un mot, je ſuis au déſeſpoir de ne point paſſer quelques jours avec vous, avant de rendre ma chétive machine aux quatre élémens.

Vous ne m'avez point mandé ſi vous digérez. Tout le reſte, en vérité, eſt bien peu de choſe.

Faites-vous lire, Madame, le rogaton que je vous envoie, et ne le donnez à perſonne ; car, quelque bon ſerviteur que je ſois d'*Henri IV*, je ne veux pas me brouiller avec ſainte *Geneviève*. *V.*

# LETTRE CLXIII.

## A M. DE CHABANON.

A Ferney, 31 de janvier.

J'A I tardé bien long-temps à vous répondre, Monſieur, mais j'ai dû craindre de ne vous répondre jamais ; j'ai eu une fluxion ſur la poitrine, ſur les yeux et ſur les oreilles ; je ne parlais ni ne voyais. Le premier uſage que je fais de la voix qui m'eſt un peu revenue, eſt de dicter mes ſentimens. Vous ſentez combien je déſire d'avoir l'honneur de vous voir dans ma retraite, tout indigne qu'elle eſt à préſent de votre viſite. Nous ſommes preſque à l'air par un

froid affreux , mais nous trouverons de quoi vous
mettre à couvert et vous chauffer. J'ai peur qu'étant
avec M. et madame de *la Chabalerie*, vous ne vous
empreffiez pas trop de les quitter pour nos déferts.
Madame votre fœur mérite affurément la préférence
fur moi ; mais, quand vous voudrez partager vos
faveurs, j'en aurai toute la reconnaiffance poffible.
Vous me trouverez peut-être encore bien malade ;
mais vous trouverez chez moi tout ce qui refte de la
famille *Corneille*, père , fille et petite-fille ; vous
trouverez madame *Denis*, ma nièce, qui récite des
vers comme vous en faites ; car je vous avertis qu'il
y en a d'extrêmement beaux dans votre Virginie.
Nous raifonnerons de tout cela , quand j'aurai la
force de raifonner; il n'en faut pas pour vous aimer,
cela ne coûte aucun effort. Je vous attends et je vous
recevrai comme je vous écris, fans cérémonie. *V.*

# LETTRE CLXIV.

## A M. ELIE DE BEAUMONT.

Ferney , 1 de février.

JE vous affure, Monfieur, qu'un des beaux jours
de ma vie a été celui où j'ai reçu le mémoire que
vous avez daigné faire pour les *Sirven*. J'étais accablé
de maux, ils ont tous été fufpendus. J'ai envoyé
chercher le bon *Sirven;* je lui ai remis ces belles
armes avec lefquelles vous défendez fon innocence;

il les a baiſées avec tranſport. J'ai peur qu'il n'en efface quelques lignes avec les larmes de douleur et de joie que cet événement lui fait répandre. Je lui ai confié votre mémoire et vos queſtions ; il ſignera, et fera ſigner par ſes filles, la conſultation ; il paraphera toutes les pages, ſes filles les parapheront auſſi ; il rappellera ſa mémoire, autant qu'il pourra, pour répondre aux queſtions que vous daignez lui faire ; vous ſerez obéi en tout comme vous devez l'être. Il cherche actuellement des certificats ; j'ai écrit à Berne pour lui en procurer.

Permettez, Monſieur, que je paye tous les avocats qui voudront recevoir les honoraires de la conſultation. Je n'épargnerai ni dépenſes ni ſoins pour vous ſeconder de loin dans les combats que vous livrez, avec tant de courage, en faveur de l'innocence. C'eſt rendre en effet ſervice à la patrie, que de détruire les ſoupçons de tant de parricides. Les huguenots de France ſont, à la vérité, bien ſots et bien fous ; mais ce ne ſont pas des monſtres.

J'enverrai votre factum à tous les princes d'Allemagne, qui ne ſont pas bigots ; je vous demande en grâce de me laiſſer le ſoin de le faire tenir aux puiſſances du Nord ; j'ai l'ambition de vouloir être la première trompette de votre gloire à Pétersbourg et à Moſcou.

Vous m'avez ordonné de vous dire mon avis ſur quelques petits détails qui appartiennent plus à un académicien qu'à un orateur ; j'ai uſé et peut-être abuſé de cette liberté ; vous ſerez, comme de raiſon, le juge de ces remarques. J'aurai l'honneur de vous les envoyer avec votre original ; mais, en attendant,

il

il faut que je me livre au plaifir de vous dire combien
votre ouvrage m'a paru excellent, pour le fond et 1766.
pour la forme. Cette confultation était bien plus
difficile à faire que celle des *Calas*; le fujet était moins
tragique, l'objet de la requête moins favorable, les
détails moins intéreffans. Vous vous êtes tiré de
toutes ces difficultés par un coup de l'art; vous
avez fu rendre cette caufe celle de la nation et du
roi même. Vos mémoires fur les *Calas* font de beaux
morceaux d'éloquence, celui-ci eft un effort du génie.

Je vois que vous avez envie de rejeter, dans les
notes, quelques preuves et quelques réflexions de
jurifprudence, qui peuvent couper le fil hiftorique
et ralentir l'intérêt. Je vous exhorte à fuivre cette
idée; votre ouvrage fera une belle oraifon de *Cicéron*,
avec des notes de la main de l'auteur.

J'attends *Sirven* avec grande impatience pour
relire votre chef-d'œuvre, et ce ne fera pas fans
enthoufiafme. Si j'avais votre éloquence, je vous
exprimerais tout ce que vous m'avez fait fentir.

## AU MEME.

### Du 3 de février.

LES *Sirven* arrivent dans le moment, avec réponfe
à tout. Je crois ne pouvoir mieux faire que de ne
pas différer à vous envoyer le paquet; je l'adreffe,
par la pofte, à M. *Héron*, premier commis de la chan-
cellerie et des finances, et je vous fais parvenir cette
lettre par mon cher et vertueux ami M. *Damilaville*,

*Correfp. générale.*       Tome VIII.       T

—— afin que, s'il arrive malheur à l'un de ces paquets, l'autre puiffe y remédier.

Je préfente mon refpect à l'illuftre perfonne digne d'être la femme de M. de *Beaumont*. *V.*

## LETTRE CLXV.

### A M. LE COMTE D'ARGENTAL.

4 de février.

Je renvoie à mes divins anges le mémoire de M. de *la Voute* pour les comédiens. Je les fupplie très-humblement de trouver que j'ai raifon, parce que je crois avoir raifon ; mais, s'ils me condamnent, je croirai que j'ai tort. La tournure que vous avez prife eft très-habile. La déclaration du roi fera un bouclier contre la prêtraille. Elle fera enregiftrée ; et quand les cuiftres refuferont la fépulture à un citoyen penfionnaire du roi, on leur lâchera le parlement. Ne vous ai-je pas mandé que ma *Catherine* vient de chaffer les capucins, pour n'avoir pas voulu enterrer un violon français ?

Vous êtes donc de très-bons politiques ; vous auriez donc arrangé les Génevois en vous jouant. On dit M. le chevalier de *Beauteville* malade ; il peut fe donner tout le temps de raffermir fa fanté, rien ne preffe ; il n'y a pas eu une patte de froiffée dans la guerre des rats et des grenouilles. M. *Cromelin* eft un peu ardent ; on aurait dit que le feu était aux quatre coins de Genève. Comptez que les médiateurs fe mettront à pouffer de rire, quand ils verront de

quoi il s'agit. On a trompé monfieur le duc ; on l'a —————
engagé à précipiter fes démarches. Les Zurichois , 1766.
qui n'aiment pas à dépenfer leur argent inutilement ,
commencent à murmurer qu'on les envoye chercher
pour une querelle d'auteur ; car c'eft-là l'unique
fond de la noife. Si je ne m'occupais pas tout entier
de l'affaire des *Sirven*, qui eft plus férieufe , je ferais
un petit *Lutrin* de la querelle de Genève. J'ai vu
l'efquiffe du mémoire d'*Elie de Beaumont* ; je me flatte
qu'il fera un très-grand effet, et que nous obtiendrons
un arrêt d'attribution. Vous nous protégerez , mes
chers anges. Il eft bon d'écrafer deux fois le fanatifme ; c'eft un monftre qui lève toujours la tête.
J'ai dans la mienne de foulever l'Europe pour les
*Sirven* : vous m'aiderez.

Refpect et tendreffe. *V.*

# LETTRE CLXVI.

## A M. JABINEAU DE LA VOUTE.

4 de février.

MONSIEUR,

Vous fentez bien que je fuis partie dans la caufe
que vous défendez fi bien ; je vous dois autant de
remercîmens que d'éloges ; votre mémoire me paraît
convaincant.

Oferais-je vous fupplier feulement de ne point
faire, fans correctif, le trifte aveu que les comédiens
ont été déclarés infames à Rome ?

T 2

Premièrement, je ne vois point de loi expreſſe, permanente, et publiquement reconnue, qui prononce cette infamie. La loi dont les ennemis des arts triomphent, eſt au titre 2 du livre II du digeſte. Cette loi ne fait point partie des lois romaines; ce n'eſt qu'un édit du préteur, et cet édit changeait tous les ans. C'eſt *Ulpier* qui cite cet édit, ſans dire à quelle occaſion il fut promulgué, et dans quelles bornes il était renfermé. *Ulpier* eſt, chez les Romains, ce que ſont, chez les Velches, *Carondas*, *Rebuffe* et autres, qu'on n'a jamais pris pour des légiſlateurs.

2°. Il n'y a aucun juriſconſulte romain, ni aucun auteur qui ait dit qu'on regardât comme infames ceux qui déclamèrent des tragédies, et qui récitèrent des comédies ſur les théâtres conſtruits par les conſuls et par les empereurs. Ne doit-on pas interpréter des édits vagues et obſcurs par des lois claires et reconnues qui les expliquent? Si l'édit, rapporté au livre II du digeſte, parle de l'infamie attachée à ceux qui *in ſcenam prodeunt*, la loi de *Valentin*, qu'on trouve au titre 4 du livre I du code, donne le ſens précis de la loi du préteur, citée au digeſte. Elle dit: *Mimæ, et quæ ludibrio corporis ſui quæſtum faciunt.* &c. Les mimes et celles qui proſtituent leur corps, &c.

Or, certainement, les acteurs qui repréſentaient les pièces de *Térence*, de *Varus*, de *Sénèque*, n'étaient ni des mimes, ni des danſeuſes de corde qui recevaient des ſoufflets ſur le théâtre pour de l'argent, comme *Théodore*, femme de *Juſtinien*, qui fit ce beau métier avant que d'être impératrice.

3°. La loi du même code, au titre *de lenonibus* (des maquereaux et maquerelles), défend de forcer une

femme libre, et même une fervante, à monter fur la
fcène. Mais fur quelle fcène? et puis, n'eft-il pas également défendu de forcer une femme à fe faire religieufe?

4°. L'article *Mathematicos* déclare les mathématiciens infames, et les chaffe de la ville. Cela prouve-t-il
que l'académie des fciences eft déclarée infame par
les lois romaines ? Il eft évident que, par le terme
*mathematicos*, les Romains n'entendaient pas nos
géomètres, et que, par celui de mimes, ils n'entendaient pas nos acteurs. La chofe eft fi évidente que,
par la loi de *Théodofe*, d'*Arcadius* et d'*Honorius* : *Si
quis in publicis porticibus* (livre II, titre 36), il n'eft
défendu qu'aux *pantomimes et aux vils hiftrions d'afficher leurs images dans les lieux où font les images des
empereurs*. La fource de la méprife vient donc de ce
que nous avons confondu les bateleurs avec ceux
qui fefaient profeffion de l'art auffi utile qu'honnête
de repréfenter les tragédies et les comédies.

5°. Loin que cet art, fi différent de celui des
hiftrions et des mimes, fût mis au rang des chofes
déshonnêtes, il fut compté prefque toujours parmi
les cérémonies facrées. *Plutarque* eft bien éloigné de
rapporter l'origine de la tragédie à la fable vulgaire
que *Thefpis*, au temps des vendanges, promenait,
fur un tombereau, des ivrognes barbouillés de lie,
qui amufaient les payfans par des quolibets. Si les
fpectacles avaient commencé ainfi dans la favante
Gréce, il eft indubitable qu'on aurait eu d'abord
des farces avant que d'avoir des poëmes tragiques ;
ce fut tout le contraire. Les premières pièces de
théâtre, chez les Grecs, furent des tragédies dans
lefquelles on chantait les louanges des dieux : la

T 3

——— moitié de la pièce était compofée d'hymnes. *Plutarque* nous apprend que cette inftitution vient de *Minos ;* ce fut un légiflateur, un pontife, un roi qui inventa la tragédie en l'honneur des dieux. Elle fut toujours regardée dans Athènes comme une folennité fainte : l'argent employé à ces cérémonies était auffi facré que celui des temples. *Montefquieu,* qui fe trompe prefque à chaque page, regarde comme une folie, chez les Athéniens, de n'avoir pas détourné, pour la guerre du Péloponèfe, l'argent deftiné pour le théâtre ; mais c'eft que ce tréfor était confacré aux dieux. On craignait de commettre un facrilége ; et il fallut toute l'éloquence de *Démofthène* (dans fa feconde *Olynthienne*) pour éluder une loi qui tenait de fi près à la religion. Puifque le théâtre tragique était faint chez les Grecs, on voit bien que la profeffion d'acteur était honorable. Les auteurs étaient acteurs quand ils en avaient le talent. *Efchine,* magiftrat d'Athènes, fut auteur ; *Paulus* fut envoyé en ambaffade.

Ce fpectacle était fi religieux que, dans la première guerre punique, les Romains l'établirent pour conjurer les dieux de faire ceffer le fléau de la contagion. Jamais il n'y eut à Rome de théâtre qui ne fût confacré aux dieux, et qui ne fût rempli de leurs fimulacres.

Il eft très-faux que la profeffion d'acteur fut enfuite abandonnée aux feuls efclaves. Il arriva que les Romains, ayant fubjugué tant de nations, employè-rent les talens de leurs efclaves. Il n'y eut guère chez eux de mathématiciens, de médecins, d'aftro-nomes, de fculpteurs et de peintres que des grecs

1766.

ou des africains pris à la guerre. *Térence*, *Epictète*, furent efclaves. Mais, de ce que les peuples conquis exerçaient leurs talens à Rome, on ne doit pas conclure que les citoyens romains ne puffent fignaler les leurs.

Je ne puis comprendre comment M. *Huern* a pu dire que *Rofcius n'était pas citoyen romain ; que Cicéron, fon orateur adverfe, employa contre lui les lois de la république ; fa naiffance et la vénalité des fpectacles, et que Rofcius n'eut rien de folide à lui oppofer*. Comment peut-on dire tant de fottifes, en fi peu de paróles, *dans l'ordre des lois, dans l'ordre de la fociété, et dans l'ordre de la religion, par le fecours d'une littérature agréable et intéreffante ?* Ce pauvre homme a trop nui à la caufe qu'il voulait défendre. Comment a-t-il pu ignorer que *Cicéron* plaida pour *Rofcius*, au lieu d'être fon avocat adverfe ; qu'il ne s'agiffait point du tout de citoyen romain, mais d'argent ? *Cicéron* dit que *Rofcius* fut toujours très-libéral et très-généreux ; qu'il avait pu gagner trois millions de fefterces, et qu'il ne l'avait pas voulu. Eft-ce-là un efclave ? *Rofcius* était un citoyen qui formait une académie d'acteurs. Plufieurs chevaliers romains exercèrent leurs talens fur le théâtre. Nous avons encore le catalogue des prêtres qui defservaient le temple d'*Augufte* à Lyon ; on y trouve un comédien.

Lorfque le chriftianifme prit le deffus, on s'éleva contre les théâtres confacrés aux dieux. St *Grégoire* de Nazianze leur oppofa des tragédies tirées de l'ancien et du nouveau *Teftament*. Cette mode barbare paffa en Italie ; de-là, nos myftères : et ce terme de *myftère* devint tellement propre aux pièces de théâtre,

T 4

que les premières tragédies profanes que l'on fit dans le jargon velche, furent auffi appelées *myftères*.

Vous verrez d'un coup d'œil, Monfieur, ce qu'il faut adopter ou retrancher de tout ce fatras d'érudition comique.

Mais je vous prie de ne point mettre dans le projet de déclaration : *Voulons et nous plaît que tout gentil-homme et demoifelle puiffe repréfenter fur le théâtre*, &c. ; cette claufe choquerait la nobleffe du royaume. Il femblerait qu'on inviterait les gentilshommes à être comédiens ; une telle déclaration ferait révoltante. Contentons-nous d'indiquer cette permiffion, fans l'exprimer, d'autant plus qu'il n'eft point du tout prouvé que *Floridor* fût gentilhomme. Il fe vantait de l'être, il ne le prouva jamais ; on le favorifa, on ferma les yeux. Ce qui peut d'ailleurs fe dire hifto-riquement, ne peut fe dire quand on fait parler le roi. Il faut tâcher de rendre l'état de comédien honnête, et non pas noble.

Je vous demande pardon, Monfieur, de tout ce que je viens de dicter à la hâte ; vous le rectifierez. J'infifte fur l'infamie prononcée contre les mathéma-ticiens ; cet exemple me paraît décifif. Nos mathé-maticiens, nos comédiens ne font point ceux qui encoururent quelquefois, par les lois romaines, une note d'infamie ; certainement cette infamie qu'on objecte, n'eft qu'une équivoque, une erreur de nom.

Je finis, comme j'ai commencé, par vous remercier et par vous dire combien je vous eftime. Agréez les refpectueux fentimens de votre, &c.

# LETTRE CLXVII.

## A M. LE COMTE D'ARGENTAL.

10 de février.

JE reçus hier, de la main d'un de mes anges, une lettre qui commençait par *Monsieur mon cher cousin*. Comme à moi tant d'honneur n'appartient, je regardai au bas, et je vis qu'elle était adressée à M. le président de *Baral*, à qui je l'envoie.

J'ai soupçonné que, par la même méprise, il aura reçu pour moi une lettre à laquelle il n'aura rien compris, et j'espère qu'il me la renverra.

Je m'imagine que mes anges verront bientôt le mémoire d'*Elie* pour les *Sirven*, et qu'ils le protégeront de toute leur puissance. Cette affaire agite toute mon ame; les tragédies, les comédies, le tripot, ne font plus de rien; j'oublie qu'il y a des tracasseries à Genève; le temps va trop lentement; je voudrais que le mémoire d'*Elie* fût déjà débité, et que toute l'Europe en retentît. Je l'enverrais au mufti et au grand-turc, s'ils savaient le français. Les coups que l'on porte au fanatisme devraient pénétrer d'un bout du monde à l'autre.

Il faut pourtant que je m'apaise un peu, et que je revienne au mémoire de M. de *la Voute*, en faveur du tripot. Je crois qu'il réussira ; mais voudra-t-il bien faire usage de mes remarques ? Je les croirai bien fondées jusqu'à ce que vous m'ayez fait apercevoir du contraire. Il me paraît bien peu convenable que le roi dife , dans une déclaration : *Voulons et nous plaît que tout gentilhomme puiffe être comédien.* Je tiens qu'il faut faire parler le roi plus décemment.

J'ai été bien ébaubi quand je reçus une lettre paftorale du *révérendiffime et illuftriffime évêque et prince de Genève*, munie d'une lettre de M. de *Saint-Florentin* qui demande une collecte pour nos foldats qui font efclaves à Maroc. J'aurais fouhaité une autre tournure ; mais la chofe eft faite. On trouvera peu d'argent dans notre petite province. Ce roi de Maroc eft un terrible homme ; il demande environ huit cents mille francs pour deux cents efclaves : cela eft cher.

Nous fommes toujours en Sibérie ; cela n'accommode pas les gens de mon âge. Je crois que je ferais fort aife d'être à Maroc pendant l'hiver ; Noûs avons toujours ici *Pierre Corneille* ; mais il ne donnera point de tragédie cette année. Nos montagnes de neiges n'ont pas encore permis à M. de *Chabanon* de venir chercher fa Virginie.

Je me mets au bout des ailes de mes anges. *V.*

# LETTRE CLXVIII.

## A M. CONTANT D'ORVILLE.

**A Ferney, 11 de février.**

JE reçus hier, Monfieur, le premier volume du recueil que vous avez bien voulu faire (\*); il était accompagné d'une lettre en date du 24 de décembre dernier. Je me hâte de vous remercier de votre lettre, du recueil, de l'épître dédicatoire à madame la comteffe de *Butturlin*, et de l'avis de l'éditeur. Ce font autant de bienfaits dont je dois fentir tout le prix. Vous m'avez fait voir que j'étais plus ami de la vertu, et même plus théologien que je ne croyais l'être. Il y a bien des chofes que la convenance du fujet et la force de la vérité font dire fans qu'on s'en aperçoive ; elles fe placent d'elles-mêmes fous la main de l'auteur. Vous avez daigné les raffembler, et je fuis tout étonné moi-même de les avoir dites.

Il faut avouer auffi que ceux qui m'ont perfécuté ne doivent pas être moins étonnés que moi. Votre recueil eft un arfenal d'armes défenfives que vous oppofez aux traits des *Frérons* et des lâches ennemis de la raifon et des belles-lettres.

Ma vieilleffe et mes maladies m'avaient fait oublier prefque tous mes ouvrages ; vous m'avez fait renouveler connaiffance avec moi-même. Je me fuis retrouvé d'abord dans tout ce que j'ai dit de DIEU. Ces idées étaient parties de mon cœur fi naturellement, que j'étais bien loin de foupçonner d'y avoir

(\*) Il eft intitulé : *Penfées de Voltaire.*

aucun mérite. Croiriez-vous, Monsieur, qu'il y a eu des gens qui m'ont appelé athée ; c'est appeler *Quesnel* moliniste. Chaque siècle a ses vices dominans ; je crois que la calomnie est celui du nôtre. Cela est si vrai que jamais on n'a dit tant de mal de *Bayle* que depuis une trentaine d'années. L'insolence avec laquelle on a calomnié le *Dictionnaire encyclopédique*, est sans exemple. Le malheureux qui fournit des mémoires contre cet important ouvrage, poussa l'absurdité jusqu'au point de dire que, si on ne découvrait pas le venin dans les articles déjà imprimés, on le trouverait infailliblement dans les articles qui n'étaient pas encore faits. Cela me fait souvenir d'un abbé *Desfontaines*, écrivain de feuilles périodiques, qui, en rendant compte du *Minute-philosopher* du célèbre *Barclai*, évêque de Cloîne, crut, sur le titre, que c'était un livre de plaisanteries contre la religion, et traita le vieil évêque de Cloîne comme un jeune libertin, sans avoir lu son ouvrage.

Ce *Desfontaines* a eu des successeurs encore plus ignorans et plus méchans que lui, qui n'ont cessé de calomnier les véritables gens de lettres. Jamais la philosophie n'a été plus répandue, et jamais cependant elle n'a essuyé de plus cruelles injustices. Ce sont ces injustices mêmes qui augmentent l'obligation que je vous ai.

Je ne sais, Monsieur, si madame de *Butturlin*, à qui vous me dédiez, est sœur de M. le comte de *Voronzof* que j'ai eu l'honneur de voir chez moi, et qui est actuellement ambassadeur à la Haie ; je vous supplie de vouloir bien lui présenter mes respects.

J'ai l'honneur d'être avec la plus sincère reconnaissance, Monsieur, votre, &c.

# LETTRE CLXIX.

## A M. LE COMTE D'ARGENTAL.

A Ferney, 12 de février.

IL eſt vrai, mes anges gardiens, que M. le duc de *Praſlin* ne pouvait faire un meilleur choix que celui de M. le chevalier de *Beauteville*; la convenance y eſt toute entière. Vous ſavez que je ſuis intéreſſé plus que perſonne à tous les arrangemens qu'on peut faire à Genève. J'ai quelque bien dans cette ville, mes terres ſont à ſes portes, beaucoup de génevois ſont dans ma cenſive; je vous ſupplie donc d'obtenir de M. le duc de *Praſlin* qu'il ait la bonté de me recommander à monſieur l'ambaſſadeur.

Quant à l'objet de la médiation, je puis aſſurer qu'il n'y a qu'un ſeul point un peu important; et je crois, avec M. *Hénin*, que la France en peut tirer un avantage auſſi honorable qu'utile. Il s'agit des bornes qu'on doit mettre au droit que les citoyens de Genève réclament, de faire aſſembler le conſeil général, ſoit pour interpréter des lois obſcures, ſoit pour maintenir des lois enfreintes.

Il faut ſavoir ſi le petit conſeil eſt en droit de rejeter, quand il lui plaît, toutes les repréſentations des citoyens ſur ces deux objets; c'eſt ce qu'on appelle le droit négatif.

Vous penſez que ce droit négatif, étant illimité, ſerait inſoutenable; qu'il n'y aurait plus de répu-blique, que le petit conſeil des vingt-cinq ſe trou-verait revêtu d'un pouvoir deſpotique, que tous les autres corps en feraient jaloux, et qu'il en naîtrait infailliblement des troubles interminables ; mais auffi, il ferait également dangereux que le peuple eût le droit de faire convoquer le confeil général felon fes caprices.

Il eft très-vraifemblable que les médiateurs, éclairés et foutenus par M. le duc de *Praflin*, fixeront les cas où le confeil général, qui eft le véritable fouverain de la république, devra s'affembler. J'ofe efpérer que les médiateurs, étant garans de la paix de Genève, demeureront toujours les juges de la néceffité ou de l'inutilité d'affembler le confeil général. L'ambaffadeur de France en Suiffe, étant toujours à portée, et devant avoir naturellement une grande influence fur les opinions de Zurich et de Berne, fe trouvera le chef perpétuel d'un tribunal fuprême qui décidera des petites conteftations de Genève.

Il me femble que c'eft l'idée de M. *Hénin*. Lorfque, dans les occafions importantes, la plus nombreufe partie des citoyens qui ont voix délibérative au confeil général, demanderont qu'il foit affemblé, le confeil des vingt-cinq, joint au confeil des deux cents, fera juge de cette réquifition en premier reffort; monfieur l'ambaffadeur de France, l'envoyé de Berne et le bourgmeftre de Zurich, feront juges en dernier reffort, et ils prononceront fur les mémoires que les deux partis leur enverront.

Si ce règlement a lieu, comme il eft très-vraifemblable, Genève fera toujours fous la protection immédiate du roi, fans rien perdre de fa liberté et de fon indépendance.

On efpère que cette protection pourra s'étendre

jufqu'à faciliter aux Génevois les moyens d'acquérir
des terres dans le pays de Gex. Plus le roi de Sardaigne les molefte vers la frontière de la Savoie, plus
nous profiterions, fur nos frontières, des grâces que
fa·Majefté daignerait leur faire. Le pays produirait
bientôt au roi le double de ce qu'il produit, nos
terres tripleraient de prix, les droits de mouvance
feraient fréquens et confidérables, les Génevois
rendraient infenfiblement à la France une partie des
fommes immenfes qu'ils tirent de nous annuelle-
ment, et ils feraient fous la main du miniftère.

Ce qui empêche jufqu'à préfent les Génevois
d'acquérir dans notre pays, c'eft que non-feulement
on les met à la taille, mais on les charge exceffivement.
M. *Hénin* et M. *Fabry* croient qu'il fera très-aifé
de lever cet obftacle, en impofant, fur les acquifitions que les Génevois pourront faire, une taxe
invariable qui ne les affujettira pas à l'aviliffement
de la taille, et qui produira davantage au roi.

J'ajoute encore que, par cet arrangement, il fera
bien plus aifé d'empêcher la contrebande ; mais cet
objet regarde les fermes générales.

Il ne m'appartient pas de faire des propofitions ;
je me borne à des fouhaits. Vous me direz que je
fuis un peu intéreffé à tout cela, et que Ferney
deviendrait une terre confidérable ; je l'avoue, mais
c'eft une raifon de plus pour que je demande la
protection de M. le duc de *Praflin*, et ce n'eft pas
une raifon pour qu'il me la refufe. Je vous fupplie
donc inftamment, mes divins anges, de lui préfenter
mes idées, mes requêtes et mon très-refpectueux
attachement.

*N. B.* Je ne fais pourquoi les Génevois difent toujours *le roi de France notre allié. Addiſſon* prétend que, quand il paſſa par Monaco, le concierge lui dit : *Louis XIV* et monſeigneur mon maître ont toujours vécu en bonne intelligence, quand la guerre était allumée dans toute l'Europe.

Je me mets à l'ombre de vos ailes. *V.*

## LETTRE CLXX.

### A MADAME

## LA MARQUISE DU DEFFANT.

19 de février.

Il y a un mois, Madame, que j'ai envie de vous écrire tous les jours ; mais je me fuis plongé dans la métaphyſique la plus trifte et la plus épineuſe, et j'ai vu que je n'étais pas digne de vous écrire.

Vous me mandâtes, par votre dernière lettre, que nous étions aſſez d'accord tous deux fur ce qui n'eſt pas ; je me fuis mis à rechercher ce qui eſt. C'eſt une terrible befogne ; mais la curioſité eſt la maladie de l'efprit humain. J'ai du moins la confolation de voir que tous les fabricateurs de fyſtêmes n'en favaient pas plus que moi ; mais ils font tous les importans, et je ne veux pas l'être : j'avoue franchement mon ignorance.

Je trouve d'ailleurs, dans cette recherche, quelque vaine qu'elle puiſſe être, un aſſez grand avantage.

L'étude

L'étude des choses qui sont si fort au-dessus de nous, rendent les intérêts de ce monde bien petits à nos yeux ; et , quand on a le plaisir de se perdre dans l'immensité, on ne se soucie guère de ce qui se passe dans les rues de Paris.

L'étude a cela de bon , qu'elle nous fait vivre tout doucement avec nous-mêmes , qu'elle nous délivre du fardeau de notre oisiveté , et qu'elle nous empêche de courir hors de chez nous pour aller dire et écouter des riens, d'un bout de la ville à l'autre. Ainsi, au milieu de quatre-vingts lieues de montagnes de neige, assiégé par un très-rude hiver, et mes yeux me refusant le service, j'ai passé tout mon temps à méditer.

Ne méditez-vous pas aussi , Madame ? ne vous vient-il pas aussi quelquefois cent idées sur l'éternité du monde , sur la matière , sur la pensée, sur l'espace, sur l'infini ? Je suis tenté de croire qu'on pense à tout cela quand on n'a plus de passions, et que tout le monde est comme *Matthieu Garo* qui recherche pourquoi les citrouilles ne viennent pas au haut des chênes.

Si vous ne passez pas votre temps à méditer , quand vous êtes seule , je vous envoie un petit imprimé sur quelques sottises de ce monde , lequel m'est tombé entre les mains. Je ne sais s'il vous amusera beaucoup ; cela ne regarde que *Jean-Jacques Rousseau* et des polissons de prêtres calvinistes.

L'auteur est un goguenard de Neuchâtel, et les plaisans de Neuchâtel pourront fort bien vous paraître insipides ; d'ailleurs on ne rit point du ridicule des gens qu'on ne connaît point. Voilà pourquoi M. de

—— *Mazarin* difait qu'il ne fe moquait jamais que de fes parens et de fes amis. Heureufement ce que je vous envoie n'eft pas long; et, s'il vous ennuie, vous pourrez le jeter au feu.

Je vous fouhaite, Madame, une vie longue, un bon eftomac, et toutes les confolations qui peuvent rendre votre état fupportable; j'en fuis toujours pénétré. Je vous prie de dire à M. le préfident *Hénault* que je ne cefferai jamais de l'eftimer de tout mon efprit, et de l'aimer de tout mon cœur. Permettez-moi les mêmes fentimens pour vous, qui ne finiront qu'avec ma vie. *V.*

*P. S.* Je vous plains beaucoup d'avoir perdu M. *Crawford;* je fens bien qu'il était digne de vous entendre. On ne regrette que les gens à qui l'on plaît, excepté en amour, s'entend.

# LETTRE CLXXI.

## A M. DAMILAVILLE.

### 21 de février.

J'AI donc commencé, mon cher ami, par lire *le Vingtième* (*). C'eft l'ouvrage d'un excellent citoyen, et d'un philofophe qui a de grandes vues; je le relirai avec plus d'attention encore. Je fuis un peu fâché, à la première lecture, que l'auteur n'aime pas *J. B. Colbert.*

(*) Les articles *vingtième* et *population*, dans l'*Encyclopédie*, font de M. *Damilaville* qui les attribuait à feu M. *Boulanger.*

Il me semble qu'il ne pardonne pas assez à un ministre qui fut jeté hors de toutes ses mesures par les guerres de *Louis XIV*, et par la magnificence de ce monarque. Il fut obligé de faire pour quatre cents millions d'affaires avec les traitans, immédiatement après avoir signé un arrêt par lequel il était défendu à jamais d'en faire. Il faut songer que le duc de *Sulli* n'avait point de *Louvois* qui le contrariait éternellement. Quoi qu'il en soit, je suis pénétré de la plus haute estime pour feu M. *Boulanger*.

J'ai reçu une lettre charmante de M. de *Beaumont*. Je ferai tout ce qu'il m'ordonne, et je lui écrirai incessamment.

Le bruit a couru dans notre pays de neige que le roi de Prusse était mort; mais cette nouvelle n'est point confirmée. Si elle l'était, son tombeau pourrait bien être comme celui des anciens princes tartares, sur lequel on immolait des hommes : il ne serait pas hors de vraisemblance que, dans quelque temps, la guerre recommençât en Allemagne.

Il me paraît qu'à Paris on ne songe qu'à son plaisir. Cela prouve qu'on a de l'argent; mais il faudra qu'on en ait beaucoup, si les cinquante millions se remplissent.

Je suis bien aise qu'on ait en France un peu de sévérité sur l'entrée des livres étrangers. On en imprime de si pitoyables et de si ridicules, que c'est très-bien fait d'écarter cette vermine; mais *Cramer* est la victime d'une méprise singulière, à l'occasion de cette défense. Il envoyait en Hollande un *Recueil de mélanges littéraires* en trois volumes, dans lequel, sans me consulter, il a fourré quelques ouvrages qu'il a attrapés

V 2

———— de moi, et il envoyait en France des supplémens
1766. de *Corneille* et d'autres œuvres permises. On s'est
trompé, on a adressé les *Mélanges* en France, et le
*Corneille* en Hollande. J'espère que sa bonne foi le
tirera de ce mauvais pas.

## LETTRE CLXXII.

### AU MEME.

26 de février.

JE viens de lire, mon cher ami, un morceau qui
regarde la *population* ; j'en ai été encore plus frappé
que des choses excellentes qui sont dans *le Vingtième*.
C'est bien dommage qu'il y ait si peu de chose de
vous dans une collection si utile au genre-humain.
Je ne connaissais pas tous vos grands talens ; je pensais que vos occupations journalières vous bornaient
à aimer la vérité, et je ne savais pas que vous sussiez
la dire avec tant de force et d'énergie. Vous n'em-
ployez les détails que pour faire sortir le fond que
vous rendez aussi lumineux qu'intéressant. Je veux
bien du mal à la fortune qui vous force d'examiner
des comptes, quand vous voudriez donner tout votre
temps à la philosophie.

Je vous avoue que je n'ai pu m'empêcher de rire
en voyant que vous faites à la Suisse l'honneur de
dire qu'elle est la contrée de l'Europe la plus peuplée.
Les Suisses, au contraire, se plaignent de la dépopula-
tion ; leurs académies donnent pour sujet de leurs
prix d'en trouver la cause et le remède. Ils disent

que c'eſt la France qui eſt le pays de l'Europe le plus peuplé à proportion.

Vous voyez que chacun ſe plaint, et peut-être fort injuſtement. Le dénombrement du canton de Berne ſe monte à 375000 ames ; et, quand toute la Suiſſe fit ſa grande émigration, du temps de *Céſar*, le tout ſe montait à 365000. Mais il y a du plaiſir à ſe plaindre, et il y aura toujours des gens riches qui diront que le temps eſt dur.

Vous ne me dites plus rien de *Bigex*, vous ne me parlez plus de ce que vous me deſtiniez pour le carême. Mandez-moi, je vous en prie, pourquoi vous n'avez pas à Paris ce que j'ai à Neuchâtel. J'oſe me flatter qu'une telle rigueur ne peut pas durer.

Embraſſez pour moi tendrement *Platon* et *Protagoras* ; dites les choſes les plus tendres à M. de *Beaumont*. Ma ſanté eſt toujours fort chancelante ; je n'ai plus d'eſtomac ; il me reſte un cœur qui vous aimera juſqu'au dernier moment. *Ecrl'inf.*

## LETTRE CLXXIII.

### A M. LE DUC DE CHOISEUL.

MON COLONEL, MON PROTECTEUR *MESSALA*,

C'EST pour le coup que je me jette très-ſérieuſement à vos pieds ; ayez la bonté de lire juſqu'au bout.

Je vous dois tout, car c'eſt vous qui avez rendu ma petite terre libre ; c'eſt vous qui avez marié mademoiſelle *Corneille*, et qui avez tiré ſon père de la misère, par les générofités du roi, et les vôtres, et celles de madame la ducheffe de *Grammont*.

C'eft par vous que mon défert horrible a été changé en un féjour riant, que le nombre des habitans eft triplé ainfi que celui des charrues, et que la nature eft changée dans ce coin qui était le rebut de la terre. Après ces bienfaits répandus fur moi, vous favez que je ne vous ai rien demandé que pour des génevois ; car que puis-je demander pour moi-même ? je n'ai que des grâces à vous rendre.

*Jean-Jacques Rouffeau* feul a troublé la paix de Genève et la mienne ; *Jean-Jacques*, le précepteur des rois et des miniftres, qui a imprimé, dans fon *Contrat infocial*, qu'*il n'y a, à la cour de France, que de petits fripons qui obtiennent de petites places par de petites intrigues* ; *Jean-Jacques* qui veut que l'héritier du royaume époufe la fille du bourreau, fi elle eft jolie ; *Jean-Jacques* qui s'imagine follement que j'avais engagé le confeil de Genève à le profcrire ; *Jean-Jacques* qui s'appuya d'un colonel réformé au fervice de Savoie, et penfionnaire d'Angleterre, nommé M. *Pictet*, pour commencer, fur cet unique fondement, la guerre ridicule que Genève fait à coups de plume depuis deux années.

Peut-être les Génevois, honteux d'un fi impertinent fujet de difcorde, n'ont ofé avouer cette turpitude à M. le chevalier de *Beauteville* ; et moi, qui ne peux fortir et qui paffe la moitié de ma vie dans mon lit, et l'autre en robe de chambre, je n'ai pu inftruire monfieur l'ambaffadeur de ces fadaifes, dans le peu de temps qu'il a bien voulu me donner quand il a daigné venir voir ma retraite.

A la mort de M. de *Montpéroux*, toutes les têtes
de Genève étaient dans une fermentation d'autant 1766.
plus grande, qu'il n'y avait en vérité aucun fujet de
querelle. Des animofités, des aigreurs réciproques,
de l'orgueil, de la vanité, de petits droits conteftés,
ont brouillé tous les corps de l'Etat pour jamais.
Quelques perfonnes du confeil, plufieurs principaux
citoyens vinrent me trouver : je leur propofai de
venir tous dîner chez moi fouvent, et de vider leurs
querelles gaiement, le verre à la main. Comme ils
difputaient alors fur des queftions de loi qui font
furvenues, ou plutôt qu'on a fait furvenir, j'envoyai
un mémoire à des avocats de Paris, et je reçus une
confultation fort fage.

M. *Hénin* arriva ; je lui remis la confultation, et
je ne me mêlai plus de rien.

Les natifs de Genève vinrent me trouver, il y a
quelques jours, et me prièrent de leur faire un compliment qu'ils devaient préfenter à meffieurs les médiateurs ; je ne pus ni ne dus refufer cette légère
complaifance à trente perfonnes qui me la deman-
daient en corps : un compliment n'eft pas une affaire
d'Etat. Ils revinrent après me communiquer une
requête qu'ils voulaient donner à meffieurs les plénipotentiaires ; je leur recommandai de ne choquer
ni leurs fupérieurs ni leurs égaux. Je n'ai eu aucune
autre part aux divifions qui agitent la petite fourmilière. Je demeure à deux lieues de Genève ; j'achève
mes jours dans la plus profonde retraite. Il ne
m'appartient pas de dire mon avis, quand des
plénipotentiaires doivent décider.

Soyez donc très-perfuadé, mon protecteur, qu'à

mon âge je ne cherche à entrer dans aucune affaire, et furtout dans les tracafferies génevoifes.

Mais je dois vous dire que, mes petites terres étant enclavées en partie dans leur petit territoire, ayant continuellement des droits de cenfive, et de chaffe, et de dixième à difcuter avec eux, ayant du bien dans la ville, et même un bien inaliénable, j'ai plus d'intérêt que perfonne à voir la fourmilière tranquille et heureufe. Je fuis sûr qu'elle ne le fera jamais que quand vous daignerez être fon protecteur principal, et qu'elle recevra des lois de votre médiation permanente. Je vous conjure feulement de vouloir bien avoir la bonté de recommander à M. de *Beauteville* votre décrépite marmotte qui vous adorera du culte d'hyperdulie, tant que le peu qu'il a de corps fera conduit par le peu qu'il a d'ame.

Monfeigneur fait-il ce que c'eft que le culte d'hyperdulie? pour moi, il y a foixante ans que je cherche ce que c'eft qu'une ame, et je n'en fais encore rien. *V.*

Ah! fi j'ofais, je vous fupplierais d'engager M. de *Beauteville* à demeurer, en vertu de la garantie, le maître de juger toutes les conteftations qui s'élèveront toujours à Genève. Vous feriez en droit d'envoyer un jour, à l'amiable, une bonne garnifon pour maintenir la paix, et de faire de Genève, à l'amiable, une bonne place d'armes, quand vous aurez la guerre en Italie. Genève dépendrait de vous, à l'amiable; mais....

## LETTRE CLXXIV.

## Á M. JABINEAU DE LA VOUTE.

A Ferney, 1 de mars.

JE vous conjure, Monfieur, de n'avoir pas tant raifon ; je vous demande en grâce de ne point fournir des armes à nos adverfaires. Songeons d'abord qu'il eft très-certain que la comédie fut inftituée comme un acte de religion à Rome ; que ce fut une fête pour apaifer les dieux dans une contagion ; que ni *Rofcius* ni *Aefopus* ne furent infames. La profeffion d'un acteur n'était pas celle d'un chevalier romain; mais la différence eft grande entre l'infamie et l'indécence.

Permettez-moi de diftinguer encore entre les comédiens et les mimes. Ces *mimes* étaient des bateleurs, des *Arlequins*. *Apulée*, dans fon *Apologie*, diftingue l'acteur comique, l'acteur tragique et le mime ; ce dernier n'avait ni brodequin ni cothurne ; il fe barbouillait le vifage, *fuligine faciem obductus ;* il paraiffait pieds nuds, *planipes*. Ce métier était méprifable et méprifé : *Corpore ridetur ipfo* , dit *Cicéron* , *De oratore*.

Ne pourriez-vous donc pas abandonner aux mimes l'infamie, en donnant aux autres acteurs une place honnête ? ne pouvez-vous pas tirer un grand parti, Monfieur, du titre *Mathematicos* ? On déclare les mathématiciens infames fous les empereurs romains, mais on n'entend pas les mathématiciens véritables ;

on n'entend que les aftrologues et les devins. Ainfi, par ceux qui montaient fur le théâtre, et qu'on diffame, tâchons d'entendre lés mimes, et non pas ceux qui repréfentaient la Médée d'*Ovide*. Enfin, nous fommes accufés, ne nous accufons pas nous-mêmes.

Pourriez-vous, Monfieur, faire quelque ufage des honneurs que reçut à Lyon le célèbre *Andréini* qui fut enterré avec beaucoup de pompe ? Pardonnez, Monfieur, à un pauvre plaideur dont vous êtes le patron, fa délicateffe fur la caufe que vous daignez défendre ; il eft bien jufte que je prenne vivement le parti de ceux qui ont fait valoir mes faibles ouvrages.

J'ajoute encore qu'aujourd'hui, en Italie, il y a beaucoup plus d'académiciens que de comédiens qui repréfentent des pièces de théâtre ; les tragédies furtout ne font jouées que par des académiciens. Enfin, je foumets toutes mes idées aux vôtres, et je vous réitère mes remercîmens, ainfi que les fentimens de la plus vive eftime. Vous allez devenir le vrai protecteur de l'art que je regarde comme le premier des beaux arts, et auquel j'ai confacré une partie de ma vie. Soyez bien perfuadé, Monfieur, de la tendre et refpectueufe reconnaiffance de votre &c. &c.

# LETTRE CLXXV.

## A M. LE COMTE D'ARGENTAL.

2 de mars.

JE fais aussi des quiproquo, mes anges. J'ai écrit une seconde lettre à M. *Jabineau* pour le conjurer de ne point tant révéler la turpitude des empereurs chrétiens qui attachèrent de l'infamie à des choses estimables. J'ai tâché de faire voir qu'il y a une grande différence entre les mimes et les acteurs honnêtes ; et , fi cette différence n'est pas affez marquée , j'ai prié monfieur *Jabineau* de ne pas inviter lui-même le confeil à s'en apercevoir. Je lui ai dit que ce n'était pas à nous de montrer le faible de notre caufe. Je comptais vous envoyer cette lettre pour vous prier de l'appuyer ; mais il est arrivé qu'on a adreffé cette lettre à M. *Gaillard*, auteur de l'*Hifloire de François I*. Il fera bien étonné qu'au lieu de le remercier de fon *Hifloire*, je lui cite le code et le digefte.

Me permettrez-vous , mes généreux anges , de vous adreffer ma lettre pour M. *Gaillard* qui demeure rue du Cimetière Saint-André-des-Arts. Je tâche , dans cette lettre , de réparer la méprife , et je le prie de renvoyer à M. *Jabineau de la Voute* celle qui appartient à ce patron de l'académie dramatique.

Vous m'avez fait bien du plaifir en m'apprenant que M. le duc de *Praflin* ne défapprouvait pas mes petits projets. J'ai le bonheur de me trouver en tout du même fentiment que M. *Hénin*.

La différence des religions ne mettra jamais d'obftacles aux acquifitions des Génevois en France, et n'y en a jamais mis; c'eft ce que je vous prie inftamment de dire à M. le duc de *Praflin*. Les Génevois ne font point aubains en France; ils jouiffent de tous les priviléges des Suiffes. Il n'y a pas long-temps même qu'un parent des *Cramer* voulait acheter la terre de Tourney, et était prêt de s'accommoder avec moi. D'autres ont marchandé des domaines roturiers; et, s'ils n'ont pas conclu le marché, c'eft uniquement parce qu'ils craignent l'humiliation de la taille, et furtout la rigueur de la taille arbitraire.

En général, les Génevois n'aiment point la France, et le moyen de les ramener, ce ferait de leur procurer des établiffemens en France, fuppofé que le miniftère juge que la chofe en vaille la peine.

J'efpère que bientôt M. *Cromelin* fe fera chargé de folliciter la protection de M. le duc de *Praflin* pour le fuccès de ce projet qui fera auffi utile à Genève qu'à mon petit pays. Quant à ce droit négatif qui eft affez obfcur, et que vous entendez fi bien, je penfe toujours qu'il faut que ce droit appartienne à M. le duc de *Praflin* qui, par là, deviendra le protecteur et le véritable maître de Genève; car les Génevois, dans leurs petites difputes éternelles, feront obligés de s'en rapporter aux médiateurs qui feront leurs juges à perpétuité, et qui ne décideront que fuivant les vues du miniftère de France.

Après avoir fait le petit jurifconfulte et le petit politique, il faut parler du tripot. Le jeune ex-jéfuite a toujours de grands remords d'avoir choifi un fujet qui ne déchire pas le cœur, et qui ne prête pas affez

à la pantomime. Plus ce jeune homme se forme, ———
plus il voit combien les chofes font changées. Il
s'aperçoit que la politique n'eft pas faite pour le
théâtre , que le raifonnement ennuie , que le public
veut de grands mouvemens, de belles poftures, des
coups de théâtre incroyables, de grands mots et du
fracas. M. de *Chabanon* m'a fait lire Virginie et
Eponine ; il eft au-deffus de fes ouvrages. Il en veut
faire un troifième ; mais il faut un fujet heureux ,
comme il fallait au cardinal *Mazarin* un général
houroux (*) ; fans cela on ne tient rien.

Refpect et tendreffe. *V.*

## LETTRE CLXXVI.

## A M. DAMILAVILLE.

5 de mars.

La diligence de Lyon, mon cher ami , ne m'ap-
portera donc rien de votre part ; je n'aurai point de
confolation. Le petit livre que vous m'avez envoyé
ne me fuffit pas ; il méritait d'être mieux fait , et
pouvait être très-plaifant. Il fallait commencer par
dire qu'*Adam* avait prêché *Eve* ; et qu'au fortir du
fermon *Eve* le fit cocu avec le diable ; il fallait
continuer fur ce ton, et on ferait mort de rire.

Je crois que vous avez été à la première repréfentation du Guftave de *la Harpe*. Vous favez que

(*) Les Italiens prononcent la diphthongue en *eu* en *ou*.

—— je m'intéresse à ce jeune homme : il n'a que son talent pour ressource ; s'il ne réussit pas , il est perdu.

Est-il vrai que *Protagoras* se marie à mademoiselle de l'*Espinasse* ? Voilà tous les philosophes en ménage, il ne manque plus que vous. Faites-nous des sages, ou faites-nous des livres. Quel dommage que *Platon* n'ait qu'une fille ! s'il avait eu des garçons, ils auraient coupé toutes les têtes de l'hydre dont on n'a rogné que les ongles.

On me dit qu'on a imprimé à Paris la petite comédie d'Henri IV , par *Collé*. Quoique je n'aime point à voir *Henri IV* en comédie, cependant, mon cher ami, envoyez-moi cette bagatelle ; mais surtout *écr. l'inf.*

## LETTRE CLXXVII.

### AU MEME.

12 de mars.

Je viens de relire le *Vingtième* de M. *Boulanger*, mon cher ami, et c'est avec un plaisir nouveau. Il est bien triste qu'un si bon philosophe et un si parfait citoyen nous ait été ravi à la fleur de son âge.

Je ne suis pas assez bon financier pour savoir si l'impôt sur les terres suffirait ; je vois seulement qu'il n'y a aujourd'hui aucun pays dans le monde où les marchandises, et même les commodités de la vie, ne soient taxées. Cela est d'une discussion trop longue pour une lettre, et trop embarrassant pour mes faibles connaissances.

L'article *unitaire* eſt terrible. J'ai bien peur qu'on
ne rende pas juſtice à l'auteur de cet article, et qu'on
ne lui impute d'être trop favorable aux ſociniens :
ce ferait aſſurément une extrême injuſtice, et c'eſt
pour cela que je le crains.

Vous m'avez fait un très-beau préſent en m'envoyant la réponſe du roi au parlement. Il y a long-
temps que je n'ai rien lu de ſi ſage, de ſi noble
et de ſi bien écrit. Les remontrances n'approchent pas
aſſurément de la réponſe. Si le roi n'était pas protecteur de l'académie, il faudrait l'en mettre pour
cet ouvrage.

M. *Marin* m'a fait l'amitié de m'écrire au ſujet de
ces lettres que *Changuion* a imprimées. Il me mande
qu'il ſe conduira, à ſon ordinaire, comme mon ami
et comme un homme qui veut de la décence dans la
littérature.

Voulez-vous bien m'adreſſer, par Lyon, ſix exemplaires de ce petit *Voltaire portatif* : c'eſt un bouclier
contre les flèches des méchans.

*Protagoras* n'eſt point marié. Tant mieux s'il
l'était, parce qu'il ferait des d'*Alembert* ; et tant
mieux s'il ne l'eſt pas, attendu qu'il n'a pas une fortune ſelon ſon mérite.

Je vous embraſſe bien tendrement, mon cher frère.
*Ecr. l'inf.*

Le petit diſcours qu'on prétend mettre à la ſuite
du mémoire pour les *Sirven*, n'eſt qu'une ſortie
contre le fanatiſme, et une exhortation à faire du
bien à cette malheureuſe famille. Cela n'eſt bon que
pour l'étranger.

# LETTRE CLXXVIII.

## A M. LE MARQUIS DE FLORIAN, *à Paris.*

A Ferney, le 12 de mars.

QUATRE perfonnes, Monfieur, fe font empreffées de m'envoyer la réponfe du roi au parlement. Je vous dirai ce que je leur ai mandé : c'eft que le roi eft le meilleur écrivain de fon royaume, que je n'ai rien vu de plus noblement penfé ni de plus noblement écrit, et que, s'il n'était pas protecteur de l'académie, je lui donnerais ma voix pour être l'un des quarante.

Vous ne me dites point quand vous allez à la campagne ; vous ne me parlez point de la tonfure facerdotale de votre ami, qui veut apparemment paffer du confeil au collége des cardinaux. Il n'y a pas d'apparence qu'il ne prétende qu'à être canonifé ; c'eft une envie qui ne prend guère à ceux qui ont tâté des affaires de ce monde : ils font femblant de s'intéreffer fort à l'autre ; mais, dans le fond, ils fe moquent de nous, et on le leur rend bien.

Il me paraît qu'il y a un peu de différence entre *Efculape-Tronchin* et *Harpagon-Aftruc ;* mais ce qui me fâche le plus, c'eft qu'un homme d'efprit tel que votre ami, dont vous me parlez, foit devenu un énergumène. Cela me prouve évidemment qu'il eft très-loin d'avoir l'efprit jufte ; et je crois qu'il a très-mal calculé quand il calculait, comme il raifonne aujourd'hui très-mal. Vous favez fans doute que le livre *De la prédication*, ou contre la prédication, eft

de

de l'abbé *Coyer*. Toute la partie du livre où il fe —————
moque des fermonneurs eft fort bonne, et la partie  1766.
où il veut établir des cenfeurs lui en attirera.

Vous allez donc à la Pentecôte à Ornoi. Il eft bon
que vous fachiez ce que c'eft que la Pentecôte, fuivant S$^t$ *Auguftin*, dans fon fermon 125 : *Quarante
jours figurent évidemment la vie préfente; dix jours, la
vie éternelle. Dix et quarante font cinquante, ce qui fait
l'accompliffement de la loi*. Je ne doute pas que de
pareilles prédications, qui font en très-grand nombre
dans *Auguftin*, n'augmentent beaucoup la dévotion
de votre ami.

Embraffez pour moi ma nièce qui doit bien
plaindre ce pauvre homme.


# LETTRE CLXXIX.

## A MADAME

# LA MARQUISE DU DEFFANT.

#### 12 de mars.

JE fuis enchanté, Madame, de me rencontrer avec
vous ; ce n'eft pas feulement par vanité, c'eft parce
qu'à mon avis lorfque deux perfonnes, qui ont le
fens commun et qui font de bonne foi, penfent de
même fans s'être rien communiqué, il y a à parier
qu'elles ont raifon. Je m'occupais de votre idée
lorfque j'ai reçu votre lettre ; je me prouvais à moi-
même que les notions fur lefquelles les hommes

*Correfp. générale.* Tome VIII. X

—— diffèrent fi prodigieufement, ne font point néceffaires aux hommes, et qu'il eft même impoffible qu'elles nous foient néceffaires, par cette feule raifon qu'elles nous font cachées. Il a été indifpenfable que tous les pères et mères aimaffent leurs enfans, auffi les aiment-ils; il était néceffaire qu'il y eût quelques principes généraux de morale pour que la fociété pût fubfifter, auffi ces principes font-ils les mêmes chez toutes les nations policées. Tout ce qui eft un éternel fujet de difpute, eft d'une inutilité éternelle. Ai-je bien pris votre idée, Madame? Il me femble qu'elle eft confolante; elle détruit toute fuperftition, elle rend l'ame tranquille; ce n'eft pas la tranquillité ftupide d'un efprit qui n'a jamais penfé, c'eft le repos philofophique d'une ame éclairée.

Je ne fuis point du tout étonné que vous aimiez la vie, toute malheureufe qu'elle eft, et que vous n'aimiez point la mort. Prefque tout le monde en eft réduit là; c'eft un inftinct qui était néceffaire au genre-humain. Je fuis perfuadé que les animaux font comme nous.

J'avoue donc avec vous, Madame, que les con-naiffances auxquelles nous ne pouvons atteindre nous font inutiles; mais avouez auffi qu'il y a des recher-ches qui font agréables, elles exercent l'efprit. Les philofophes n'ont pas tant de tort d'examiner fi, par leur feule raifon, ils peuvent concevoir la création, fi l'univers eft éternel, fi la penfée peut être jointe à la matière, comment il y a du mal dans le monde, et vingt autres petites bagatelles de cette efpèce.

Nous fommes tous curieux; il n'y a perfonne qui ne voulût fonder un peu ces profondeurs, fi on ne

craignait pas la fatigue de l'application, et fi on
n'était pas diftrait par les amufemens et les affaires.

Vous êtes précifément dans l'état où l'on fait des
réflexions ; la perte des yeux fert au moins au recueillement de l'ame. Il me vient très-fouvent, entre mes
rideaux, des idées qui s'enfuient au grand jour. Je
mets à profit les temps où mes fluxions fur les yeux
m'empêchent de lire ; je voudrais furtout paffer ces
temps avec vous.

J'ai lu la réponfe du roi au parlement. Je m'imagine que je penfe encore comme vous fur cette pièce ;
elle m'a paru noblement penfée et noblement écrite ;
et, s'il ne s'agiffait que du ftyle, je dirais qu'il eft fort
au-deffus de celui des repréfentations, et furtout de
celui de la plupart de nos auteurs.

Adieu, Madame ; confervez au moins votre fanté ;
c'eft-là une chofe néceffaire à tout âge et à tout état ;
la mienne n'eft pas trop bonne, mais il eft néceffaire
d'avoir patience. De toutes les vérités que je cherche,
celle qui me paraît la plus sûre, c'eft que vous avez
une ame felon mon cœur, à laquelle je ferai très-
tendrement attaché pour le peu de temps qui me
refte.

# LETTRE CLXXX.

## A M. LE COMTE D'ARGENTAL.

19 de mars.

IL faut, pour réjouir mes anges, que je leur conte que le petit ex-jéfuite vint hier chez moi, le vifage tout enflammé,

Et tout rempli du Dieu qui l'agitait, fans doute.

Il m'apporta fon drame, je ne le reconnus pas. Tout était changé, tout était mieux annoncé, chaque chofe me parut à fa place ; et ce qui me paraiffait froid auparavant, me fefait une très-grande impref-fion. Le ftyle m'en parut plus animé, plus pur et plus vigoureux, les tableaux plus vrais ; enfin je crus voir un plus grand intérêt dans tout l'ouvrage. Sa pièce était un peu griffonnée, et fefait beaucoup de peine à mes faibles yeux ; je le priai de m'en lire deux actes. Ce pauvre garçon n'a pas de dents, et moi je fuis un peu aveugle, nous nous aidions comme nous pouvions. Le pauvre ex-jéfuite n'a point de dents, mais il a de l'ame ; et, ayant le cœur fur les lèvres, il arrive que fes lèvres font à peu-près l'effet des dents, et qu'il prononce affez bien. Madame *Denis* fut très-émue. Si on ne l'avait pas avertie, elle aurait cru entendre une pièce nouvelle. Prenez bien garde, difait-elle à ce petit drôle, que tous vos vers foient coulans. — Ah, Madame ! — Qu'ils foient

forts fans être durs. — Eh mais! eft-ce que vous en
avez trouvé de raboteux? — Je ne dis pas cela ; mais
je vous dis que je ne peux fouffrir ni un vers difloqué,
ni un vers faible , ni une penfée inutile , ni rien qui
m'arrête à la lecture : il faut vîte tranfcrire votre
ouvrage , afin que j'en juge à tête repofée. — On le
tranfcrira , Madame ; mais le copifte eft actuellement
malade , il faudra attendre quelque temps. — Tant
mieux , Monfieur , car dans cet intervalle il vient
toujours quelque idée. Je vous répète qu'il faut que
la diction foit parfaite , fans quoi on ne plaît jamais
aux connaiffeurs. Quand votre pièce fera bien finie
et bien copiée , vous l'enverrez à vos anges qui
l'éplucheront encore. — Je vous affure , Madame ,
que je n'y manquerai pas.

Pendant cette converfation , M. de.*Chabanon* , de
fon côté , mettait fon plan au net ; et M. de *la Harpe*
viendra bientôt faire auffi fon plan. Nous attendons
aujourd'hui M. de *Beauteville* avec un autre plan ;
c'eft celui de rendre fages les Génevois. Ce qui eft
bien sûr , c'eft que la pièce finira comme M. le duc
de *Praflin* voudra.

Vous ne me dites rien , mes divins anges , de la
pièce que le roi a jouée au parlement ; elle réuffit beaucoup dans l'Europe.

Je baife le bout de vos ailes plus que jamais. *V.*

X 3

# LETTRE CLXXXI.

## A M. DAMILAVILLE.

19 de mars.

Oн! que j'aime votre philofophie agiffante et bienfefante ! Il y a, dans le difcours de M. de *Caftilhon*,
un bel éloge de cette vraie philofophie qu'il rend
compatible avec la religion, ainfi qu'il le devait faire
dans un difcours public. Le roi de Pruffe mande que,
fur mille hommes, on ne trouve qu'un philofophe;
mais il excepte l'Angleterre. A ce compte, il n'y
aurait guère que deux mille fages en France; mais
ces deux mille, en dix ans, en produifent quarante
mille ; et c'eft à peu-près tout ce qu'il faut; car il eft
à propos que le peuple foit guidé, et non pas qu'il
foit inftruit; il n'eft pas digne de l'être.

J'ai lu Henri IV; je penfe comme vous : mais je
crois que, fi on permettait la repréfentation de ce
petit ouvrage, il ferait joué trois mois de fuite, tant
on aime mon cher *Henri IV;* et je ne vois pas pourquoi on prive le public d'un ouvrage fait pour des
Français.

Voici une petite lettre pour *Laleu*, et une autre
pour *Briaffon* qui me néglige. Mais parlez-moi donc
du *Dictionnaire*. Les foufcripteurs l'ont-ils? maître
*Beaudet* s'oppofe-t-il à la publication ? Les *Beaudets*
ne pafferont pas les trois petits volumes de Mélanges.
Il faudra du temps ; il faudra attendre qu'il y ait
quarante mille fages.

# LETTRE CLXXXII.

## A M. LE COMTE D'ARGENTAL.

### 24 de mars.

Je crois, mes anges, que voici le dernier effort du pauvre petit diable d'ex-jésuite. Vous serez peut-être étonnés de trouver des numéros en marge, comme s'il s'agissait d'une reddition de comptes ; mais ces numéros indiquent des notes qu'on prétend mettre à la fin de la pièce. Ces notes sont pour la plupart purement historiques, et serviront à faire connaître les héros ou les monstres de ce temps-là. Il y a une préface curieuse ; on vous enverra le tout, avec les noms des personnages, si vous êtes contens de la pièce ; nous attendrons vos ordres.

Vous ne daignez pas me mander des nouvelles du tripot ; vous ne me dites rien de l'ordonnance qui doit déclarer ma livrée honnête ; pas un mot de la clôture du tripot, ni de la rentrée, ni de l'imposante *Clairon*. Je ne vous dirai rien non plus de M. de *Chabanon* ; je ne vous dirai pas que je lui ai donné un sujet que je crois très-intéressant et très-tragique.

Je me mets sous l'ombre de vos ailes, du fond de mes déserts et du milieu de mes neiges. *V.*

LETTRE CLXXXIII.

A M. MARIOTT, *à Londres.*

A Ferney, 28 de mars.

Votre lettre, Monsieur, est comme vos ouvrages, pleine d'esprit et d'imagination. Je ne crois pas que je parvienne jamais à faire établir de mon vivant une tolérance entière en France, mais j'en aurai du moins jeté les premiers fondemens; et il est certain que, depuis quelques années, les esprits sont plus heureusement disposés qu'ils n'étaient. La philosophie humaine commence à l'emporter beaucoup sur la superstition barbare.

A l'égard des princes dont vous me parlez, qui souhaitent tant la population et qui la détruisent par leurs guerres, je voudrais qu'ils fussent condamnés, eux et tous leurs soldats, à engrosser trente ou quarante mille filles avant d'entrer en campagne, et qu'il ne fût jamais permis de tuer personne sans avoir auparavant donné la vie à quelqu'un. Je ne sais rien de plus naturel et de plus juste.

A l'égard de la polygamie, c'est une autre affaire. Votre marchand de volaille était très-estimable d'avoir deux femmes, il devait même en avoir davantage, à l'exemple des coqs de sa basse-cour; mais il n'en est pas de même des autres professions. Votre marchand pondait apparemment sur ses œufs, et tout le monde n'a pas le moyen d'entretenir deux femmes dans sa maison : cela est bon pour le grand-turc, les

rois d'Ifraël et les patriarches ; il n'appartient pas
aux citoyens chrétiens d'en faire autant. Je voudrais
feulement que chacun de nos prêtres en eût une, et
furtout chacun de nos moines, qui paffent pour être
très-capables de rendre à l'Etat de grands fervices.
Il eft plaifant qu'on ait fait une vertu du vice de
chafteté ; et voilà encore une drôle de chafteté que
celle qui mène tout droit les hommes au péché
d'*Onan*, et les filles aux pâles couleurs !

Si vous voyez milord *Chefterfield* et milord *Littleton*,
je vous prie, Monfieur, de vouloir bien leur préfenter mes refpects. J'aurais bien voulu vous écrire
quelques mots dans votre langue que j'aimerai toute
ma vie, et pour laquelle vous redoublez mon goût ;
mais je perds la vue, et je fuis obligé de dicter que
je fuis avec l'eftime la plus refpectueufe, Monfieur,
votre, &c.

# LETTRE CLXXXIV.

## A MADEMOISELLE CLAIRON.

Ferney, 30 de mars.

Vous allez être un peu furprife, Mademoifelle ;
je vous demande une cure. Vous allez croire que
c'eft la cure de quelque malade pour qui je vous
prierais de parler à M. *Tronchin*, ou la cure de quelque
efprit faible que je recommanderais à votre philofophie, ou la cure de quelque pauvre amant à qui
vos talens et vos grâces auraient tourné la tête : rien
de tout cela ; c'eft une cure de paroiffe. Un drôle de

—— corps de prêtre du pays d'*Henri IV*, nommé *Doleac*, demeurant à Paris, fur la paroiffe Sainte-Marguerite, meurt d'envie d'être curé du village de Cazau. M. de *Villepinte* donne ce bénéfice. Le prêtre a cru que j'avais du crédit auprès de vous, et que vous en aviez bien davantage auprès de M. de *Villepinte;* fi tout cela eft vrai, donnez-vous le plaifir de nommer un curé au pied des Pyrénées, à la requête d'un homme qui vous en prie du pied des Alpes. Souvenez-vous que *Molière*, l'ennemi des médecins, obtint de *Louis XIV* un canonicat pour le fils d'un médecin.

Les curés qui ont pris la liberté de nous excommunier, nous canoniferont quand ils fauront que c'eft vous qui donnez des cures. Je voudrais que vous difpofaffiez de celle de Saint-Sulpice.

Je ne fais pas quand vous remonterez fur le jubé de votre paroiffe. Vous devriez choifir, pour votre premier rôle, celui de lire au public la déclaration du roi en faveur des beaux arts contre les fots; c'eft à vous qu'il appartient de la lire. (1)

Adieu, Mademoifelle; je vous fupplie de vouloir bien faire fouvenir de moi vos amis, et furtout d'être bien perfuadée qu'il n'y en a aucun de plus fenfible que moi à tous vos différens mérites. Je vous ferai attaché toute ma vie, foit que vous donniez des bénéfices à des prêtres, foit que vous les corrigiez de leur impertinence, foit que vous les méprifiez. *V.*

---

(1) M. de *Voltaire* follicitait vivement une déclaration du roi qui rendît aux comédiens l'état de citoyen, et qui les affranchît de cette excommunication lancée autrefois contre de vils baladins. Il n'eût pas fallu moins, fans doute, pour engager mademoifelle *Clairon* à remonter fur le théâtre. Voyez ci-devant la lettre à M. *Jabineau.*

# LETTRE CLXXXV.

## A M. LE COMTE D'ARGENTAL.

1 d'avril.

JE crois, mes anges, que le petit ex-jéfuite me fera tourner la tête. Il eft au défefpoir d'avoir choifi un fujet qui n'eft pas dans les mœurs préfentes; il dit que ce n'eft pas affez de bien faire, et qu'il faut faire au goût du monde. Prefque tous fes vers me paraiffaient affez bons; mais il n'eft pas encore fatisfait. Il a donné depuis peu quelques coups de pinceau à fon tableau du *Caravage*; il vous fupplie de le lui renvoyer; il jure qu'il vous le rendra bientôt avec une préface d'un de fes amis, et des notes hiftoriques d'un pédant affez inftruit de l'hiftoire romaine. Cela fera un petit volume qui pourra plaire à quelques gens de lettres. Tout cela fera prêt pour le retour de *Rofcius le Kain.*

*Gabriel Cramer* avait commencé, fans m'en rien dire, ce recueil en trois volumes, ce qui n'eft pas trop bien à lui. Et pourquoi charger encore le public de ces trois boiffeaux d'inutilités? il m'avoua enfin ce myftère. Il était tout prêt à imprimer une infinité de rogatons qui ne font pas de moi; il a fallu, pour l'en empêcher, lui donner les fottifes que j'ai pu trouver fous ma main. Voilà l'hiftoire de cette plate édition, à laquelle je ne m'intéreffe en aucune manière.

4766.

J'ai eu l'honneur de recevoir dans mon hermitage celui qui occupe la place que je vous destinais. Je vois bien que cette place devait être remplie par un homme aimable. Il y a deux ans que je ne suis sorti de chez moi ; il y est venu sans façon avec M. de *Taulès* et M. *Hénin ;* il s'est accoutumé à moi tout d'un coup ; il a dîné avec autant d'appétit que si ses cuisiniers avaient fait le repas. C'est, ce me semble, un homme très-simple et très-accommodant ; mais je doute qu'il veuille se charger du droit négatif, qui est le fondement de toutes les querelles de Genève. Au reste, il s'occupe à écouter les deux partis avec l'air de l'impartialité ; ses collègues en font autant, et tous trois sont résolus, si je ne me trompe, à brider un peu le peuple ; mais qui ne faudrait-il pas brider ?

La nouvelle milice excite de grands mécontentemens dans toutes les provinces du royaume. Beaucoup d'artistes et d'ouvriers, des fils de marchands, d'avocats, de procureurs, s'enfuient de tous côtés ; ils vont par bandes dans les pays étrangers. J'ai perdu des artisans qui m'étaient extrêmement nécessaires, et j'en suis fort affligé.

Vous voyez que je réponds, mes divins anges, à tous vos articles ; et, afin de ne laisser rien en arrière, j'ai lu les critiques de mon aîné d'*Olivet* sur *Racine.* Mon aîné est un peu vétillard, mais il faut qu'il y ait de ces gens-là dans notre république des lettres. Mon ex-jésuite est à vos pieds, et moi aussi ; nous attendons tous deux la plus voyageuse des tragédies. *V.*

# LETTRE CLXXXVI.

## A M. D'AMILAVILLE.

1 d'avril.

*LE Philosophe sans le savoir*, mon cher ami, n'est pas à la vérité une pièce faite pour être relue, mais bien pour être rejouée. Jamais pièce, à mon gré, n'a dû favoriser davantage le jeu des acteurs ; et il faut que l'auteur ait une parfaite connaissance de ce qui doit plaire sur le théâtre. Mais on ne relit que les ouvrages remplis de belles tirades, de sentences ingénieuses et vraies, en un mot des choses éloquentes et intéressantes.

Je crois que nous ne nous entendons pas sur l'article du peuple, que vous croyez digne d'être instruit. J'entends, par peuple, la populace qui n'a que ses bras pour vivre. Je doute que cet ordre de citoyens ait jamais le temps ni la capacité de s'instruire ; ils mourraient de faim avant de devenir philosophes. Il me paraît essentiel qu'il y ait des gueux ignorans. Si vous fesiez valoir comme moi une terre, et si vous aviez des charrues, vous seriez bien de mon avis. Ce n'est pas le manœuvre qu'il faut instruire, c'est le bon bourgeois, c'est l'habitant des villes : cette entreprise est assez forte et assez grande.

Il est vrai que *Confucius* a dit qu'il avait connu des gens incapables de science, mais aucun incapable de vertu. Aussi doit-on prêcher la vertu au plus bas

peuple; mais il ne doit pas perdre son temps à examiner qui avait raison de *Nestorius* ou de *Cyrille*,
d'*Eusèbe* ou d'*Athanase*, de *Janfénius* ou de *Molina*,
de *Zuingle* ou d'*Oecolampade*. Et plût à Dieu qu'il n'y
eut jamais eu de bon bourgeois infatué de ces difputes! nous n'aurions jamais eu de guerres de religion, nous n'aurions jamais eu de Saint-Barthelemi.
Toutes les querelles de cette espèce ont commencé
par des gens oisifs et qui étaient à leur aise. Quand
la populace se mêle de raisonner, tout est perdu.

Je suis de l'avis de ceux qui veulent faire de bons
laboureurs des enfans trouvés, au lieu d'en faire des
théologiens. Au reste, il faudrait un livre pour appro-
fondir cette question, et j'ai à peine le temps, mon
cher ami, de vous écrire une petite lettre.

Je vous prie de vouloir bien me faire un plaisir,
c'est d'envoyer l'édition complète de *Cramer* à M. de
*la Harpe*. Ce n'est pas qu'assurément je prétende lui
donner des modèles de tragédie, mais je suis bien
aise de lui montrer quelques petites attentions dans
son malheur.

Je n'ai point reçu le panégyrique fait par monsieur *Thomas*. Surement on fait examiner secrétement
le *Dictionnaire des sciences*, puisqu'il n'est pas encore
délivré aux soufcripteurs. Mais qui sont les exami-
nateurs en état d'en rendre un compte fidelle?
faudrait-il qu'un scrupule mal fondé, ou la malignité d'un pédant fît perdre aux soufcripteurs leur
argent, et aux libraires leurs avances? J'aimerais
autant refuser le payement d'une lettre de change,
sous prétexte qu'on en pourrait abuser.

Voici trois exemplaires que M. *Bourfier* m'a remis

pour vous être envoyés. Il dit que vous ne ferez pas mal d'en adreſſer un au prêtre de Novempopulanie. Vous voyez que la juſtice de D I E U eſt lente , mais elle 'arrive : *Perſequitur pede pœna claudo.* Il y a des gens auxquels il faut apprendre à vivre , et il eſt bon de venger quelquefois la raiſon des injures des maroufles.

Nous avons ici la médiation , et je crois que vous ne vous en ſouciez guère. J'attends toujours quelque choſe de *Fréret.* On dit que ma nièce de *Florian* paſſera ſon temps agréablement à Ornoi : vous irez la voir ; elle eſt bien heureuſe.

Adieu , mon très-cher ami ; je vous embraſſe bien tendrement. *Ecr. l'inf.*

## LETTRE CLXXXVII.

### A M. LE COMTE D'ARGENTAL.

6 d'avril.

J'AI montré au petit apoſtat la lettre de mes anges , et leurs judicieuſes obſervations. En vérité , ce pauvre jeune homme eſt à plaindre. Vos anges voient clair , m'a-t-il dit ; je pourrais diſputer avec eux ſur un ou deux points , mais je ne veux pas ſonger à des coups d'épingle , lorſque je me meurs de la conſomption. Je peux bien promettre à vos anges une cinquantaine de vers bien placés et vigoureux ; je pourrai limer , polir , embellir ; mais comment intéreſſer dans les deux derniers actes ? Les gens outragés qui ſe vengent, n'arrachent point le cœur; c'eft quand on fe venge de ce qu'on adore, qu'on fait des impreffions profondes et qu'on enlève les fuffrages ; deux perfonnes qui manquent à la fois leur coup font encore un mauvais effet : cette dernière réflexion me tue. Ma maifon eft tellement conftruite que je ne peux en ôter ce trifte fondement. Tout ce que je puis faire, c'eft de dorer et de vernir les appartemens , et de les dorer fi bien qu'on pardonne les défauts de l'édifice. Ecrivez donc à vos anges qu'ils aient la bonté de me renvoyer mes cinq chambres , afin que je les dore à fond.

Ayez donc pitié de ce pauvre diable , je vous en prie. Gloire vous foit rendue à jamais , pour avoir réhabilité un art charmant et néceffaire ! On a bien de la peine avec les Velches, mais à la fin on vient à bout d'eux.

Il y a deux exemplaires, à Genève, d'un maudit livre intitulé : *la France détruite par M. le duc de...;* je n'ai pu parvenir à le voir , et je ne crois pas qu'il fe vende à Paris avec privilége. Je me mets au bout des ailes de mes anges , avec mon culte ordinaire.

LETTRE

# LETTRE CLXXXVIII. 1766.

## A M. DAMILAVILLE.

Genève, le 13 d'avril.

Nous avons reçu, Monfieur, votre lettre du 6 d'avril. Nous avons été très-affligés d'apprendre que vous avez été malade. Nous attendons avec impatience le paquet que vous nous annoncez par la diligence de Lyon : cela fera très-important pour nos affaires auxquelles vous daignez vous intéreffer.

Nous avons vu à la campagne M. de *Voltaire* qui vous aime bien tendrement, et qui nous a chargé de vous affurer qu'il vous ferait attaché toute fa vie. Il nous a paru en affez mauvaife fanté, et un peu vieilli.

Nous ne manquerons pas de faire venir de Suiffe le recueil des lettres des fieurs *Covelle* ; *Bcaudinet* et *Montmolin*. En attendant, voici une pièce affez fingulière, et qui eft très-authentique. Nous en avons reçu quelques exemplaires de Neuchâtel, et ils ont été débités fur le champ.

Tous les foufcripteurs pour l'*Encyclopédie* ont reçu leurs volumes dans ce pays. Nous ne concevons pas comment vous n'avez pas les vôtres à Paris. On trouve en général l'ouvrage très-fagement écrit et fort inftructif. Il eft à croire que, fous un gouvernement auffi éclairé que le vôtre, la calomnie et le fanatifme ne priveront pas le public d'un livre fi néceffaire, et qui fait honneur à la France.

On nous mande qu'il y a un arrangement pris entre monfieur le chancelier et M. de *Frefne*, et que celui-ci fera nommé chancelier. Pour nous autres Génevois, foit que M. le duc de *Choifeul* reprenne les affaires étrangères, ou que M. le duc de *Praflin* les garde, nous fommes également reconnaiffans envers le roi, qui daigne vouloir pacifier nos petits différens. C'eft un procès qui fe plaide avec la plus grande tranquillité et la plus grande décence. Tous les citoyens font également contens des médiateurs, et furtout de M. le chevalier de *Beauteville* qui nous écoute tous avec la plus grande affabilité, et avec une patience qui nous fait rougir de nos importunités.

Nous avons pour réfident un homme de lettres très-inftruit, qui aime les arts; il eft dans l'intention de fe fixer parmi nous, car il a fait venir une bibliothéque de plus de fix mille volumes. C'eft un homme qui penfe en vrai philofophe, ami de la paix et de la tolérance, et ennemi de la fuperftition. Le nombre de ceux qui penfent ainfi augmente prodigieufement tous les jours, et dans la Suiffe comme ailleurs. Nous eûmes, il y a quelque temps, un avocat général de Grenoble qui vint voir notre ville; c'eft un jeune homme très-éclairé, et qui a de l'horreur pour la perfécution.

Dans mon dernier voyage à Montpellier nous trouvâmes, mon frère et moi, beaucoup de gens qui penfent auffi fenfément que vous; et nous béniffons DIEU des progrès que fait cette fage philofophie véritablement religieufe, qui ne peut avoir pour ennemis que ceux du genre-humain. Le bas peuple en vaudra certainement mieux, quand les principaux citoyens cultiveront la fageffe et la vertu ; il fera contenu par l'exemple, qui eft la plus belle et la plus forte des vertus.

Il eft bien certain que les pélerinages, les prétendus miracles, les cérémonies fuperftitieufes, ne feront jamais un honnête homme ; l'exemple feul en fait, et c'eft la feule manière d'inftruire l'ignorance des villageois. Ce font donc les principaux citoyens qu'il faut d'abord éclairer.

Il eft certain, par exemple, que, fi à Naples les feigneurs donnaient à DIEU la préférence qu'ils donnent à St Janvier, le peuple, au bout de quelques années, fe foucierait fort peu de la liquéfaction dont il eft aujourd'hui fi avide ; mais fi quelqu'un s'avifait à préfent de vouloir inftruire ce peuple napolitain, il fe ferait lapider. Il faut que la lumière defcende par degrés ; celle du bas peuple fera toujours fort confufe. Ceux qui font occupés à gagner leur vie, ne peuvent l'être d'éclairer leur efprit ; il leur fuffit de l'exemple de leurs fupérieurs.

Adieu, Monfieur ; toute notre famille s'intéreffe bien vivement à votre fanté et à votre bien-être. Nous défirerions pouvoir imprimer quelques-uns de ces beaux ouvrages qu'on fait quelquefois dans votre patrie, pour la perfection des mœurs et de la raifon.

Nous fommes avec les fentimens les plus inalté-rables,

  Monfieur,

    vos très-humbles et très-obéiffans
    ferviteurs,

   *LES FRERES BOURSIER.*

# LETTRE CLXXXIX.

## A MADAME

## LA COMTESSE D'ARGENTAL.

18 d'avril.

JE remercie bien l'une de mes anges de fon aimable
lettre. Je conviens avec elle que la première maxime
de la politique eſt de ſe bien porter. Il eſt certain
que le travail forcé abrège les jours ; mais vous con-
viendrez auſſi, mes anges, que la correſpondance
avec les cabinets de tous les princes de l'Europe, eſt
plus agréable qu'une relation ſuivie avec des char-
pentiers de vaiſſeaux, et avec tous leurs agrès ; ç'eſt
une langue toute nouvelle, et que je ſoupçonne
d'être fort rebutante. Il me ſemble qu'un bénéfice
ſimple de chef du conſeil des finances, avec cinquante
mille livres de rente, eſt beaucoup plus plaiſant. Je
tiens d'ailleurs qu'il n'eſt beau d'être à la tête d'une
marine que quand on a cent vaiſſeaux de lignes, ſans
compter les frégates.

A propos de marine, le *Sextus Pompée* de mon
petit ex-jéſuite était un très-grand marin ; il déſola
quelque temps ces marauds de triumvirs ſur mer.
L'auteur a bien retravaillé, il a radoubé ſon vaiſſeau
tant qu'il a pu ; mais il dit que ſa barque n'arrivera
jamais à Tendre. Ce qui lui plaît actuellement de
cet ouvrage, c'eſt qu'il a fourni des remarques aſſez

curieufes fur l'hiftoire romaine, et fur les temps de 1766.
barbarie et d'horreur que chaque nation a éprouvés.
Le tout pourra faire un volume qui amufera quelques penfeurs; c'eft à quoi il faut fe réduire.

Mademoifelle *Clairon* me mande qu'elle ne rentrera point. On veut s'en tenir à la déclaration de *Louis XIII*. On ne fonge pas, ce me femble, que, du temps de *Louis XIII*, les comédiens n'étaient pas penfionnaires du roi, et qu'il eft contradictoire d'attacher quelque honte à fes domeftiques. Je ne puis blâmer une actrice qui aime mieux renoncer à fon art que de l'exercer avec honte. De mille abfurdités qui m'ont révolté depuis cinquante ans, une des plus monftrueufes, à mon avis, eft de déclarer infames ceux qui récitent de beaux vers par ordre du roi. Pauvre nation, qui n'exifte actuellement dans l'Europe que par les beaux arts, et qui cherche à les déshonorer!

Je vois rarement M. le chevalier de *Beauteville*, tout grand partifan qu'il eft de la comédie; il y a deux ans que je ne fors point de chez moi, et je n'en fortirai que pour aller où eft *Pradon*. Pour le peu que j'ai vu M. de *Beauteville*, il m'a paru beaucoup plus inftruit que ne l'eft d'ordinaire un chevalier de Malte et un militaire. Il a de la fécondité dans la converfation, fimple, naturel, mettant les gens à leur aife; en un mot, il m'a paru fort aimable. M. *Hénin* eft fort fâché de la retraite de M. le duc de *Praflin* et de celle de M. de *Saint-Foix*. M. de *Taulès*, qui a auffi beaucoup d'efprit, ne me paraît fâché de rien.

Vous reverrez bientôt M. de *Chabanon* avec un plan, et ce plan me paraît prodigieufement intéreffant.

—— L'ex-jéfuite dit que, s'il y avait fongé, il lui aurait donné la préférence fur ce maudit Triumvirat qui ne peut être joué que fur le théâtre de l'abbé de *Caveirac*, le jour de la Saint-Barthelemi. Je lui ai propofé de donner les Vêpres ficiliennes pour petite pièce.

Je viens de lire une feconde édition des nouveaux *Mélanges* de *Cramer*. Je me fuis mis à rire à ces mots: *L'ame immortelle a donc fon berceau entre ces deux trous! Vous me dites, Madame, que cette defcription n'eft ni dans le goût de Tibulle, ni dans celui de Quinault; d'accord, ma bonne; mais je ne fuis pas en humeur de te dire ici des galanteries.*

J'ai demandé à *Cramer* quel était l'original qui avait écrit tout cela? Il m'a répondu que c'était un vieux philofophe fort bizarre, qui tantôt avait la nature humaine en horreur, et tantôt badinait avec elle.

Je me mets fous les ailes de mes anges pour le refte de mes jours. Madame *Denis* et moi, nous vous remercions d'avoir lavé la tête à *Pierre*. M. *Dupuits* n'en fait encore rien, parce qu'il eft en Franche-Comté; fa petite femme, qui en fait quelque chofe, eft à vos pieds; elle eft très-avifée.

## LETTRE CXC.

### A M. MARMONTEL.

23 d'avril.

Mon cher confrère, j'attends votre *Lucain*, et j'attendrai votre *Bélifaire* avec plus d'impatience encore, parce qu'il fera entièrement de vous. C'eft un fujet digne de votre plume ; il eft intéreffant ; moral, politique ; il préfente les plus grands tableaux. Si nous étions raifonnables, je vous confeillerais d'en faire une tragédie. Je foutiendrai toujours que vous étiez deftiné à en faire d'excellentes, et que ceux qui vous ont dégoûté font coupables envers la nation.

Vous n'irez donc point en Pologne avec madame *Geoffrin* ? Cependant, quand la reine de Saba alla voir *Salomon*, elle avait affurément un écuyer ; vous feriez un voyage charmant, mais je voudrais que vous paffaffiez par chez nous.

Il eft très-vrai que la raifon perce, même en Italie, et que le Nord commence à corriger le Midi. Les progrès font lents, mais enfin les nuages fe diffipent infenfiblement de tous côtés ; les rois et les peuples s'en trouveront mieux ; les prêtres même y gagneront plus qu'ils ne penfent ; car, étant forcés d'être moins fripons et moins fanatiques, ils feront moins haïs et moins méprifés.

Je viens de lire l'article *Langue hébraïque*, fuivant votre bon confeil ; il eft favant et philofophique.

Y 4

—— L'auteur n'a pas ofé tout dire. Il eft inconteftable
1766. que l'hébreu était anciennement un dialecte de la
langue phénicienne. Les Hébreux appelaient la
Phénicie le pays des favans ; et une grande preuve
qu'ils n'ont jamais habité en Egypte, c'eft qu'ils
n'ont jamais eu un feul mot égyptien dans leur
langue, ou plutôt dans leur miférable jargon.

J'ai lu quelque chofe d'une *Antiquité dévoilée*,
ou plutôt très-voilée. L'auteur commence par le
déluge, et finit toujours par le chaos. J'aime mieux,
mon cher confrère, un feul de vos contes que tous
ces fatras.

Madame *Denis* vous fait mille complimens. Je
fuis bien malade ; je m'affaiblis tous les jours ; je
vous aimerai jufqu'au dernier moment de ma
vie. *V.*

# LETTRE CXCI.

## A M. DAMILAVILLE.

### 23 d'avril.

Le printemps, qui rend la vie aux animaux et aux
plantes, nous eft donc funefte à l'un et à l'autre,
mon cher ami. Nous fommes tous deux malades ;
confolons-nous tous deux. Voilà déjà du baume mis
dans votre fang, par la liberté qu'on donne à l'*Encyclopédie.* Je crois que je renaîtrai quand je recevrai
le petit ballot que vous m'annoncez par la diligence
de Lyon.

Mademoiſelle *Clairon* ne remontera donc point
ſur le théâtre; mais qui la remplacera? Tout manque
ou tout tombe.

Il faut avoir le diable au corps pour accuſer
d'irréligion l'éloquent auteur de l'éloge du dauphin;
mais c'eſt un grand bonheur, à mon gré, qu'on
voye évidemment que, dès qu'un homme d'eſprit
n'eſt pas fanatique, les bigots l'accuſent d'être athée.
Plus la calomnie eſt abſurde, plus elle ſe décrédite.
On doit toujours ſe ſouvenir que *Deſcartes* et *Gaſſendi*
ont eſſuyé les mêmes reproches. Le monſtre du fanatiſme, ſi fatal aux rois et aux peuples, commence à
être bien décrié chez tous les honnêtes gens.

La retraite profonde où je vis ne me permet pas
de vous mander des nouvelles de la littérature. Je
crois que vous en avez reçu de M. *Bourſier*, qui s'eſt
chargé, ce me ſemble, de vous envoyer quelques
pièces curieuſes qu'il attend de Francfort. Ce
M. *Bourſier* vous aime de tout ſon cœur; il eſt
malade comme moi, et il ne ceſſe de travailler. Il dit
qu'il veut mourir la plume à la main. Il ſuit toujours
les mêmes objets dont vous l'avez vu occupé; il
regrette comme moi le temps heureux et trop court
qu'il a paſſé avec vous.

Adieu, mon très-cher ami; ma faibleſſe ne me
permet pas d'écrire de longues lettres. *Ecr. l'inf.*

# LETTRE CXCII.

## AU MEME.

### 28 d'avril.

J'ÉTAIS donc bien mal informé, mon cher ami, et je n'ai eu qu'une joie courte. On m'avait affuré que le grand livre paraiffait, et vous m'apprenez qu'on m'a trompé. Par quelle fatalité faut-il que les étrangers faffent bonne chère, et que les Français meurent de faim? pourquoi ce livre ferait-il plus de mal en France qu'en Allemagne? eft-ce que les livres font du mal? eft-ce que le gouvernement fe conduit par des livres? Ils amufent et ils inftruifent un millier de gens de cabinet, répandus fur vingt millions de perfonnes; c'eft à quoi tout fe réduit. Voudrait-on fruftrer les foufcripteurs de ce qui leur eft dû, et ruiner les libraires?

On me fait efpérer l'ouvrage de *Fréret*, qui eft, dit-on, achevé d'imprimer. Ceux qui l'ont vu me difent qu'il eft très-bien raifonné. C'eft un grand fervice rendu aux gens qui veulent être inftruits; les autres ne méritent pas qu'on les éclaire. Il eft certain, mon ami, que la raifon fait de grands progrès, mais ce n'eft jamais que chez un petit nombre de fages. Penfez-vous, de bonne foi, que les maîtres des comptes de Paris, les confeillers au châtelet, les procureurs et les notaires foient bien au fait de la gravitation et de l'aberration de la lumière? Ce font des vérités reconnues, mais le fecret n'eft que dans les mains des adeptes.

1766.

Il en eft de même de toutes les vérités qui demandent un peu d'attention. Il n'y aura jamais que le petit nombre d'éclairé et de fage. Confolons-nous en voyant que le nombre augmente tous les jours, et qu'il eft compofé par-tout des plus honnêtes gens d'une nation.

J'ai dans la tête que la prochaine affemblée du clergé fait fufpendre le débit de l'*Encyclopédie*. On craint peut-être que quelques têtes chaudes n'attaquent quelques articles auxquels il eft fi aifé de donner un mauvais fens. On pourrait fatiguer monfieur le vice-chancelier par des clameurs injuftes : ainfi il me paraît prudent de ne pas s'expofer à cet orage. Si c'eft-là en effet la caufe du retardement, on n'aura point à fe plaindre.

J'attends, avec mon impatience ordinaire, cette eftampe des *Calas* et le mémoire de notre prophète *Elie* pour *Sirven*. Il eft fans doute figné de plufieurs avocats dont il faut payer la confultation; M. de *Laleu* vous donnera tout ce que vous preferirez. Ce font actuellement les *Sirven* feuls qui m'occupent, parce qu'ils font les feuls malheureux. Ma fanté s'affaiblit de jour en jour, et il faut fe preffer de faire du bien.

Je vous embraffe tendrement.

# LETTRE CXCIII.

## A M. SERVAN,

### AVOCAT GENERAL DU PARLEMENT DE GRENOBLE.

Avril.

La lettre dont vous m'honorez, Monfieur, m'eft précieufe par plus d'une raifon; je vois les progrès que l'efprit, l'éloquence et la philofophie ont faits dans ce fiècle. On n'écrivait point ainfi autrefois, et à préfent les avocats généraux des provinces laiffent bien loin derrière eux ceux de la capitale. J'ai remarqué que, dans l'affaire des jéfuites, ce n'eft qu'en province qu'on a écrit éloquemment. C'eft auffi en fe formant le goût qu'on s'eft défait des préjugés; je ne parle pas de Touloufe où le fanatifme règne encore, et où le bon goût eft inconnu, malgré les jeux floraux; mais l'efprit de la jeuneffe commence à s'ouvrir à Touloufe même; la France arrive tard, mais elle arrive; elle combat d'abord la circulation du fang, la gravitation, la réfrangibilité de la lumière, l'inoculation; elle finit par les admettre. Nous ne fommes d'ordinaire ni affez profonds ni affez hardis. Notre magiftrature a bien ofé combattre quelques prétentions des papes, mais elle n'a jamais eu le courage de les attaquer dans leur fource. Elle s'oppofe à quelques irrégularités; mais elle fouffre qu'on paye quatre-vingts mille francs à un prêtre italien pour époufer fa nièce; elle tolère les annates;

1766.

elle voit, fans réclamer, que des fujets du roi s'inti-
tulent évêques par la permiffion du faint-fiége ; enfin
elle a accepté une bulle qui n'eft qu'un monument
d'infolence et d'abfurdité. Elle a été affez courageufe
et affez heureufe pour faifir l'occafion de chaffer les
jéfuites, elle ne l'eft pas affez pour empêcher les
moines de recevoir des novices avant l'âge de trente
ans. Elle fouffre que les capucins et les récollets
dépeuplent les campagnes, et enrôlent nos jeunes
laboureurs.

Nous fommes bien au-deffous des Anglais, fur
terre comme fur mer; mais il faut avouer que nous
nous formons. La philofophie fait luire un jour nouveau. Il paraît, Monfieur, qu'elle vous a rempli de
fa lumière. Comptez qu'elle fait beaucoup de bien
aux hommes. *Orphée*, dites-vous, n'amolliffait pas
les pierres qu'il fefait danfer ; non., mais il adouciffait
les tigres : *mulcentem tigres et agentem carmine quercus.*
La philofophie fait aimer la vertu, en fefant détefter
le fanatifme ; et, fi je l'ofe dire, elle venge D I E U des
infultes que lui fait la fuperftition.

J'attends avec impatience votre *Moïfe*, dont je
vous fais mes très-humbles remercîmens. Je foupçonne que c'eft un petit plagiat, un vol fait au livre
de *Gaumin*, imprimé en Allemagne, il y a cent ans ;
mais il y aura furement des chofes utiles. Plus on
fouille dans l'antiquité, plus on y retrouve les
matériaux avec lefquels on a bâti un étrange édifice.
Depuis le bouc émiffaire et la vache rouffe, jufqu'à
la confeffion et l'eau bénite, vous favez que tout eft
païen. *Surfum corda, ite miffa eft*, font les formules des
myftères de *Cérès*. Toute l'hiftoire de *Moïfe* eft prife,

mot pour mot, de celle de *Bacchus*. Nous n'avons été que des fripiers qui avons retourné les habits des anciens.

Le petit livre *De la prédication* est de l'abbé *Coyer*, qui voulait mettre dans des boutiques les *Montmo-renci* et les *Châtillon*, et qui veut à présent que nous ayons des censeurs au lieu de prédicateurs, ou plutôt qui ne veut que s'amuser.

Je vous envoie, Monsieur, un petit mot du roi de Prusse, qui ne plaira pas à la juridiction ecclésiastique. Si vous n'avez pas la Philosophie de l'histoire, j'aurai l'honneur de vous la faire tenir, ainsi que tous les petits ouvrages qui pourront paraître. Je suis pénétré de votre souvenir autant que je le suis de votre mérite. J'ignore si vous resterez sur le théâtre de Grenoble, mais vous rendrez toujours grand celui où vous paraîtrez. Je vous demande la continuation de vos bontés.

J'ai l'honneur d'être avec respect, &c.

## LETTRE CXCIV.

### A M. LE MARQUIS DE FLORIAN, *à Paris.*

Ferney, le 2 de mai.

VOUS faites très-bien, Monsieur, de n'aller qu'à la mi-mai à Ornoi. La nature est retardée par-tout, après le long et terrible hiver que nous avons essuyé. Les trois quarts de mes arbres sont sans feuilles, et je ne vois encore que de vastes déserts.

La grande place de l'homme qui juge, fur le panégyrique du dauphin, que l'abbé *Coyer* eft un athée,
eft apparemment une place aux petites maifons ; et
je préfume que votre ami le calculateur doit être de
fon confeil. Je réduis tout net ce calculateur à zéro.
M. de *Beauteville* me paraît d'une autre pâte. Je ne
fais s'il connaît bien encore les Génevois : ils ne
font bons français qu'à dix pour cent. Nous verrons
comment la médiation finira le procès, et fi on
condamnera le confeil à être fouetté avec des lanières
tirées du cu des citoyens.

Il n'y a pas long-temps que meffieurs du confeil
me préfentèrent leur terrier, par lequel ils me
demandent un hommage-lige pour un pré. Je leur
ferai certainement manger tout le foin du pré, avant
de leur faire hommage-lige. Ces gens-là me paraiffent
avoir plus de perruque que de cervelle.

Avant que vous partiez pour Ornoi, mon cher
Monfieur, permettez que je vous faffe fouvenir du
factum de M. de *Lalli*, que vous avez eu la bonté
de me promettre. Je fuis bien curieux de lire ce procès ; je connais beaucoup l'accufé, et je m'intéreffe
à tout ce qui fe paffe dans l'Inde, à caufe des brames
mes bons amis, qui font les prêtres de la plus
ancienne religion qui foit au monde, mais non pas
de la plus raifonnable. Si je pouvais, par votre crédit,
avoir le mémoire de *Lalli* et celui des *Sirven*, vous
feriez ma confolation.

Comme je fuis extrêmement curieux, je voudrais
bien auffi favoir quelque chofe de M. de *la Chalotais*.
Vous me paraiffez toujours bien informé. J'ai recours
à vous dans les derniers jours où vous ferez à Paris.

Je fuis plus languedochien que jamais, mais mon affection ne va pas jufqu'au parlement de Touloufe. Il fe forme bien des philofophes dans vos provinces méridionales ; il y en a moins pourtant que de pénitens blancs, bleus et gris. Le nombre des fots et des fous eft toujours le plus grand.

Notre Ferney eft devenu charmant tout d'un coup. Tous les alentours fe font embellis ; nous avons, comme dans toutes les églogues, des fleurs, de la verdure et de l'ombrage ; le château eft devenu un bâtiment régulier de cent douze pieds de face ; nous avons acquis des bois ; nous nageons dans l'utile et dans l'agréable ; il ne manque à cette terre que d'être en Picardie.

Allez donc à Ornoi, Meffieurs ; jouiffez en paix d'une heureufe tranquillité, buvez quelquefois à ma fanté, et puiffé-je vous embraffer tous avant de mourir.


# LETTRE CXCV.

## A M. DAMILAVILLE.

12 de mai.

MON cher frère, j'ai mis l'eftampe de *Calas* au chevet de mon lit, et j'ai baifé, à travers la glace, madame *Calas* et fes deux filles. Je leur en rends compte dans la petite lettre que je vous envoie. On fe plaint beaucoup de la gravure ; on trouve que les doigts reffemblent à des griffes d'oifeau mal faites, et les bras à des cotrets ; mais pour moi je fuis fi

content

content d'avoir cette famille fous mes yeux, que je
pardonne tout et que je trouve tout bien.

1766.

Je confole, autant que je puis, les *Sirven;* je leur
fais efpérer qu'ils auront inceffamment le mémoire
qui les juftifie. Vous voyez fans doute quelquefois
M. *Elie*, et vous avez eu la bonté de lui dire combien je m'intéreffe à fa fanté. J'ai peine à croire qu'il
ne réuffiffe pas dans cette affaire. Je penfe toujours
que le confeil lui fera favorable. On n'eft pas, ce me
femble, affez content des parlemens pour craindre
celui de Touloufe; et je ne crois pas qu'une compagnie, qui n'a voulu recevoir de la main du roi ni
fon commandant ni fon premier préfident, doive
avoir à la cour un crédit immenfe.

Je trouve que le fieur *Lebreton* a fait une haute
fottife d'aller porter à Verfailles des *Encyclopédies*
lorfque le clergé s'affemblait. Le miniftère a fait
très-prudemment de s'emparer des exemplaires, et
de prévenir par-là des clameurs qui euffent été auffi
dangereufes qu'injuftes. On a mis dans les gazettes
que l'article *Peuple* avait indifpofé beaucoup le miniftère ; je ne le crois pas ; il me femble que tout
miniftre fage devrait figner cet article.

Je fuis bien fâché que l'auteur de *Population* et de
*Vingtième* n'en ait pas fait davantage. Je voudrais
raccommoder ce bon citoyen avec le grand *Colbert.*
Il lui reproche d'avoir fait baiffer le prix des blés,
mais il baiffa de même en Angleterre et ailleurs,
dans le même temps. Le grand malheur de *Colbert*
eft d'avoir vu fes mefures toujours traverfées par les
entreprifes de *Louis XIV*. La guerre injufte et ridicule de 1672, obligea le miniftre le plus grand que

*Correfp. générale.*        Tome VIII.      **Z**

nous ayons jamais eu, à se comporter d'une manière directement opposée à ses sentimens; et cependant il ne laissa, en mourant, aucune dette de l'Etat qui fût exigible. Il créa la marine, il établit toutes les manufactures qui servent à la construction et à l'équipement des vaisseaux. On lui doit l'utile et l'agréable.

Si vous connaissez l'auteur de l'article où on le traite un peu mal, je vous prie de demander la grâce de *Colbert* à cet auteur. Nous en parlerons, si jamais vous êtes assez bon pour revenir à Ferney. Mon petit château sera enfin entièrement bâti; mes paysans augmentent leurs cabanes, à mon exemple; leurs terres et les miennes sont bien cultivées; tout cet affreux désert s'est changé en paradis terrestre.

J'ai eu la consolation de trouver un petit bailli qui pense tout aussi sensément que nous. Vous m'avouerez que c'est trouver une perle dans du fumier, car il est d'un pays où l'on ne pense point du tout.

Vous ne me parlez point de *Bijex;* vous ne me consolez point dans ce temps de disette de bons ouvrages. Ne pourriez-vous point me faire avoir le mémoire de M. de *Lalli?* M. de *Florian* ne vous en a-t-il pas donné un? Songez à moi, je vous en prie, et croyez que je ne m'oublie pas, et que je ne perds pas mon temps.

Je viens de recevoir une lettre charmante du philosophe d'*Alembert.* Bonsoir, mon cher frère; buvez à ma santé avec *Platon.*

*N. B.* Je compte vous envoyer mardi prochain, par la diligence de Lyon, le buste d'un de vos amis.

Il eſt dans le goût antique, et aſſurément mieux fait
que l'eſtampe des *Calas*. Ayez la bonté, je vous en 1766.
ſupplie, de ne point écrire aux ſculpteurs, et de
n'avoir aucun commerce avec eux. Laiſſez-moi faire
mon devoir, ſans quoi je me brouille avec vous.

## LETTRE CXCVI.

### A M. LE COMTE D'ARGENTAL.

12 de mai.

L'UN de mes anges m'a écrit une lettre toute
remplie de raiſon, d'eſprit, de bonté, et de choſes
charmantes ; cela n'empêche pas que je ne trouve
toujours l'ame immortelle placée entre les deux
trous, prodigieuſement ridicule.

Il s'en faut beaucoup que le petit ex-jéſuite ait
négligé ſes marauds du triumvirat ; mais il penſe que
vos belles dames, qui font dans Paris toutes les
réputations, ne ſeront nullement touchées de ces
gens de ſac et de corde. Il a cru ſe tirer d'affaire par
des notes hiſtoriques, et par une hiſtoire de toutes
les proſcriptions de ce monde, qui fait dreſſer les
cheveux à la tête. Il prétend, dans ces notes, que
la conſpiration de *Cinna* n'a jamais exiſté, que
cette aventure eſt ſuppoſée par *Sénèque*, et qu'il
l'inventa pour en faire un ſujet de déclamation.
C'eſt un objet de critique pour quelques pédans,
mais dont le public ne ſe ſoucie guère. Il reſte donc
perſuadé qu'il ne trouvera point de libraire qui
veuille donner cent écus de cette guenille, attendu

—— que *la Harpe* n'en a pas pu trouver cinquante pour
1766. son beau Guftave-Vafa. L'ex-jéfuite vous enverra
bientôt fes roués et fes notes pédantefques. Il fouhaite d'ailleurs paffionnément que mademoifelle
*Dubois* fe forme, et que M. de *Chabanon* lui donne
un beau rôle ; mais il ne fait pas où eft monfieur de
*Chabanon ;* il devait retourner à Paris au commencement du mois ; nous lui avons fouhaité un bon
voyage, et depuis ce temps nous n'avons plus de fes
nouvelles.

A l'égard de la comédie de Genève, c'eft une
pièce compliquée et froide, qui commence à m'ennuyer beaucoup. J'ai été, pendant quelque temps,
avocat confultant ; j'ai toujours confeillé aux Génevois d'être plus gais qu'ils ne font, d'avoir chez eux
la comédie, et de favoir être heureux avec quatre
millions de revenu qu'ils ont fur la France. L'efprit
de contumace eft dans cette famille. Les natifs difent
que je prends le parti des bourgeois ; les bourgeois
craignent que je ne prenne le parti des natifs. Les
natifs et les bourgeois prétendent que j'ai eu trop de
déférence pour le confeil. Le confeil dit que j'ai eu
trop d'amitié pour les natifs et les bourgeois. Les
bourgeois, les natifs et les confeils ne favent ni ce
qu'ils veulent, ni ce qu'ils font, ni ce qu'ils difent.
Les médiateurs ne favent encore où ils en font, mais
j'ai cru m'apercevoir qu'ils étaient fâchés qu'on fût
venu me demander mon avis à la campagne. J'ai donc
déclaré aux confeils, bourgeois et natifs que, n'étant
point marguillier de leur paroiffe, il ne me convenait pas de me mêler de leurs affaires, et que j'avais
affez des miennes. Je leur ai donné un bel exemple

de pacification, en m'accommodant pour mes dixmes avec mon curé, et finissant d'un trait de plume, à l'aide de quelques louis d'or, des chicanes de cent années.

Peut-être que M. le duc de *Praslin* parle quelquefois avec M. le duc de *Choiseul* des tracasseries genevoises. En ce cas, je le supplie de vouloir bien me recommander, ou me faire recommander à M. le chevalier de *Beauteville*. J'attends cette grâce de vous, mes divins anges ; car, non-seulement plufieurs morceaux de mes petites terres font enclavés dans le petit territoire de la parvuliffime république, mais j'ai tous les jours de petits droits à difcuter avec elle ; car vous noterez qu'elle n'a guère plus de terrain en France que je n'en ai. Chofe étonnante que la liberté ! Il y a vingt villes en France beaucoup plus peuplées que Genève ; qu'il y ait un peu de diffention dans une de ces vingt villes, on envoie des archers ; qu'il y ait une petite difcuffion à Genève, on y envoie des ambaffadeurs.

Vous ferez, mes anges, une très-belle et bonne action, non-feulement de faire recommander mes petits intérêts à M. de *Beauteville*, mais furtout de l'engager à garder pour lui ce droit négatif dont nous avons tant parlé. C'eft une manière fi naturelle et fi honnête d'être maître de Genève fans le paraître, ce tempérament eft fi convenable, il fera fi utile de difpofer de Genève dans les guerres qu'on peut avoir en Italie, qu'il ne faut pas affurément manquer cette précaution ; vous y êtes même intéreffé comme parmefan ; vous êtes puiffance d'Italie. *Henri IV* vous a ôté le marquifat de Saluces, que vous

Z 3

auriez bien par la fuite perdu fans lui ; ne manquez pas l'occafion de vous affurer un jour de Genève. La Corfe, dont vous vous êtes mêlés, vous était bien moins néceffaire. Il me femble que M. le duc de *Praſlin* approuvait cette idée ; il la fera goûter fans doute à M. le duc de *Choiſeul.* C'eſt une négociation dont il faut que vous ayez tout l'honneur ; la maifon de Parme en aura peut-être un jour tout l'avantage.

L'*Encyclopédie* me paraît un peu vexée à Paris ; je crois que c'eſt une fage précaution du miniſtère qui ne veut pas donner de prife à meffieurs du clergé. Il y a, dans ce livre, d'excellens articles qu'il ferait bien trifte de perdre. L'ouvrage eſt en général un coup de maffue porté au fanatifme. L'ex-jéfuite lui porte quelquefois des coups de ſtylet ; il faut attaquer ce monſtre de tous les côtés et avec toutes les armes. Ne craignons point de répéter ce qu'il eſt néceffaire de favoir ; il y a des chofes qu'il faut river, dans la tête des hommes, à coups redoublés. Je ne m'en mêle pas, comme vous le croyez bien ; mais j'apprends, avec une grande confolation, que plufieurs avocats travaillent à ce procès ; vous n'en ferez pas fâché, vous qui êtes au rang des meilleurs juges.

Je me mets au bout de vos ailes avec mon culte ordinaire.

# LETTRE CXCVII.

## A M. LE COMTE DE LA TOURAILLE.

A Ferney, le 12 de mai.

JE fuis, Monfieur, comme les vieux philofophes grecs qui fe confolaient dans leur vieilleffe par l'idée d'être remplacés, et qui voyaient avec plaifir s'élever des jeunes gens qui devaient aller plus loin qu'eux. C'eft une fatisfaction que vous me faites goûter. Vous rendrez plus de fervice que perfonne à cette pauvre raifon humaine qui commence à faire des progrès. Elle a été obfcurcie en France pendant des fiècles. Elle fut agréable et frivole dans le beau fiècle de *Louis XIV*, elle commence à être folide dans le nôtre. C'eft peut-être aux dépens des talens ; mais, à tout prendre, je crois que nous avons gagné beaucoup. Nous n'avons aujourd'hui ni des *Racine*, ni des *Molière*, ni des *la Fontaine*, ni des *Boileau*, et je crois même que nous n'en aurons jamais ; mais j'aime mieux un fiècle éclairé qu'un fiècle ignorant qui a produit fept ou huit hommes de génie. Et remarquez que ces écrivains, qui étaient fi grands dans leur genre, étaient des hommes très-petits en fait de philofophie. *Racine* et *Boileau* étaient des janféniftes ridicules, *Pafcal* eft mort fou, et *la Fontaine* eft mort comme un fot. Il y a bien loin du grand talent au bon efprit.

Je vous suis très-obligé de votre souvenir, et je me souviens toujours avec douleur que vous avez été à Dijon qui est ma province, et que je n'ai pu avoir l'honneur de m'entretenir avec vous; mais vos lettres m'attachent à vous, Monsieur, autant que si j'avais eu le bonheur de vous voir.

## LETTRE CXCVIII.

### A M. LE MARECHAL DUC DE RICHELIEU.

A Ferney, 17 de mai.

J E reçois la lettre du premier de mai dont mon héros m'honore. M. le chevalier de *Beauteville* m'a dit qu'avant de partir pour votre royaume de Bordeaux, vous lui aviez dit que vous le chargeriez de vos ordres pour moi; mais la lettre dont vous me parlez ne m'est jamais parvenue, et il faut qu'on l'ait oubliée dans votre déménagement !

Que vous êtes heureux, Monseigneur, de pouvoir toujours courir! et que je suis à plaindre de ne pouvoir au moins me trouver sur votre route !

Je suis bien fâché pour le public, et pour les beaux arts que vous protégez, de voir le théâtre privé de mademoiselle *Clairon*, lorsqu'elle est dans la force de son talent. J'y perds plus qu'un autre, puisqu'elle fesait valoir mes sottises; mais elle m'a mandé que, puisqu'on ne voulait pas confirmer la déclaration de *Louis XIII* en faveur de vos spectacles, et encore moins la fortifier par quelques nouvelles grâces, elle ne pouvait plus cultiver un art trop avili. Elle a renoncé à l'excommunication, et moi auffi, car j'ai pris mon congé. Il n'y a que vous qui reftez excommunié, puifque vous reftez toujours premier gentilhomme de la chambre, difpofant fouverainement des œuvres de *Satan*. Il eft clair que celui qui les ordonne eft bien plus maudit que les pauvres diables qui les exécutent. Il eft plaifant qu'un comédien foit mis en prifon s'il refufe de jouer, et foit damné s'il joue; mais vous devez être accoutumé aux contradictions de ce monde.

Je n'ai encore vu aucun mémoire pour et contre ce pauvre *Lalli*. Je le connaiffais pour un irlandais un peu abfurde, très-violent et affez intéreffé; mais je ferais extrêmement étonné s'il avait été un traître, comme on le lui reproche. Je fuis perfuadé qu'il ne s'eft jamais cru coupable; s'il l'avait été, ferait-il revenu en France? Il y a des deftinées bien fingulières. Ce globe eft couvert de folies et de malheurs de toute efpèce.

De toutes les folies, la plus ennuyeufe eft celle des Génevois; cette folie n'était certainement pas dangereufe: ce n'eft qu'une difpute de gens qui argumentent les uns contre les autres, et il faut que trois puiffances envoyent des ambaffadeurs pour interpréter trois ou quatre paffages de leurs lois. On leur a fait bien de l'honneur. Ils reffemblent à cet homme des Fables d'*Efope*, qui priait *Hercule* de lui prêter fa maffue pour écrafer fes puces.

Continuez, mon héros, à vous moquer du genre-humain; il le mérite bien. Moquez-vous auffi de moi quelquefois; mais confervez-moi des bontés qui adouciſſent la fin de ma carrière, et qui me rendent heureux dans ma retraite. Je finirai mes jours comme il y a plus de quarante ans que je les paſſe, pénétré pour vous de reſpect et du plus tendre attachement. *V.*

## LETTRE CXCIX.

### A M. DAMILAVILLE.

#### 17 de mai.

Vous verrez, mon cher frère, par la lettre ci-jointe, que tous les ſouſcripteurs ne penſent pas auſſi noblement que vous, et qu'il y a quelquefois plus de généroſité chez les Français que chez les Anglais.

Je n'entends plus parler de *Fréret*, qu'on diſait imprimé en Hollande : vous me l'aviez promis, vous me l'aviez annoncé ; je ſuis abandonné de tous les côtés. La maladie de M. de *Beaumont* et ſes affaires retardent le mémoire de *Sirven*, et j'ai bien peur que tant de délais ne ſoient funeſtes à cette famille infortunée. Cette affaire ranimait ma langueur, dans les maladies qui accablent ma vieilleſſe. Je trouve que le plaiſir de ſecourir les hommes eſt la ſeule reſſource d'un vieillard.

Je viens de lire une *Hiſtoire d'Henri IV* qui m'ennuie et qui m'indigne. Qui eſt donc ce M. de *Buri* qui compare *Henri IV* à ce fripon de *Philippe* de Macédoine, et qui oſe dire que notre illuſtre de *Thou* n'eſt qu'un pédant ſatirique ? eſt-ce qu'on ne fera point juftice de cet impertinent ? Mais il y a tant d'autres mauvais livres dont il faudrait faire juftice !

1766.

Portez - vous mieux que moi, mon cher ami. *Ecr. l'inf.*

## LETTRE CC.

### AU MEME.

21 de mai.

E N réponfe à votre lettre du 15, mon cher ami, je vous dirai que je viens de lire l'article dont vous m'avez parlé. Tout mon petit troupeau, et moi, nous en fommes tranfportés. J'ai fait l'acquifition, dans mon bercail, d'un jeune avocat qui eft notre bailli, et qui eft homme à plaider vigoureufement contre les intolérans.

Le bufte en ivoire d'un homme très-tolérant partit à votre adreffe le 13 de ce mois. Il eft vrai que c'eft un vieux et trifte vifage, mais ce morceau de fculpture eft excellent.

Je ne fais fi vous avez lu une *Vie d'Henri IV* par un M. de *Buri* qui s'eft avifé, je ne fais pourquoi, de comparer notre héros à *Philippe*, roi de Macédoine, auquel il ne reffemble pas plus qu'à *Pharaon*. Je vous ai déjà dit que cet homme s'était déchaîné dans fa préface, contre le préfident de *Thou*. Nous avons trouvé un vengeur ; un de mes amis s'eft chargé de la caufe de *Thou* contre *Buri*. Il a inféré, dans cette défenfe (\*), quelques anecdotes affez curieufes. Je

(\*) Voyez Mélanges hiftoriques, tome II, page 80.

1766.

—— crois que cet ouvrage peut s'imprimer à Paris. Je le ferai transcrire, je vous l'enverrai, et vous en pourrez gratifier l'enchanteur *Merlin*.

Je n'ai point encore pu parvenir à me procurer un exemplaire du Philosophe ignorant. On dit qu'il est imprimé à Londres. Dès que je l'aurai, je ne manquerai pas de vous le faire parvenir.

Les tracasseries de Genève continuent toujours ; je crois qu'on ne s'en soucie guère à Paris, et je commence à ne m'en plus soucier du tout. Genève est une grande famille qui fesait fort mauvais ménage, et à qui le roi a fait beaucoup d'honneur en daignant lui envoyer un plénipotentiaire : mais il sera aussi difficile d'inspirer la concorde aux Génevois que de remplacer mademoiselle *Clairon* à Paris.

Croyez-vous qu'en effet madame *Calas* vienne faire un tour à Genève ? Voici un petit mot pour son défenseur et celui des *Sirven*. Nos pauvres *Sirven* trouveront la pitié du public bien épuisée ; mais enfin nous serons contens, si nous obtenons quelque justice. Ayez encore la bonté de faire tenir cet autre billet à *Dumolard*.

J'attends les mémoires pour et contre *Lalli*, et le factum pour M. de *la Luzerne*. J'attends surtout le *Fréret* dont vous m'avez tant parlé.

Votre amitié sert, dans toutes les occasions, à la consolation de ma vie. Vous ne sauriez croire à quel point je vous regrette.

## LETTRE CCI.

## A M. LE COMTE D'ARGENTAL.

23 de mai.

J'AIME beaucoup mieux, mes divins anges, vous parler des profcriptions de Rome que des tracaffe- ries de Genève, qui probablement vous ennuient beaucoup. Mon petit ex-jéfuite craint qu'il n'en arrive autant aux tracafferies de *Fulvie*. Il y avait long-temps qu'il était embarraffé de cette *Fulvie* et de ce petit *Pompée*, qui manquaient tous deux leur coup au même moment. Nous avons fur cela, l'un et l'autre, beaucoup de fcrupule. Enfin, nous avons changé cet endroit, et je crois que nous nous fommes tirés d'affaire affez paffablement. Nous avons foigné le ftyle autant que nous l'avons pu. Nous fommes affez contens des notes, qui nous paraiffent inftruc- tives et intéreffantes pour ceux qui aiment l'hiftoire romaine. Nous retouchons la préface, ou plutôt nous l'accourciffons beaucoup. Nous comptons, dans quinze jours, foumettre le tout à votre tribunal ; mais nous fommes perfuadés que ce ne fera qu'à la longue que l'ouvrage pourra parvenir, je ne dis pas à être goûté, mais un peu connu du public.

Les affaires de Genève ne fourniront jamais un fujet de tragédie, pas même celui d'une farce. Vous favez que j'ai toujours été extrêmement éloigné de jouer ma partie dans ce tripot ; vous favez que, dès que vous eûtes la bonté de m'envoyer la confultation de votre avocat , je la remis à M. *Hénin* dès le moment de fon arrivée ; je ne voulais que la paix , fans prétendre à l'honneur de la faire. Il eft bien ridicule que j'aye eu depuis des tracafferies pour un compliment ; mais, quand on a affaire à des efprits effarouchés et inquiets , on s'expofe à voir les démarches les plus fimples et les plus honnêtes produire les foupçons les plus injuftes. Je vous prédis encore que jamais on ne parviendra à la plus légère conciliation entre les efprits génevois. On pourra leur donner des lois , mais on ne leur infpirera jamais la concorde. Je ne change point d'opinion fur la manière dont toute cette affaire doit finir ; mais je me garde bien de vous preffer d'être de mon avis.

Je compte toujours fur la protection de MM. de *Praflin* et de *Choifeul* dont je vous ai l'obligation ; et c'eft une obligation affez grande. J'attendrai tranquillement la décifion des plénipotentiaires ; et, quelque intéreffé que je fois, par bien des raifons , à l'arrêt qu'ils doivent rendre , je ne chercherai pas même à preffentir leur manière de penfer. Je voudrais trouver un moyen de vous envoyer la petite collection qu'on a faite des lettres de M. *Beaudinet* et de M. *Covelle ;* cela me paraît plus amufant que les querelles fur le droit négatif. Je vous jure , avec un ton très-affirmatif, mes chers anges , que vos bontés font la confolation et le charme de ma vie. *V.*

# LETTRE CCII,

## A M. DAMILAVILLE.

26 de mai.

Il faut aujourd'hui, mon cher ami, que je vous parle d'une petite négociation typographique. Vous favez peut-être qu'un homme d'efprit, qui était de l'ordre des avocats, s'eft mis de l'ordre des libraires. Il a raffemblé quelques morceaux de moi, qu'il a imprimés fort correctement. Je vous fupplie de lui donner une marque de ma reconnaiffance, en lui envoyant une collection complète de mes œuvres. Le libraire en queftion s'appelle *Lacombe*. Il eft bon d'avoir des philofophes dans tous les états.

J'accufe enfin la réception des mémoires pour et contre ce malheureux *Lalli*, et le factum d'*Elie* pour M. de *la Luzerne*. Ce factum me paraît victorieux, mais je ne fais pas quel eft le jugement. Pour les mémoires de *Lalli*, je n'y ai vu que des injures vagues; le corps du délit eft apparemment dans les interrogatoires qui reftent toujours fecrets. Les arrêts ne font jamais motivés en France, ainfi le public n'eft jamais inftruit.

Je fuis bien plus inquiet du factum en faveur des *Sirven*; mais je ne prétends pas que M. de *Beaumont* fe preffe trop. Je fais céder mon impatience à l'intérêt que je prends à fa fanté, et à mon défir extrême de voir dans le mémoire un ouvrage parfait, qui n'ait ni la pefante fécherefle du barreau, ni la fauffe éloquence de la plupart de nos orateurs. Quelle que foit l'iffue de cette entreprife, elle fera toujours beaucoup d'honneur à M. de *Beaumont*, et fera utile à la fociété, en augmentant l'horreur du fanatifme qui a fait tant de mal aux hommes, et qui leur en fait encore.

On prétend que l'affemblée du clergé fera longue; j'en fuis fâché pour les évêques qui auront le malheur d'être féparés de leur troupeau, et de ne pouvoir inftruire et édifier leurs diocéfains: ils aiment trop leur devoir pour ne pas finir leurs affaires le plutôt qu'ils pourront.

Eft-il vrai que les capucins ont affaffiné leur gardien à Paris? pourquoi, lorfqu'on a chaffé les jéfuites, conferve-t-on des capucins? pourquoi ne les avoir pas fait tirer à la milice au lieu des enfans des avocats?

Adieu, mon cher frère; j'attends de vos nouvelles; je vous embraffe, je vous fouhaite une meilleure fanté que la mienne.

Je fuis toujours en peine que quelque malin ne mette le nez dans notre correfpondance littéraire, qui eft affurément bien innocente: ayez donc la bonté, pour me raffurer, de m'accufer la réception du petit bufte, la lettre pour notre cher *Elie*, celle pour *Dumolard*, la défenfe du préfident de *Thou* par *Bourfier*, et enfin ce petit billet pour l'avocat-libraire.

LETTRE

# LETTRE CCIII.

## A M. LE DUC DE PRASLIN.

A Ferney, 26 de mai.

Sextus-pompée étaitsecrétaire d'état de la marine, par conséquent il a droit de s'adresser à monseigneur le duc de *Praslin;* mais le paquet est bien gros, et probablement bien ennuyeux , et je ne veux pas ennuyer mon protecteur.

Qu'il lise ou qu'il ne lise pas ce fatras, je le supplie de vouloir bien l'envoyer à mes anges. Je lui présente mon très-tendre et très-profond respect. *V.*

Ce billet est très-bref, mais à grands seigneurs peu de paroles.

# LETTRE CCIV.

## A M. LACOMBE, *libraire à Paris.*

A Ferney, 26 de mai.

J'ai été si charmé , Monsieur, pour l'honneur des lettres , de voir un homme de votre mérite quitter la profession de *Patru* pour celle des *Etiennes;* vos attentions pour moi m'ont tant flatté , que je voudrais n'avoir jamais eu que vous pour éditeur. Si jamais cette entreprise pouvait s'accorder avec celle des *Cramer*, ce serait peut-être rendre service à la

—— littérature : j'ai corrigé tous mes ouvrages dans ma retraite avec beaucoup de foin, et furtout l'Effai fur les mœurs et l'efprit des nations, qui eft un fruit de trente ans de travail, conduit à fa maturité autant que mes forces l'ont permis. Je ne fais fi vous exécutez le projet dont vous m'aviez parlé; je fouhaite que vous puiffiez en venir à bout, fans vous compromettre; en ce cas, on vous enverrait plufieurs chapitres nouveaux, et quelques additions affez curieufes. Comptez, Monfieur, que je m'intéreffe véritablement à vous. Je vous prie de me mander fi vous êtes content de votre nouvelle profeffion : je voudrais être à portée de vous marquer, par des fervices, l'eftime que vous m'avez infpirée.

Je doute que le petit recueil que vous avez bien voulu faire de tout ce que j'ai dit fur la poëfie (\*), ait un grand cours; mais du moins ce recueil a le mérite d'être imprimé correctement, mérite qui manque abfolument à tout ce qu'on a imprimé de moi. Au refte, vous me feriez plaifir d'ôter, fi vous le pouviez, le titre de Genève; il femblerait que j'euffe moi-même préfidé à cette édition, et que les éloges que vous daignez me donner, dans la préface, ne font qu'un effet de mon amour propre. Je me connais trop bien pour n'être pas modefte.

Vous n'avez point changé de profeffion, Monfieur; vous ferez l'avocat de la philofophie. Je voudrais vous donner bien des caufes à foutenir, mais je fuis fi vieux qu'il ne m'appartient plus d'avoir de procès.

(\*) Poëtique de M. de *Voltaire*.

## LETTRE CCV.

### A M. DE CHABANON.

A Ferney, 29 de mai.

Je reçus hier, mon cher confrère, la nouvelle esquisse que vous voulez bien me confier. Ma malheureuse santé ne m'a pas permis encore de la lire ; je ne pourrai vous en rendre compte que dans trois ou quatre jours. J'ai pris, en attendant, la liberté de vous adresser un paquet que j'avais depuis long-temps pour M. *Damilaville;* vous me ferez un très-grand plaisir de vouloir bien le lui faire rendre dès que vous serez arrivé à Paris.

Je viens de lire le sujet de la tragédie du pauvre *Lalli;* la catastrophe ne me paraît annoncée dans aucun des actes. Je vois bien que ce *Lalli* s'était fait détester de tous les officiers et de tous les habitans de Pondichéri, mais il n'y a, dans tous ces mémoires, ni apparence de concussion, ni apparence de trahison. Il faut qu'il y ait eu contre lui des preuves qui ne font énoncées en aucune manière dans les factums. La pièce fera bientôt oubliée comme les gazettes de la semaine passée. Il n'en fera pas de même d'Eudoxie ou Eudocie : vos talens et les soins que vous prenez m'en affurent.

J'admire votre courage de faire deux plans en profe. Il faut être bien maître de fon génie pour s'aftreindre à un tel travail, et pour fubjuguer ainfi le talent qui demande toujours à parler en vers.

—— Vous me paraiſſez un bon général d'armée ; vous
1766. faites de ſang froid votre plan de campagne, et vous
vous battrez comme un diable. Je m'intéreſſe à vos
lauriers autant que vous-même. Je vous embraſſe
du meilleur de mon cœur.

## LETTRE CCVI.

### A M. DAMILAVILLE.

2 de juin.

Je ne ſais ce que c'eſt que cette lettre ſur *J. J.*
Je ſoupçonne qu'il s'agit d'une lettre que j'écrivis,
il y a·quelques mois, au conſeil de Genève, par
laquelle je lui ſignifiais qu'il aurait dû confondre la
calomnie ridicule qui lui imputait d'avoir comploté
avec moi la perte de *Rouſſeau*. Je diſais au conſeil
que je n'étais point l'ami de cet homme, mais que
je haïſſais et mépriſais trop les perſécuteurs pour
ſouffrir tranquillement qu'on m'accuſât d'avoir ſervi
à perſécuter un homme de lettres. Je tâcherai de
retrouver une copie de cette verte romancine, et de
vous l'envoyer. Je penſe ſur *Rouſſeau* comme ſur les
Juifs : ce ſont des fous, mais il ne faut pas les
brûler.

Il me manque, mon cher frère, pour compléter
mon *Lalli*, la réponſe qu'il avait faite aux objections par leſquelles on réfuta ſon premier mémoire.
On dit que cette pièce eſt très-rare ; vous me feriez
grand plaiſir de me la faire chercher et de me l'envoyer.

Les jéfuites font chaffés enfin de Lorraine. Je me flatte que les capucins, leurs anciens valets, feront bientôt rendus à la bêche et à la charrue qu'ils avaient quittées très-mal à propos. Ils n'étaient connus que comme de vils débauchés ; mais puifque l'ordre féraphique fe mêle d'affaffiner, il eft bon d'en purger la terre. *Amen.*

Je fuis charmé que vous foyez content du petit bufte. L'original eft bien languiffant ; il y a trois mois qu'il n'a pu s'habiller.

# LETTRE CCVII.

## A M. DE VILLEVIEILLE.

A Ferney, 2 de juin.

LES fix prifes que vous avez la bonté de m'adreffer, Monfieur, feront diftribuées aux meilleurs apothicaires que je connaiffe, et pourront fervir à extirper le mal épidémique qui règne encore, quoiqu'il foit fur fon déclin. Je ne puis trop vous remercier de votre paquet de pilules. Tout ce que je crains, c'eft que fi on a envoyé le paquet par la pofte, il n'ait fait le grand tour et paffé par Paris, ce qui retarderait la réception, et qui pourrait même l'empêcher.

On dit que j'ai un compliment à vous faire ; les jéfuites font chaffés de Lorraine. Il y en avait un pourtant qu'il me femble qu'on peut regretter, c'était un écoffais, homme de qualité, nommé *Leflay.* Il eft homme de lettres et a du mérite. Je voudrais qu'on eût confervé tous ceux qui lui reffemblent, et qu'on les eût rendus utiles au public.

On prétend que nous allons être délivrés des capucins, à moins qu'on ne leur pardonne en faveur de frère *Elifée*, prédicateur du roi. Ceux-là pourraient auffi devenir utiles en les rendant à la charrue.

Adieu, Monfieur; je vais écrire au premier fecrétaire; mais nous fommes au 2 de juin, et je tremble que les pilules n'aient été avalées par quelques malades de Paris. *V.*

## LETTRE CCVIII.

### A M. DE CHABANON.

2 de juin.

Je vous donne avis, mon cher confrère, que je vous renvoie, par M. *Tabareau*, votre très-belle efquiffe. Vous trouverez peu de remarques. La principale eft que cette pièce demande le plus grand foin. C'eft une peinture qui exige une infinité de nuances. Vous vous êtes impofé la néceffité de développer tous les fentimens du cœur humain, dans le rôle d'*Eudoxie*; tendreffe maternelle, regrets de la mort de fon premier époux, devoir qui la lie à fon nouveau mari, horreur pour ce meurtrier, défir d'une jufte vengeance, amour de la patrie, tout s'y trouve.

Si tant de mouvemens tragiques font bien ménagés, fi l'un ne fait pas tort à l'autre, vous aurez certainement le fuccès le plus grand et le plus durable. Ce

n'eſt pas là une de ces pièces que la ſingularité des
événemens multipliés et le preſtige des coups de 1766.
théâtre font réuſſir; tout dépendra du ſtyle et de la
chaleur des ſentimens. Courage, mon cher confrère;
enfermez-vous ſix mois, vous trouverez, au bout
de ce temps, des lauriers pour toute votre vie. J'y
prends l'intérêt le plus tendre. *V.*

# LETTRE CGIX.

## A M. DAMILAVILLE.

13 de juin.

Mon cher ami, en vous remerciant de prendre
ſi généreuſement le parti du préſident de *Thou.* Je
crois que vous prendrez auſſi le parti du livre attribué
à *Fréret.* Si ce livre eſt d'un capitaine au régiment du
roi, comme on le dit, ce capitaine eſt aſſurément le
plus ſavant officier de l'Europe, et en même temps
le meilleur raiſonneur. Il cite toujours à propos, et
il prouve d'une manière invincible. Il eſt impoſſible
que tant de bons ouvrages qu'on nous donne, coup
ſur coup, ne rendent les hommes plus ſages et
meilleurs.

Vous m'affligez beaucoup de m'apprendre que le
gardien des capucins eſt un *Othon* et un *Caton.* Je me
flattais que ſes moines lui auraient coupé la gorge,
et que cette aventure ferait fort utile aux pauvres
laïques.

Quant à *Lalli*, je ſuis très-ſûr qu'il n'était point

A a 4

traître, et qu'il était impoffible qu'il fauvât Pondichéri. Le parlement n'a pu le condamner à mort que
pour concuffion. Il ferait donc à défirer qu'on eût
fpécifié de quelle efpèce de concuffion il était coupable. La France, encore une fois, eft le feul pays
où les arrêts ne foient point motivés, comme c'eft
auffi le feul où l'on achète le droit de juger les
hommes.

Voici, mon cher ami, une lettre pour *Protagoras*.

Bonfoir, mon cher frère; ma faibleffe augmente
tous les jours, mais mes fentimens ne diminuent
point. *Ecr. l'inf.*

# LETTRE CCX.

## A M. LE COMTE D'ARGENTAL.

22 de juin.

MON ame eft entièrement réformée à la fuite
de mes anges; je penfe entièrement comme eux.
Il faut donner la préférence à l'impreffion fur la
repréfentation; le temps ne fait rien à l'affaire;
et, fi l'ouvrage eft paffable, il fera donné toujours
affez tôt. Je remercie mes anges de leurs nouvelles
critiques; j'en ai fait auffi de mon côté, et j'en
ferai, et je corrigerai jufqu'à ce que la force de
la diction puiffe faire paffer l'atrocité du fujet. On
peut encore ajouter aux notes que vous avez jugées
affez curieufes. Il n'eft pas difficile de donner aux
profcriptions hébraïques un tour qui défarme la

cenfure théologique. Ce n'eft point la vérité qui nous perd, c'eft la manière de la dire. Ne vous laffez point de me renvoyer ces manufcrits qui font fi fort accoutumés à voyager. Je voudrais bien favoir fi M. le duc de *Praflin* et M. de *Chauvelin* ont été contens. Il eft clair que vos fuffrages et le leur, donnés fans enthoufiafme et fans féduction, après une lecture attentive, doivent répondre de l'approbation du public éclairé. On eft bien loin de compter fur un fuccès pareil à celui du Siége de Calais, ni fur celui qu'aura la comédie d'Henri IV. Il fuffit qu'un ouvrage bien conduit et bien écrit ait un petit nombre d'approbateurs; le petit nombre eft toujours celui des élus.

Nous fommes bien heureux, mes anges, d'avoir des philofophes qui n'ont pas la prudente lâcheté de *Fontenelle*. Il paraît un livre intitulé : *Examen critique des apologiftes, &c.*, par *Fréret*. Je ne fuis pas bien sûr que *Fréret* en foit l'auteur; mais je fuis sûr que c'eft le meilleur livre qu'on ait encore écrit fur ces matières. Les provinces font garnies de cet ouvrage; vous n'êtes pas fi heureux à Paris. Il arrivera bientôt que les provinces prendront leur revanche du mépris que les Parifiens avaient pour elles. Comme on y a moins de diffipation, on y a plus de temps pour lire et pour s'éclairer. Je ne défefpère pas que, dans dix ans, la tolérance ne foit établie à Touloufe. En attendant que le règne de la vérité advienne, je voudrais bien que vous luffiez le mémoire de *Beaumont* en faveur des *Sirven*, et que vous vouluffiez bien m'en dire votre avis. Ma deftinée eft de n'être pas content des

—————     arrêts des parlemens. J'ofe ne point l'être de celui
1766.     qui a condamné *Lalli;* l'énoncé de l'arrêt eſt vague
et ne fignifie rien. Les factums pour et contre ne
font que des injures. Enfin, je ne m'accoutume
point à voir des arrêts de mort qui ne font pas
motivés; il y a dans cette jurifprudence velche
une barbarie arbitraire qui infulte au genre-humain.

Cette lettre n'eſt pas écrite par mon griffonneur
ordinaire; et je fuis fi malingre que je ne puis
écrire moi-même. Tout ce que je puis faire, c'eſt
de me mettre au bout de vos ailes avec mes fentimens ordinaires, qui font bien refpectueux et bien
tendres. *V.*

# LETTRE CCXI.

## A M. DAMILAVILLE.

### 26 de juin.

JE fuis enchanté de l'abbé *Morellet*, mon cher frère.
En vérité, tous ces philofophes-là font les plus
aimables et les plus vertueux des hommes; et voilà
ceux qu'*Omer* veut perfécuter!

Il n'y a qu'un homme infiniment inſtruit dans
la belle fcience de la théologie et des pères, qui
puiffe avoir fait l'*Examen critique des apologiſtes.*
J'avoue que le livre eſt fage et modéré; tout critique doit l'être, mais je ne penfe pas qu'on doive
blâmer le lord *Bolingbroke* d'avoir écrit avec la
fierté anglaife, et d'avoir rendu odieux ce qu'il

a prouvé être méprifable. Il fait, ce me femble, paffer fon enthoufiafme dans l'ame du lecteur. Il examine d'abord de fang froid, enfuite il argumente avec force, et il conclut en foudroyant. Les *Tuf-culanes* de *Cicéron* et fes *Philippiques* ne doivent point être écrites du même ftyle.

Vous me faites bien plaifir, mon cher frère, de me dire que mademoifelle *Sainval* (1) a réellement du talent. Il eft à fouhaiter qu'elle foutienne le théâtre qui tombe, dit-on, en langueur. Mais quand aurons-nous des hommes qui aient de la figure et de la voix?

J'ai écrit à M. *Grimm*. Il s'agit de me faire favoir les noms des principales perfonnes d'Allemagne que je pourrai intéreffer à favorifer les *Sirven*. Je vous fupplie de lui en écrire un mot, et de le preffer de m'envoyer les inftructions que je lui demande. Les *Sirven* et moi, nous vous en aurons une égale obligation.

Adieu, mon cher frère; s'il n'y a point de nou-veauté à préfent, le livre attribué à *Fréret* doit en tenir lieu pour long-temps : il fait honneur à l'efprit humain.

Comme je vous embraffe vous et les vôtres!

(1) Mademoifelle *Sainval* l'aînée.

LETTRE CCXII.

## A M. LE COMTE DE ROCHEFORT,

### LIEUTENANT DES GARDES DU CORPS.

1 de juillet.

Vous n'êtes pas, Monfieur, comme ces voyageurs qui viennent à Genève et à Ferney pour m'oublier enfuite et être oubliés. Vous êtes venu en vrai philofophe, en homme qui a l'efprit éclairé et un cœur bienfefant. Vous vous êtes fait un ami d'un homme qui a renoncé au monde ; j'ai fenti tout ce que vous valez ; vous m'avez laiffé bien des regrets. Comptez, Monfieur, que votre fouvenir eft la plus douce de mes confolations.

Je vous fuis très-obligé de ces ruines de la Gréce ; je crois qu'on eft actuellement à Paris dans les ruines du bon goût, et quelquefois dans celles du bon fens ; mais de bons efprits, tels que vous et vos amis, foutiendront toujours l'honneur de la nation. Il eft vrai qu'ils feront en petit nombre ; mais, à la longue, le petit nombre gouverne le grand.

J'ai vu depuis peu un ouvrage pofthume de monfieur *Fréret*, fecrétaire de l'académie des belles-lettres. Ce livre mérite d'entrer dans votre bibliothéque, il ne paraît pas fait pour être lu de tout le monde ; mais il y a d'excellentes recherches, et, fi l'on y trouve quelque chofe de dangereux, vous en favez affez pour le réfuter. J'aurai l'honneur de vous l'envoyer par la diligence de Lyon, à l'adreffe qu'il 1766. vous plaira de m'indiquer.

Madame *Denis* eft très-touchée de votre fouvenir. Agréez, Monfieur, mes tendres refpects que je vous préfente du fond de mon cœur.

*P. S.* Si vous aimez *Henri IV*, comme je n'en doute pas, je vous exhorte à lire la juftification du préfident de *Thou* contre le fieur de *Bury*, auteur d'une nouvelle vie d'*Henri IV*.

# LETTRE CCXIII.

## A M. DAMILAVILLE.

1 de juillet.

ON me mande, mon cher frère, une étrange nouvelle. Les deux infenfés, dit-on, qui ont profané une églife en Picardie, ont répondu, dans leurs interrogatoires, qu'ils avaient puifé leur averfion pour nos faints myftères, dans les livres des encyclopédiftes et de plufieurs philofophes de nos jours. Cette nouvelle eft fans doute fabriquée par les ennemis de la raifon, de la vertu et de la religion. Qui fait mieux que vous combien tous ces philofophes ont tâché d'infpirer le plus profond refpect pour les lois reçues? Ils ne font que des précepteurs de morale, et on les accufe de corrompre la jeuneffe. On cherche à renouveler l'aventure de *Socrate*; on veut rendre les Parifiens auffi injuftes que les Athéniens, parce qu'on croit plus aifé de les faire reffembler aux Grecs par leur folie que par leurs talens.

Ne pourriez-vous pas remonter à la fource d'un bruit fi odieux et fi ridicule? Je vous prie de mettre tous vos foins à vous en informer.

J'ai reçu la vifite d'un homme de mérite qui vous a vu quelquefois chez M. d'*Olbac*; fon nom eft, je crois, *Bergier*. Il m'a paru en effet digne de vivre avec vous.

On dit que mademoifelle *Clairon* a rendu le pain béni, et que toute la paroiffe a battu des mains.

M. le prince de *Brunfwick* vient bientôt honorer mon défert de fa préfence. Je ne fais comment je pourrai le recevoir dans l'état où je fuis. Je m'affaiblis plus que jamais, mon cher frère; mais, puifque *Fréron* et *Omer* fe portent bien, je dois être content.

Je vous embraffe avec la plus tendre amitié. *Ecr. l'inf.*

# LETTRE CCXIV. 1766.

## A M. LULLIN,

CONSEILLER ET SECRETAIRE D'ETAT DE GENEVE.

A Ferney, 5 de juillet.

MONSIEUR,

PARMI les fottifes dont ce monde eft rempli, c'eft
une fottife fort indifférente au public qu'on ait dit
que j'avais engagé le confeil de Genève à condamner
les livres du fieur *J. J. Rouffeau*, et à décréter fa perfonne ; mais vous favez que c'eft par cette calomnie
qu'ont commencé vos divifions. Vous pourfuivîtes le
citoyen qui, étant abufé par un bruit ridicule, s'éleva
le premier contre votre jugement, et qui écrivit que
plufieurs confeillers avaient pris chez moi, et à ma
follicitation, le deffein de févir contre le fieur
*Rouffeau*, et que c'était dans mon château qu'on avait
dreffé l'arrêt. Vous favez encore que les jugemens
portés contre le citoyen et contre le fieur *J. J.*
*Rouffeau*, ont été les deux premiers objets des plaintes des repréfentans : c'eft-là l'origine de tout le mal.

Il eft donc abfolument néceffaire que je détruife
cette calomnie. Je déclare au confeil et à tout
Genève, que, s'il y a un feul magiftrat, un feul
homme dans votre ville à qui j'aye parlé ou fait
parler contre le fieur *Rouffeau*, avant ou après fa
fentence, je confens d'être auffi infame que les fecrets

auteurs de cette calomnie doivent l'être. J'ai demeuré onze ans près de votre ville, et je ne me suis jamais mêlé que de rendre service à quiconque a eu besoin de moi; je ne suis jamais entré dans la moindre querelle; ma mauvaise santé même, pour laquelle j'étais venu en ce pays, ne m'a pas permis de coucher à Genève plus d'une seule fois.

On a poussé l'absurdité et l'imposture jusqu'à dire que j'avais prié un sénateur de Berne de faire chasser le sieur *J. J. Rousseau* de Suisse. Je vous envoie, Monsieur, la lettre de ce sénateur. Je ne dois pas souffrir qu'on m'accuse d'une persécution. Je hais et méprise trop les persécuteurs pour m'abaisser à l'être. Je ne suis point ami de M. *Rousseau*, je dis hautement ce que je pense sur le bien ou sur le mal de ses ouvrages; mais, si j'avais fait le plus petit tort à sa personne, si j'avais servi à opprimer un homme de lettres, je me croirais trop coupable.

LETTRE

# LETTRE CCXV.

## A MADAME GEOFFRIN, *à Varsovie.*

5 de juillet.

Vous êtes, Madame, avec un roi qui feul de tous les rois ne doit fa couronne qu'à fon mérite. Votre voyage vous fait honneur à tous deux. Si j'avais eu de la fanté, je me ferais préfenté fur votre route, et j'aurais voulu paraître à votre fuite. Je ne peux

### *Réponfe de madame Geoffrin.*

A Varfovie, 25 de juillet.

Dans l'inftant même que j'ai reçu votre lettre, Monfieur, je l'ai envoyée au roi avec les cahiers qui l'accompagnaient. Sa Majefté me fit l'honneur de m'écrire fur le champ le billet que voici en original :

» J'ai cru voir, dans la lettre que *Voltaire* vous écrit, la raifon qui » s'adreffe à l'amitié en faveur de la juftice. Quand je ferai une ftatue » de l'amitié, je lui donnerai vos traits. Cette divinité eft mère de la » bienfefance : vous êtes la mienne depuis long-temps, et votre fils ne » vous refuferait pas, quand même ce que *Voltaire* me demande ne » m'honorerait pas autant. »

Comme c'eft à vous, Monfieur, que je le dois, je vous en fais l'hommage et le facrifice. Sa Majefté me fit dire que nous lirions enfemble la brochure. Sa Majefté me l'a lue. Comme le roi lit auffi parfaitement bien que vous écrivez, Monfieur, le lecteur et l'auteur m'ont fait paffer une foirée délicieufe.

Sa Majefté a été très-touchée du fort des malheureux pour lefquels vous vous intéreffez ; elle m'a donné de fa poche deux cents ducats.

Le roi a foupiré, Monfieur, en lifant l'endroit de votre lettre où vous paraiffez regretter de n'avoir pu m'accompagner. Vous avez vu des rois ! Eh bien, l'ame, le cœur, l'efprit et les agrémens de celui-ci auraient été, pour votre philofophie et votre humanité, un fpectacle intéreffant, touchant, agréable, et peut-être nouveau.

Je payerai bien cher le plaifir que j'ai eu de voir un roi qui était

—— mieux faire ma cour à sa Majesté et à vous, Madame, qu'en vous proposant une bonne action : daignez lire, et faire lire au roi le petit écrit ci-joint. Ceux qui secourent les *Sirven*, et qui prennent en main leur cause, ont besoin d'être appuyés par des noms respectés et chéris. Nous ne demandons qu'à voir notre liste honorée par ces noms qui encouragent le public. L'aide la plus légère nous suffira. La gloire de protéger l'innocence vaut le centuple de ce qu'on donne. L'affaire dont il s'agit intéresse le genre-humain, et c'est en son nom qu'on s'adresse à vous, Madame. Nous vous devrons l'honneur et le plaisir de voir un bon roi secourir la vertu contre un juge de village, et contribuer à extirper la plus horrible superstition.

   J'ai l'honneur d'être, &c.

celui de mon cœur, avant que d'être celui de la Pologne. Je sens que la présence réelle de ses vertus, de sa sensibilité, des charmes de sa société et de sa personne, remue mon cœur bien plus vivement que ne fesait le souvenir que j'en avais conservé, quoiqu'il me fût toujours présent, et assez fort pour me faire entreprendre un très-grand voyage.

Cette douce nourriture, que je suis venu chercher pour mon sentiment, va se changer en amertume pour le reste de ma vie, quand il me faudra, en quittant ces lieux, prononcer le mot *jamais*.

Je serai de retour chez moi à la fin d'octobre. Vous aurez la bonté, Monsieur, de me faire savoir à qui je dois remettre l'aumône du roi. J'y joindrai le denier de la veuve.

Soyez persuadé que j'ai la même horreur que vous pour le fanatisme et ses effroyables effets, et que votre humanité et votre zèle m'inspirent une aussi grande vénération que la beauté de votre esprit, son étendue, et l'immensité de vos connaissances me causent d'admiration.

La réunion de ces sentimens me rend digne, Monsieur, de vous louer et de vous respecter. Sa Majesté a voulu garder la lettre que vous m'avez fait l'honneur de m'écrire. Par ce sacrifice que je fais au roi, et par celui que je vous fais de son billet, vous devez connaître mon cœur. Vous voyez qu'il préfère à sa propre gloire le plaisir de faire des heureux.

# LETTRE CCXVI. 1766.

## A M. L'ABBÉ MORELLET.

7 de juillet.

C'EST moi, mon cher frère, qui voudrais passer avec vous, dans ma retraite, les derniers six mois qui me restent peut-être encore à vivre. C'est *Antoine* qui voudrait recevoir *Paul*. Mon désert est plus agréable que ceux de la Thébaïde, quoiqu'il ne soit pas si chaud. Tous nos hermites vous aiment, tous chantent vos louanges et désirent passionnément votre retour.

Le livre de *Fréret* est bien dangereux, mais *oportet hæreses esse*. Les manuscrits de *du Marsais* et de *Chénelart* ont été imprimés aussi. Il est bien triste que l'on impute quelquefois à des vivans, et même à de bons vivans, les ouvrages des morts. Les philosophes doivent toujours soutenir que tout philosophe qui est en vie est un bon chrétien, un bon catholique. On les loue quelquefois des mêmes choses que les dévots leur reprochent, et ces louanges deviennent funestes, *che sono acensé e paron' lodi*. Le bruit de ces dangereux éloges va frapper les longues et superbes oreilles de certains pédans, et ces pédans irrités poursuivent avec rage de pauvres innocens qui voudraient faire le bien en secret. La dernière scène qui vient de se passer à Paris, prouve bien que les frères doivent cacher soigneusement les mystères et les noms de leurs frères. Vous savez

B b 2

—— que le conseiller *Pasquier* a dit en plein parlement
que les jeunes gens d'Abbeville, qu'on a fait mourir,
avaient puisé leur impiété dans l'école et dans les
ouvrages des philosophes modernes. Ils ont été
nommés par leur nom ; c'est une dénonciation dans
toutes les formes. On les rend complices des profanations insensées de ces malheureux jeunes gens.
On les fait passer pour les véritables auteurs du supplice dans lequel on a fait expirer de jeunes
indiscrets. Y a-t-il jamais rien de plus méchant et de
plus absurde que d'accuser ainsi ceux qui enseignent
la raison et les mœurs, d'être les corrupteurs de
la jeunesse. Qu'un janséniste fanatique eût été coupable d'une telle calomnie, je n'en serais pas surpris ; mais que ce soit un conseiller de grand'chambre,
cela est honteux pour la nation. Le mal est que
ces imputations parviennent au roi, et qu'elles
paraissent dictées par l'impartialité et par l'esprit de
patriotisme. Les sages, dans des circonstances si
funestes, doivent se taire et attendre.

Quand vous trouverez, mon cher frère, les livres
que vous avez eu la bonté de me promettre,
M. *Damilaville* les payera à votre ordre. Rien ne
presse. Ne songez qu'à vos travaux et à vos amu-
semens ; vivez aussi heureux qu'un pauvre sage peut
l'être, et souvenez-vous des hermites qui vous seront
très-tendrement attachés.

# LETTRE CCXVII.

## À M. LE COMTE D'ARGENTAL.

12 de juillet.

Mes divins anges, quoique les belles-lettres foient un peu honnies, que le théâtre foit défert, que les hommes n'aient plus de voix, que les femmes ne fachent plus attendrir, quoiqu'il faille enfin renoncer au monde, je ne renonce point aux roués, et je vous prie de me les renvoyer, pour qu'ils reçoivent chez moi la confirmation de l'arrêt que vous avez porté fur eux.

Puis-je vous demander s'il eft vrai qu'on ait imprimé Barnevelt ?

Avez-vous vu M. de *Chabanon* ? êtes-vous contens de fon plan ?

Je ne vous parle que de théâtre, et cependant j'ai le cœur navré. C'eft que je n'aime point du tout les *Félix* qui font mourir inhumainement, et dans des fupplices recherchés, les *Polyeucte* et les *Néarque*. Je conviens que les *Polyeucte* et les *Néarque* ont très-grand tort ; ce font de grands extravagans : mais les *Félix* n'ont certainement pas raifon. Il y a enfin des fpectateurs qui n'aiment point du tout de pareilles pièces. Je me perfuade que vous êtes de leur nombre, furtout après avoir lu l'excellent *Traité des délits et des peines*. Il fe paffe des chofes bien horribles dans ce monde ; mais on en parle un moment, et puis on va fouper.

Refpect et tendreffe.

Bb 3

## LETTRE CCXVIII.

## A M. DAMILAVILLE.

*12 de juillet.*

Mon cher frère, *Polyeucte* et *Néarque* déchirent toujours mon cœur; et il ne goûtera quelque confolation que quand vous me manderez tout ce que vous aurez pu recueillir.

On dit qu'on ne jouera point la pièce de *Collé*: je m'y intéreffe peu, puifque je ne la verrai pas; et, en vérité, je fuis incapable de prendre aucun plaifir après la funefte cataftrophe dont on veut me rendre en quelque façon refponfable: Vous favez que je n'ai aucune part au livre que ces pauvres infenfés adoraient à genoux. Il pleut de tous côtés des ouvrages indécens, comme *la Chandelle d'Arras*, *le Compère Mathieu*, *l'Efpion chinois*, et cent autres avortons qui périffent au bout de quinze jours, et qui ne méritent pas qu'on faffe attention à leur exiftence paffagère. Le miniftère ne s'occupe pas fans doute de ces pauvretés : il n'eft occupé que du foin de faire fleurir l'Etat; et l'intérêt réduit à quatre pour cent eft une preuve d'abondance.

Je tremble que M. de *Beaumont* ne fe décourage: je vous conjure d'exciter fon zèle. J'ai pris des mefures qui vont m'embarraffer beaucoup, s'il abandonne cette affaire des *Sirven*. Parlez-lui, je vous prie, de celle d'Abbeville; il s'en fera fans doute informé. Je ne connais point de loi qui ordonne la torture et la mort pour des extravagances qui n'annoncent qu'un cerveau troublé. Que fera-t-on donc aux empoifonneurs et aux parricides?

Adieu, mon cher ami ; adouciffez, par vos lettres, la trifteffe où je fuis plongé.

# LETTRE CCXIX.

## A M. LE COMTE D'ARGENTAL.

Aux eaux de Rolle en Suiffe, par Genève, 14 de juillet.

MES chers anges, mettez-moi aux pieds de M. de *Chauvelin* ; dites-lui que je penfe comme lui ; dites-lui que la pièce infpire je né fais quoi d'atroce, mais qu'elle n'ennuie point; qu'elle eft un peu dans le goût anglais, qu'on n'a eu d'autre intention que de dire ce qu'on penfe d'*Augufte* et d'*Antoine*, et que d'ailleurs elle eft affez fortement écrite.

Non vraiment je n'ai point ma minute ; je l'avais envoyée au libraire; je ferai mon poffible pour la retirer, et je vous conjure encore, par vos ailes, de me renvoyer ma copie, par la diligence de Lyon, à Meyrin, en belle toile cirée : c'eft la façon dont il faut s'y prendre pour faire tenir tous les gros paquets. Vous verrez, par l'étrange lettre que j'ai reçue d'un château près d'Abbeville, que vos dignes avocats ont encore bien plus fortement raifon qu'ils ne penfaient. Il y a dans tout cela de quoi frémir d'horreur. Je fuis perfuadé que le roi aurait fait grâce, s'il avait su tout ce détail ; mais la tête avait tourné à ce pauvre chevalier de *la Barre* et à tout le monde ; on n'a pas su le défendre, on n'a pas su même récuser des témoins qu'on pouvait regarder comme subornés par *Belleval*. D'ailleurs, ce qui est bien singulier, c'est qu'il n'y a point de loi expresse pour un pareil délit. Il est abandonné, comme presque tout le reste, à la prudence ou au caprice du juge. Le lieutenant d'Abbeville a craint de n'en pas faire assez, et le parlement en a trop fait. Vous savez que des vingt-cinq juges il n'y en a eu que quinze qui ont opiné à la mort. Mais quand plus d'un tiers des opinans penche vers la clémence, les deux autres tiers sont bien cruels. De quoi dépend la vie des hommes ! Si la loi était claire, tous les juges seraient du même avis ; mais quand elle ne l'est pas, quand il n'y a pas même de loi, faut-il que cinq voix de plus suffisent pour faire périr, dans les plus horribles tourmens, un jeune gentilhomme qui n'est coupable que de folie ? que lui aurait-on fait de plus s'il avait tué son père ?

En vérité, si le parlement est le père du peuple, il ne l'est pas de la famille d'*Ormesson*. Je suis saisi d'horreur. Je prends actuellement des eaux minérales, mais sûrement elles me feront mal ; on ne digère rien après de pareilles aventures.

Je ne suis point surpris de la conduite de ce malheureux *Jean-Jacques*, mais j'en suis très-affligé. Il est affreux qu'il ait été donné à un pareil coquin de faire le *Vicaire savoyard*. Ce malheureux fait trop de tort à la philosophie ; mais il ne ressemble

aux philofophes que comme les finges reffemblent
aux hommes.

Toute ma petite famille, mes anges, fe met au
bout de vos ailes, et moi furtout qui vous adore
autant que je hais, &c. &c. &c. &c. &c.

Je vous demande en grâce de m'envoyer la confultation des avocats; il n'y a qu'à la mettre dans
le paquet couvert de toile cirée, afin que les brûlés
foient avec les roués.

## LETTRE CCXX.

### A M. DAMILAVILLE.

Aux eaux de Rolle en Suiffe, 14 de juillet.

Vous allez être bien étonné; vous allez frémir,
mon cher frère, quand vous lirez la relation que
je vous envoie. Qui croirait que la condamnation
de cinq jeunes gens de famille à la plus horrible
mort pût être le fruit de l'amour et de la jaloufie
d'un vieux fcélérat d'élu d'Abbeville ? La première
idée qui vient, eft que cet élu eft un grand réprouvé;
mais il n'y a pas moyen de rire dans une cir-
conftance fi funefte. Ne faviez-vous pas que plufieurs
avocats ont donné une confultation qui démontre
l'abfurdité de cet affreux arrêt ? ne l'aurai-je point
cette confultation ?

On dit que le premier préfident leur en a voulu
faire des reproches, et qu'ils lui ont répondu avec
la nobleffe et la fermeté dignes de leur profeffion.

C'eft une chofe abominable que la mort des hommes et que les plus terribles fupplices dépendent de cinq radoteurs qui l'emportent, par la majorité des voix, fur les dix confeillers du parlement, les plus éclairés et les plus équitables. Je fuis perfuadé que, fi fa Majefté eût été informée du fond de l'affaire, elle aurait donné grâce ; elle eft jufte et bienfefante : mais la tête avait tourné aux deux malheureux, et ils fe font perdus eux-mêmes.

Je vous conjure, mon cher frère, d'envoyer à M. de *Beaumont* copie de la relation, avec le petit billet que je lui écris.

Je vous embraffe avec autant de douleur que de tendreffe.

Eft-ce qu'on a brûlé *les délits et les peines ?*

## AU MEME.

Aux eaux de Rolle, 14 de juillet.

J E fuis toujours aux eaux, et affez malade, mon cher ami. J'ai mal daté ma dernière qui pourtant ne partira qu'avec ce billet-ci. Je vous fupplie de faire rendre cet autre billet à *Lacombe.* Mes amis favent fans doute que je fuis aux eaux ; mais je recevrai exactement toutes les lettres qu'on m'écrira à Genève.

Voici ce qu'on m'écrit fur *Jean-Jacques* :

*J'ai vu les lettres de M. Hume.* Il mande *que Rouffeau eft le fcélérat le plus atroce, le plus noir qui ait jamais déshonoré la nature humaine ; qu'on lui avait bien dit*

*qu'il avait tort de se charger de lui , mais qu'il avait*
*cédé aux instances de ses protecteurs ; qu'il avait mis le*
*scorpion dans son sein, et qu'il en avait été piqué ; que*
*le procès , avec cet homme affreux , allait être imprimé*
*en anglais ; qu'il priait qu'on le traduisît en français ,*
*et qu'on vous en envoyât un exemplaire.*

# LETTRE CCXXI.

## A M. ELIE DE BEAUMONT, *avocat.*

Aux eaux de Rolle, le 14 de juillet.

Etes-vous, mon cher *Cicéron* , du nombre de
ceux qui ont fait une consultation en faveur de
l'humanité, contre une cruauté indigne de ce siècle ?
vous en êtes bien capable. Je vous en révèrerai et
aimerai bien davantage. Vous auriez fait encore
plus , si vous aviez lu la relation véritable que
M. *Damilaville* doit vous communiquer. Que vous
avez bien raison de faire voir que votre jurisprudence
criminelle est encore bien barbare !

Ne vous découragez point , mon cher *Cicéron*,
de tout ce que vous voyez ; donnez , au nom de
Dieu , votre mémoire pour les *Sirven* , dûssiez-vous
ne point obtenir d'attribution de juges. Je vous
répète que ce mémoire sera votre chef-d'œuvre,
qu'il mettra le comble à votre réputation ; et , quant
aux *Sirven*, ils seront toujours assez justifiés dans
l'Europe.

Soyez toujours le défenseur de l'innocence et de

la raifon ; rendez les hommes meilleurs et plus éclairés ; c'eft votre vocation. Soyez furtout heureux vous-même avec votre digne époufe. Mon cœur eft à vous , et mon efprit eft le client du vôtre.

## LETTRE CCXXII.

A M. LACOMBE, *libraire à Paris.*

Aux eaux de Rolle, 14 de juillet.

JE ne crois point du tout, Monfieur, que cette pièce (*) puiffe être jouée ; je penfe feulement qu'elle eft faite pour être lue par les gens de lettres : ainfi il me paraît que vous ne devez pas en tirer un grand nombre d'exemplaires. Je vous avoue qu'on ne veut faire imprimer cet ouvrage qu'en faveur des notes ; et, pour peu que les cenfeurs trouvent à redire à quelques-unes des notes , on les corrigera fans difficulté.

Je vous dirai franchement que la pièce paraît plutôt une fatire de Rome qu'une tragédie ; et je ne puis penfer qu'une pièce de théâtre , fans intérêt, fe faffe jouer. Je vous prie d'ailleurs de penfer que la repréfentation d'un *orage* ne caractérife point les profcriptions de trois coquins ; cet orage m'a paru fort étranger au fujet. Le ton fur lequel la comédie eft aujourd'hui montée ne permet pas de croire qu'on joue des pièces de ce caractère. On eft fort las des anciens Romains ; on ne fe pique plus de déclamer

( * ) Le Triumvirat.

1766.

des vers comme on fefait du temps de *Baron;* on veut du jeu de théâtre ; on met la pantomime à la place de l'éloquence ; ce qui peut réuffir dans le cabinet devient froid fur la fcène.

Voilà bien des raifons pour vous engager à n'imprimer d'abord qu'un très-petit nombre d'exemplaires. Au refte, l'auteur de cet ouvrage ne veut point fe faire connaître ; c'eft un homme retiré, qui craint le public, et qui n'afpire point à la réputation. Pour moi, je n'afpire qu'à votre amitié. J'ajouterai qu'il y a quelques vers dans la pièce qui font affez dans mon goût et dans ma manière d'écrire. Plufieurs jeunes gens m'ont fait cet honneur quelquefois ; ils ont imité mon ftyle en l'embelliffant. Je fens bien qu'on pourra me foupçonner, mais on aura grand tort affurément; et je ne doute pas que votre amitié ne me rende le fervice de diffiper ces foupçons.

Il paraît depuis peu une *Hiftoire du commerce et de la navigation des Egyptiens.* Je vous prie de me l'envoyer à Meyrin près de Genève.

# LETTRE CCXXIII.

## A M. LE COMTE D'ARGENTAL.

Aux eaux de Rolle, 16 de juillet.

J E me jette à votre nez, à vos pieds, à vos ailes, mes divins anges. Je vous demande en grâce de m'apprendre s'il n'y a rien de nouveau. Je vous fupplie de me faire avoir la confultation des avocats;

—— c'eft un monument de générofité , de fermeté et de
fageffe , dont j'ai d'ailleurs un très-grand befoin. Si
vous n'en avez qu'un exemplaire , et que vous ne
vouliez pas le perdre , je le ferai tranfcrire, et je
vous le renverrai auffitôt.

L'atrocité de cette aventure me faifit d'horreur et
de colère. Je me repens bien de m'être ruiné à bâtir
et à faire du bien dans la lifière d'un pays où l'on
commet, de fang froid et en allant dîner , des barbaries qui feraient frémir des fauvages ivres. Et c'eft-
là ce peuple fi doux, fi léger et fi gai ! Arlequins
anthropophages ! je ne veux plus entendre parler de
vous. Courez du bûcher au bal , et de la grève à
l'opéra comique ; rouez *Calas* , pendez *Sirven* ,
brûlez cinq pauvres jeunes gens qu'il fallait, comme
difent mes anges, mettre fix mois à Saint-Lazare : je
ne veux pas refpirer le même air que vous.

Mes anges, je vous conjure , encore une fois , de
me dire tout ce que vous favez. L'inquifition eft fade
en comparaifon de vos janféniftes de grand'chambre
et de tournelle. Il n'y a point de loi qui ordonne
ces horreurs en pareil cas; il n'y a que le diable qui
foit capable de brûler les hommes en dépit de la
loi. Quoi, le caprice de cinq vieux fous fuffira pour
infliger des fupplices qui auraient fait trembler
*Bufiris !* Je m'arrête ; car j'en dirais bien davantage.
C'eft trop parler de démons, je ne veux qu'aimer
mes anges.

## LETTRE CCXXIV.

## A M. DAMILAVILLE.

A Genève, 16 de juillet.

VOTRE ami, Monsieur, est toujours aux eaux de Rolle en Suisse, et les médecins lui ont conseillé un grand régime. Vous pouvez toujours m'écrire chez M. *Souchay* à Genève, tant pour les affaires de Bugey, que pour le vingtième.

Nous vous supplions très-instamment, M. *Frégote* et moi, de nous envoyer, à l'adresse de M. *Souchay*, la consultation des avocats, les conclusions du procureur général, comme aussi l'avis du rapporteur, les noms des juges qui ont opiné pour, et ceux des juges qui ont opiné contre, afin que nous puissions nous conduire avec plus de sureté dans la révision de cette affaire.

Nous espérons tirer un grand parti de la consultation des avocats; nous nous flattons même de vous envoyer, avant qu'il soit peu, un mémoire raisonné qu'on nous dit être fait sur la bonne jurisprudence, touchant le fait et le droit.

S'il y a quelque chose de nouveau, nous vous prions de vouloir bien en parler à MM. les conseillers *Mignot* et d'*Ornoi*, qui vous donneront sans doute les éclaircissemens nécessaires.

Nous nous recommandons à votre amitié et à votre bonté, étant très-particulièrement, Monsieur, vos très-humbles et très-obéissans serviteurs,

*J. L. B. et compagnie.*

# LETTRE CCXXV.

## A M. LE COMTE DE ROCHEFORT.

Aux eaux de Rolle, 16 de juillet.

La petite acquifition de mon cœur, que vous avez faite, Monfieur, vous eft bien confirmée. En vous remerciant des ruines de la Gréce, que vous voulez bien m'envoyer. Vous voyez quelquefois dans Paris les ruines du bon goût et du bon fens, et vous ne verrez jamais que chez un petit nombre de fages les ruines que vous défirez de voir.

Voici une relation (*la Relation d'Abbeville*) qu'on m'envoie, dans laquelle vous trouverez un trifte exemple de la décadence de l'humanité. On me mande que cette horrible aventure n'a prefque point fait de fenfation dans Paris. Les atrocités qui ne fe paffent point fous nos yeux ne nous touchent guère ; perfonne même ne favait la caufe de cette funefte cataftrophe. On ne pouvait pas deviner qu'un vieux élu, très-réprouvé, amoureux, à foixante ans, d'une abbeffe, et jaloux d'un jeune homme de vingt-deux ans, avait feul été l'auteur d'un événement fi déplorable. Si fa Majefté en avait été informée, je fuis perfuadé que la bonté de fon caractère l'aurait portée à faire grâce.

Voilà trois défaftres bien extraordinaires, en peu d'années ; ceux des *Calas*, des *Sirven*, et de ces malheureux jeunes gens d'Abbeville. A quels piéges affreux la nature humaine eft expofée ! Je bénis ma

fortune

fortune qui me fait achever ma vie dans les déserts — 1766.
des Suisses, où l'on ne connaît point de pareilles
abominations. Elles mettent la noirceur dans l'ame.
Les Français passent pour être gais et polis ; il vaudrait bien mieux passer pour être humains. *Démocrite*
doit rire de nos folies ; mais *Héraclite* doit pleurer
de nos cruautés. Je retournerai demain dans l'hermitage où vous m'avez vu pour recevoir le prince de
*Brunswick*. On le dit humain et généreux ; c'est le
caractère des braves gens. Les robes noires, qui
n'ont jamais connu le danger, sont barbares.

Pardonnez à la tristesse de ma lettre, vous, Monsieur, qui pensez comme le prince de *Brunswick*.
Conservez-moi une amitié que je mérite par mon
tendre et respectueux attachement pour vous.

# LETTRE CCXXVI.

## A M. LE MARECHAL DUC DE RICHELIEU.

Aux eaux de Rolle, 18 de juillet.

JE ne sais où vous êtes, Monseigneur; mais, quelque part que vous soyez, vous êtes compatissant et
généreux : vous serez touché de cette relation qu'on
m'a envoyée (*). Je suis persuadé que, si on avait

(*) *Extrait d'une lettre d'Abbeville, du 7 de juillet.*

. . . . . . . . . . . . .

UN habitant d'Abbeville, lieutenant de l'élection, riche, avare, et
nommé *Belleval*, vivait avec la plus grande intimité avec l'abbesse de

——— été informé de l'origine de cette horrible aventure, on aurait fait quelque grâce. Cet élu d'Abbeville vous paraîtra un grand réprouvé. Il eſt ſeul la cauſe

Vignancour, fille de M. de *Brou*, lorſque deux jeunes gentilshommes, parens de l'abbeſſe, nommés de *la Barre*, arrivèrent à Abbeville. L'abbeſſe les reçut chez elle, les logea dans l'intérieur du couvent, plaça, peu de temps après, l'aîné des deux frères dans les mouſquetaires. Le plus jeune, âgé de ſeize à dix-ſept ans, toujours logé chez ſa couſine, toujours mangeant avec elle, fit connaiſſance avec la jeuneſſe de la ville, l'introduiſit chez l'abbeſſe; on y ſoupait, on y paſſait une partie de la nuit.

Le ſieur *Belleval*, congédié de la maiſon, réſolut de ſe venger. Il ſavait que le chevalier de *la Barre* avait commis de grandes indécences, quatre mois auparavant, avec quelques jeunes gens de ſon âge mal élevés. L'un d'eux même avait donné, en paſſant, un coup de baguette ſur un poteau auquel était attaché un crucifix de bois; et quoique le coup n'eût été donné que par derrière, et ſur le ſimple poteau, la baguette, en tournant, avait frappé malheureuſement le crucifix. Il ſut que ces jeunes gens avaient chanté des chanſons impies, qui avaient ſcandaliſé quelques bourgeois. On reprochait ſurtout au chevalier de *la Barre* d'avoir paſſé à trente pas d'une proceſſion qui portait le Saint-Sacrement, et de n'avoir pas ôté ſon chapeau.

*Belleval* courut de maiſon en maiſon exagérer l'indécence très-répréhenſible du chevalier et de ſes amis. Il écrivit aux villes voiſines; le bruit fut ſi grand que l'évêque d'Amiens ſe crut obligé de ſe transporter à Abbeville, pour réparer le ſcandale par ſa piété.

Alors on fit des informations, on jeta des monitoires, on aſſigna des témoins; mais perſonne ne voulait accuſer juridiquement de jeunes indiſcrets dont on avait pitié. On voulait cacher leurs fautes, qu'on imputait à l'ivreſſe et à la folie de leur âge.

*Belleval* alla chez tous les témoins, il les menaça, il les fit trembler, il ſe ſervit de toutes les armes de la religion, enfin il força le juge d'Abbeville à le faire aſſigner lui-même en témoignage. Il ne ſe contenta pas de groſſir les objets dans ſon interrogatoire, il indiqua les noms de tous ceux qui pouvaient témoigner, il requit même le juge de les entendre. Mais ce délateur fut bien ſurpris lorſque le juge, ayant été forcé d'agir et de rechercher les imprudens complices du chevalier de *la Barre*, il trouva le fils du délateur *Belleval* à la tête.

*Belleval* deſeſpéré fit évader ſon fils avec le ſieur d'*Etallonde*, fils du préſident de *Bancour*, et le jeune d'*Ouville*, fils du maire de la ville. Mais pouſſant juſqu'au bout ſa jalouſie et ſa vengeance contre le cheva-

du défefpoir de cinq familles, et il eft lui-même au 1766.
nombre de ceux qu'il a accablés par fa méchanceté.
La peine de mort n'eft point ordonnée par la loi,
et le degré du châtiment eft entièrement abandonné
à la prudence des juges.

Il y a plufieurs années qu'une profanation beaucoup plus facrilége fut commife dans la ville de Dijon;
les coupables furent condamnés à fix mois de prifon,
et à quatre mille livres envers les pauvres, payables
folidairement. Les meilleurs jurifconfultes prétendent
que, dans les délits qui ne traînent pas après eux
des fuites dangereufes, et dont la punition eft arbitraire, il faut toujours pencher vers la clémence,
plutôt que vers la cruauté.

Il eft trifte de voir des exemples d'inhumanité
dans une nation qui recherche la réputation d'être

---

lier de *la Barre*, il le fit fuivre par un efpion. Le chevalier fut arrêté
avec le fieur *Moifnel* fon ami. La tête leur tourna, comme vous le pouvez
bien penfer, dans leur interrogatoire. Cependant *Moifnel* repondit plus
fagement que *la Barre*. Celui-ci fe perdit lui-même; vous favez le refte.

Je me trouvai famedi à Abbeville, où une petite affaire m'avait conduit,
lorfque de *la Barre* et *Moifnel*, efcortés de quatre archers, y arrivèrent de
Paris, par une route détournée. Je ne faurais vous donner une jufte
idée de la confternation de cette ville, de l'horreur qu'on y reffent contre
*Belleval*, et de l'effroi qui règne dans toutes les familles. Le peuple même
trouve l'arrêt trop cruel; il déchirerait *Belleval*; il eft forti d'Abbeville,
et on ne fait où il eft.

*Nota benè.* Les accufés ont été condamnés par le parlement de Paris,
en confirmation de la fentence d'Abbeville, à avoir la langue et le poing
coupés, la tête tranchée, et à être jetés dans les flammes, après avoir
fubi la queftion ordinaire et extraordinaire. Le chevalier de *la Barre* a
été feul exécuté; on continue le procès du fieur *Moifnel*. Plufieurs avocats
ont figné une confultation par laquelle ils prouvent l'illégalité de l'arrêt.
Il y avait vingt-cinq juges; quinze opinèrent à la mort, et dix à une
correction légère.

douce et polie, Je fais bien qu'il n'y a point de remède aux chofes faites ; mais j'ai cru que vous ne feriez pas fâché d'être inftruit de ce qui a produit cette cataftrophe épouvantable.

Il eft trifte que l'amour en foit la caufe : il n'eft pas accoutumé , dans notre fiècle , à produire de telles horreurs ; il me femble que vous l'aviez rendu plus humain.

Continuez-moi vos bontés , et pardonnez-moi de ne vous pas écrire de ma main. Ma miférable fanté eft dans un tel état que je ne fuis capable que de vous aimer et de vous refpecter jufqu'au dernier moment de ma vie.

## LETTRE CCXXVII.

### A M. LE MARQUIS DE VILLEVIEILLE.

18 de juillet.

En vérité, Monfieur , vous avez adouci mes maux et prolongé ma vie en me gratifiant de ces dix paquets de la poudre des chartreux. Je n'ai qu'une feule prife de la poudre des pilules de Pruffe.

Oui, fans doute, il faut faire une feconde édition de cet ouvrage (\*), et il y en aura plus d'une. L'avant-propos eft violent ; cet avant-propos eft du roi : il n'y a qu'une feule faute , mais elle eft grave, et fera relevée par les ennemis de la raifon. Il y parle d'une falfification d'un paffage dans l'*Evangile* de *Jean*.

(\*) L'abrégé de l'Hiftoire eccléfiaftique.

L'on prétend que ce n'eft point ce paffage de l'*Evangile* qui a été falfifié, mais bien deux endroits d'une épître. Le corps de l'hiftoire eft de l'abbé de *Prades*; il a befoin de beaucoup de corrections et d'additions. On m'a parlé de quelques autres ouvrages qui paraiffent. Je remercie ceux qui nous éclairent ; mais je tremble pour eux, à moins qu'ils ne foient des rois de Pruffe. La relation que je vous envoie vous fera frémir comme moi : l'inquifition aurait été moins barbare.

La poftérité ne concevra pas comment les gentilshommes d'une province ont laiffé immoler d'autres gentilshommes par des bourreaux, fur un arrêt de vingt-cinq bourreaux en robe, à la pluralité de quinze voix contre dix. C'était bien là le cas, au moins, de faire des repréfentations à ceux qui en font tous les jours de fi violentes pour des fujets bien moins intéreffans.

Je fouhaite paffionnément, Monfieur, d'avoir l'honneur de vous revoir. Je crois avoir retrouvé en vous un autre marquis de *Vauvenargues.* Vous me confolerez de fa perte et des atrocités religieufes qu'on commet encore dans un fiècle qui n'était pas digne de lui. Je vous attends, Monfieur, avec l'attachement le plus tendre et le plus refpectueux.

# LETTRE CCXXVIII.

## A M. DAMILAVILLE.

### 19 de juillet.

CE petit billet ouvert que je vous envoie, mon cher frère, pour *Protagoras* (*), eft pour vous comme pour lui; il eft écrit dans l'amertume de mon cœur. Je crains que *Protagoras* ne foit trop gai au milieu des horreurs qui nous environnent. Le rôle de *Démocrite* eft fort bon, quand il ne s'agit que des folies humaines; mais les barbaries font des *Héraclite*. Je ne crois pas que je puiffe rire de long-temps. Je vous répète toujours la même chofe, je vous fais toujours la même prière. La confultation en faveur de ces malheureux jeunes gens, et le mémoire des *Sirven*, ce font-là mes deux pôles. On m'affure que celui qui eft mort n'avait pas dix-fept ans; cela redouble encore l'horreur.

C'eft aujourd'hui le jour où j'attends une de vos lettres. Si je n'en ai point, mon affliction fera bien cruelle; mais, fi j'ai la confultation des avocats, je recevrai au moins quelque confolation. Je fais que c'eft après la mort le médecin; mais cela peut du moins fauver la vie à d'autres. L'affaffinat juridique de *Calas* a rendu le parlement de Touloufe plus circonfpect; les cris ne font pas inutiles, ils effraient les animaux carnaffiers, au moins pour quelque temps.

(*) M. d'*Alembert*.

Adieu, mon cher frère; je vous embraffe toujours
avec autant de douleur que de tendreffe.

## LETTRE CCXXIX.

### A M. LE PRINCE DE LIGNE.

Aux eaux de Rolle en Suiffe, 22 de juillet.

Vous voyez bien, monfieur le Prince, par le lieu
dont je date, que je ne fuis pas le plus jeune et le
plus vigoureux des mortels. Mais, en quelque état
que je fois, je reffens vos bontés comme fi j'avais
votre âge. Votre lettre me fait voir que vous êtes
auffi philofophe qu'aimable. Né dans le fein des
grandeurs, vous faites peu de cas de celles qui ne
font pas dans vous-même, et qu'on n'obtient que
par la faveur d'autrui. Il ne vous appartient pas
d'être courtifan; c'eft à vous qu'il faut faire fa cour;
et vous pouvez jouir affurément de la vie la plus
heureufe et la plus honorée, fans en avoir l'obligation
à perfonne.

Je ferais bien tenté de vous envoyer un petit écrit
fur une aventure horrible, affez femblable à celle
des *Calas*; mais j'ai craint que le paquet ne fût un
peu trop gros; il eft de deux feuilles d'impreffion.
Je fuis perfuadé qu'il toucherait votre belle ame;
vous y verriez d'ailleurs des chofes très-curieufes.
Je paffe dans ma petite fphère les derniers temps de
ma vie, comme vous paffez vos beaux jours, à faire
le plus de bien dont je fuis capable; c'eft par cela
feul que je mérite un peu les bontés dont vous daignez

Cc 4

m'honorer. Vous en ferez beaucoup dans vos belles et magnifiques terres ; vous y vivrez en fouverain ; vous pourrez attirer auprès de vous des hommes dignes de vous plaire : les plus grands rois n'ont rien au-deffus.

On m'a dit que vous iriez faire un tour en Italie ; je ne fais fi ce bruit eft fondé, mais il me plaît infiniment. Je me flatterais que vous prendriez la route de Genève, que je pourrais avoir l'honneur de vous recevoir dans ma cabane ; vos grâces ranimeraient ma vieilleffe. L'Italie commence à mériter d'être vue par un prince qui penfe comme vous. On y allait, il y a vingt ans, pour voir des ftatues antiques, et pour y entendre de nouvelle mufique ; on peut y aller aujourd'hui pour y voir des hommes qui penfent, et qui foulent aux pieds la fuperftition et le fanatifme.

Tes plus grands ennemis, Rome, font à tes portes.

Il s'eft fait en Europe une révolution étonnante dans les efprits. J'ai trop peu d'efpace pour vous dire ici ce que je penfe du vôtre, et pour vous faire connaître toute l'étendue de mon refpect et de mon attachement. *V.*

# LETTRE CCXXX.

## A M. LE COMTE D'ARGENTAL.

Aux eaux de Rolle en Suiffe, par Genève, 23 de juillet.

Un génevois, nommé *Balleffert*, qui eft à Paris, et qui a remporté un prix à je ne fais quelle académie, par un excellent ouvrage, veut fe préfenter devant mes anges pour obtenir, par leur protection, une audience de M. le duc de *Choifeul*. Je ne fais s'il veut lui parler des affaires de Genève, ou s'il a quelque autre grâce à lui demander; mais je fupplie mes divins anges de daigner lui accorder toute la faveur qu'ils pourront : ce fera une nouvelle grâce que j'aurai reçue d'eux.

Je me flatte que mes anges voudront bien m'envoyer le petit paquet en toile cirée, pour lequel je leur ai préfenté requête. J'ai écrit à M. de *Chauvelin;* pour peu qu'il connaiffe l'amour propre des auteurs, il n'aura pas été médiocrement furpris que je fois en tout de fon avis.

Je ne dormirai point jufqu'à ce que j'aye la confultation des avocats. Hélas ! mes anges, nous ne fommes pas heureux en confultations. Celle de l'avocat qui joue fi bien la comédie, n'a point réuffi; celle qui devait porter les juges à l'humanité, n'a pas empêché qu'on ne traitât de pauvres jeunes gens, coupables d'extravagances, en coupables de parricides; et enfin la confultation de *Beaumont*, pour les *Sirven*, ne vient point. Les horreurs du fanatifme,

—— qui vous environnent, femblent avoir glacé la main d'*Elie ;* il me paraît, au contraire, qu'on devrait s'encourager plus que jamais à combattre l'atrocité des jugemens injuftes. On dit que cet infortuné jeune homme, qui n'avait que vingt et un ans, eft mort avec la fermeté de *Socrate ;* et *Socrate* a moins de mérite que lui : car ce n'eft pas un grand effort, à foixante et dix ans, de boire tranquillement un gobelet de ciguë ; mais, mourir dans des fupplices horribles, à l'âge de vingt et un ans, cela demande affurément plus de courage. Cette barbarie m'occupe nuit et jour. Eft-il poffible que le peuple l'ait foufferte ? L'homme, en général, eft un animal bien lâche ; il voit tranquillement dévorer fon prochain, et femble content, pourvu qu'on ne le dévore pas : il regarde encore ces boucheries avec le plaifir de la curiofité.

Mes anges, j'ai le cœur déchiré.

## LETTRE CCXXXI.

### A M. DAMILAVILLE.

A Genève, 25 de juillet.

L E roi de Pruffe vient d'envoyer cinq cents livres à *Sirven.* Cette petite générofité, à laquelle rien ne l'engageait, m'a été d'autant plus fenfible qu'il ne l'a faite qu'à ma prière, et que ce bienfait a paffé par mes mains. Le mémoire du divin *Elie* produirait bien un autre effet.

Je ne doute pas un moment que, fi vous vouliez

venir vous établir à Clèves, avec *Platon* (*) et quelques amis, on ne vous fît des conditions très-avanta-
geufes. On y établirait une imprimerie qui produirait
beaucoup ; on y établirait une autre manufacture
plus importante , ce ferait celle de la vérité. Vos
amis viendraient y vivre avec vous. Il faudrait qu'il
n'y eût dans ce fecret que ceux qui fonderaient la
colonie. Soyez fûr qu'on quitterait tout pour vous
joindre. *Platon* pourrait partir avec fa femme et fa
fille , ou les laiffer à Paris , à fon choix.

Soyez très-fûr qu'il fe ferait alors une grande révolution dans les efprits , et qu'il fuffirait de deux ou
trois ans pour faire une époque éternelle : les grandes
chofes font fouvent plus faciles qu'on ne penfe.
Puiffe cette idée n'être pas un beau rêve ! Il ne faut
que du zèle et du courage, pour la réalifer ; vous
avez l'un et l'autre. J'attends votre réponfe avec
impatience , et je vous fupplie furtout, mon cher
ami, de preffer *Elie.* Quand même on n'imprimerait
qu'une centaine d'exemplaires de fon factum pour
*Sirven ,* quand même les horreurs où l'on eft plongé
empêcheraient de pourfuivre cette affaire , il en
reviendrait toujours beaucoup de gloire à *Elie*, et
une grande confolation à *Sirven.*

Je fèche en attendant la confultation des avocats
en faveur de cet infortuné qui eft mort avec plus de
courage que *Socrate ;* nous attendons auffi les noms
des juges dont la poftérité doit faire juftice. Voici
l'extrait d'une lettre que je viens de recevoir :

---

(*) M. *Diderot.* Voyez la correfpondance du roi de Pruffe , année
1766.

,, Le chevalier de *la Barre* a foutenu les tourmens et la mort, fans aucune faibleffe et fans aucune oftentation. Le feul moment où il a paru ému eft celui où il a vu le fieur de *Belleval* dans la foule des fpectateurs. Le peuple aurait mis *Belleval* en pièces, s'il n'y avait pas eu main forte. Il y avait cinq bourreaux à l'exécution du chevalier. Il était petit-fils d'un lieutenant général des armées, et ferait devenu un excellent officier. Le cardinal *le Camus*, dont il était parent, avait commis des profanations bien plus grandes ; car il avait communié un cochon avec une hoftie ; et il ne fut qu'exilé. Il devint enfuite cardinal, et mourut en odeur de fainteté. Son parent eft mort dans les plus horribles fupplices, pour avoir chanté des chanfons, et pour n'avoir pas ôté fon chapeau. ,,

> *Boursier*, *chez M. Souchay, au lion d'or.*

On vous recommande les deux inclufes.

# LETTRE CCXXXII.

## A M. LE MARQUIS DE FLORIAN, *à Ornoi.*

Aux eaux de Rolle, 28 de juillet.

Je viens de lire le mémoire figné de huit avocats. Il ne parle point d'une abbeffe, mais d'une fupérieure de couvent. Il dit que le juge devait fe récufer lui-même, parce que, de cinq accufés, il y en avait quatre dont les familles avaient avec lui de violens démêlés. Le mémoire porte que ce juge voulait marier fon fils unique à une demoifelle qui voulait èpoufer le frère aîné d'un de ces accufés même. Cette demoiselle était dans le couvent, et la fupérieure favorifait les prétentions du rival. Il y a bien plus : ce juge était curateur de cette jeune perfonne, et on avait tenu une affemblée des parens de la demoifelle, pour ôter la curatelle à ce juge.

Voilà donc, de tous les côtés, l'amour qui eft la caufe d'un fi grand malheur ; voilà un lieutenant de l'élection, âgé de foixante ans, amoureux d'une religieufe, et voilà un jeune homme amoureux d'une penfionnaire, qui ont produit toute cette affaire épouvantable.

Ce qui nous étonne encore dans ce procès, c'eft que la procédure, ni la fentence, ni l'arrêt, n'ont fait aucune mention de l'audace facrilége avec laquelle on avait mutilé un crucifix ; il n'y a eu aucune charge fur ce crime contre les accufés ; et cette action eft probablement d'un foldat ivre, de la garnifon, ou de quelque ouvrier huguenot de la manufacture d'Abbeville. Mais les enquêtes faites fur cette profanation, ayant été jointes aux autres corps du délit, ont produit dans les efprits une fermentation qui n'a pas peu contribué à l'horreur de la cataftrophe.

Un des principaux corps du délit eft une vieille chanfon grivoife qu'on chante dans tous les régimens. L'une eft intitulée *la Magdelène*, et l'autre *la Saint-Cyr*.

Il eft peu parlé, dans la confultation des avocats, de l'infortuné jeune homme qui a fini fes jours d'une manière fi cruelle, et avec une fermeté fi héroïque.

Il eft très-conftant que, de vingt-cinq juges, il n'y en a eu que quinze qui aient opiné à la mort. Si les feigneurs d'Ornoi ont appris quelque chofe qui puiffe éclaircir cette horrible affaire, nous leur ferons bien obligés de nous en faire part.

Ils vont donc faire une tragédie avec le jeune *la Harpe* ? il vaut mieux faire des tragédies, que d'être témoin de celle qui vient de fe paffer dans votre voifinage.

Nous vous embraffons très-tendrement.

Il·eft doux de cultiver fon jardin, mais il me femble qu'on y jette de groffes pierres.

# LETTRE CCXXXIII.

## A M. DE LA HARPE.

Aux eaux de Rolle en Suiffe, par Genève, 28 de juillet.

Vous partagerez donc vos faveurs, Monfieur, entre mes deux nièces, cette année. Vous allez dans le pays du chevalier de *la Barre*, il n'y a point de tragédie plus terrible que celle dont il a été le héros. Il eft mort avec un courage étonnant, et avec un fang froid et une raifon qu'on ne devait pas attendre des extravagances de fon âge. Il était petit-fils d'un lieutenant général fort eftimé ; tout le monde le plaint. Il avait commis les mêmes imprudences que *Polyeucte*, à cela près que *Polyeucte* avait raifon dans le fond, et qu'il était animé de la grâce, au lieu que fon imitateur ne l'était que par la folie. Les larmes coulent volontiers pour la jeuneffe qui a fait des fautes, et qu'elle aurait réparées dans l'âge mûr. Nous vous fouhaitons une vie heureufe, dans ce chaos de malheurs et de peines qu'on appelle le monde, dont vous ferez un jour détrompé. Soyez au-deſſus des bons et des mauvais ſuccès ; mais ſoyez ſenſible à l'amitié, elle ſeule adoucit les maux de la vie.

Je vous embraſſe du meilleur de mon cœur.

## LETTRE CCXXXIV.

## A M. DAMILAVILLE.

6 d'auguſte.

L E mémoire que vous m'avez envoyé, Monſieur, fait verſer des larmes et bouleverſe l'ame. Il eſt bien triſte de ne pouvoir mettre ſur le papier tous les ſentimens de ſon cœur. Le public doit frémir d'indignation.

Votre ami perſiſte toujours dans ſon idée. Il eſt vrai, comme vous l'avez dit, qu'il faudra l'arracher à bien des choſes qui font ſa conſolation, et qui font l'objet de ſes regrets; mais il vaut mieux les quitter par la philoſophie que par la mort. Il perdra beaucoup, mais il lui reſtera de quoi vivre et de quoi être utile. Tout ce qui l'étonne, c'eſt que pluſieurs perſonnes n'aient pas formé de concert cette réſolution. Pourquoi un certain baron philoſophe ne viendrait-il pas travailler à l'établiſſement de cette colonie? pourquoi tant d'autres ne ſaiſiraient-ils pas une ſi belle occaſion ?

Votre ami a reçu chez lui, depuis peu, deux princes ſouverains qui penſent entièrement comme vous.

L'un d'eux offrirait une ville , fi celle que l'on a en vue n'était pas convenable. Le projet concernant le grand ouvrage ferait très-utile , et ferait en même temps la fortune et la gloire de ceux qui l'entreprendraient.

Votre ami, Monfieur, prétend qu'il n'y a qu'à vouloir , que les hommes ne veulent pas affez , que les petites confidérations font le tombeau des grandes chofes.

J'ai vu aujourd'hui le fieur *Sirven*, qui eft pénétré de vos bontés officieufes. Nous penfons que voici le temps le plus favorable pour fa caufe. Le public, foulevé contre tant d'injuftices réitérées de toutes parts , fe déclarera pour les *Sirven*. Il ne tiendra qu'à M. de *Beaumont* de faire un chef-d'œuvre.

Si vous pouviez, Monfieur, déterrer le mémoire de M. de *Gennes*, en faveur de M. de *la Bourdonaie*, vous me rendriez un très-grand fervice. Nous avons ici un jurifconfulte qui fe propofe de faire un recueil des caufes célèbres de ce temps-ci : il y a cinq ou fix procès qui doivent intéreffer toutes les nations. Celui de M. de *la Bourdonaie* doit être à la tête : c'eft un ouvrage qui ne paraîtra pas fitôt, mais qu'il eft néceffaire de commencer.

S'il y a quelque chofe de nouveau , nous vous prions de nous en faire part.

Nous fommes toujours avec les fentimens que vous nous connaiffez , Monfieur , votre , &c.

*Boursier et compagnie.*

LETTRE

# LETTRE CCXXXV.

## A M. LE COMTE D'ARGENTAL.

Aux eaux de Rolle en Suiffe, par Genève, 6 d'augufte.

LE petit prêtre a reçu les roués ; le petit prêtre doit
être plus tragique que jamais, car il joint aux roués,
dans fon imagination, les décollés, les bâillonnés, les
brûlés, les incarcérés qui écrivent des mémoires avec
des cure-dents ; et il ne s'accoutume point à ces paffages rapides de l'opéra comique à la grève. Il eft
toujours fâché de voir des finges devenus tigres ;
mais il gourmande fon imagination, il ne s'occupe
que des atrocités de l'antiquité. Il eft très-touché des
chofes raifonnables que fes anges lui difent. Il fait
très-bien qu'il n'eft pas membre du parlement
d'Angleterre. Il dévore en fecret fes fentimens
d'humanité ; il gémit obfcurément fur la nature
humaine.

Ofera-t-il prier l'une des deux anges d'expliquer
une critique qu'elle a faite de la tragédie d'*Octave*
et du jeune *Pompée*, dans fa lettre du 22 de juillet,
dont elle a daigné accompagner l'envoi de la pièce ?
Voici la critique :

*Pompée doit fonger à qui ce ferait directement s'atta-*
*quer ; rien ne pourrait mettre Pompée à couvert de*
*fon reffentiment.* Eft-ce du reffentiment d'*Octave* dont
vous voulez parler, Madame, ou du reffentiment
du fénat de Rome ? c'eft peut-être de l'un et de
l'autre. Je crois la critique très-jufte, et je vous

*Correfp. générale.* Tome VIII. D d

réponds que le jeune auteur y aura la plus grande attention. Vous savez combien il est docile à vos critiques, quelle déférence il a toujours eue pour vos jugemens.

Quoiqu'il soit plongé dans l'antiquité, il ne laisse pas de s'intéresser quelquefois aux modernes. Le mémoire écrit avec un cure-dents lui a paru devoir faire un effet prodigieux. S'est-il trompé ? et se trompe-t-il quand il pense que ce mémoire irritera des hommes considérables ? O Velches ! sans tous ces orages, votre pays serait un joli pays.

Respect et tendresse. *V.*

# LETTRE CCXXXVI.

## A M. DAMILAVILLE.

### 9 d'auguste.

JE vous prie, Monsieur, de n'écrire qu'à moi le résultat de nos affaires. Il n'y a point d'autre adresse qu'*à M. Bourfier, chez M. Souchay, au lion d'or, à Genève.* Mes associés sont toujours dans les mêmes sentimens. Il y a des blessures que le temps guérit, il y en a d'autres qu'il envenime.

Nous avons reçu toutes vos lettres. Les espérances que vous nous avez données, nous ont apporté quelques consolations ; mais les idées que nous avons conçues sont si flatteuses, que je crains bien que ce ne soit un beau roman.

Je vous l'ai déjà dit ; les plus petits liens arrêtent les plus grandes révolutions. Il y a des monstres qui n'ont fubfifté que parce que les *Hercules* qui pou- vaient les détruire n'ont pas voulu s'éloigner de leurs comméres.

Comme on s'entretient de tout à Genève, on a beaucoup parlé de la fauffe démarche du parlement. Nos politiques prétendent que, fi le parlement s'était contenté de préfenter humblement au roi le mémoire de M. de *la Chalotais*, il aurait touché fa Majefté au lieu de l'aigrir. Pour moi, qui ne fuis point politique et qui ne me mêle que des affaires de mon commerce, je ne décide point fur ces queftions délicates. Je joins comme vous un peu de philofophie à mes occupations, et c'eft là que je trouve le feul foulagement qu'on puiffe éprouver dans les malheurs de la vie.

J'ai entendu parler confufément de ces jeunes écervelés d'Abbeville ; mais, comme on dit que ce font des enfans de quinze à feize ans, je crois qu'on aura pitié de leur âge, et qu'on ne leur fera point de mal.

Nous vous fommes plus tendrement attachés que jamais.

*BOURSIER et compagnie.*

# LETTRE CCXXXVII.

## AU MEME.

Aux eaux de Rolle, 11 d'augufte.

J'AI reçu, mon cher ami, votre lettre du 5. Je vous envoie les principaux extraits des lettres de *Jean-Jacques*, dont l'original eft au dépôt des affaires étrangères. Vous y verrez que *J. J.*, domeftique du comte

—— de *Montaigu*, était bien éloigné d'être fecrétaire d'am-
1766. baffade : il ne parlait pas alors avec tant de dignité
qu'aujourd'hui.

Vous trouverez dans la *Gazette de France*, nº. 249,
la juftice que lui rendirent les médiateurs de Genève,
en le traitant de calomniateur atroce. Tant de témoignages joints au tour qu'il a joué à meffieurs *Diderot*,
*Tronchin*, *Hume*, d'*Alembert* et tant d'autres, fa piété
lorfqu'il eut le bonheur de communier de la main
d'un *Montmolin*, fa noble promeffe d'écrire contre
M. *Helvétius*, toutes ces actions honnêtes lui affurent
fans doute une réputation digne de lui.

Le bruit qui a couru fi ridiculement que je voulais
me tranfplanter, à mon âge, n'eft fondé que fur les
cinq cents livres que le roi de Pruffe m'a envoyées
pour les *Sirven*, et fur l'offre qu'il leur a faite de leur
donner un afile dans fes Etats. Pour moi, je ne
vois pas pourquoi je quitterais mes retraites fuiffes,
dont je me trouve fi bien depuis douze années.

M. *Bourfier*, votre ami, nous eft venu voir aux
eaux où nous fommes toujours; il s'en retourne à
Genève, et il vous prie de lui adreffer dans cette
ville, en droiture et à fon propre nom, les inftructions que vous voudrez bien lui faire parvenir
touchant fa manufacture. On ne lui a rien mandé
touchant M. *Tonpla* (*), et il doute fort que ce hollan-
dais veuille s'intéreffer dans ce nouveau commerce.
Il y aurait pourtant de très-grands avantages : mais on
voit les chofes de loin, fous des points de vue fi différens, qu'il eft bien difficile de fe concilier. Au refte,
je m'entends fi peu à ces fortes d'affaires que je

(*) M. *Platon* ou M. *Diderot*.

n'entre dans aucuns détails, de peur de dire des 1766. fottifes. Il faut que chacun s'en tienne à fon métier; le mien eft de cultiver en paix les belles-lettres et l'amitié : ce font les feules confolations de ma vieilleffe et de mes maladies.

J'ai lu le mémoire de l'homme éloquent dont on plaint le malheur. Il ne paraît pas qu'il ait voulu adoucir fes ennemis. S'il y a quelque chofe de nouveau fur cette affaire, vous me ferez un extrême plaifir de m'en inftruire.

Vous m'avez mis du baume dans le fang, en me difant que M. de *Beaumont* travaillait pour les *Sirven.* Puiffe mon baume ne point s'aigrir !

Adieu ; mon ame embraffe la vôtre.

# LETTRE CCXXXVIII.

## A M. LE COMTE D'ARGENTAL.

15 d'augufte.

IL eft vrai, mes divins anges, que j'ai été faifi de l'indignation la plus vive, et en même temps la plus durable ; mais je n'ai point pris le parti qu'on fuppofe. J'en ferais très-capable, fi j'étais plus jeune et plus vigoureux ; mais il eft difficile de fe tranfplanter à mon âge, et dans l'état de langueur où je fuis. J'attendrai, fous les arbres que j'ai plantés, le moment où je n'entendrai plus parler des horreurs qui font préférer les ours de nos montagnes à des finges et à des tigres déguifés en hommes.

Ce qui a fait courir le bruit dont vous avez la

D d 3

bonté de me parler, c'eft que le roi de Pruffe m'ayant
1766. mandé qu'il donnerait aux *Sirven* un afile dans fes
Etats, je lui ai fait un petit compliment; je lui ai dit
que je voudrais les y conduire moi-même, et il a
pris apparemment mon compliment pour une envie
de voyager.

Vous avez probablement lu fa préface de l'*Abrégé de
l'Hiftoire de l'Eglife;* c'eft une terrible préface. Les livres
dans ce goût pleuvent de tous les côtés de l'Europe :
l'Italie même s'en mêle ; cela ira loin. Il eft affez aifé
d'empêcher la raifon de naître ; mais, quand une fois
elle eft née, il n'eft pas au pouvoir humain de la faire
mourir. Pour moi, je ne lui donnerai point de lait ;
je la vois forte et drue ; elle parviendra à l'âge de
maturité fans que je la nourriffe.

J'ignore encore fi on imprimera les roués ; ils ne
font bons qu'à donner de l'horreur de ces anciens
Romains dont nous fefons tant de cas ; les notes
achèvent de peindre la nature humaine dans toute
fon exécrable turpitude. Mes anges, plus la nature
humaine, abandonnée à elle-même ou à la fuperftition, infpire des idées triftes et fait bondir le cœur,
plus j'aime cette nature humaine, quand je vois des
ames comme les vôtres. Vous me faites aimer un
peu la vie.

Je vous fupplie de dire à M. le marquis de *Chauvelin*
combien je lui fuis tendrement attaché.

Pourriez-vous avoir la bonté de me dire quelle
impreffion le mémoire de M. de *la Chalotais* a fait
dans Paris ?

# LETTRE CCXXXIX. 1766.

## A M. DAMILAVILLE.

18 d'augufte.

ILS en ont menti, les vilains Velches; ils en ont menti, les affaffins en robe. Je peux vous le dire en fureté dans cette lettre : c'eft par une infigne fourberie qu'on a fubftitué le *Dictionnaire philofophique* au *Portier des chartreux*, que l'on n'a pas ofé nommer à caufe du ridicule. Je fais, à n'en pouvoir douter, que jamais livre de philofophie ne fut entre les mains de l'infortuné jeune homme qu'on a fi indignement affaffiné.

Je ne vois, mon cher frère, que cruauté et menfonge. Il eft fi faux qu'on m'ait refufé, qu'au contraire on m'a prévenu, et qu'on a même tracé la route que je devais prendre. Je la prendrais cette route, fi les hommes qui aiment la vérité avaient du zèle ; mais on n'en a point, on eft arrêté par mille liens, on demeure tranquillement fous le glaive, expofé non-feulement aux fureurs des méchans, mais à leurs railleries. Les fanatiques triomphent. Que deviendra votre ami ? quel rôle jouera-t-il, quand l'ouvrage auquel il a travaillé vingt années devient l'horreur ou le jouet des ennemis de la raifon ? ne fent-il pas que fa perfonne fera toujours en danger, et que ce qu'il peut efpérer de mieux eft de fe fouftraire à la perfécution, fans pouvoir jamais prétendre à rien, fans ofer ni parler ni écrire?

Le chevalier de *Jaucourt*, qui a mis fon nom à

tant d'articles, doit-il être bien content? Enfin, six ou sept cents mille sots huguenots ont abandonné leur patrie pour les sottises de *Jehan Chauvin*, et il ne se trouvera pas douze sages qui fassent le moindre sacrifice à la raison universelle qu'on outrage! Cela est aussi honteux pour l'humanité que l'infame persécution qui nous opprime.

Je dois être très-mécontent que vous ne m'ayez pas écrit un seul mot de votre ami, que vous ne m'ayez pas même fait part de ses sentimens. Je vois bien que les philosophes sont faits pour être isolés, pour être accablés l'un après l'autre, et pour mourir malheureusement sans s'être jamais secourus, sans avoir seulement eu ensemble la moindre intelligence; et, quand ils ont été unis, ils se sont bientôt divisés, et par là même ils ont été en opprobre aux yeux de leurs ennemis. Ce n'était point ainsi qu'en usaient les stoïciens et les épicuriens; ils étaient frères, ils fesaient un corps, et les philosophes d'aujourd'hui sont des bêtes fauves qu'on tue l'une après l'autre.

Je vois bien qu'il faut mourir sans aucune espérance. Cependant ne m'abandonnez pas, écrivez à M. *Bourfier* sur la manufacture, sur M. *Tonpla*, sur toutes les choses qu'il entendra à demi-mot.

Je ne vous dirai pas aujourd'hui, mon cher frère, *écr. l'inf.*, car c'est l'inf. qui nous écr. Voici un petit mot pour le prophète *Elie*.

# LETTRE CCXL.

## A M. LE MARECHAL DUC DE RICHELIEU.

19 d'août comme difent les Velches, car ailleurs on dit d'augufte.

JE demande pardon à mon héros de ne lui point écrire de ma main, et je lui demande encore pardon de ne lui pas écrire gaiement ; mais je fuis malade et trifte. Sa miffionnaire a l'air d'un oifeau (*) ; elle s'en retourne à tire d'aile à Paris. Vous avez bien raifon de dire qu'elle a une imagination brillante et faite pour vous. Elle dit que vous n'avez que trente à quarante ans, tout au plus ; elle me confirme dans l'idée où j'ai toujours été que vous n'êtes pas un homme comme un autre. Je vous admire fans pouvoir vous fuivre. Vous favez que la terre eft couverte de chênes et de rofeaux : vous êtes le chêne, et je fuis un vieux rofeau tout courbé par les orages. J'avoue même que la tempête, qui a fait périr ce jeune fou de chevalier de *la Barre*, m'a fait plier la tête. Il faut bien que ce malheureux jeune homme n'ait pas été auffi coupable qu'on l'a dit, puifque non - feulement huit avocats ont pris fa défenfe, mais que, de vingt-cinq juges, il y en a eu dix qui n'ont jamais voulu opiner à la mort.

J'ai une nièce dont les terres font aux portes d'Abbeville. J'ai entre les mains l'interrogatoire ; et je peux vous affurer que, dans toute cette affaire, il y a tout au plus de quoi enfermer pour trois mois à

---

(*) Madame de *Saint-Julien*.

—— Saint-Lazare des étourdis dont le plus âgé avait vingt et un ans, et le plus jeune quinze ans et demi.

Il femble que l'affaire des *Calas* n'ait infpiré que de la cruauté. Je ne m'accoutume point à ce mélange de frivolité et de barbarie : des finges devenus des tigres affligent ma fenfibilité, et révoltent mon efprit. Il eft trifte que les nations étrangères ne nous connaif-fent, depuis quelques années, que par les chofes les plus aviliffantes et les plus odieufes.

Je ne fuis point étonné d'ailleurs que la calomnie fe joigne à la cruauté. Le hafard, ce maître du monde, m'avait adreffé une malheureufe famille qui fe trouve précifément dans la même fituation que les *Calas*, et pour laquelle les mêmes avocats vont pré-fenter la même requête. Le roi de Pruffe m'ayant envoyé cinq cents livres d'aumône pour cette famille malheureufe, et lui ayant offert un afile dans fes Etats, je lui ai répondu avec la cajolerie qu'il faut mettre dans les lettres qu'on écrit à des rois victo-rieux. C'était dans le temps que M. le prince de *Brunfwick* fefait à mes petits pénates le même hon-neur que vous avez daigné leur faire. Voilà l'occafion du bruit qui a couru que je voulais aller finir ma carrière dans les Etats du roi de Pruffe ; chofe dont je fuis très-éloigné, prefque tout mon bien étant placé dans le Palatinat et dans la Suabe. Je fais que tous les lieux font égaux, et qu'il eft fort indifférent de mourir fur les bords de l'Elbe ou du Rhin. Je quitte-rais même fans regret la retraite où vous avez daigné me voir, et que j'ai très-embellie. Il la faudra même quitter, fi la calomnie m'y force ; mais je n'en ai eu, jufqu'à préfent, nulle envie.

Il faut que je vous dife une chofe bien fingulière. On a affecté de mettre, dans l'arrêt qui condamne le chevalier de *la Barre*, qu'il fefait des génuflexions devant le *Dictionnaire philofophique;* il n'avait jamais eu ce livre. Le procès verbal porte qu'un de fes camarades et lui s'étaient mis à genoux devant le *Portier des chartreux*, et l'*Ode à Priape* de *Piron;* ils récitaient les *Litanies du c..;* ils fefaient des folies de jeunes pages; et il n'y avait perfonne de la bande qui fût capable de lire un livre de philofophie. Tout le mal eft venu d'une abbeffe dont un vieux fcélérat a été jaloux, et le roi n'a jamais fu la caufe véritable de cette horrible cataftrophe. La voix du public indigné s'eft tellement élevée contre ce jugement atroce, que les juges n'ont pas ofé pourfuivre le procès après l'exécution du chevalier de *la Barre*, qui eft mort avec un courage et un fang froid étonnant, et qui ferait devenu un excellent officier.

Des avocats m'ont mandé qu'on avait fait jouer dans cette affaire des refforts abominables. J'y fuis intéreffé par ce *Dictionnaire philofophique* qu'on m'a très-fauffement imputé. J'en fuis fi peu l'auteur, que l'article *Meffie*, qui eft tout entier dans le *Dictionnaire encyclopédique*, eft d'un miniftre proteftant, homme de condition, et très homme de bien; et j'ai entre les mains fon manufcrit, écrit de fa propre main.

Il y a plufieurs autres articles dont les auteurs font connus; et, en un mot, on ne pourra jamais me convaincre d'être l'auteur de cet ouvrage. On m'impute beaucoup de livres, et depuis long-temps je n'en fais aucun. Je remplis mes devoirs; j'ai, Dieu merci, les atteftations de mes curés et des Etats de

—— ma petite province. On peut me perfécuter, mais ce ne fera certainement pas avec juftice. Si d'ailleurs j'avais befoin d'un afile, il n'y a aucun fouverain, depuis l'impératrice de Ruffie jufqu'au landgrave de Heffe, qui ne m'en ait offert. Je ne ferais pas perfécuté en Italie; pourquoi le ferais-je dans ma patrie? Je ne vois pas quelle pourrait être la raifon d'une perfécution nouvelle, à moins que ce ne fût pour plaire à *Fréron*.

J'ai encore une chofe à vous dire, mon héros, dans ma confeffion générale, c'eft que je n'ai jamais été gai que par emprunt. Quiconque fait des tragédies et écrit des hiftoires, eft naturellement férieux, quelque français qu'il puiffe être. Vous avez adouci et égayé mes mœurs, quand j'ai été affez heureux pour vous faire ma cour. J'étais chenille, j'ai pris quelquefois des ailes de papillon; mais je fuis redevenu chenille.

Vivez heureux, et vivez long-temps : voilà mon refrain. La nation a befoin de vous. Le prince de *Brunfwick* fe défefpérait de ne vous avoir pas vu; il convenait avec moi que vous êtes le feul qui ayez foutenu la gloire de la France. Votre gaieté doit être inaltérable; elle eft accompagnée des fuffrages du public, et je ne connais guère de carrière plus belle que la vôtre.

Agréez mes vœux ardens et mon très-refpectueux hommage qui ne finira qu'avec ma vie. *V.*

*P. S.* Oferais-je vous conjurer de donner ce mémoire à M. de *Saint - Florentin*, et de daigner l'appuyer de votre puiffante protection et de toutes vos forces?

Quand on peut, avec des paroles, tirer une famille
d'honnêtes gens de la plus horrible calamité, on
doit dire ces paroles : je vous le demande en grâce.

## LETTRE CCXLI.

### A M. DAMILAVILLE.

20 d'auguste.

JE fuis tantôt aux eaux, tantôt à Ferney, mon cher
frère. Je vous ai écrit par madame de *Saint-Julien*, fœur
de M. le marquis de *la Tour-du-Pin*, commandant
en Bourgogne, et parente de M. le duc de *Choiseul*.
Elle eft venue avec monfieur fon frère, et a bien
voulu paffer quelques jours dans ma retraite. Elle
a la bonté de fe charger d'une lettre pour vous,
dans laquelle il y en a une pour M. de *Beaumont*.
En voici une autre que je vous envoie pour ce défenfeur de l'innocence.

J'ai vu M. *Bourfier*, pour qui vous avez toujours
les mêmes bontés : il n'a pas été embarraffé un
moment des calomnies qu'on a fait courir fur fa
manufacture ; il eft toujours dans les mêmes fentimens. C'eft bien dommage que fes forces ne répon-
dent pas à fon zèle, car il eft comme moi dans fa
foixante-treizième année. Il défirait fort d'être fecondé
par des perfonnes d'un âge mûr, qui femblent avoir
tourné leurs vues d'un autre côté. Il fe plaint beaucoup d'un de fes camarades qui ne lui a pas répondu.
Pour moi, mon cher ami, je n'entends plus rien
aux affaires de ce monde ; j'y vois quelquefois des

1766.

abominations qui atterrent l'esprit et qui tuent la langue. On dit que, dans certaines îles, quand on a coupé la jambe à un nègre, tous les autres se mettent à danser.

Je vous demande en grâce de me faire avoir le mémoire de feu M. de *la Bourdonaie*; il manque à mon petit recueil des causes véritablement célèbres.

Adieu; vos sentimens sont ma plus chère consolation.

## LETTRE CCXLII.

### A M. ELIE DE BEAUMONT, *avocat.*

Le 20 d'auguste.

J'AI reçu, mon cher *Cicéron*, une lettre du 8 d'août (puisque les Velches ont fait *août* d'*auguste*); cette lettre m'a transporté de joie. J'ai vu que le plus généreux de tous les hommes me donne le titre de son ami. Je veux mériter et conserver, jusqu'au dernier moment de ma vie, un titre qui m'est si cher. J'ai sur le champ dressé de petits mémoires pour M. le duc de *Praslin*, M. le duc de *Choiseul* et M. de *Saint Florentin*, que madame de *Saint-Julien*, parente de M. le duc de *Choiseul*, et qui est actuellement chez moi, doit porter à Paris. Elle part dans deux jours, et nous servira de tout son pouvoir.

Mais aujourd'hui je reçois une lettre du 11 d'*août* qui me perce le cœur. Vous n'y êtes plus mon ami, vous m'écrivez *Monsieur*. Fi! que cela est horrible de se rétracter! Je ne veux pas vous en croire; je m'en tiens à la première lettre, et je déchire la feconde. J'ai déjà répondu à la première, et cette petite réponfe vous parviendra dans le paquet de M. *Damilaville*, dont madame de *Saint-Julien* a bien voulu encore fe charger.

Je vous répète ici combien je m'intéreffe à l'affaire qui vous regarde, et à quel point je fuis étonné que M. de *la Luzerne* n'ait pas pleinement gagné fon procès. Je fuis perfuadé que vous viendrez à bout de tout ; mais je vous dirai toujours que, fi nous n'obtenons pas l'évocation pour les *Sirven*, je fuis bien sûr que vous obtiendrez les fuffrages de tout le public. L'efquiffe du mémoire que vous eûtes la bonté de m'envoyer, il y a quelques mois, me parut devoir produire un morceau admirable, fait pour être lu avec avidité par tous les ordres de l'Etat, et pour confirmer la haute réputation où vous êtes. La véritable éloquence, et même la langue, font d'ordinaire trop négligées à votre barreau, et les plaidoyers de nos avocats n'entrent point encore dans les bibliothéques des nations étrangères. Je ne connais guère que votre mémoire pour les *Calas* qui ait eu de la réputation en Europe ; il a été lu jufqu'à Mofcou.

Adieu, mon cher *Cicéron*. Je me mets aux pieds de madame votre femme. Ne m'ôtez jamais le beau titre que vous m'avez donné.

# LETTRE CCXLIII.

## A M. DAMILAVILLE.

25 d'augufte.

Tout ce que je puis vous dire aujourd'hui par une voie sûre, mon cher frère, c'est que tout est prêt pour l'établiffement de la manufacture. Plus d'un prince en difputerait l'honneur ; et, des bords du Rhin jufqu'à ceux de l'Oby, *Platon* trouverait fureté, encouragement et honneur. Il est inexcufable de vivre fous le glaive, quand il peut faire triompher librement la vérité. Je ne conçois pas ceux qui veulent ramper fous le fanatifme dans un coin de Paris, tandis qu'ils pourraient écrafer ce monftre. Quoi ! ne pourriez - vous pas me fournir feulement deux difciples zélés ? Il n'y aura donc que les énergumènes qui en trouveront ! Je ne demanderais que trois ou quatre années de fanté et de vie ; ma peur est de mourir avant d'avoir rendu fervice.

Vous apprendrez peut-être avec plaifir le jugement qu'a rendu le roi de Pruffe contre le chevalier de *la Barre* et fes camarades (*). Il les condamne, en cas qu'ils aient mutilé une figure de bois, à en donner une autre à leurs frais ; s'ils ont paffé devant des capucins fans ôter leur chapeau, ils iront demander pardon aux capucins, chapeau bas ; s'ils ont chanté des chanfons gaillardes, ils chanteront des antiennes à haute et intelligible voix ; s'ils ont lu quelques

_____

(*) Lettre du roi, du 7 d'augufte 1766.

mauvais

mauvais livres, ils liront deux pages de la *Somme* de S$^t$ *Thomas.* Voilà un arrêt qui paraît tout-à-fait juſte. On donne de tous côtés aux Velches des leçons dont ils ne profitent guère. Je ſuis auſſi indigné que le premier jour. Je n'aurai de conſolation que quand vous m'enverrez le factum du brave *Elie.*

Voici un petit mot de lettre pour M. d'*Alembert ;* il m'ouvre ſon cœur, et M. *Diderot* me ferme le ſien. Il eſt triſte qu'il néglige ceux qui ne voulaient que le ſervir, et je vous avoue que ſon procédé n'eſt pas honnête. Je vois que les philoſophes ſeront toujours de malheureux êtres iſolés qu'on dévorera les uns après les autres, ſans qu'ils s'uniſſent pour ſe ſecourir. *Sauve qui peut* ſera la deviſe de ce commun naufrage. Les perſécuteurs finiront par avoir raiſon, et la plus pure portion du genre-humain ſera à la fois ſous le couteau et dans le mépris.

Je vous prie, mon cher frère, de demander à *Elie* s'il eſt vrai que ce bœuf de *Paſquier* mugiſſe encore contre moi, et s'il eſt aſſez inſolent pour croire qu'il peut m'embarraſſer. Je veux ſurtout avoir l'ancien mémoire pour M. de *la Bourdonaie ;* cinq ou ſix procès dans ce goût pourront faire un volume honnête qui inſtruira la poſtérité ; et du moins les aſſaſſins en robe pourront devenir l'exécration du genre-humain.

Adieu, mon cher frère ; écrivez-moi de toute façon, ſans vous compromettre, afin que je puiſſe ſavoir tout ce que vous penſez. Je vous embraſſe mille fois. *Ecr. l'inf. , écr. l'inf. , écr. l'inf.*

LETTRE CCXLIV.

## A M. LE CLERC DE MONTMERCI.

25 d'augufte.

Il eft vrai que je n'écris guère, mon cher confrère en *Apollon*. Les horreurs qui déshonorent fucceffivement votre pays, m'ont rendu fi trifte; il y a fi peu de fureté à la pofte, et toutes les confolations font tellement interdites, que je me fuis tenu long-temps dans le filence. Les perfécuteurs font des monftres qui étendent leurs griffes d'un bout du royaume à l'autre; les perfécutés font dévorés les uns après les autres. S'il y avait un coin de terre où l'on pût cultiver la raifon en paix, je vous prierais d'y venir, et je ne fais encore fi vous l'oferiez. Confervez-moi votre amitié, déteftez le fanatifme, écrivez-moi quand vous n'aurez rien à faire, et que vous aurez quelque chofe à m'apprendre. Ma vie ferait heureufe dans mes déferts, fi les gens de lettres étaient moins malheureux dans le pays où vous êtes.

Comptez furtout fur mon amitié inaltérable.

# LETTRE CCXLV.

## A M. DE CHABANON.

### 30 d'auguſte.

Vous vous êtes douté, mon cher confrère, que j'étais affligé des horreurs dont la nouvelle a pénétré dans ma retraite ; vous ne vous êtes pas trompé. Je ne ſaurais m'accoutumer à voir des ſinges métamorphoſés en tigres ; *homo ſum*, cela ſuffit pour juſtifier ma douleur. Je vois avec plaiſir que la vie frivole et turbulente de Paris vous déplaît ; vous en ſentez tout le vide, il eſt effrayant pour quiconque penſe. Vous avez heureuſement deux conſolations toujours prêtes, la muſique et la littérature. Vous ferez votre tragédie quand votre enthouſiaſme vous commandera ; car vous ſavez qu'il faut recevoir l'inſpiration, et ne la jamais chercher.

Vous ſouvenez-vous que vous m'aviez parlé de madame de *Scalier* ? Il y a quelques jours qu'une dame vint dans mon hermitage avec ſon mari ; elle me dit qu'elle jouait un peu du violon, et qu'elle en avait un dans ſon carroſſe ; elle en joua à vous rendre jaloux, ſi vous pouviez l'être ; enſuite elle ſe mit à chanter, et chanta comme mademoiſelle *le Maure*, et tout cela avec une bonté, avec un air ſi aiſé et ſi ſimple que j'étais tranſporté. C'était madame de *Scalier* elle-même avec ſon mari, qui me paraît un officier d'un grand mérite. Je fus déſeſpéré de ne les avoir

E e 2

—————— tenus qu'un jour chez moi. Si vous les voyez , je
vous fupplie de leur dire que je ne perdrai jamais
le fouvenir d'une fi belle journée.

J'ai eu depuis une autre apparition de madame de
*Saint-Julien* , la fœur du commandant de notre province. Il eft vrai qu'elle ne joue pas du violon , et
qu'elle ne chante point; mais elle a une imagination
et une éloquence fi fingulières , que j'en fuis encore
tout émerveillé. Même bonté, même naturel, mêmes
grâces que madame de *Scalier* , avec un fonds de philofophie qui eft rare chez les dames. Ces deux
apparitions devaient chaffer les idées triftes que donne
la méchanceté des hommes; cependant elles n'ont
pu réuffir : fi quelque chofe peut faire cet effet fur
moi , c'eft votre lettre ; elle m'a fait un extrême
plaifir. Il m'eft bien doux de voir les grands talens
et la raifon joints à la fenfibilité du cœur.

On m'a parlé d'un Artaxerce qui a, dit-on, du
fuccès. Les pauvres comédiens avaient grand befoin
de ce fecours. L'opéra comique eft devenu, ce me
femble , le fpectacle de la nation. Cela eft au point
que les comédiens de Genève fe préparent à venir
jouer fur mon petit théâtre un opéra comique. On
dit qu'ils s'en tirent à merveille; mais ils ne peuvent
jouer ni une tragédie de *Racine* , ni une comédie de
*Molière.*

Vous m'annoncez une nouvelle bien agréable, en
me flattant que mademoifelle *Clairon* pourrait venir.
Je n'ai plus d'acteurs, mon théâtre eft perdu pour la
tragédie ; mais j'aime bien autant fa fociété que fes
talens. Elle fe laffera elle-même de la déclamation ,
et elle fera toujours de bonne compagnie. Ce qu'elle

1766.

pense et ce qu'elle dit, vaut mieux que tous les vers qu'elle récite, surtout les vers nouveaux.

Toute ma petite famille vous remercie tendrement de votre souvenir ; la vôtre doit bien contribuer à la douceur de votre vie. Je me mets aux pieds de madame votre mère et de madame votre sœur. Adieu, Monsieur ; conservez-moi une amitié qui me sera toujours chère, et que je mérite par tous les sentimens que vous m'avez inspirés pour toute la vie. *V.*

# LETTRE CCXLVI.

## A M. DAMILAVILLE.

31 d'auguste.

Nous vous remercions, Monsieur, ma famille et moi, de la part que vous voulez bien prendre à l'établissement que nous projetons. Nous savons que les commencemens sont toujours difficiles, et qu'il faut se roidir contre les obstacles.

Je conseillerais à M. *Tonpla* de faire un petit voyage par la diligence de Lyon ; c'est l'affaire de huit jours. Il verrait les choses par lui-même, et s'aboucherait avec votre ami. On saurait précisément sur quoi compter.

Il est certain que cet établissement peut faire un très-grand bien, et que l'utile y serait joint à l'agréable. La liberté entière du commerce le fait toujours fleurir ; la protection dont on vous a parlé est sûre.

Le petit voyage que je propose peut se faire dans un grand secret ; et M. *Tonpla*, allant à Lyon, *sous le*

Ee 3

*nom de M. Tonpla*, ou sous celui de monsieur son cousin, ne donnera d'alarme à aucun négociant.

Nous avons reçu des lettres d'Abbeville qui sont très-intéressantes. Nous aurons du drap de *Van-Robais*, qui sera de grand débit, et nous espérons n'avoir point à craindre la concurrence.

M. *Sirven* me charge de vous présenter ses très-humbles remercîmens. Quelques étrangers ont pris beaucoup de part à son malheur; mais on ne s'est adressé à aucun homme de votre pays : on craint que la pitié ne soit un peu épuisée.

Ma femme, mon neveu et moi, nous vous embrassons de tout notre cœur.

votre très-humble et très-obéissant serviteur, *BOURSIER.*

# LETTRE CCXLVII.

## A M. LE COMTE DE ROCHEFORT.

1 de septembre.

COMPTEZ, Monsieur, que mon cœur est pénétré de vos bontés. Je ne savais pas que ce fût vous qui m'aviez envoyé un factum qui m'a paru admirable. Le petit mot qui l'accompagnait m'avait paru être de la main de M. *Damilaville*. Pardonnez à la faiblesse de mes yeux; mes organes ne valent rien, mais mon cœur a la sensibilité d'un jeune homme. Il a été touché de quelques aventures funestes, mais ma sensibilité n'est point indiscrète. Il y a des pays et des occasions où il faut savoir garder le silence. Mon cœur ne s'ouvre que sur les sentimens de la reconnaiſſance et de l'amitié qu'il vous doit. Je ne ſouhaite plus que de vous revoir encore; et, ſi je peux l'eſpérer, je me tiendrai très-heureux.

J'ai appris de M. le duc de *la Vallière* qu'il prenait la maiſon de *Janſen;* ce qui eſt ſûr, c'eſt qu'il l'embellira, et que ceux qui y ſouperont avec lui paſſeront des momens bien agréables. Oſerais-je vous ſupplier, Monſieur, de vouloir bien faire ſouvenir de moi M. le duc de *la Vallière* et M. le prince de *Beauvau,* ſi vous les voyez. Je me ſouviens que M. le duc d'*Ayen* m'honorait autrefois de ſes bontés. Vous ſerez mon protecteur dans toutes les compagnies des gardes. J'ai connu autrefois des gardes du corps qui feſaient des tragédies; mais je les crois plus brillans encore en campagne qu'au Parnaſſe. Je ſuis obligé de finir trop vîte ma lettre, le courier part dans ce moment.

Je vous ſuis attaché pour ma vie.

# LETTRE CCXLVIII.

## A M. DE CHABANON.

Au château de Ferney, 2 de ſeptembre.

JE vous dois, Monſieur, de l'eſtime et de la reconnaiſſance, et je m'acquitte de ces deux tributs en vous remerciant avec autant de ſenſibilité que je vous lis avec plaiſir. Vous penſez en philoſophe, et vous faites des vers en vrai poëte. Ce n'eſt pas la philoſophie à qui on doit attribuer la décadence des beaux arts. C'eſt du temps de *Newton* qu'ont fleuri les meilleurs poëtes anglais; *Corneille* était contemporain de *Deſcartes,* et *Molière* était l'élève de *Gaſſendi.*

Notre décadence vient peut-être de ce que les orateurs et les poëtes du fiècle de *Louis XIV* nous ont
dit ce que nous ne favions pas, et qu'aujourd'hui les
meilleurs écrivains ne pourraient dire que ce qu'on
fait. Le dégoût eft venu de l'abondance. Vous avez
parfaitement faifi le mérite d'*Homére ;* mais vous
fentez bien, Monfieur, qu'on ne doit pas plus écrire
aujourd'hui dans fon goût, qu'on ne doit combattre
à la manière d'*Achille* et de *Sarpédon*. *Racine* était un
homme adroit ; il louait beaucoup *Euripide*, l'imitait
un peu (il en a pris tout au plus une douzaine de
vers), et il le furpaffait infiniment. C'eft qu'il a fu
fe plier au goût, au génie de la nation un peu ingrate
pour laquelle il travaillait ; c'eft la feule façon de
réuffir dans tous les arts. Je veux croire qu'*Orphée*
était un grand muficien ; mais, s'il revenait parmi
nous pour faire un opéra, je lui confeillerais d'aller
à l'école de *Rameau*.

Je fais bien qu'aujourd'hui les Velches n'ont que
leur opéra comique, mais je fuis perfuadé que des
génies tels que vous peuvent leur ramener le fiècle de
*Louis XIV :* c'eft à vous de rallumer le refte du feu
facré qui n'eft pas encore tout-à-fait éteint. Je ne
fuis plus qu'un vieux foldat retiré dans fa chaumière.
Je fouhaite paffionnément que vous combattiez
contre le mauvais goût avec plus de fuccès que nous
n'avons réfifté à nos autres ennemis. C'eft avec ces
fentimens très-fincères que j'ai l'honneur d'être,
    Monfieur,

               votre très-humble et très-obéiffant
                       ferviteur, *Voltaire*.

# LETTRE CCXLIX.

## A M. LE RICHE,

DIRECTEUR ET RECEVEUR GENERAL DES DOMAINES DU ROI, &c. *à Befançon.*

5 de feptembre.

La perfonne, Monfieur, à qui vous avez bien voulu envoyer votre mémoire en faveur du fieur *Fantet* (\*), vous remercie très-fenfiblement de votre attention. Votre ouvrage eft très-bien fait, et il ferait admirable s'il plaidait en faveur de l'innocence. Mais le moyen de ne pas condamner un fcélérat qui, parmi quinze ou vingt mille volumes, en a chez lui une trentaine fur la philofophie ! non-feulement il eft jufte de le ruiner, mais j'efpère qu'il fera brûlé, ou au moins pendu, pour l'édification des ames dévotes et compatiffantes. On eft fans doute trop éclairé et trop fage à Befançon, pour ne pas punir du dernier fupplice tout homme qui débite des ouvrages de rai-fonnemens. Il eft vrai que fous *Louis XIV* on a imprimé, *ad ufum delphini*, le poëme de *Lucrèce* contre toutes les religions, et les œuvres d'*Apulée*. M. l'abbé d'*Olivet*, quoique franc-comtois, a dédié au roi les *Tufculanes de Cicéron* et le *De naturâ deorum*, livres infiniment plus hardis que tout ce qu'on a écrit dans notre fiècle ; mais cela ne doit pas fauver le fieur *Fantet* de la corde. Je crois même qu'on devrait pendre fa femme et fes enfans pour l'exemple.

(\*) Libraire à Befançon.

J'ai en main un arrêt d'un tribunal de la Franche-Comté, par lequel un pauvre gentilhomme, qui mourait de faim, fut condamné à perdre la tête pour avoir mangé, un vendredi, un morceau de cheval qu'on avait jeté près de fa maifon. C'eft ainfi qu'on doit fervir la religion, et qu'on doit faire juftice.

On pourrait bien auffi, Monfieur, vous condamner pour avoir pris le parti d'un infortuné. Il eft certain que vous méprifez l'Eglife, puifque vous parlez en faveur de quelques livres nouveaux. Vous êtes inf-pecteur des domaines, par conféquent vous devez être regardé comme un païen, *ficut ethnicus et publicanus.*

Je me recommande aux prières des faintes femmes qui ne manqueront pas de vous dénoncer : on dit qu'elles ont toutes beaucoup d'efprit, et qu'elles font fort inftruites. Vous ne fauriez croire combien je fuis enchanté de voir tant de raifon et tant de tolérance dans ce fiècle. Il faut avouer qu'aujourd'hui aucune nation n'approche de la nôtre, foit dans les vertus pacifiques, foit dans la conduite à la guerre. Comme je fuis extrêmement modefte, je ne mettrai point mon nom au bas des juftes éloges que méritent vos compa-triotes. Je vous fupplie de vouloir bien me faire part du difpofitif de l'arrêt, lorfqu'il fera rendu.

## LETTRE CCL.

## A M. DAMILAVILLE.

8 de feptembre.

J'AI bien des chofes à vous dire, mon cher ami.

Premièrement, dès que M. de *Beaumont* m'eut écrit qu'il fallait demander M. *Chardon* pour rapporteur, je n'eus rien de plus preffé que de faire ce qu'il me prefcrivait, tout malade et tout languiffant que je fuis. Vous favez quelle eft mon activité dans ces fortes d'affaires ; vous favez que ma maxime eft de remplir tous mes devoirs aujourd'hui, parce que je ne fuis pas sûr de vivre demain.

On m'a mandé depuis qu'il fallait attendre ; je ne pouvais pas deviner ce contre-ordre. Tout ce que je peux faire eft de ne pas réitérer ma demande. Je vous fupplie de le dire à M. de *Beaumont*.

Je fuis déjà tout confolé, et *Sirven* l'eft comme moi, fi l'on ne peut pas obtenir une évocation. Ce fera beaucoup pour lui fi l'on imprime feulement le mémoire de M. de *Beaumont*. Il eft fi convaincant et fi plein d'une vraie éloquence, qu'il fera également la gloire de l'auteur et la juftification de l'accufé. Le public éclairé, mon cher ami, eft le fouverain juge en tout genre ; et nous nous en tenons à fes arrêts, fi nous ne pouvons en obtenir un en forme juridique.

La feconde prière que je vous fais, c'eft de m'envoyer le factum pour feu M. de *la Bourdonaie*.

J'ai une troisième requête à vous préfenter au fujet de ce *Robinet* qu'on dit être l'auteur de *la Nature*, et qui certainement ne l'eft pas ; car l'auteur de *la Nature* fait le grec, et ce *Robinet*, l'éditeur de mes prétendues *Lettres*, cite dans ces *Lettres* deux vers grecs qu'il eftropie comme un franc ignorant. On voit d'ailleurs dans le livre une connaiffance de la géométrie et de la phyfique que n'a point le fieur *Robinet*. Enfin ce *Robinet* eft un fauffaire. Il eft trifte que de vrais philofophes aient été en relation avec lui.

Vous favez qu'il a fait imprimer, dans fon infame recueil, la lettre que je vous écrivis fur les *Sirven* l'année paffée. Ne fachant pas votre nom, il vous appelle M. *Damoureux* : il dit dans une note *qu'il a reftitué un long paffage que le cenfeur n'avait pas laiffé fubfifter dans l'édition de Paris*. Ce paffage, qui fe trouve à la page 181 de fon édition, concerne Genève et *J. J. Rouffeau*. Il me fait dire *qu'il y a une grande dame de Paris qui aime J. J. comme fon toutou*. Vous m'avouerez que ce n'eft pas là mon ftyle : mais cette grande dame pourrait être très-fâchée, et il ne faut pas fufciter de nouveaux ennemis aux philofophes.

Je vous prie donc, au nom de l'amitié et de la probité, de m'envoyer un certificat qui confonde hautement l'impofture de ce malheureux. S'il y a eu en effet un cenfeur par les mains de qui ait paffé cette lettre que vous imprimâtes, réclamez fon témoignage ; s'il n'y a point eu de cenfeur, le menfonge de *Robinet* eft encore par-là même pleinement découvert, puifqu'il prétend reftituer un paffage que le cenfeur a fupprimé.

Vous voyez qu'il faut combattre toute fa vie. Tout

homme public eft condamné aux bêtes ; mais il eft quelquefois indifpenfable d'écrafer les bêtes qui mordent. Je me chargerai de faire mettre dans les journaux ce défaveu. J'y ajouterai quelques réflexions honnêtes fur les indécences et les calomnies dont les notes de ce M. *Robinet* font chargées.

Je crois qu'on a bien oublié actuellement, dans Paris, des chofes que les ames vertueufes et fenfibles n'oublieront jamais. Je voudrais qu'on aimât affez la vérité pour exécuter le projet propofé à M. *Tonpla.* Eft-il poffible qu'on ne trouvera jamais quatre ou cinq avocats pour plaider enfemble une fi belle caufe ?

Adieu, mon très-cher ami. *Ecr. l'inf.*

## LETTRE CCLI.

### A M. LE COMTE D'ESTAING.

A Ferney, 8 de feptembre.

MONSIEUR,

LA lettre dont vous m'honorez, et les inftructions qui l'accompagnent, m'infpirent autant de regrets que de reconnaiffance. Si j'avais été affez heureux pour recevoir plutôt ces mémoires, j'aurais eu la fatisfaction de rendre à votre mérite et à vos belles actions la juftice qui leur eft due. Je ne fuis inftruit qu'après trois éditions ; mais, fi je vis affez pour en voir une nouvelle, je vous réponds bien du zèle avec lequel

je profiterai des lumières que vous avez la bonté de
me donner.

Je vois que vos connaissances égalent votre bra-
voure. Je n'ai pas osé compromettre votre illustre
nom dans l'histoire des malheurs de Pondichéri et du
général *Lalli*. Le journal du blocus, du siége et de la
prise de cette ville, insinue que c'est à vous, Monsieur,
que *Chanda-Saeb* demanda si d'ordinaire en France on
choisissait un fou pour grand-visir. Je me suis bien
donné de garde de vous citer en cette occasion. Il
m'a paru que la tête avait tourné à ce commandant
infortuné, mais qu'il ne méritait pas qu'on la lui
coupât. Je suis si persuadé de l'extrême supériorité des
lumières des juges, que je n'ai jamais compris leur
arrêt qui a condamné un lieutenant général des
armées du roi, pour avoir trahi les intérêts de l'Etat
et de la compagnie des Indes. Je crois qu'il est
démontré qu'il n'y a jamais eu de trahison; et je
trouve encore cette catastrophe fort extraordinaire.

Je suis persuadé, Monsieur, que si le ministère s'y
était pris quelques mois plutôt pour préparer l'expé-
dition du Brésil, vous auriez fait cette conquête en
peu de temps, et la France vous aurait eu l'obligation de faire une paix plus avantageuse.

Tout ce que vous dites sur les colonies, tant fran-
çaises qu'anglaises, fait voir que vous êtes également
propre à combattre et à gouverner.

La manière dont les Anglais en usèrent avec vous,
quand vous fûtes pris sur un vaisseau marchand,
exigeait, ce me semble, que les ministres anglais vous
fissent les réparations les plus authentiques, et qu'ils
vous prévinssent avec tous les égards et tous les

empreffemens qu'ils vous devaient. C'eft ainfi qu'ils en usèrent avec M. *Vlloa*. Je veux croire, pour leur excufe, que ceux qui vous retinrent à Plimouth ne connaiffaient pas encore votre perfonne.

Ma vieilleffe et mes maladies ne me permettent pas l'efpérance de pouvoir mettre dans leur jour les chofes que vous avez daigné me confier; mais, s'il fe trouvait quelque occafion d'en faire ufage, ne doutez pas de mon zèle.

En cas que vous m'honoriez de quelqu'un de vos ordres, je vous prie, Monfieur, d'ajouter à vos bontés celle de me dire votre opinion fur l'arrêt porté contre M. de *Lalli*, et fur la conduite qu'on tenait à Pondichéri. Soyez très-perfuadé que je vous garderai le fecret.

J'ai l'honneur d'être avec beaucoup de refpect, Monfieur, &c. *V.*

# LETTRE CCLII.

## A M. DEODATI DE TOVAZZI.

A Ferney, 9 de feptembre.

Vous fouviendrez-vous, Monfieur, qu'à l'occafion de votre *Differtation fur la langue italienne* j'eus l'honneur de recevoir quelques lettres de vous, et de vous répondre? On vient d'imprimer une de mes lettres à Amfterdam, fous le nom de Genève, dans un recueil de deux cents pages.

Ce recueil contient plufieurs de mes lettres, prefque

toutes entièrement falfifiées. Celle que je vous adreffai
de Ferney, le 24 de janvier 1761, eft défigurée d'une
manière plus maligne et plus fcandaleufe que les autres.
On y outrage indignement un général d'armée (*),
miniftre d'Etat, dont le mérite eft égal à la naiffance.
Il eft, ce me femble, de votre intérêt, Monfieur, du
mien et de celui de la vérité, de confondre une fi
horrible calomnie. Voici comme je m'expliquais fur
la valeur de ce général :

,, Nous exprimerions encore différemment l'intré-
,, pidité tranquille que les connaiffeurs admirèrent
,, dans le petit-neveu du héros de la Valteline, &c. ,,

Voici comme l'éditeur a falfifié ce paffage :

,, Nous exprimerions encore différemment l'intré-
,, pidité tranquille que quelques *prétendus* connaif-
,, feurs admirèrent dans *le plus petit*-neveu du héros
,, de la Valteline, lorfqu'ayant vu fon armée en
,, déroute par la terreur panique de nos alliés à Ros-
,, bac, qui caufa pourtant la nôtre, ce petit-neveu
,, ayant aperçu, &c. ,,

Cet article, auffi infolent que calomnieux, finit
par cette phrafe non moins falfifiée. ,, Il eut encore
,, le courage de foutenir tout feul les reproches amers
,, et intariffables d'une multitude toujours trop tôt
,, et trop bien inftruite du mal et du bien. ,,

Une telle falfification n'eft pas la négligence d'un
éditeur qui fe trompe, mais le crime d'un fauffaire
qui veut à la fois décrier un homme refpectable et
me nuire. Il vous nuit à vous-même, en fuppofant
que vous êtes le confident de ces infamies. Vous ne
refuferez pas fans doute de rendre gloire à la vérité.

(*) M. le prince de *Soubife*.

Je

Je crois néceſſaire que vous preniez la peine de me certifier que ce morceau de ma lettre, depuis ces mots, *nous exprimerions*, juſqu'à ceux-ci *du mal et du bien*, n'eſt point dans la lettre que je vous écrivis ; qu'il y eſt abſolument contraire et falſifié de la manière la plus lâche et la plus odieuſe. Je recevrai, avec une extrême reconnaiſſance, cette juſtice que vous me devez ; et le prince qui eſt intéreſſé à cette calomnie, ſera inſtruit de l'honnêteté et de la ſageſſe de votre conduite dont vous avez déjà donné des preuves. (*)

Recevez celle de mon eſtime et de tous les ſentimens avec leſquels j'ai l'honneur d'être, Monſieur, &c.

# LETTRE CCLIII.

## A M. LE DUC DE LA VALLIERE.

9 de ſeptembre.

M. le chevalier de *Rochefort*, monſieur le Duc, ranime ma très-languiſſante vieilleſſe, en m'apprenant que vous me conſervez toujours vos anciennes bontés. J'en ſuis d'autant plus flatté qu'on prétend que vous abandonnez vos anciens protégés, Champs, Montrouge et votre belle collection de livres rares et inliſibles. On dit que vous achetez la cabane de *Janſen*, dont vous allez faire un palais délicieux, ſelon votre généreuſe coutume. Si les bâtimens, les jardins, la chaſſe, les bibliothéques choiſies, éprouvent votre inconſtance, les hommes ne l'éprouvent pas. Vos goûts peuvent avoir de la légéreté, mais votre

(*) Le certificat de M. de *Tovazzi* a été imprimé dans les journaux.

cœur n'en a point. Vous allez devenir un vrai philosophe ; j'entends , s'il vous plaît, philosophe épicu-
rien. Le jardin de *Jansen* , qui n'était qu'un potager ,
deviendra , sous vos mains, le vrai jardin d'*Epicure*.
Vous vous écarterez tout doucement de la cour , et
vous n'en serez que plus heureux en vivant pour vous
et pour vos amis : ce qui est, au fond, la véritable vie.

Vous souvenez-vous , monsieur le Duc, d'une
lettre que j'eus l'honneur de vous écrire, il y a quelques années , sur ce M. *Urceus Codrus* (*) que nous
avions pris pour un prédicateur ? On vient d'imprimer un recueil de quelques-unes de mes lettres ,
dans lequel ce rogaton est inféré. On m'y fait dire
que vous avez *délivré* les *sermones festivi* , au lieu de
déterré les *sermones festivi*. On y prétend qu'un marchand a fait la comédie de la Mandragore , et *marchand*
est là pour *Machiavel*. Ces inepties assez nombreuses
ne sont pas la seule falsification dont on doive se
plaindre : on a interpolé , dans toutes ces lettres ,
des articles très-impertinens et très-insolens.

Jugez, si on imprime aujourd'hui de tels mensonges
quand ils sont aisés à découvrir, quelle était autrefois
la hardiesse des copistes lorsqu'il était très-mal-aisé de
découvrir leurs impostures. On a fait, de tout temps,
ce qu'on a pu pour tromper les hommes : encore
passe , si on se bornait à les tromper ; mais on fait
quelquefois des choses plus affreuses et plus barbares,
sur lesquelles je garde le silence.

Comme je suis mort pour les plaisirs, je dois l'être
aussi pour les horreurs ; et j'oublie ce que la nation

(*) Mélanges littéraires , tome III.

peut avoir de frivole et d'exécrable, pour ne me fouvenir que d'un cœur auffi généreux que le vôtre, et
pour vous fouhaiter toute la félicité que vous méritez.
J'ai peu de temps à végéter encore fur ce petit tas de
boue; je ne regretterai guère que vous et le petit
nombre de perfonnes qui vous reffemblent. Vos
bontés feront ma plus chère confolation, jufqu'au
moment où je rendrai mon exiftence aux quatre
élémens.

Agréez mon très-tendre refpect. *V.*

### Réponfe de M. le duc de la Vallière.

A Paris, le 1 de novembre.

QUAND j'aurais moins d'amitié pour vous, Monfieur, le refpect
qu'on doit à la vérité me forcerait de lui rendre hommage en déclarant,
le plus authentiquement qu'il eft poffible, que la lettre que vous m'avez
adreffée, et qui commence par ces mots : *Votre procédé eft de l'ancienne
chevalerie*, eft falfifiée en beaucoup d'endroits, dans le recueil où elle eft
imprimée.

Mon indignation eft d'autant plus jufte qu'on vous fait dire du mal de
gens que vous avez toujours aimés et refpectés, et qu'on vous y donne
un caractère qui, certainement, a toujours été fort éloigné de votre
façon de penfer. C'eft une juftice que je vous dois, et que je fuis, peut-
être, plus à portée de rendre que perfonne, par la liaifon que j'ai eue
avec vous pendant votre féjour à Paris, et par la correfpondance que
j'ai été charmé d'entretenir depuis que vous en êtes parti.

J'ajouterai encore que j'ai trouvé la même infidélité dans la lettre à
M. *Deodati de Tovazzi*, qui eft indignement altérée dans cette collection.

Vous ferez, Monfieur, de ma lettre l'ufage que vous voudrez. Je
ferai enchanté de faire un aveu public de l'eftime que m'infpire la
fupériorité de vos talens, et de la jufte indignation que me caufent de
pareilles falfifications.

*Le duc de la Vallière.*

F f 2

# LETTRE CCLIV.

## A M. LE COMTE D'ARGENTAL.

13 de septembre.

J'AI toujours oublié de demander à mes anges s'ils avaient reçu une visite de M. *Fabri*, maire de la superbe ville de Gex, syndic de nos puissans Etats, subdélégué de monseigneur l'intendant, et sollicitant les suprêmes honneurs de la chevalerie de Saint-Michel. Je lui avais donné un petit chiffon de billet pour vous, à son départ de Gex pour Paris, et j'ai lieu de croire qu'il ne vous l'a point rendu. Je vous supplie, mes divins anges, de vouloir bien m'en instruire.

Il doit vous être parvenu un petit paquet sous l'enveloppe de M. de *Courteille*. Il contient un commentaire du livre italien *des Délits et des peines*. Ce commentaire est fait par un avocat de Besançon, ami intime comme moi de l'humanité. J'ai fourni peu de chose à cet ouvrage, presque rien; l'auteur l'avoue hautement, et en fait gloire, et se soucie d'ailleurs fort peu qu'il soit bien ou mal reçu à Paris, pourvu qu'il réussisse parmi ses confrères de Franche-Comté, qui commencent à penser. Les provinces se forment; et si l'infame obstination du parlement visigoth de Toulouse, contre les *Calas*, fait encore subsister le fanatisme en Languedoc, l'humanité et la philosophie gagnent ailleurs beaucoup de terrain.

Je ne sais si je me trompe, mais l'affaire des *Sirven*

me paraît très-importante. Ce second exemple d'horreur doit achever de décréditer la superstition. Il faut bien que tôt ou tard les hommes ouvrent les yeux. Je sais que les sages qui ont pris leur parti n'apprendront rien de nouveau ; mais les jeunes gens flottans et indécis apprennent tous les jours, et je vous affure que la moisson est grande, d'un bout de l'Europe à l'autre. Pour moi, je suis trop vieux et trop malade pour me mêler d'écrire ; je reste chez moi tranquille. C'est en vain que des bruits vagues et fans fondement m'imputent le Dictionnaire philofophique, livre, après tout, qui n'enfeigne que la vertu. On ne pourra jamais me convaincre d'y avoir part. Je ferai toujours en droit de défavouer tous les ouvrages qu'on m'attribue ; et ceux que j'ai faits font d'un bon citoyen. J'ai foutenu le théâtre de France pendant plus de quarante années ; j'ai fait le feul poëme épique tolérable qu'on ait dans la nation. L'hiftoire du Siècle de *Louis XIV* n'eft pas d'un mauvais compatriote. Si on veut me pendre pour cela, j'avertis *messieurs* qu'ils n'y réuffiront pas, et que je vivrai toujours, en dépit d'eux, plus agréablement qu'eux. Mais, pour perfécuter un homme légalement, il faut du moins quelques preuves commencées, et je défie qu'on ait contre moi la preuve la plus légère. Je m'oublie moi-même à préfent pour ne fonger qu'aux *Sirven ;* le plaifir de les fervir me confole. Je n'étais point inftruit de la manière dont il fallait s'y prendre pour demander un rapporteur ; je croyais qu'on le nommait dans le confeil du roi ; c'eft la faute de M. de *Beaumont* de ne m'avoir pas inftruit. J'écris à madame la ducheffe d'*Enville*, qui eft actuellement à Liancourt, pour la fupplier de demander M. *Chardon* à monfieur le vice-chancelier. M. de *Beaumont* infifte fur M. *Chardon*. Pour moi, j'avoue que tout rapporteur m'eft indiffèrent. Je trouve la caufe des *Sirven* fi claire, la fentence fi abfurde, et toutes les circonftances de cette affaire fi horribles, que je ne crois pas qu'il y eût un feul homme au confeil qui balançât un moment.

Il faut vous dire encore que le parlement de Touloufe perfifte à condamner la mémoire de *Calas*. Il a préféré l'intérêt de fon indigne amour propre à l'honneur d'avouer fa faute et de la réparer. Comment voudrait-on que les *Sirven*, condamnés comme les *Calas*, allaffent fe remettre entre les mains de pareils juges? la famille s'expoferait à être rouée. Nous comptons fur le fuffrage de mes divins anges, fur leur protection, fur leur éloquence, fur le zèle de leurs belles ames : je ne faurais leur exprimer mon refpect et ma tendreffe. *V.*

# LETTRE CCLV.

## A MADAME DE SAINT-JULIEN.

A Ferney, 14 de feptembre.

JE ne fais, Madame, fi j'écris au chaffeur, ou au philofophe, ou à une jolie dame, ou au meilleur cœur du monde : il me femble que vous êtes tout cela. J'ai reçu une lettre de vous, qui m'attache à votre char autant que je l'étais dans votre apparition à Ferney; et M. le duc de *Choifeul* a dû vous en faire tenir une de moi, qui ne vaut pas la vôtre. Il a bien voulu m'en écrire une qui m'enchante. J'admire toujours comment il trouve du temps, et comme il est supérieur dans les affaires et dans les agrémens.

J'ai voulu me consoler du malheur de vous avoir perdue. J'ai eu l'insolence de faire jouer, sur mon petit théâtre, Henri IV, le Roi et le Fermier, Rose et Colas, Annette et Lubin. J'ai reconnu, dans cette pièce, M. l'abbé de *Voisenon*; c'est la meilleure de toutes à mon gré; il n'y a que lui qui puisse avoir tant de grâces. Je ne m'attendais pas à voir tout ce que j'ai vu dans mes déserts.

L'amitié dont vous daignez m'honorer, Madame, est ce qui me flatte davantage, et qui fait le charme de ma vieillesse et de ma retraite. Votre caractère est au-dessus de vos charmes; je suis amoureux de votre ame, il ne m'appartient pas d'aller plus loin.

Je pris la liberté de vous remettre, à votre départ de Ferney, une petite requête pour M. de *Saint-Florentin*, en faveur d'une malheureuse famille huguenotte. Le père a été vingt-trois ans aux galères, pour avoir donné à souper et à coucher à un prédicant; la mère a été enfermée, les enfans réduits à mendier leur pain. On leur avait laissé le tiers du bien pour les nourrir; ce tiers a été usurpé par le receveur des domaines. Il y a de terribles malheurs sur la terre, Madame, pendant que ceux qu'on appelle heureux sont dévorés de passions ou d'ennui.

Si vous n'êtes pas assez forte (ce que je ne crois pas) pour toucher la pitié de M. de *Saint-Florentin*, j'ose vous demander en grâce de joindre M. le maréchal de *Richelieu* à vous. M. de *Saint-Florentin* est

Ff 4

difficile à émouvoir sur les huguenots. Vous aurez fait une très-belle action, si vous parvenez à rendre la vie à cette pauvre famille. Soyez sûre, Madame, que vous n'êtes pas faite seulement pour plaire.

Agréez, Madame, mon très-sincère respect, et un attachement plus inaltérable que les plus grandes passions que vous ayez pu inspirer.

## LETTRE CCLVI.

### A M. NANCEY, *cordelier à Dijon.*

14 de septembre.

SAINT *François* d'Assise, Monsieur, serait bien étonné de voir un de ses enfans qui fait de si bons vers français, et moi j'en suis très-édifié ; il vous mettrait en pénitence, et je vous donnerais ma bénédiction. Vous êtes dans la ville de l'esprit et des talens ; vous y trouverez tous les encouragemens possibles. Je ne puis applaudir que de loin à vos travaux littéraires ; j'en serais l'heureux témoin, si mon âge et mes maladies me permettaient d'aller à Dijon.

Agréez mes remercîmens et les sentimens d'estime avec lesquels j'ai l'honneur d'être,

Monsieur,

votre, &c.

LETTRE CCLVII.

## A M. DAMILAVILLE.

15 de feptembre.

CE petit billet, pour M. de *Beaumont*, vous mettra au fait de tout ce qui concerne M. *Chardon.*

Je crois que l'affaire ira bien fous la protection de MM. les ducs de *Choifeul* et de *Praflin*, de M. et de madame d'*Argental*, et de madame la ducheffe d'*Enville.*

Les philofophes fe remettront en crédit, en prenant hautement le parti de l'innocence opprimée : ils rangeront le public fous leurs étendards.

Pourquoi M. *Tonpla* ne ferait-il pas ce petit voyage? cela ferait digne de lui ; il aurait le plaifir du myftère ; ce ferait *Antoine* qui irait voir *Paul.*

Pour chaffer toutes mes idées triftes, j'ai eu l'infolence de faire venir chez moi toute la troupe comique de Genève ; elle eft excellente ; elle a joué Henri IV, et Annette et Lubin : le nom feul d'*Henri IV* m'émeut et fait la moitié du fuccès. J'ai eu auffi le Roi et le Fermier avec Rofe et Colas ; cela a été joué fupérieurement : il y a furtout une actrice excellente qui ferait les délices de Paris.

Mais, après ces fêtes brillantes, je fonge aux horreurs de ce monde ; je fonge aux infortunés, et je retombe dans ma trifteffe ; votre amitié me confole plus que les fêtes. *Ecr. l'inf.*

# LETTRE CCLVIII.

### A M. ELIE DE BEAUMONT, *avocat*.

15 de feptembre.

JE ne crois pas, Monfieur, qu'on puiffe reculer fur M. *Chardon*. J'avais, comme vous favez, exécuté vos ordres fitôt que vous me les aviez eu donnés : j'avais écrit à M. le duc de *Choifeul* ; il me mande qu'il eft ami de M. *Chardon*, et qu'il va le propofer à monfieur le vice-chancelier pour rapporteur de l'affaire. M. le duc de *Choifeul* protégera les *Sirven* comme il a protégé les *Calas* ; c'eft une belle ame ; je ne le connais que par des traits de générofité et de grandeur. Je fuis au comble de ma joie de voir l'affaire des *Sirven* commencée ; foyez fûr que vous ferez couvert de gloire aux yeux de l'Europe.

Je ne fais fi l'affaire qui regarde madame de *Beaumont* fe pourfuit pendant les vacations ; c'eft dans celle-là qu'il faut triompher. Je la fupplie d'agréer mon refpect et le tendre intérêt que je prends à tous deux. *V.*

LETTRE CCLIX.

À M. LE COMTE DE ROCHEFORT.

16 de feptembre.

DIEU vous maintienne, Monfieur, dans le deffein de faire le voyage d'Italie, puifque vous pafferez dans mon hermitage à votre retour. Dans le temps que monfieur le gazetier d'Utrecht et monfieur le courier d'Avignon difaient que je n'étais pas chez moi, j'y fefais jouer Henri IV par la troupe de Genève. Tout le monde pleura quand la famille du meunier fe mit à genoux devant *Henri IV ;* il eft adoré dans nos déferts comme à Paris.

On attend madame la comteffe de *Brionne* vers la fin de ce mois ou le commencement de l'autre ; elle va des Pyrénées aux Alpes, cela eft digne d'une grande écuyère.

M. *Duclos* fera pour vous un excellent compagnon de voyage : vous verrez tous deux des philofophes en Italie, mais il faut les déterrer. Les ftatues fe préfentent dans ce pays-là, et les hommes fe cachent.

Vous ne fauriez croire à quel point je fuis pénétré de vos bontés. Le jour où j'aurai le bonheur de vous voir avec M. *Duclos* fera un beau jour pour moi.

# LETTRE CCLX.

## A M. DAMILAVILLE.

16 de septembre.

Je me hâte, mon cher ami, de répondre à votre lettre du 11 ; je commence par ce recueil abominable, imprimé à Amsterdam sous le titre de Genève.

Les trois lettres qu'on attribue en note, d'une manière indécise, à M. de *Montesquieu* ou à moi, sont ajoutées à l'ouvrage, et sont d'un autre caractère. La lettre à M. *Deodati*, sur son livre de l'*Excellence de la langue italienne*, est falsifiée bien odieusement ; car, au lieu des justes éloges que je donnais au courage ferme et tranquille d'un prince à qui tout le monde rend cette justice, on y fait une satire très-amère de sa personne et de sa conduite. C'est ainsi qu'on a empoisonné presque toutes les lettres qu'on a pu rassembler de moi.

Je suis dans la nécessité de me justifier dans les journaux ; un simple désaveu ne suffit pas. L'infame éditeur est déjà allé au-devant de mes dénégations. Il dit, dans son avertissement, que toutes les personnes à qui mes lettres sont adressées, vivent encore : il réclame leur témoignage : c'est donc leur témoignage seul qui peut le confondre. J'attends le certificat de M. *Deodati;* j'en ai déjà un autre, mais le vôtre m'est le plus nécessaire. Je vous prie très-instamment de me le donner sans délai.

1766.

Vous pouvez dire en deux mots que vous avez vu, dans un prétendu recueil de mes lettres, un écrit de moi, page 170, à M. *Damoureux;* que cette lettre n'a jamais été écrite à M. *Damoureux*, mais à vous; que cette lettre eſt très-falſifiée; que tout le morceau de la page 182 eſt ſuppoſé; qu'il eſt faux que le morceau ait jamais été préſenté à aucun cenſeur, et que la note de l'éditeur, à l'occaſion de cette lettre, eſt calomnieuſe.

Une telle déclaration fortifiera beaucoup les autres certificats. Le prince indignement attaqué dans la lettre à M. *Deodati*, jugera d'une calomnie par l'autre. En un mot, j'attends cette preuve de votre amitié; vous ne pouvez la refuſer à ma douleur et à la vérité.

Il eſt très-certain que c'eſt ce M. *Robinet*, éditeur de mes prétendues lettres, qui a fait imprimer celle-ci; mais je ne prononcerai pas ſon nom, et je ne détruirai même la calomnie qu'avec la modération qui convient à l'innocence. Je ſuis très-aiſe qu'aucun ſage ne ſoit en correſpondance avec ce *Robinet*, qui ſe vante de connaître la nature, et qui connaît bien peu la probité.

Entendons-nous, s'il vous plaît, ſur M. d'*Autré*. Il n'a jamais dit qu'il ait eu des conférences avec M. *Tonpla;* mais que *Tonpla* ayant écrit quelques réflexions philoſophiques pour un de ſes amis, il y avait répondu article par article. Je vous ai montré cette réponſe, bonne ou mauvaiſe; mais je n'ai jamais ouï dire ni dit qu'ils aient eu des conférences enſemble. La vérité eſt toujours bonne à quelque choſe, juſque dans les moindres détails.

Je me porte fort mal, et je ferai très-fâché de
mourir fans avoir vu *Toupla*. Vous favez qu'un de
ces malheureux juges, qui avait tout embrouillé
dans l'affaire d'Abbeville, et qui avait tant abufé de
la jeuneffe de ces pauvres infortunés, vient d'être
flétri par la cour des aides de Paris, comme il le
méritait. Ce fcélérat, nommé *Broutel*, qui a ofé être
juge fans être gradué, devrait être pourfuivi au parlement de Paris, et être puni plus grièvement qu'à la
cour des aides : c'eft, Dieu merci, un des parens de
mon neveu d'*Ornoi*, le confeiller, à qui l'on doit la
flétriffure de ce coquin.

On vient de m'envoyer le mémoire de M. de
*Calonne;* il eft en effet approuvé par le roi : ainfi
M. de *Calonne* eft juftifié dans tout ce qui regarde fon
miniftère. Le public n'eft juge que des procédés qui
font fort différens des procédures.

Je vous avoue que j'ai une extrême curiofité de
favoir ce qui fe paffe à Bedlam, et de lire la lettre de
cet archi-fou, qui fe plaint fi amèrement de l'outrage
qu'on lui a fait, en lui procurant une penfion : c'eft
un petit finge fort bon à enchaîner et à montrer à la
foire pour un fchelling.

Il y a un commentaire fur le petit livre de *Beccaria*,
dont on dit beaucoup de bien; il eft fait par un jeune
avocat de Befançon; dès que je l'aurai, je vous l'enverrai. On dit qu'il entre furtout dans quelques détails
de la jurifprudence françaife, et qu'il rapporte beaucoup d'aventures tragiques; celle des *Sirven* m'occupe
uniquement. Je vous ai mandé l'excès des bontés de
M. le duc de *Choifeul*, et combien je compte fur fa
protection.

Je connaissais déjà le projet de la traduction de ———
*Lucien*, et j'avais lu le plus beau de ses *Dialogues*. 1766.
Ce *Lucien*-là valait mieux que *Fontenelle*. J'ai une
très-grande idée du traducteur.

Ah, mon cher ami, que je serais heureux de me
trouver entre *Tonpla* et vous! *Ecr. l'inf.*

## LETTRE CCLXI.

### A M. DE LA HARPE.

17 de septembre.

Mon cher confrère et mon cher enfant, je vous
remercie bien tard, mais j'ai été malade. J'ai pris les
eaux, et pendant ce temps-là on n'écrit point. Vous
savez aussi peut-être combien j'ai été affligé d'une
aventure dont vous avez entendu parler à Ornoi;
vous n'ignorez pas tous les bruits qui ont couru; je
suis sûr enfin que vous me pardonnerez mon silence:
comptez que je n'en ai pas moins été sensible à vos
succès et à votre gloire. Je suis persuadé que vous avez
achevé actuellement votre tragédie, car vous travaillez
avec la facilité du génie. Je ne sais si vous aurez des
acteurs : je ne suis sûr que de vos beaux vers. Votre
ami M. de *Champfort* m'a envoyé sa pièce académique.
Vous avez un frère en lui, vous êtes l'aîné; mais ce
cadet me paraît fort aimable, et très-digne de votre
amitié. Votre union fait également honneur aux
vainqueurs et aux vaincus. Je voudrais vous tenir
l'un et l'autre dans ma retraite. Je vois que vous n'y

viendrez que quand les beaux jours feront paffés, mais vous ferez les beaux jours. Vous me trouverez peut-être vieilli et trifte ; vous me rajeunirez et vous m'égayerez.

Je vous embraffe du meilleur de mon cœur. *V.*

# LETTRE CCLXII.

## A M. DAMILAVILLE.

19 de feptembre.

TOUT ce qui eft à Ferney, mon cher frère, doit vous être très-obligé de la lettre pathétique et convaincante que vous nous avez envoyée. Nous penfons tous qu'il n'y a d'autre parti à prendre, après une pareille lettre, que de demander pardon à celui qui l'a écrite. Mais j'avais propofé aux juges de *Calas* de s'immortalifer en demandant pardon aux *Calas*, la bourfe à la main : ils ne l'ont pas fait.

Je vous ai déjà parlé de la bonté de M. le duc de *Choifeul* et de la nobleffe de fon ame : je vous ai dit avec quel zèle il daigne demander M. *Chardon* pour rapporteur des *Sirven ;* il fera notre juge, comme il l'a été des *Calas :* foyez très-fûr qu'il met fa gloire à être jufte et bienfefant.

Votre atteftation, mon cher frère, celle de M. *Marin,* celle de M. *Deodati,* me font d'une néceffité abfolue. M. le prince de *Soubife* a un bibliothécaire qui ramaffe toutes les pièces curieufes imprimées en Hollande : ce malheureux recueil de mes prétendues

lettres

lettres fera fans doute dans fa bibliothéque, s'il n'y
eft déjà. M. le prince de *Soubife* le verra, et l'a peut- 1766.
être vu : un homme de cet état n'a pas le temps
d'examiner, de confronter ; il verra les juftes éloges
que je lui ai donnés tournés en infames fatires ; il fe
trouvera outragé, et le contre-coup en retombera
infailliblement fur moi.

Ce n'eft point *Blin de Sainmore* qui eft l'éditeur
de ce libelle ; c'eft certainement celui qui a fait
imprimer mes *Lettres fecrètes*.

Les trois lettres fur le gouvernement en général,
imprimées au-devant du recueil, font d'un ftyle dur,
cynique, et plus infolent que vigoureux, affecté
depuis peu par de petits imitateurs. Ce n'eft point
là le ftyle de *Blin de Sainmore*. On a accufé *Robinet ;*
je ne l'accufe ni ne l'accuferai ; je me contenterai de
réprimer la calomnie dans les journaux étrangers.
Cette démarche eft d'autant plus néceffaire que le
livre eft répandu par-tout, hors à Paris. Il eft heureux
du moins de pouvoir détruire fi aifément la calomnie.

Les proteftans fe plaignent beaucoup de notre
ami M. de *Beaumont*, qui réclame en fa faveur les
lois rigoureufes fur les proteftans, contre lefquelles
il femble s'être élevé dans l'affaire des *Calas*. J'aurais
voulu qu'il eût infifté davantage fur la léfion dont il
fe plaint juftement, et qu'il eût fait adroitement fentir
combien il en coûtait à fon cœur d'invoquer des
lois fi cruelles. J'ai peur que fon factum pour lui-
même ne nuife à fon factum pour les *Sirven*, et ne
refroidiffe beaucoup ; mais enfin tout mon défir eft
qu'il réuffiffe dans les deux affaires auxquelles je
prends un égal intérêt.

Je ne sais comment vous êtes avec *Thiriot;* je ne sais où il demeure : je crois qu'il passe sa vie, comme moi, à être malade et à faire des remèdes. Cela le rend un peu inégal dans les devoirs de l'amitié ; mais il faut user d'indulgence envers les faibles. Je vous prie de lui faire passer ce petit billet.

Vous aurez incessamment quelque chose ; mais vous savez combien il est dangereux d'envoyer, par les postes étrangères, des brochures d'Hollande. Nous recevons des livres de France, mais nous n'en envoyons pas. Tous les paquets qui contiennent des imprimés étrangers sont saisis, et vous savez qu'on fait très-bien, attendu l'extrême impertinence des presses bataves.

J'ai chez moi M. de *la Borde* qui met Pandore en musique ; je suis étonné de son talent. Nous nous attendions, madame *Denis* et moi, à de la musique de cour, et nous avons trouvé des morceaux dignes de *Rameau.* Tout cela n'empêche pas que je n'aye *Belleval* et *Broutel* extrêmement sur le cœur.

Consolons-nous, mon cher frère, dans l'amour de la raison et de la vertu ; comptez que l'une et l'autre font de grands progrès. Saluez, de ma part, nos frères *Barnabé*, *Thaddée* et *Thimothée*. *Ecr. l'inf.*

# LETTRE CCLXIII.   1766.

## A M. LE COMTE D'ARGENTAL.

19 de feptembre.

M ES divins anges, je vous avouerai long-temps que j'ai été pénétré de l'aventure que vous favez. Le jugement flétriffant porté unanimement contre ce monftre de *Broutel* a été une goutte de baume fur une profonde bleffure. J'étais dans une fi horrible mélancolie que, pour me guérir, j'ai fait venir toute la troupe des comédiens de Genève, au nombre de quarante-neuf, en comptant les violons. J'ai vu ce que je n'avais jamais vu, des opéra comiques : j'en ai eu quatre. Il y a une actrice très-fupérieure, à mon gré, à mademoifelle *Dangeville ;* mais ce n'eft pas en beauté ; elle eft pourtant très-bien fur le théâtre. Elle a, par-deffus mademoifelle *Dangeville*, le talent d'être auffi comique en chantant qu'en parlant. Il y a deux acteurs excellens ; mais rien pour le tragique ni pour le haut comique, en aucun lieu du monde. Cela prouve évidemment que le cothurne eft à tous les diables, et que la nation eft entièrement tournée aux tracafferies parlementaires, aux horreurs abbevillien-nes, et à la farce. J'ai vu jouer auffi Henri IV : vous croyez bien que cela n'a pas déplu à l'auteur de la Henriade.

J'ai reçu une lettre charmante de M. le duc de *Choifeul ;* en vérité, c'eft une belle ame. Lui et M. le duc de *Praflin* font de l'ancienne chevalerie ; mais je doute que M. *Pafquier* en foit.

G g 2

1766.

Le petit Commentaire fur les délits et les peines, d'un avocat de Befançon, réuffit beaucoup dans la province et chez l'étranger.

Il y a dans le parlement de Befançon un procureur général qui eft un bœuf : le parlement lui fait fouvent l'affront de nommer le greffier en chef, pour faire les fonctions de procureur général, dans les affaires difficiles. Ce bœuf alla mugir, ces jours paffés, chez un libraire qui vendait ce que les fots appellent de mauvais livres ; il le fit mettre en prifon, et requit qu'on le fît pendre, en vertu de la belle loi émanée en 1756 ; car les Velches ont auffi quelquefois des lois. Le parlement, d'une voix unanime, renvoya le libraire abfous, et le bœuf, en mugiffant, dit au libraire : *Mon ami, ce font les livres que vous vendez qui ont corrompu vos juges.*

Voilà de beaux exemples. O Velches ! profitez. Mais cependant je n'ai point encore le factum pour les *Sirven* ; mes anges l'ont-ils vu ? Je crois que je me confolerais de tout, fi je gagnais ce procès : non, je ne me confolerais point, le monde eft trop méchant.

*Jean-Jacques Rouffeau* eft un étonnant fou.

J'ai chez moi actuellement M. de *la Borde*, qui met en mufique le péché originel, fous le nom de Pandore. Le bon de l'affaire, c'eft que monfieur le dauphin lui avait propofé cet opéra, quelques mois avant fa mort.

Refpect et tendreffe. *V.*

*N. B.* Je viens d'entendre des morceaux de Pandore ; je vous affure qu'il y en a d'excellens.

# LETTRE CCLXIV.

## A M. LE MARQUIS D'ARGENCE DE DIRAC.

19 de feptembre.

J'AI reçu , Monfieur; la traduction de l'Exorde des *lois de Zaleucus* , l'un des plus anciens et des plus grands légiflateurs de la Grèce. C'eft un précieux monument de l'antiquité : il fert à prouver que nos premiers maîtres ont toujours reconnu un DIEU fuprême qui lit dans le cœur des hommes, et qui juge nos actions et nos penfées. Il n'y a que la malheureufe fecte d'*Epicure* qui ait jamais combattu une opinion fi raifonnable et fi utile au genre-humain: la piété et la vertu font de tous les temps. Vous me mandez que vous avez trouvé des barbares , indignes de la fociété des honnêtes gens, qui fe font élevés contre ce fragment fi refpectable. Il eft trifte que, dans notre nation, il y ait des gens fi abfurdes : c'eft le fruit de l'ignorance où l'on vit dans la plupart des provinces , et de la miférable éducation qu'on y a reçue jufqu'à préfent. La rouille de l'ancienne barbarie fubfifte encore. On trouve cent chaffeurs, cent tracaffiers, cent ivrognes, pour un homme qui lit ; c'eft en quoi les Anglais , et même les Allemands, l'emportent prodigieufement fur nous.

J'ai vu ces jours paffés M. *Bourfier* qui m'a dit qu'il avait fait quelques commiffions pour vous ; il ne m'a pas dit ce que c'était : tout ce que je

fais, c'eft qu'il vous eft attaché comme moi. Soyez
bien perfuadé, Monfieur, des tendres fentimens de
votre, &c. *V.*

# LETTRE CCLXV.

## A M. LE MARQUIS DE VILLETTE.

20 de feptembre.

JE vous pardonne, mon cher Marquis, d'avoir
oublié un vieillard malade et inutile, long-temps
pénétré, dans fa retraite, de l'affliction la plus prô-
fonde; mais je ne vous pardonne pas de vous livrer
au public qui cherche toujours une victime, et qui
s'acharne impitoyablement fur elle. On ne vous dit
peut-être pas à quel point il enfonce le poignard
dans les plaies qu'il a faites lui-même. Je vous prédis
que vous ferez malheureux, fi vous ne vous dérobez
pas à l'envie et à la malignité; et je vous répète que
vous n'avez d'autre parti à prendre que de vivre avec
un petit nombre d'amis dont vous foyez sûr.

Vous vous plaignez de quelques tours qu'on vous
a joués; j'aimerais mieux qu'on vous eût volé deux
cents mille francs, que de vous voir déchirer par les
harpies de la fociété, qui rempliffent le monde. Il faut
abfolument que vous fachiez que cela a été pouffé à un
excès qui m'a fait une peine cruelle. On dit : Voilà
comme font faits tous les petits philofophes de nos
jours : on clabaude à la cour, à la ville. Vous fentez
combien mon amitié pour vous en a fouffert. Vous

êtes fait pour mener une vie très-heureufe, et vous vous obftinez à gâter tout ce que la nature et la fortune ont fait en votre faveur.

Je vous dirai encore qu'il ne tient qu'à vous de faire tout oublier. Je vous demande en grâce que vous foyez heureux ; je ne veux pas qu'un beau diamant foit mal monté. Pardonnez ma franchife ; c'eft mon cœur qui vous parle ; il ne vous déguife ni fon afflic-tion, ni fes fentimens pour vous, ni fes craintes : je vous aime trop pour vous écrire autrement.

Madame *Denis* penfe abfolument de même : qui-conque s'intéreffera à vous, vous dira les mêmes chofes. Pardonnez encore une fois aux fentimens qui m'attachent à vous.

# LETTRE CCLXVI.

## A M. CHRISTIN.

### 22 de feptembre.

M on cher philofophe, vous m'avez envoyé un fingulier monument de la barbare imbécillité d'une certaine fecte ; il n'y a qu'elle, dans l'univers entier, capable de pareilles horreurs. La plupart des hommes n'y font pas d'attention ; mais les ames fenfibles font toujours touchées de ce qui effleure à peine les autres.

On a brûlé à Berne l'*Hiftoire de l'Eglife*, qu'on attribue à un certain prince : cela pourra avoir des fuites férieufes.

Je vous prie, mon cher ami, de bien recommander

1766.

à M. de G... de ne me jamais nommer, et de ne parler de moi que comme d'un agricole qui aime la vertu et la vérité autant que la campagne. Vous favez que, dans un temps de perfécution, il faut oppofer la difcrétion à la méchanceté des hommes. J'ai fait mon compliment à M. *le Riche* qui eft le *Beaumont* de la Franche-Comté et le protecteur de l'innocence (\*). Faites mes tendres complimens, je vous prie, à M. de G..., et revenez voir vos amis le plutôt que vous pourrez.

## LETTRE CCLXVII.

### A M. \*\*\*.

A Ferney, le 22 de feptembre.

JE fuis très-éloigné de penfer, Monfieur, que vous ayez la moindre part à l'édition de mes prétendues *Lettres* données au public par un fauffaire calomniateur qui, pour gagner quelque argent, falfifie ce que j'ai écrit, et m'expofe au jufte reffentiment des perfonnes les plus refpectables du royaume, en fubftituant des fatires infames aux éloges que je leur avais donnés.

Les notes dont on a chargé ces *Lettres* font encore plus diffamatoires que le texte : vous y êtes loué, et cela eft trifte. L'éditeur fait en fa confcience qu'aucune de ces lettres n'a été écrite comme il les a imprimées. Si par hafard vous le connaiffiez, il ferait digne

(\*) Voyez les lettres à M. *le Riche.*

de votre probité de lui remontrer fon crime, et de l'engager à fe rétracter. On fait de la littérature un bien indigne ufage : imprimer ainfi les lettres d'autrui, c'eft être à la fois voleur et fauffaire.

Comme ces *Lettres* courent l'Europe, je ferai forcé de me juftifier. Je n'ai jamais répondu aux critiques, mais j'ai toujours confondu la calomnie. Vous m'avez toujours prévenu par des témoignages d'eftime et d'amitié ; j'y ai répondu avec les mêmes fentimens. Je ne demande ici que ce que l'humanité exige ; votre mérite vous fait un devoir de venger l'honneur des belles-lettres.

J'ai l'honneur d'être, Monfieur, avec les fentimens que j'ai toujours eus pour vous, votre, &c.

# LETTRE CCLXVIII.

## A MADAME

## LA MARQUISE DU DEFFANT.

A Ferney, 24 de feptembre.

Ennuyez-vous fouvent, Madame ; car alors vous m'écrirez. Vous me demandez ce que je fais ; j'em-bellis ma retraite, je meuble de jolis appartemens où je voudrais vous recevoir, j'entreprends un nouveau procès dans le goût de celui des *Calas*, et je n'ai pas pu m'en difpenfer, parce qu'un père, une mère et deux filles, remplis de vertu et condamnés au dernier fupplice, fe font réfugiés à ma porte, dans les larmes et dans le défefpoir.

C'eſt une des petites aventures dignes du meilleur des mondes poſſibles. Je vous demande en grâce de vous faire lire le mémoire que M. de *Beaumont* a fait pour cette famille auſſi reſpectable qu'infortunée. Il ſera bientôt imprimé. Je prie M. le préſident *Hénault* de le lire attentivement.

Vos ſuffrages ſerviront beaucoup à déterminer celui du public, et le public influera ſur le conſeil du roi. La belle ame de M. le duc de *Choiſeul* nous protége; je ne connais point de cœur plus généreux et plus noble que le ſien; car, quoi qu'en diſe *Jean-Jacques*, nous avons de très-honnêtes miniſtres. J'aimeraiś mieux aſſurément être jugé par le prince de *Soubiſe*, et par M. le duc de *Praſlin*, que par le parlement de Toulouſe.

Il faudrait, Madame, que je fuſſe auſſi fou que l'ami *Jean-Jacques* pour aller à Véſel. Voici le fait: Le roi de Pruſſe m'ayant envoyé cent écus d'aumône pour cette malheureuſe famille des *Sirven*, et m'ayant mandé qu'il leur offrait un aſile à Véſel ou à Clèves, je le remerciai comme je le devais; je lui dis que j'aurais voulu lui préſenter moi-même ces pauvres gens auxquels il promettait ſa protection. Il lut ma lettre devant un fils de M. *Tronchin*, qui eſt ſecrétaire de l'envoyé d'Angleterre à Berlin. Le petit *Tronchin*, qui ne penſe pas que j'ai ſoixante et treize ans, et que je ne peux ſortir de chez moi, crut entendre que j'irais trouver le roi de Pruſſe; il le manda à ſon père; ce père l'a dit à Paris, les gazetiers en ont beaucoup raiſonné; *et voilà comme on écrit l'hiſtoire: puis fiez-vous à meſſieurs les ſavans!*

Il faut que je vous diſe, pour vous amuſer, que

le roi de Pruſſe m'a mandé qu'on avait rebâti huit
mille maiſons en Siléſie. La réponſe eſt bien naturelle :
,, Sire, on les avait donc détruites ; il y avait donc huit
,, mille familles déſeſpérées. Vous autres rois, vous
,, êtes de plaiſans philoſophes ! ,,

*Jean-Jacques* du moins ne fait de mal qu'à lui, car
je ne crois pas qu'il ait pu m'en faire ; et madame
la maréchale de *Luxembourg* ne peut pas croire que
j'aye jamais pu me joindre aux perſécuteurs du
*Vicaire ſavoyard. Jean-Jacques* ne le croit pas lui-
même ; mais il eſt comme *Chiantpot-la-perruque* qui
diſait que tout le monde lui en voulait.

Savez-vous que l'horrible aventure du chevalier
de *la Barre* a été cauſée par le tendre amour ? ſavez-
vous qu'un vieux maraud d'Abbeville, nommé *B...*
amoureux de l'abbeſſe de *V...* et maltraité, comme
de raiſon, a été le ſeul mobile de cette abominable
cataſtrophe ? Ma nièce de *Florian*, qui a l'honneur de
vous connaître, et dont les terres ſont auprès d'Abbeville, eſt bien inſtruite de toutes ces horreurs ; elles
font dreſſer les cheveux à la tête.

Savez-vous encore que feu monſieur le dauphin,
qu'on ne peut aſſez regretter, liſait *Locke* dans ſa
dernière maladie ? J'ai appris, avec bien de l'étonnement, qu'il ſavait toute la tragédie de Mahomet par
cœur. Si ce ſiècle n'eſt pas celui des grands talens,
il eſt celui des eſprits cultivés.

Je crois que M. le préſident *Hénault* a été auſſi
enthouſiaſmé que moi de M. le prince de *Brunſwick*.
Il y a un roi de Pologne philoſophe, qui ſe fait une
grande réputation. Et que dirons-nous de mon impératrice de Ruſſie ?

1766.

Je m'aperçois que ma lettre est un éloge de têtes couronnées ; mais, en vérité, ce n'est pas fadeur ; car j'aime encore mieux leurs valets de chambre.

Il m'est venu un premier valet de chambre du roi, nommé M. de *la Borde*, qui fait de la musique, et à qui monsieur le dauphin avait conseillé de mettre en musique l'opéra de Pandore. C'est de tous les opéra, sans exception, le plus susceptible d'un grand fracas. Faites-vous lire les paroles qui sont dans mes Oeuvres, et vous verrez s'il n'y a pas là bien du tapage.

Je croyais que M. de *la Borde* fesait de la musique comme un premier valet de chambre en doit faire, de la petite musique de cour et de ruelle ; je l'ai fait exécuter : j'ai entendu des choses dignes de *Rameau*. Ma nièce *Denis* en est tout aussi étonnée que moi ; et son jugement est bien plus important que le mien, car elle est excellente musicienne.

Vous en ai-je assez conté, Madame ? vous ai-je assez ennuyée ? suis-je assez bavard ? Souffrez que je finisse en disant que je vous aimerai, jusqu'au dernier moment de ma vie, de tout mon cœur, avec le plus sincère respect. *V.*

# LETTRE CCLXIX.

## A M. DAMILAVILLE.

24 de feptembre.

JE vous remercie, mon cher ami, mon cher frère, de votre noble et philofophique déclaration fur l'infolence de ce fauffaire qui a fait imprimer fes fottifes fous mon nom. La canaille littéraire eft ce que je connais de plus abject dans le monde. L'auteur du Pauvre diable a raifon de dire qu'il fait plus de cas d'un ramoneur de cheminée, qui exerce un métier utile, que de tous ces petits écornifleurs du Parnaffe. Il eft bon de faire un petit ouvrage qu'on insèrera dans les journaux, et qui fervira de préfervatif contre plus d'une impofture.

Un beau préfervatif fera le factum de notre ami *Elie*. Vous ne m'avez point mandé fi vous l'aviez lu. J'ai bien à cœur que l'ouvrage foit parfait. Un factum, dans une telle affaire, doit fe faire lire avec le même plaifir qu'une tragédie intéreffante et bien écrite. Il n'y a plus moyen de reculer fur M. *Chardon*; je crois que M. le duc de *Choifeul* trouverait fort mauvais qu'après lui avoir demandé ce rapporteur, on en demandât un autre; mais il faudra néceffairement tâcher de captiver M. *le Noir* qui eft, dit-on, le meilleur criminalifte du royaume; fa voix fera d'un très-grand poids, et nous courons beaucoup de rifque, s'il ne prend pas notre parti.

Vous aurez inceffamment toutes les chofes que

vous me demandez, mon cher ami. Il y a un nouveau livre, comme vous favez, de feu M. *Boulanger*. Ce *Boulanger* pétriffait une pâte que tous les eftomacs ne peuvent pas digérer : il y a quelques endroits où la pâte eft un peu aigre ; mais, en général, fon pain eft ferme et nourriffant. Ce M. *Boulanger*-là a bien fait de mourir, il y a quelques années, auffi-bien que *la Métrie*, *du Marfais*, *Fréret*, *Bolingbroke* et tant d'autres. Leurs ouvrages m'ont fait relire les écrits philofophiques de *Cicéron;* j'en fuis enchanté plus que jamais. Si on les lifait, les hommes feraient plus honnêtes et plus fages.

Je me flatte que le petit ballot eft parti. Mes complimens à l'auteur voilé du dévoilé. Je l'embraffe mille fois. *Ecr. l'inf.*

# LETTRE CCLXX.

## A M. LE COMTE D'ARGENTAL.

26 de feptembre.

Mon cher ange, je vous fupplie de préfenter mes tendres refpects à M. le duc de *Praflin.* Je fuis pénétré des fentimens de bonté dont il veut toujours m'honorer. Je lui fouhaite une fanté affermie ; c'eft la feule chofe qui peut lui manquer, et c'eft celle fans laquelle il n'y a point de bonheur.

Il eft vrai que j'ai un beau fujet ; mais c'eft une belle femme qui me tombe entre les mains, à l'âge

1766.

de près de soixante et treize ans : je la donnerai à exploiter à quelque jeune homme. Je vous ai déjà dit que j'étais comme le chevalier *Comdom* qui s'est fait une grande réputation pour avoir procuré du plaisir à la jeunesse, quand il ne pouvait plus en avoir.

*La Harpe* et *Champfort* viennent chez moi à la fin de l'automne; ainsi vous aurez deux tragédies: de quoi diable avez-vous à vous plaindre?

Je ne hais pas absolument les roués; je trouve qu'ils se font lire, et qu'il n'y a pas un seul moment de langueur. Je trouve qu'elle est fortement écrite, et je crois même qu'elle ferait plaisir au théâtre, si mademoiselle *Clairon* jouait *Fulvie*, mademoiselle *le Couvreur* Julie, *Baron* Auguste, et *le Kain* Pompée. Il n'est pas mal d'ailleurs d'avoir une pièce dans ce goût, afin que tous les genres soient épuisés.

A l'égard des ouvrages philosophiques, tels que *Cicéron*, *Lucrèce*, *Sénèque*, *Epictète*, *Pline*, *Lucien* en faisaient contre les superstitions de leur temps, je ne me pique point d'imiter ces grands-hommes. Vous savez que je ne fais aucun ouvrage dans ce goût; je vis chez des Velches, et non pas chez les anciens Romains. Je suis sur les frontières d'une nation qui sait par cœur Rose et Colas, et qui ne lit point le *De naturâ deorum*. La calomnie a beau m'imputer quelquefois des écrits pleins d'une sagesse hardie, qui n'est pas celle des Velches, mais qui est celle des *Montagne*, des *Charon*, des *la Motte-le-Vayer*, des *Bayle*, je défie qu'on me prouve jamais que j'aye la moindre part à ces témérités philosophiques. Il est vrai que j'ai été indigné de certaines barbaries velches; mais je me suis consolé en fongeant combien il y a de français aimables, à la tête defquels vous êtes, avec l'hôte chez qui vous logez. Il n'y a point de mois où l'on ne voye paraître en Hollande, tantôt un excellent ouvrage de *Fréret*, tantôt un moins bon, mais pourtant affez bon de *Boulanger*, tantôt un autre éloquent et terrible de *Bolingbroke*. On a réimprimé le *Vicaire favoyard* dégagé du fatras d'*Emile*, avec quelques ouvrages du conful *Maillet*. Toute la jeuneffe allemande apprend à lire dans ces ouvrages; ils deviennent le catéchifme univerfel, depuis Bade jufqu'à Mofcou. Il n'y a pas à préfent un prince allemand qui ne foit philofophe. Je n'ai affurément aucune part dans cette révolution qui s'eft faite depuis quelques années dans l'efprit humain. Ce n'eft pas ma faute fi le fiècle eft éclairé, et fi la raifon a pénétré jufque dans des cavernes. J'achève paifiblement ma vie, fans fortir de chez moi; je bâtis un village, je défriche des terres incultes, et je fuis feulement fâché que le blé vaille actuellement chez nous quarante francs le fetier. J'ai bâti une églife, et j'y entends la meffe : je ne vois pas pourquoi on voudrait me faire martyr. On peut m'affaffiner, mais on ne peut me condamner; et d'ailleurs quand on m'affaffinerait à foixante et treize ans, j'aurais toujours probablement plus vécu que mes affaffins, et j'aurais plus rendu de fervices aux hommes que maître *Pafquier ;* mais j'efpère que cela n'arrivera pas, et je vous réponds que j'y mettrai bon ordre. J'ai peu de temps à vivre, d'une manière ou d'autre ; je vivrai et je mourrai attaché à mon cher ange, avec mon culte ordinaire d'hyperdulie.

*P. S.*

*P. S.* Que dites-vous de madame la comtesse de ——
*Brionne* qui va des Pyrénées aux Alpes, comme on 1766.
va de Versailles à Paris? Elle voulait venir incognito;
je l'en défie. Est-ce qu'elle'ferait philosophe?

# LETTRE CCLXXI.

## A M. DAMILAVILLE.

### 29 de septembre.

Vous semblez craindre, mon cher ami, par votre
lettre du 23, que l'on ne fasse quelque difficulté sur
le bel exorde que vous avez mis à votre certificat;
je ne vous en ai pas moins d'obligation, et je la sens
dans le fond de mon cœur. Je compte faire imprimer
ce certificat avec les autres que j'enverrai à tous les
journaux; je n'aurai pas de peine à confondre la
calomnie. Il me semble que nous sommes dans le
siècle des faussaires; mais mon étonnement est que
les faussaires soient si mal-adroits. Comment peut-on
inférer, dans des lettres déjà publiques, des impostures si atroces et si aisées à découvrir? Ce qui me
fâche beaucoup, c'est que ces lettres se vendent à
Genève. Madame la comtesse de *Brionne*, qui daigne
venir à Ferney, ne sera-t-elle pas bien régalée de
ce beau libelle? elle y trouvera sa maison outragée.

Je ne sais où prendre ce M. *Deodati* qui me doit
un témoignage authentique de la vérité : c'est à lui
qu'est écrite la lettre si indignement falsifiée. Je n'ai
point reçu de réponse à la lettre que je lui ai écrite;

—— il faut , ou qu'il ne foit point à Paris , ou qu'il foit malade , ou qu'il ne fache pas remplir les premiers devoirs de la fociété. Je connais votre cœur , mon cher ami ; vous mettrez de l'empreffement à trouver ce *Deodati* , et à lui faire remplir fon devoir. Voilà une fort fotte affaire ; mais la plupart des affaires de ce monde font fort fottes : on eft bien heureux quand l'atrocité ne fe joint pas à la fottife.

Vous favez fans doute que le fieur *Saucourt* , juge d'Abbeville , n'a pas voulu juger les autres accufés , et l'on croit qu'il fe démettra de fa place : c'eft ainfi qu'on fe repent après que le mal eft fait.

J'attends votre paquet dans lequel j'efpère trouver des confolations. Si M. *Boulanger* , auteur du bel article *Vingtième*, vivait encore , il ferait bien étonné que le blé coûte quarante francs le fetier , et qu'on n'y met point ordre. Tout va comme il plaît à DIEU.

Adieu , mon cher ami ; je fuis bien malade. Je vous répète que je ferai très-fâché de mourir fans avoir vu *Platon*, et furtout fans vous avoir revu avec lui. Je vous embraffe de toutes les forces qui me reftent. *Ecr. l'inf.*

Voulez-vous bien envoyer cette lettre au libraire *Lacombe* ? Il y a auffi une lettre à lui adreffée dans ce maudit recueil , et *Lacombe* fera fans doute plus honnête que *Deodati*.

# LETTRE CCLXXII.

## A M. VERNES, *à Séligny.*

Septembre.

VOICI, Monsieur, où en est l'affaire de cette malheureuse et innocente famille des *Sirven*. Il a fallu deux années de soins et de peines réitérées pour rassembler en Languedoc les pièces justificatives. Nous les avons enfin arrachées. Le mémoire de M. de *Beaumont* est déjà signé par plusieurs avocats ; nous avons déjà demandé un rapporteur ; M. le duc de *Choiseul* nous protége ; il m'écrit ces propres mots de sa main, dans la dernière lettre dont il m'honore : *Le jugement des Calas est un effet de la faiblesse humaine, et n'a fait souffrir qu'une famille ; mais la dragonade de M. de Louvois a fait le malheur du siècle.*

Avouez, monsieur le curé huguenot, que M. le duc de *Choiseul* est une belle ame, et que ces paroles doivent être gravées en lettres d'or. Pour celles de *Vernet*, si on peut les écrire, ce n'est qu'avec la matière dont *Ezéchiel* fesait son déjeûné. Quant à *J. J.*, il suffit de vous dire qu'il y avait autrefois à Paris un pauvre homme nommé *Chianpot-la-perruque*, qui se plaignait que la cour et la ville étaient liguées contre lui.

Vous devriez bien abandonner vos ouailles quelques momens, pour venir converser dans un château où il n'y a pas une ouaille.

# LETTRE CCLXXIII.

## A M. DAMILAVILLE.

1 d'octobre.

JE vous envoie, mon cher ami, cette lettre ouverte pour M. de *Beaumont*, que je vous supplie de lire.

Il s'est chargé de trois affaires fort équivoques, qui feront grand tort à la cause des *Sirven*. Il y a un parti violent contre lui : on a surtout prévenu les deux *Tronchin*. On s'irrite de le voir invoquer une loi cruelle contre les protestans mêmes qu'il a défendus ; on dit que sa femme, étant née protestante, devait réclamer cette loi moins qu'une autre. On prétend que l'acquéreur de la terre de Canon est de bonne foi, et que les terres en Normandie ne se vendent jamais plus que le denier vingt. On assure que le brevet obtenu par l'acquéreur le met à l'abri de toutes recherches, et que la même faveur qui lui a fait obtenir son brevet, lui fera gagner sa cause.

Je vous confie mes alarmes. L'odieux qu'on jette sur cette affaire nuira beaucoup à celle des *Sirven*, je le vois évidemment : mais plus nous attendrons, plus nous trouverons le public refroidi ; et d'ailleurs les démarches que j'ai faites exigent absolument que le mémoire soit imprimé sans délai. Si M. de *Beaumont* est à la campagne, il n'a d'autre parti à prendre que de vous confier le mémoire, que vous ferez imprimer par *Merlin*.

J'ai enfin reçu le certificat de M. *Deodati;* j'aurai celui de *Lacombe* par le premier ordinaire. Il eſt eſſentiel de confondre la calomnie ; en briſant une de ſes flèches , on briſe toutes les autres. Il paraît tous les jours des livres qu'on ne manque pas de m'imputer. Il faudrait que je reſſemblaſſe à *Eſdras* , et que je dictaſſe jour et nuit pour faire la dixième partie des écrits dont l'impoſture me charge. On pourſuit avec acharnement ma vieilleſſe; on empoiſonne mes derniers jours. Je n'ai d'autre reſſource que dans la vérité ; il faut qu'elle paraiſſe du moins aux yeux des miniſtres ; ils jugeront de toutes ces calomnies par celles de l'éditeur de mes prétendues Lettres. C'eſt un ſervice qu'il m'aura rendu , et qui pourra ſervir de bouclier contre les traits dont on accable les pauvres philoſophes.

On a annoncé le livre de *Fréret* dans la gazette d'Avignon (*). On y dit, à la vérité, que le livre eſt dangereux, mais qu'il y a beaucoup de modération et de profondeur.

Adieu, mon cher ami ; je vous embraſſe auſſi tendrement que je vous regrette.

Je vous demande en grâce de m'envoyer, par la première poſte, le factum de M. de *la Roque* contre M. de *Beaumont ;* car je veux abſolument juger ce procès au tribunal de ma conſcience.

(*) *L'Examen des apologiſtes de la religion chrétienne.*

H h 3

# LETTRE CCLXXIV.

## A M. LE COMTE D'ARGENTAL.

8 d'octobre.

VRAIMENT, mes adorables anges, je ne suis pas étonné que le prophète *Elie de Beaumont* ne vous ait pas envoyé son mémoire pour les *Sirven*; la raison en est bien claire, c'est que ce mémoire n'est pas encore fait. Il m'avait mandé, il y a près de deux mois, qu'il l'avait remis entre les mains de plusieurs avocats pour le signer, et M. *Damilaville* lui avait déjà donné quelque argent de ma part; je croyais même déjà l'ouvrage imprimé, je me hâtais de demander un rapporteur, je sollicitais votre protection et celle de vos amis; mais enfin il s'est trouvé que *Beaumont* avait pris le futur pour le passé. Je vois, qu'il a été un peu désorienté par deux causes malheureuses qu'il a perdues coup sur coup. Il ne faudrait pas que le défenseur des *Calas* se chargeât jamais d'une cause équivoque : celle des *Sirven* lui aurait fait un honneur infini.

Il a encore, comme vous savez, un procès très-intéressant au nom de sa femme; mais je tremble encore pour ce procès-là. Il a le malheur d'y réclamer les lois rigoureuses contre les protestans, lois dont il avait tant fait sentir la dureté, non-seulement dans l'affaire des *Calas*, mais dans une autre encore que je lui avais confiée. Cette funeste coutume des avocats, de soutenir ainsi le pour et le contre, pourra lui faire grand tort, et en fera furement à la caufe des *Sirven*; cependant l'affaire eft entamée, il la faut fuivre. J'ai obtenu pour cette malheureufe famille.*Sirven* la protection de plufieurs princes étrangers, je leur ai écrit que le factum était prêt; s'il ne paraît pas, ils feront en droit de croire que je les ai trompés. Je ne me rebute point, mais je fuis fort affligé.

Je ne le fuis pas moins que vous n'ayez pas reçu le Commentaire fur les délits et les peines, par un avocat de Befançon. Je fais bien que M. *Janel* a des ordres pofitifs de ne laiffer paffer aucune brochure fufpecte par la voie de la pofte; mais cette brochure eft très-fage, elle me paraît inftructive; il n'y a aucun mot qui puiffe choquer le gouvernement de France, ni aucun gouvernement. Je reçois tous les jours, par la pofte, tous les imprimés qui paraiffent; on les laiffe tous arriver fans aucune difficulté. Je ne vois pas pourquoi l'on défendrait le tranfport des penfées de province à Paris, tandis qu'on permet l'exportation de Paris en province.

Je fuis encore plus furpris qu'on n'ait pas refpecté l'enveloppe de M. de *Courteille*, et que l'on prive un confeiller d'Etat d'un écrit fur la jurifprudence. Vous recevrez cet écrit par quelque autre voie, et vous jugerez fi on doit le traiter avec tant de rigueur.

Vous n'ignorez pas qu'on a fait en Hollande deux éditions de quelques-unes de mes lettres qu'on a cruellement falfifiées, et auxquelles on a joint des notes d'une infolence puniffable contre les perfonnes du royaume les plus refpectables. On m'a confeillé de m'adreffer à un nommé M. *du Clairon* qui eft, dit-on, actuellement commiffaire de la marine, ou

conful à Amſterdam : il eſt auteur d'une tragédie
de Cromwell, qu'il a dédiée à M. le duc de *Praſlin*.
Je ne veux pas croire qu'il ſoit trop inſtruit du myſ-
tère de cette abominable édition ; mais je crois qu'il
peut aiſément ſe procurer des lumières ſur l'éditeur.

M. le prince de *Soubiſe* et pluſieurs autres perſonnes
d'une grande diſtinction ſont très-outragés dans ces
Lettres. Il eſt néceſſaire que je mette au moins dans
les journaux un avertiſſement qui démontre et qui
confonde la calomnie. Heureuſement les preuves
ſont nettes et claires ; j'ai en main les certificats de
ceux à qui j'avais écrit ces lettres qu'un fauſſaire a
défigurées. J'eſpère que M. *du Clairon*, qui eſt ſur les
lieux, voudra bien me donner des éclairciſſemens
ſur cette manœuvre infame. Je lui écris qu'ayant,
comme lui, M. le duc de *Praſlin* pour protecteur,
j'ai quelque droit d'eſpérer ſes bons offices, dans cette
conjoncture, à l'abri d'une telle protection ; que le
livre eſt imprimé par *Michel Rey*, imprimeur de *Jean-
Jacques Rouſſeau*, à Amſterdam ; que *Jean-Jacques* y
eſt loué, et les hommes les plus reſpectables chargés
d'outrages ; que je le ſupplie de vouloir bien me
donner, ſur cette œuvre d'iniquité, les notions qu'il
pourra acquérir, et que tous les honnêtes gens lui
en auront obligation. Je me flatte que M. le duc de
*Praſlin* permettra la liberté que je prends de dire un
mot dans cette lettre de mon attachement pour lui,
et de la protection dont il m'honore.

# LETTRE CCLXXV. 1766.

## A M. LE MARECHAL DUC DE RICHELIEU.

Au château de Ferney, 8 d'octobre.

IL n'y a point affurément de façon de piffer plus noble que celle de mon héros, et le cardinal de *Tençin*, chez qui vous pifsâtes, n'aurait pas eu votre généroſité. Votre jeune homme eſt arrivé dans mon couvent ; je l'y ai fait moine fur le champ ; il aura des livres à ſa difpoſition. J'ai un ex-jéfuite qui a profeffé vingt années, et qui pourra lui donner de bons confeils fur fes études, et diriger ſa conduite. J'ai le bonheur d'avoir une efpèce de fecrétaire qui a beaucoup de mérite, et avec lequel il paffera fon temps agréablement. Toute notre maifon vit dans une union parfaite ; il ne tiendra qu'à lui d'y être auffi confolé qu'on peut l'être, quand on n'a pas le bonheur de vous faire ſa cour. Il m'a paru vif, mais bon enfant ; j'en aurai tous les foins que je dois à un jeune homme que vous protégez, et que vous daignez me recommander. S'il fe tourne au bien, il n'aura d'obligation qu'à vos extrêmes bontés du bonheur de ſa vie. C'eſt un enfant que le hafard vous a donné ; vous l'avez élevé et corrigé, et j'efpère que vos bienfaits auront formé fon cœur.

J'abufe de votre généroſité, Monfeigneur. Puifqu'elle ne fe dément point pour cet enfant, daignerat-elle l'employer pour une famille entière du pays que vous avez gouverné ? J'ai déjà pris la liberté d'implorer vos bontés pour les d'*Efpinas*, gens de très-bon lieu, nés avec du bien, appartenans aux plus honnêtes gens du pays, et réduits à l'état le plus cruel, après vingt-trois ans de galères, pour avoir donné à fouper à un prédicant. Si on ne leur rend pas leur bien, il vaudrait mieux les remettre aux galères.

Vous pouvèz avoir égaré le Mémoire (*) que j'avais eu l'honneur de vous envoyer; fouffrez que je vous en préfente un fecond. Vous me demanderez de quoi je me mêle de folliciter toujours pour des huguenots; c'eft que je vois tous les jours ces infortunés, c'eft que je vois des familles difperfées et fans pain, c'eft que cent perfonnes viennent crier et pleurer chez moi, et qu'il eft impoffible de n'en être pas ému.

On dit que vous allez chercher à Vienne une future reine. Vous reffemblez en tout au duc de *Bellegarde*, à cela près qu'il ne prenait point d'îles, et qu'il n'impofait pas des lois aux Anglais.

Agréez mon refpect et mon attachement qui ne finiront qu'avec ma vie. *V.*

---

(*) *Affaires des religionnaires. Vivarais; intendance de Languedoc.*

*Jean-Pierre Efpinas*, d'une honnête famille de Château-Neuf, paroiffe de Saint-Félix, près de Vernous en Vivarais, ayant été vingt-trois ans aux galères pour avoir donné à fouper et à coucher dans fa maifon à un miniftre de la religion prétendue réformée, et ayant obtenu fa délivrance par brevet du 23 de janvier 1763, fe trouvant chargé d'une femme mourante et de trois enfans réduits à la mendicité, remontre très-humblement à fa Majefté que fon bien ayant été confifqué pendant vingt-fix ans, à condition que la troifième partie en ferait diftraite pour l'entretien de fes enfans, jamais lefdits enfans n'ont joui de cette grâce. Il conjure fa Majefté de daigner lui accorder la poffeffion de fon patrimoine pour foulager fa vieilleffe et fa famille.

# LETTRE CCLXXVI.

## A M. DAMILAVILLE.

15 d'octobre.

Mon cher ami, j'ai lu le factum de M. *Hume* ; cela n'eſt écrit, ni du ſtyle de *Cicéron*, ni de celui d'*Addiſſon*. Il prouve que *Jean-Jacques* eſt un maître fou, et un ingrat pétri d'un ſot orgueil ; mais je ne crois pas que ces vérités méritent d'être publiées ; il faut que les choſes ſoient, ou bien plaiſantes, ou bien intéreſſantes, pour que la preſſe s'en mêle. Je vous répéterai toujours qu'il eſt bien triſte pour la raiſon que *Rouſſeau* ſoit fou ; mais enfin *Abadie* l'a été auſſi. Il faut que chaque parti ait ſon fou, comme autrefois chaque parti avait ſon chanſonnier.

Je penſe que la publicité de cette querelle ne ſervirait qu'à faire tort à la philoſophie. J'aurais donné une partie de mon bien pour que *Rouſſeau* eût été un homme ſage ; mais cela n'eſt pas dans ſa nature ; il n'y a pas moyen de faire un aigle d'un papillon : c'eſt aſſez, ce me ſemble, que tous les gens de lettres lui rendent juſtice, et d'ailleurs ſa plus grande punition eſt d'être oublié.

Ne pourriez-vous pas, mon cher frère, écrire un petit mot à M. de *Beaumont*, à Launai, chez M. de *Cideville*, où je le crois encore, et réchauffer ſon zèle pour les *Sirven* ? S'il n'avait entrepris que cette affaire, il ſerait comblé de gloire, et toute l'Europe

1766.

le bénirait. J'ai annoncé fon factum à tous les princes d'Allemagne comme un chef-d'œuvre, il y a près d'un an; le factum n'a point paru; on commence à croire que je me fuis avancé mal à propos, et l'on doute de la réalité des faits que j'ai allégués. Eft-il poffible qu'il foit fi difficile de faire du bien? Aidez-moi, mon cher ami, et cela deviendra facile.

M. *Bourfier* attend le mémoire de M. *Tonpla*, qui probablement arrivera par le coche. Le protecteur eft toujours bien difpofé; il m'écrit fouvent pour l'établiffement projeté; mais je vois bien que monfieur *Bourfier* manquera d'ouvriers. Il eft vieux et infirme, comme moi; il aurait befoin de quelqu'un qui fe mît à la tête de cette affaire.

Il y a un château tout prêt, avec liberté et protection; eft-il poffible qu'on ne trouve perfonne pour jouir d'une pareille offre? Je vois que la plupart des affaires de ce monde reffemblent au confeil des rats.

J'ai deux perfonnes à encourager, *Bourfier* et *Sirven*; l'un et l'autre fe défefpèrent.

J'ai beaucoup d'obligation à M. *Marin*, pour une affaire moins confidérable. On a imprimé un *Recueil* de mes lettres à Avignon, fous le nom de Laufane; on dit que ces lettres font auffi altérées et auffi indignement falfifiées que celles qui ont été imprimées à Amfterdam. M. *Marin* a donné fes foins pour que cette rapfodie n'entrât point dans Paris; il en échappera pourtant toujours quelques exemplaires. Que voulez-vous? c'eft un tribut qu'il faut que je paye à une malheureufe célébrité qu'il ferait bien doux de changer contre une obfcurité tranquille. Si je pouvais me faire un fort felon mon défir, je voudrais me cacher,

avec vous et quelques-uns de vos amis, dans un coin
de ce monde ; c'eſt-là mon roman, et mon malheur
eſt que ce roman ne ſoit pas une hiſtoire. Il y a une
vérité qui me conſole, c'eſt que je vous aime tendrement, et que vous m'aimez ; avec cela on n'eſt pas
ſi à plaindre.

Voici un billet pour frère *Protagoras ;* je le recommande à vos bontés.

1766.

# LETTRE CCLXXVII.

## A M. LE COMTE D'ARGENTAL.

### 22 d'octobre.

MES divins anges, ſi mon état continue, adieu les
tragédies. J'ai été vivement ſecoué, et j'ai la mine
d'aller trouver *Sophocle* avant de faire, comme lui,
des tragédies à quatre-vingts ans. Cependant je me
ſens un peu mieux quand je ſonge que ma petite
*Durancy* eſt devenue une *Clairon.* J'eus très-grande
opinion d'elle, lorſque je la vis débuter ſur des treteaux
en Savoie, aux portes de Genève ; et je vous prie,
quand vous la verrez, de la faire ſouvenir de mes
prophéties ; mais je vous avoue que je ſuis étonné
qu'elle ait pris *Pulchérie* pour ſe faire valoir ; c'eſt
reſſuſciter un mort après quatre-vingt-dix ans :
Pulchérie eſt, à mon gré, un des plus mauvais
ouvrages de *Corneille.* Je ſens bien qu'elle a voulu
prendre un rôle tout neuf ; mais, quand on prend
un habit neuf, il ne faut pas le prendre de bure.

Nous venons de perdre un homme bien médiocre à l'académie françaife. On dit qu'il fera remplacé par *Thomas;* il aura befoin de toute fon éloquence pour faire l'éloge d'un homme fi mince.

Ne pourrais-je pas vous envoyer le Commentaire fur les délits et les peines, par la voie de M. *Marin?* l'enveloppe de M. de *Sartines* n'eft-elle pas, dans ces cas-là, une fauve-garde affurée? On fuppofe alors, avec raifon, que ces livres envoyés au fecrétaire de la librairie, lui font adreffés pour favoir fi on en permettra l'introduction en France. Je ferai ce que vous me prefcrirez. Je pourrais me fervir de la voie de M. le chevalier de *Beauteville;* mais je ne l'emploierai qu'en cas que vous trouviez qu'il n'y a point d'inconvénient.

Le livre de *Fréret* fait beaucoup de bruit. Il en paraît tous les mois quelqu'un de cette efpèce. Il y a des gens acharnés contre les préjugés; on ne leur fera pas lâcher prife: chaque fecte a fes fanatiques. Je n'ai pas, Dieu merci, ce zèle emporté; j'attends paifiblement la mort entre mes montagnes, et je n'ai nulle envie de mourir martyr. Je ne veux pas non plus finir comme un citoyen de Genève, extrêmement riche, qui vient de fe jeter dans le Rhône, parce qu'avec fon argent il n'avait pu acheter la fanté; je fais fouffrir, et je n'irai dans le Rhône qu'à la dernière extrémité. Je fuis affez de l'avis de *Mécène* qui difait qu'un malade devait fe trouver heureux d'être en vie.

Portez-vous bien, mes adorables anges; il n'y a que cela de bon, parce que cela fait trouver tout bon.

Je voudrais bien favoir ce qu'on dit dans le public de la charlatanerie de *Jean-Jacques*; j'ai vu un *Thomas* fur le Pont-neuf qui valait beaucoup mieux que lui, et dont on parlait moins. Ne m'oubliez pas, je vous en prie, auprès de M. de *Chauvelin*, quand vous le verrez.

Recevez mon tendre refpect.

# LETTRE CCLXXVIII.

## A M. HUME.

Ferney, 24 d'octobre.

J'AI lu, Monfieur, les pièces du procès que vous avez eu à foutenir par-devant le public contre votre ancien protégé. J'avoue que la grande ame de *Jean-Jacques* a mis au jour la noirceur avec laquelle vous l'avez comblé de bienfaits; et c'eft en vain qu'on a dit que c'eft le procès de l'ingratitude contre la bienfefance.

Je me trouve impliqué dans cette affaire. Le fieur *Rouffeau* m'accufe de lui avoir écrit, en Angleterre, une lettre dans laquelle je me moque de lui (*). Il a accufé M. d'*Alembert* du même crime.

Quand nous ferions coupables au fond de notre cœur, M. d'*Alembert* et moi, de cette énormité, je vous jure que je ne le fuis point de lui avoir écrit.

_____

(*) La lettre au docteur *Panfophe*, imprimée à Londres, fous le nom de M. de *Voltaire*.

—— Il y a fept ans que je n'ai eu cet honneur. Je ne connais point la lettre dont il parle, et je vous jure que, fi j'avais fait quelque mauvaife plaifanterie fur M. *J. J. Rouffeau*, je ne la défavouerais pas.

Il m'a fait l'honneur de me mettre au nombre de fes ennemis et de fes perfécuteurs. Intimement perfuadé qu'on doit lui élever une ftatue, comme il le dit dans la lettre polie et décente de *Jean-Jacques Rouffeau, citoyen de Genève, à Chriftophe de Beaumont, archevêque de Paris*, il penfe que la moitié de l'univers eft occupée à dreffer cette ftatue fur fon piédeftal, et l'autre moitié à la renverfer.

Non-feulement il m'a cru iconoclafte, mais il s'eft imaginé que j'avais confpiré contre lui avec le confeil de Genève, pour faire décréter fa propre perfonne de prife de corps, et enfuite avec le confeil de Berne pour le faire chaffer de la Suiffe.

Il a perfuadé ces belles chofes aux protecteurs qu'il avait alors à Paris, et il m'a fait paffer dans leur efprit pour un homme qui perfécutait en lui la fageffe et la modeftie. Voici, Monfieur, comment je l'ai perfécuté.

Quand je fus qu'il avait beaucoup d'ennemis à Paris, qu'il aimait comme moi la retraite, et que je préfumai qu'il pouvait rendre quelques fervices à la philofophie, je lui fis propofer, par M. *Marc Chapuis* citoyen de Genève, dès l'an 1759, une maifon de campagne appelée l'*Hermitage*, que je venais d'acheter.

Il fut fi touché de mes offres, qu'il m'écrivit ces propres mots :

MONSIEUR,

MONSIEUR,

,, Je ne vous aime point, vous corrompez ma
,, république en donnant des fpectacles dans votre
,, château de Tourney , &c. ,,

Cette lettre, de la part d'un homme qui venait de
donner à Paris un grave opéra et une comédie ,
n'était cependant pas datée des petites maifons. Je
n'y fis point de réponfe, comme vous le croyez bien ,
et je priai M. *Tronchin* le médecin de vouloir bien
lui envoyer une ordonnance pour cette maladie.
M. *Tronchin* me répondit que, puifqu'il ne pouvait
pas me guérir de la manie de faire encore des pièces
de théâtre à mon âge, il défefpérait de guérir *Jean-
Jacques*. Nous reftâmes l'un et l'autre fort malades,
chacun de notre côté.

En 1762 le confeil de Genève entreprit fa cure,
et donna une efpèce d'ordre de s'affurer de lui pour
le mettre dans les remèdes. *Jean - Jacques* , décrété
à Paris et à Genève, convaincu qu'un corps ne peut
être en deux lieux à la fois , s'enfuit dans un troifième. Il conclut , avec fa prudence ordinaire , que
j'étais fon ennemi mortel , puifque je n'avais pas
répondu à fa lettre obligeante. Il fuppofa qu'une
partie du confeil génevois était venue dîner chez
moi pour conjurer fa perte , et que la minute de
fon arrêt avait été écrite fur ma table, à la fin du
repas. Il perfuada une chofe fi vraifemblable à quelques - uns de fes concitoyens. Cette accufation
devint fi férieufe que je fus obligé enfin d'écrire au
confeil de Genève une lettre très-forte, dans laquelle
je lui dis que , s'il y avait un feul homme dans ce

corps qui m'eût jamais parlé du moindre deſſein contre le ſieur *Rouſſeau*, je conſentais qu'on le regardât comme un ſcélérat et moi auſſi, et que je déteſtais trop les perſécuteurs pour l'être.

Le conſeil me répondit, par un ſecrétaire d'Etat, que je n'avais jamais eu, ni dû avoir, ni pu avoir la moindre part, ni directement, ni indirectement, à la condamnation du ſieur *Jean-Jacques*.

Les deux lettres ſont dans les archives du conſeil de Genève.

Cependant M. *Rouſſeau*, retiré dans les délicieuſes vallées de Moutier-Travers, ou Motier-Travers, au comté de Neuchâtel, n'ayant pas eu, depuis un grand nombre d'années, le plaiſir de communier ſous les deux eſpèces, demanda inſtamment au prédicant de Moutier-Travers, homme d'un eſprit fin et délicat, la conſolation d'être admis à la ſainte table ; il lui dit que ſon intention était 1°. *de combattre l'Egliſe romaine* ; 2°. *de s'élever contre l'ouvrage infernal de l'Eſprit, qui établit évidemment le matérialiſme* ; 3°. *de foudroyer les nouveaux philoſophes vains et préſomptueux.* Il écrivit et ſigna cette déclaration, et elle eſt encore entre les mains de M. de *Montmolin*, prédicant de Moutier-Travers et de Boverºſſe.

Dès qu'il eut communié, il ſe ſentit le cœur dilaté, il *s'attendrit juſqu'aux larmes*. Il le dit au moins dans ſa lettre du 8 d'auguſte 1765.

Il ſe brouilla bientôt avec le prédicant et les prêchés de Moutier-Travers et de Boverºſſe. Les petits garçons et les petites filles lui jetèrent des pierres ; il s'enfuit ſur les terres de Berne ; et ne voulant plus être lapidé, il ſupplia meſſieurs de Berne *de vouloir* bien avoir la bonté de le faire enfermer le reste de ses jours dans quelqu'un de leurs châteaux, ou tel autre lieu de leur Etat qu'il leur semblerait bon de choisir. Sa lettre est du 20 d'octobre 1765.

Depuis madame la comtesse de *Pimbêche*, à qui l'on conseillait de se faire lier, je ne crois pas qu'il soit venu dans l'esprit de personne de faire une pareille requête. Messieurs de Berne aimèrent mieux le chasser que de se charger de son logement.

Le judicieux *Jean - Jacques* ne manqua pas de conclure que c'était moi qui le privais de la douce consolation d'être dans une prison perpétuelle, et que même j'avais tant de crédit chez les prêtres, que je le fesais excommunier par les chrétiens de Moutier-Travers et de Boveresse.

Ne pensez pas que je plaisante, Monsieur. Il écrit, dans une lettre du 24 de juin 1765 : *Etre excommunié de la façon de M. de V. m'amusera fort aussi.* Et dans sa lettre du 23 de mars, il dit : *M. de V. doit avoir écrit à Paris qu'il se fait fort de faire chasser Rousseau de sa nouvelle patrie.*

Le bon de l'affaire est qu'il a réussi à faire croire, pendant quelque temps, cette folie à quelques personnes ; et la vérité est que, si au lieu de la prison qu'il demandait à messieurs de Berne, il avait voulu se réfugier dans la maison de campagne que je lui avais offerte, je lui aurais donné alors cet asile, où j'aurais eu soin qu'il eût de bons bouillons avec des potions rafraîchissantes, bien persuadé qu'un homme dans son état mérite beaucoup plus de compassion que de colère.

Il est vrai qu'à la sagesse toujours conséquente de

﹘﹘﹘ fa conduite et de fes écrits, il a joint des traits qui ne font pas d'une bonne ame. J'ignore fi vous favez qu'il a écrit des *Lettres de la montagne*. Il fe rend, dans la cinquième lettre, formellement délateur contre moi ; cela n'eft pas bien. Un homme qui a communié fous les deux efpèces, un fage à qui on doit élever des ftatues, femble dégrader un peu fon caractère par une telle manœuvre ; il hafarde fon falut et fa réputation.

Auffi la première chofe qu'ont faite meffieurs les médiateurs de France, de Zurich et de Berne, a été de déclarer folennellement les *Lettres de la montagne* un libelle calomnieux. Il n'y a plus moyen que j'offre une maifon à *Jean-Jacques*, depuis qu'il a été affiché calomniateur au coin des rues.

Mais en fefant le métier de délateur et d'homme un peu brouillé avec la vérité, il faut avouer qu'il a toujours confervé fon caractère de modeftie.

Il me fit l'honneur de m'écrire, avant que la médiation arrivât à Genève, ces propres mots :

MONSIEUR,

» Si vous avez dit que je n'ai pas été fecrétaire
» d'ambaffade à Venife, vous avez menti ; et fi je
» n'ai pas été fecrétaire d'ambaffade, et fi je n'en ai
» pas eu les honneurs, c'eft moi qui ai menti. »

J'ignorais que M. *Jean-Jacques* eût été fecrétaire d'ambaffade ; je n'en avais jamais dit un feul mot, parce que je n'en avais jamais entendu parler.

Je montrai cette agréable lettre à un homme véridique, fort au fait des affaires étrangères, curieux

et exact : ces gens-là font dangereux pour ceux qui
citent au hafard. Il déterra les lettres originales, écrites de la main de *Jean-Jacques*, du 9 et du 13
d'augufte 1743, à M. *du Theil*, premier commis
des affaires étrangères, alors fon protecteur. On y
voit ces propres paroles :

,, J'ai été deux ans le domeftique de M. le comte
,, de *Montaigu* ( ambaffadeur à Venife) ...... J'ai
,, mangé fon pain...; il m'a chaffé honteufement de
,, fa maifon...; il m'a menacé de me faire jeter par
,, la fenêtre,.. et de pis, fi je reftais plus long-temps
,, dans Venife... &c. &c. ,,

Voilà un fecrétaire d'ambaffade affez peu refpecté,
et la fierté d'une grande ame peu ménagée. Je lui confeille de faire graver au bas de fa ftatue les paroles
de l'ambaffadeur au fecrétaire d'ambaffade.

Vous voyez, Monfieur, que ce pauvre homme
n'a jamais pu ni fe maintenir fous aucun maître, ni
fe conferver aucun ami, attendu qu'il eft contre la
dignité de fon être d'avoir un maître, et que l'amitié
eft une faibleffe dont un fage doit repouffer les
atteintes.

Vous dites qu'il fait l'hiftoire de fa vie ; elle a
été trop utile au monde, et remplie de trop grands
événemens pour qu'il ne rende pas à la poftérité
le fervice de la publier. Son goût pour la vérité ne
lui permettra pas de déguifer la moindre de fes
anecdotes, pour fervir à l'éducation des princes qui
voudront être menuifiers comme *Emile*.

A dire vrai, Monfieur, toutes ces petites mifères
ne méritent pas qu'on s'en occupe deux minutes ;
tout cela tombe bientôt dans un éternel oubli. On

1766.

ne s'en foucie pas plus que des baifers âcres de la nouvelle *Héloïfe*, et de fon faux germe, et de fon doux ami, et des lettres de *Vernet* à un lord qu'il n'a jamais vu. Les folies de *Jean-Jacques* et fon ridicule orgueil ne feront nul tort à la véritable philofophie, et les hommes refpectables qui la cultivent en France, en Angleterre et en Allemagne, n'en feront pas moins eftimés.

Il y a des fottifes et des querelles dans toutes les conditions de la vie. Quelques ex-jéfuites ont fourni à des évêques des libelles diffamatoires fous le nom de *Mandemens;* les parlemens les ont fait brûler; cela s'eft oublié au bout de quinze jours. Tout paffe rapidement comme les figures grotefques de la lanterne magique.

L'archevêque de Novogorod, à la tête d'un fynode, a condamné l'évêque de Roftou à être dégradé et enfermé le refte de fa vie dans un couvent, pour avoir foutenu qu'il y a deux puiffances, la facerdotale et la royale. L'impératrice a fait grâce du couvent à l'évêque de Roftou. A peine cet événement a-t-il été connu en Allemagne et dans le refte de l'Europe.

Les détails des guerres les plus fanglantes périffent avec les foldats qui en ont été les victimes. Les critiques mêmes des pièces de théâtre nouvelles, et furtout leurs éloges, font enfevelis le lendemain dans le néant avec elles et avec les feuilles périodiques qui en parlent. Il n'y a que les dragées du fieur *Keifer* qui fe foient un peu foutenues.

Dans ce torrent immenfe qui nous emporte et qui nous engloutit tous, qu'y a-t-il à faire ? Tenons-

nous-en au confeil que M. *Horace Valpole* donne à —— 1766.
*Jean-Jacques* d'être fage et heureux. Vous êtes l'un,
Monfieur, et vous méritez d'être l'autre, &c. &c.


# LETTRE CCLXXIX.

## A M. HELVETIUS.

Le 27 d'octobre.

Vous me donnez, mon illuftre philofophe, l'efpérance la plus confolante et la plus chère. Quoi!
vous feriez affez bon pour venir dans mes déferts!
Ma fin approche, je m'affaiblis tous les jours; ma
mort fera douce, fi je ne meurs point fans vous
avoir vu.

Oui, fans doute, j'ai reçu votre réponfe à la lettre
que je vous avais écrite par l'abbé *Morellet*. Je n'ai pas
actuellement un feul *Philofophe ignorant*. Toute l'édition que les *Cramer* avaient faite, et qu'ils avaient
envoyée en France, leur a été renvoyée bien proprement par la chambre fyndicale ; elle eft en chemin,
et je n'en aurai que dans trois femaines. Ce petit livre
eft, comme vous favez, de l'abbé *Tilladet ;* mais on
m'impute tout ce que les *Cramer* impriment, et tout
ce qui paraît à Genève, en Suiffe et en Hollande. C'eft
un malheur attaché à cette célébrité fatale dont vous
avez eu à vous plaindre auffi-bien que moi. Il
vaut mieux, fans doute, être ignoré et tranquille,
que d'être connu et perfécuté. Ce que vous avez

essuyé pour un livre qui aurait été chéri des *la Rochefoucault*, doit faire frémir long-temps tous les gens de lettres. Cette barbarie m'est toujours présente à l'esprit, et je vous en aime toujours davantage.

Je vous envoie une petite brochure d'un avocat de Besançon, dans laquelle vous verrez des choses relatives à une barbarie bien plus horrible. Je crains encore qu'on ne m'impute cette petite brochure. Les gens de lettres, et même nos meilleurs amis, se rendent les uns aux autres de bien mauvais services, par la fureur qu'ils ont de vouloir toujours deviner les auteurs de certains livres. De qui est cet ouvrage attribué à *Bolingbroke*, à *Boulanger*, à *Fréret*? Eh! mes amis, qu'importe l'auteur de l'ouvrage? ne voyez-vous pas que le vain plaisir de deviner devient une accusation formelle, dont les scélérats abusent? Vous exposez l'auteur que vous soupçonnez; vous le livrez à toute la rage des fanatiques; vous perdez celui que vous voudriez sauver. Loin de vous piquer de deviner si cruellement, faites au contraire tous les efforts possibles pour détourner les soupçons. Aidons-nous les uns les autres dans la cruelle persécution élevée contre la philosophie. Est-il possible que cette philosophie ne nous réunisse pas! Quoi! de misérables moines n'auront qu'un même esprit, un même cœur, ils défendront les intérêts du couvent jusqu'à la mort; et ceux qui éclairent les hommes ne feront qu'un troupeau dispersé, tantôt dévorés par les loups, et tantôt se donnant les uns aux autres des coups de dents!

Qui peut rendre plus de services que vous à la

raifon et à la vertu? qui peut être plus utile au
monde, fans fe compromettre avec les pervers? Que
de chofes j'aurais à vous dire, et que j'aurai de
plaifir à vous ouvrir mon cœur et à lire dans le
vôtre, fi je ne meurs pas fans vous avoir embraffé!
Du moins je vous embraffe de loin, et c'eft avec
une amitié égale à mon eftime. *V.*

## LETTRE CCLXXX.

### A M. LE COMTE D'ARGENTAL.

3 de novembre.

MES divins anges, pour peu que l'état où je
fuis continue ou empire, vous ferez mal fervis. Il
faut de la force pour traiter le beau fujet, l'intéreffant fujet, mais le difficile fujet que j'ai trouvé.
J'ai befoin d'une fanté que je n'ai pas ; j'ai befoin
furtout du recueillement et de la tranquillité qu'on
m'arrache. Le couvent que j'ai bâti pour vivre en
folitaire ne défemplit point d'étrangers ; et vous
favez quelles horreurs, foit de Paris, foit d'Abbeville, ont troublé mon repos et affligé mon ame.

Voilà encore ce malheureux charlatan *Jean-
Jacques Rouffeau* qui sème toujours la tracafferie et
la difcorde dans quelque lieu qu'il fe réfugie. Ce
malheureux a perfuadé à quelques perfonnes du
parti oppofé à celui de M. *Hume*, que je m'enten-
dais contre lui avec ce même *Hume*, qui l'a comblé
de bienfaits. Ce n'eft pas affez de le payer de la

plus noire ingratitude ; il prétend que je lui ai écrit à Londres une lettre infultante, moi qui ne lui ai pas écrit depuis environ neuf ans. Il m'accufe encore de l'avoir fait chaffer de Genève et de Suiffe ; il me calomnie auprès de M. le prince de *Conti* et de madame la ducheffe de *Luxembourg;* il me force enfin de m'abaiffer jufqu'à me juftifier de ces ridicules et odieufes imputations. La vie d'un homme de lettres eft un combat perpétuel, et on meurt les armes à la main.

Cela ne m'empêchera pas de traiter mon beau fujet, pourvu que la nature épuifée accorde encore cette confolation à ma vieilleffe. Je ferai foutenu par l'envie de faire quelque chofe qui puiffe vous plaire.

La troupe de Genève, qui n'eft pas abfolument mauvaife, fe furpaffa hier en jouant Olimpie ; elle n'a jamais eu un fi grand fuccès. La foule qui affiftait à ce fpectacle le redemanda pour le lendemain à grands cris. Je fuis perfuadé que mademoifelle *Durancy* ferait réuffir bien davantage Olimpie à Paris ; et, par tout ce que j'apprends d'elle, je juge qu'elle jouerait mieux le rôle d'*Olimpie* que mademoifelle *Clairon*. Tâchez de vous donner ce double plaifir ; mais je vous avoue que je voudrais qu'on ne retranchât rien à la pièce. Toute mutilation énerve le corps et le défigure. Je n'ai point vu la repréfentation donnée à Genève ; je ne fors guère de mon lit depuis long-temps, mais je fais qu'on a joué la pièce d'après l'édition des *Cramer*, et je fuis un peu déshonoré à Paris par l'édition de *Duchefne*.

Au refte, mes anges ne manqueront pas de pièces
de théâtre. M. de *Chabanon* eft bien avancé; *la Harpe*
vient demain travailler chez moi. Si je vous fuis
inutile, mes élèves ne vous le feront pas.

J'efpère enfin qu'*Elie de Beaumont* va faire jouer
la tragédie des *Sirven*. Il eft comme moi; il a été
accablé de tracafferies et de chagrins, mais il travaille à fa pièce.

Vous m'affurez, mes divins anges, que M. le
duc de *Praflin* trouve bon que j'employe la protection dont il m'honore auprès de M. *du Clairon*,
commiffaire de la marine à Amfterdam, au fujet
de ces lettres défigurées que l'éditeur de *Rouffeau*
a imprimées, et des notes infames dans lefquelles
le feul *Rouffeau* eft loué, et prefque toute la cour de
France traitée d'une manière indigne et puniffable.
Ces notes ont été faites à Paris, et il ne ferait pas
mal de connaître le fcélérat. Un mot d'un premier
commis, au nom de M. le duc de *Praflin*, fuffirait
à M. *du Clairon*.

Que mes anges agréent toujours ma tendreffe
inaltérable et refpectueufe. *V.*

# LETTRE CCLXXXI.

## A M. DE CHABANON.

A Ferney, 3 de novembre.

Vous êtes donc, Monsieur, tout à travers les
ruines de l'Empire romain, et vous faites pleurer
votre *Eudoxie* sur les décombres de Rome. Quand
aurai-je le plaisir de mêler mes larmes aux siennes?
quand pourrai-je lire cet ouvrage auquel je m'intéresse presque autant qu'à son auteur? Quelque bon
qu'il soit, il sera fort difficile qu'il soit aussi aimable
que vous.

Vous prétendez donc que j'ai été amoureux dans
mon temps tout comme un autre? Vous pourriez
ne vous pas tromper. Quiconque peint les passions
les a ressenties, et il n'y a guère de barbouilleur
qui n'ait exploité ses modèles. Voyez *Jean-Jacques
Rousseau*, il traîne avec lui la belle mademoiselle *le
Vasseur*, sa blanchisseuse, âgée de cinquante ans, à
laquelle il a fait trois enfans qu'il a pourtant abandonnés pour s'attacher à l'éducation du seigneur
*Emile*, et pour en faire un bon menuisier. C'est un
grand charlatan et un grand misérable que ce *Jean-
Jacques Rousseau*. J'aime mieux la charlatane mademoiselle *Durancy* qui enchante le public, et à laquelle
vous confierez probablement le rôle d'*Eudoxie* ou
*Eudocie*.

Jouissez, Monsieur, de tous vos talens qui font

votre gloire et votre bonheur. Jouiſſez de vos paſ-
ſions, partagez-vous entre le travail et les plaiſirs,
et n'oubliez pas un vieux ſolitaire ſi ſenſiblement
pénétré de tout ce que vous valez.

Madame *Denis* vous fait mille tendres complimens. *V.*

# LETTRE CCLXXXII.

## A M. LE COMTE D'ARGENTAL.

### 19 de novembre.

Je vous écrivis, je crois, mes anges, le 8 de ce
mois, que je pourrais vous envoyer le premier
acte de ma bergerie, et avant que vous m'ayez
fait réponſe, l'enceinte a été conſtruite. Une tragédie de bergers! et une tragédie faite en dix jours!
me direz-vous : aux petites maiſons, aux petites
maiſons, de bons bouillons, des potions rafraî-
chiſſantes comme à *Jean-Jacques.*

Mes divins anges, avant de me rafraîchir, liſez
la pièce, et vous ferez échauffés. Songez que quand
on eſt porté par un ſujet intéreſſant, par la peinture des mœurs agreſtes, oppoſées au faſte des
cours orientales, par des paſſions vraies, par des
événemens ſurprenans et naturels, on vogue alors
à pleines voiles (non pas à plein voile, comme
dit *Corneille*), et on arrive au port en dix jours.
Un ſujet ingrat demande une année et un long
travail qui échoue ; un ſujet heureux s'arrange de

—— lui-même. Zaïre ne me coûta que trois femaines.
1766. Mais cinq actes en vers, à foixante et treize ans, et
malade! J'ai donc le diable au corps? oui, et je
vous l'ai mandé. Mais les vers font donc durs,
raboteux, chargés d'inutiles épithètes? non, rap-
portez-vous-en à ce diable qui m'a bercé; lifez,
vous dis-je. Maman *Denis* eft épouvantée de la
chofe, elle n'en peut revenir.

Ce n'eft pas Tancrède, ce n'eft pas Alzire, ce
n'eft pas Mahomet, &c. Cela ne reffemble à rien;
et cependant cela n'effarouche pas. Des larmes!
on en verfera, ou on fera de pierre. Des frémif-
femens! on en aura jufqu'à la moëlle des os, ou
on n'aura point de moëlle. Et ce n'eft pas l'ex-jéfuite
qui a fait cette pièce; c'eft moi.

> Dans la fatuité de mon orgueil extrême,
> Je le dis à Praflin, à vous, à Fréron même.

On demandait à un maréchal d'*Eftrées*, âgé de
quatre-vingt-dix-fept ans, et dont la femme, fœur
de *Manicamp*, était groffe; qui a fait cet enfant à
madame la maréchale? c'eft moi, mort-dieu, dit-il.

Ma bergerie part donc. Je l'envoie à M. le duc
de *Praflin* pour vous. Faites lire cette drogue à
*le Kain;* que M. de *Chauvelin* manque le coucher
du roi pour l'entendre. Mettez-moi chaudement
dans le cœur de ce M. de *Chauvelin;* que M. le
duc de *Praflin* juge à la lecture; puis moquez-
vous de moi, et j'en rirai moi-même.

Refpect et tendreffe. *V.*

# LETTRE CCLXXXIII.

## A M. CHARDON,

### MAITRE DES REQUETES.

A Ferney, 19 de novembre.

MONSIEUR,

Ce n'eſt pas ma faute ſi je vous importune, prenez-vous-en à la réputation que vous avez d'être le juge le plus intègre et le rapporteur le plus éloquent. M. et madame de *Beaumont* ſe croient trop heureux ſi leur fortune dépend de vous. Les *Sirven* vous demandent la vie; et moi, Monſieur, j'oſe vous la demander pour eux, moi qui ſuis témoin, depuis trois années, de leur innocence, de leurs larmes et de l'horrible injuſtice qu'ils eſſuyèrent lorſque le même fanatiſme qui fit périr *Calas* ſur la roue, condamna *Sirven* et ſa femme à la corde ſur la même accuſation de parricide que la ſuperſtition impute ſi légérement, et que la nature déſavoue.

M. le duc de *Choiſeul*, qui penſe ſur vous, Monſieur, comme tout le public, et qui eſt votre ami, a eu la bonté de me mander qu'il prierait monſieur le vice-chancelier de vous nommer rapporteur dans l'affaire des *Sirven*. Vous êtes déjà inſtruit de cette horrible aventure; je ne vous demande que la plus exacte juſtice. La malheureuſe deſtinée de cette famille, qui l'a conduite dans mes déferts, deviendra un bonheur pour elle fi vous daignez rapporter fa caufe. C'en eft un pour moi que cette occafion de vous affurer de l'eftime infinie et du refpect, &c.

## LETTRE CCLXXXIV.

### A M. LE COMTE D'ARGENTAL.

20 de novembre.

DIVINS anges, vous vous y attendiez bien; voici des corrections que je vous fupplie de faire porter fùr le manufcrit.

Maman *Denis* et un des acteurs de notre petit théâtre de Ferney, fou du tripot, et difficile, difent qu'il n'y a plus rien à faire, que tout dépendra du jeu des comédiens; qu'ils doivent jouer les Scythes comme ils ont joué le Philofophe fans le favoir, et que les Scythes doivent faire le plus grand effet, fi les acteurs ne jouent ni froidement ni à contre-fens.

Maman *Denis* et mon vieux comédien de Ferney, affurent qu'il n'y a pas un feul rôle dans la pièce qui ne puiffe faire valoir fon homme. Le contrafte qui anime la pièce d'un bout à l'autre, doit fervir la déclamation, et prête beaucoup au jeu muet, aux attitudes théâtrales, à toutes les expreffions d'un tableau vivant. Voyez, mes anges, ce que vous en penfez; c'eft vous qui êtes les juges fouverains.

Je tiens qu'il faut donner cette pièce fur le champ,

et

et en voici la raiſon. Il n'y a point d'ouvrage nouveau ſur des matières très-délicates qu'on ne m'im- **1766.**
pute ; les livres de cette eſpèce pleuvent de tous
côtés. Je ſerai infailliblement la victime de la calomnie, ſi je ne prouve l'*alibi*. C'eſt un bon alibi qu'une
tragédie. On dit : Voyez ce pauvre vieillard ! peut-il
faire à la fois cinq actes , et cela , et cela encore ?
Les honnêtes gens alors crient à l'impoſture.

Je vous ſupplie, ô anges bienfaiteurs , de montrer
la lettre ci-jointe à M. le duc de *Praſlin*, ou de
lui en dire la ſubſtance. Il ſera très - utile qu'il
ordonne à un de ſes ſecrétaires ou premiers commis
d'encourager fortement M. *du Clairon* à découvrir
quel eſt le poliſſon qui a envoyé de Paris, aux
empoiſonneurs d'Hollande , ſon venin contre toute
la cour , contre les miniſtres et contre le roi même ,
et qui fait paſſer ſa drogue ſous mon nom.

Voici la deſtination que je fais, ſelon vos ordres, des
rôles pour l'académie royale du théâtre français.

O anges , je n'ai jamais tant été au bout de vos
ailes. *V.*

*N. B.* Il y a pourtant dans la lettre au docteur
*Panſophe* des longueurs et des répétitions. Elle eſt
certainement de l'abbé *Coyer.*

*N. B.* Voulez-vous mettre mon gros neveu l'abbé
*Mignot* du ſecret ?

# LETTRE CCLXXXV.

## A MADAME

## LA MARQUISE DU DEFFANT.

*21 de novembre.*

LA lettre au docteur *Panfophe*, Madame, eft de l'abbé *Coyer;* j'en fuis très-certain, non-feulement parce que ceux qui en font certains me l'ont affuré, mais parce qu'ayant été au commencement de l'année en Angleterre, il n'y a que lui qui puiffe connaître les noms anglais qui font cités dans cette lettre. Je connais d'ailleurs fon ftyle; en un mot, je fuis fûr de mon fait.

Il eft fort mal à lui, qui fe dit mon ami, de s'être fervi de mon nom, et de feindre que j'écris une lettre à *Jean-Jacques*, quand je dis qu'il y a fept ans que je ne lui ai écrit. Je me ferais, fans doute, honneur de cette lettre au docteur *Panfophe*, fi elle était de moi. Il y a des chofes charmantes et de la meilleure plaifanterie; il y a pourtant des longueurs, des répétitions et quelques endroits un peu louches. Il faut avouer en général que le ton de la plaifanterie eft, de toutes les clefs de la mufique françaife, celle qui fe chante le plus aifément. On doit être fûr du fuccès quand on fe moque gaiement de fon prochain; et je m'étonne qu'il y ait à préfent fi peu

de bons plaifans dans un pays où l'on tourne tout
en raillerie.

Pour moi, je vous affure, Madame, que je n'ai
point du tout fongé à railler, quand j'ai écrit à *David
Hume* : c'eft une lettre que je lui ai réellement
envoyée ; elle a été écrite au courant de la plume. Je
n'avais que des faits et des dates à lui apprendre ; il
fallait abfolument me juftifier des calomnies dont ce
fou de *Jean-Jacques* m'avait chargé.

C'eft un méchant fou que *Jean-Jacques ;* il eft un
peu calomniateur de fon métier ; il ment avec des
diftinctions de jéfuite, et avec l'impudence d'un
janféniste.

Connaiffez-vous, Madame, un petit *Abrégé de
l'Hiftoire de l'Eglife*, orné d'une préface du roi de
Pruffe ? Il parle en homme qui eft à la tête de cent
quarante mille vainqueurs, et s'exprime avec plus
de fierté et de mépris que l'empereur *Julien*. Quoiqu'il verfe le fang humain dans les batailles, il a
été cruellement indigné de celui qu'on a répandu
dans Abbeville.

L'affaffinat juridique des *Calas* et le meurtre du
chevalier de *la Barre* n'ont pas fait honneur aux
Velches dans les pays étrangers. Votre nation eft
partagée en deux efpèces ; l'une de finges oififs qui
fe moquent de tout, et l'autre de tigres qui déchirent. Plus la raifon fait de progrès d'un côté, et plus
de l'autre le fanatifme grince des dents. Je fuis quelquefois profondément attriflé, et puis je me confole
en fefant mes tours de finge fur la corde.

Pour vous, Madame, qui n'êtes ni de l'efpèce des
tigres ni de celle des finges, et qui vous confolez

au coin de votre feu, avec des amis dignes de vous, de toutes les horreurs et de toutes les folies de ce monde, prolongez en paix votre carrière. Je fais mille vœux pour vous et pour M. le préfident *Hénault.* Mille tendres refpects. *V.*

## LETTRE CCLXXXVI.

## A MADAME DE FLORIAN.

24 de novembre.

### CHERE NIECE ET CHERS NEVEUX,

MADAME de *Florian* a donc toujours la goutte aux trois doigts dont on écrit, et ne peut donner jamais le moindre figne de vie à un oncle qui l'aime tendrement? Pour vous, monfieur fon mari, c'eft autre chofe; vous répondez exactement, vous dites des nouvelles aux abfens, vos lettres font inftructives.

Et vous, mon gros et cher neveu, qui êtes actuellement enfoncé jufqu'au cou dans des papiers terriers, prêtez-moi vos fecours et vos lumières pour réfifter à des *ifs* de moines qui veulent opprimer maman *Denis* et moi. Quand vous aurez voix délibérative dans la première claffe du parlement de France, faites-moi une belle et bonne cabale contre tous ces *ifs* de moines; défaites-nous de cette vermine qui ronge le royaume; donnez de grands coups d'aiguillon dans le maigre cu de l'abbé de *Chauvelin.* C'eft peu de chofe, ce n'eft pas affez d'avoir chaffé les jéfuites qui du moins inftruifaient la jeuneffe, pour conferver des fang-fues qui ne font bonnes à rien qu'à s'engraiffer de notre fang.

Nous fommes actuellement dans le climat de Naples, nous ferons au mois de décembre dans celui de Sibérie. Et vous, quand fortirez-vous de votre féjour paifible pour le féjour tumultueux, frivole et crotté de Paris la grand'ville ?

Je vous embraffe tous trois de toutes les forces de mon ame et de mes bras longs et menus.

# LETTRE CCLXXXVII.

## A M. LE COMTE D'ARGENTAL.

24 de novembre.

J'AI encore fatigué aujourd'hui mes anges, et ma lettre eft partie, adreffée à M. *Marin*, le tout après avoir dépêché depuis cinq jours trois paquets à M. le duc de *Praflin*.

Pourquoi donc, direz-vous, nous affommer encore de cette lettre, vieillard indifcret du mont Jura? pourquoi ? c'eft que j'aime bien ces vers-ci :

. . . . . . . . . . . . . .

Il eft des maux, Sulma, que nous fait la fortune.
Il en eft de plus grands dont le poifon cruel,
Par nous-même apprêté, nous porte un coup mortel.
Mais lorfque, fans fecours, à mon âge, on raffemble,

K k 3

Dans un exil affreux, tant de malheurs enfemble,
Lorfque tous leurs affauts viennent fe réunir,
Un cœur, un faible cœur, les peut-il foutenir?

Il me femble que cette leçon vaut mieux que les
autres, furtout fi la voix éclate avec attendriffement
fur *faible cœur*.

Voyez, décidez; vous fentez bien que je fuis à
bout, que je n'ai plus d'huile dans ma lampe, que je
vous ai envoyé ma dernière goutte, et que le fuccès
ou la chute de l'ouvrage font dans le fujet et non
dans les vers; que tout dépend à préfent des acteurs,
que les fituations et l'art du comédien font tout
aux premières repréfentations.

Ainfi donc, nous vous conjurons, maman et moi,
de faire jouer la pièce telle qu'elle eft; c'eft ma dernière prière, c'eft mon teftament; puis je mourrai
en riant aux anges.

# LETTRE CCLXXXVIII.

## A M. DAMILAVILLE.

1 de décembre.

MON cher ami, j'ai prié M. d'*Argental* de vous mettre dans la confidence d'un drame d'une efpèce affez nouvelle. Je ne veux rien avoir de caché pour vous. Je crois que cet ouvrage était abfolument nécef-faire pour confondre la calomnie, cette calomnie dont je vous parlais fi fouvent en vous difant, *écr...* *l'inf...*

Vous favez avec quel acharnement elle m'impute, prefque tous les mois, quelque mauvais livre bien fcandaleux que je n'ai jamais lu et que je ne lirai jamais. Les mauvais poëtes ne fachant plus comment s'y prendre pour me perdre, après m'avoir immolé à *Crébillon*, m'ont voulu immoler aux janféniftes; ils fe font avifés de faire de moi un théologien; et ils prétendent, avec l'abbé *Guyon* et l'abbé *Renoard*, que je traite continuellement la controverfe. Or certai-nement un homme qui fait une tragédie demande un homme tout entier, et le demande pour long-temps. Non-feulement je me fuis remis à faire des pièces de théâtre, mais j'en fais faire. Je m'occupe beaucoup de celle à laquelle *la Harpe* travaille actuel-lement fous mes yeux, et j'en ai de grandes efpérances. J'ai dans ma vieilleffe la confolation de former des élèves : je rends par là tout le service que je puis rendre aux belles-lettres.

Il me semble que je ne mérite pas les cruelles persécutions que j'essuie depuis si long-temps.

Mandez-moi donc à qui on attribue le petit livre savant et éloquent que vous m'avez envoyé avec une note de M. *Thiriot*. L'auteur de ce livre ne me traite pas comme les *Guyons* et les *Frérons*: je voudrais bien connaître cet honnête homme.

Savez-vous quel est le polisson qui a fait le plat ouvrage intitulé : *La justification de J. J.*, et qui prétend que *J. J.* est le seul philosophe dont la conduite soit conforme à ses principes ?

Les affaires de Genève doivent finir bientôt. Ce petit Etat devra au roi toute sa félicité, outre quatre millions cinq cents mille livres de rente dont les Génevois jouissent en France. M. le chevalier de *Beauteville* leur a donné un projet qui est la sagesse même. S'ils ne l'acceptaient pas, il faudrait qu'ils fussent plus fous et plus méchans que *J. J.*

Je vous embrasse tendrement, mon très-cher ami. Remerciez bien pour moi M. *Thiriot* de son attention, et faites quelquefois mention de moi avec *Tonpla*.

*N. B.* L'avocat de Besançon, auteur du *Commentaire sur les lois*, concernant les délits, a beaucoup augmenté son ouvrage. L'édition est entièrement épuisée. Pourriez - vous demander à M. *Marin* si on permettra dans Paris l'entrée d'une nouvelle édition conforme à ce qui a déjà été imprimé, et très-circonspecte dans ce qui sera ajouté ?

# LETTRE CCLXXXIX.

## A M. LE COMTE D'ARGENTAL.

3 de décembre.

CE drame deviendra bientôt l'habit d'*Arlequin*. J'envoie à mes anges, tous les ordinaires, de nouveaux morceaux à coudre. Je change toujours quelque chose, dès que j'ai dit que je ne changerais plus rien ; mais, après tout , c'est pour plaire à mes anges.

Cependant je crois que je suis au bout de mon rôlet, et que j'ai épuisé toutes mes ressources. Chaque animal n'a qu'un certain degré de force, et tous les efforts qu'il fait par-delà sont inutiles. Je suis épuisé, je suis à sec.

M. de *Thibouville* a mandé d'étranges choses à maman *Denis*; il dit que, si par hasard il y avait une pièce nouvelle de la façon de votre créature , la superbe *Clairon* pourrait s'abaisser jusqu'à rentrer au théâtre, et à se charger du rôle principal de la pièce ; mais ce sont des chimères dont on berce les pauvres provinciaux , les pauvres habitans des déserts de la Scythie.

Quoi qu'il en soit, je cherche toujours à prouver mon alibi ; c'est le point principal , et j'ai pour cela les plus fortes raisons.

Je n'ai point entendu *Dalainville ;* mais tous ceux qui l'ont entendu, et qui s'y connaissent parfaitement, disent qu'il est nécessaire à la comédie française. Au reste , comme il n'y a dans les Scythes aucun

perſonnage qui crie, excepté *Obéide* (dans ſes imprécations), *Molé*, s'il eſt rétabli, pourra jouer un des
deux principaux rôles.

Nous venons de la relire pour la quatrième fois,
et elle nous a fait la même impreſſion que la première.

Remarquez bien, ô anges ! que voici le cinquième
paquet de corrections. Vous devez avoir tout reçu,
ſoit par M. le duc de *Praſlin*, ſoit par M. de *Courteille*,
ſoit par M. *Marin*.

Voilà qui eſt fait, je ne me mêle plus de rien, c'eſt
à vous à prendre ſoin de mon ſalut.

Point du tout; il y a encore quelques petits coups
de pinceau à donner, quelques mots répétés à varier,
et puis maman *Denis* dit que c'eſt tout; mais qu'en
diſent mes anges ?

## LETTRE CCXC.

### AU MEME.

8 de décembre.

Vous avez bien fait de m'écrire, mes divins
anges; car vous eſquivez par là une nuée de corrections et de changemens qui étaient déjà tout prêts.
Mais, puiſque vous me mandez que rien ne preſſe,
je corrigerai plus à loiſir ce que j'ai fait ſi fort à la
hâte.

Vous avez dû vous apercevoir que j'ai deviné
plus d'une de vos critiques. J'ai prévenu auſſi la
cenſure judicieuſe que vous faites de la précipitation

d'*Obéide* à dire au cinquième acte, *je l'accepte*, dès
qu'on lui fait la propofition d'immoler fon amant.

1766.

Je m'étais un peu égayé dans les imprécations,
j'avais fait là un petit portrait de Genève pour m'amufer ; mais vous fentez bien que cette tirade n'eft pas
comme vous l'avez vue ; elle eft plus courte et plus
forte.

Mais auffi, comme mes anges laiffent à maman et à
moi notre libre arbitre, nous vous avouons que nous
condamnons, nous anathématifons votre idée de
développer dans les premiers actes la paffion d'*Obéide*.
Nous penfons que rien n'eft fi intéreffant que de vouloir
fe cacher fon amour à foi-même, dans ces circonftances délicates ; de le laiffer entrevoir par des traits
de feu qui échappent ; de combattre en effet fans
dire, je combats ; d'aimer paffionnément fans dire,
j'aime ; et que rien n'eft fi froid que de commencer
par tout avouer. Je n'ai lu la pièce à perfonne, mais
je l'ai fait lire à de très-bons acteurs qui font dans
notre confidence ; je les ai vu pleurer et frémir. Il fe
peut que l'aventure de l'ex-jéfuite ait un peu influé
fur votre jugement, et que vous ayez tremblé que
l'intérêt, qui fait le fuccès des pièces au théâtre, man-
quât dans celle-ci ; mais j'oferais bien répondre de
l'intérêt le plus grand, fi cette tragédie était bien jouée.

Vous m'avouez enfin que vous n'avez d'acteurs
que *le Kain* ; il ne faut donc point donner de pièces
nouvelles. Le fuccès des repréfentations eft toujours
dans les acteurs. On prendra dorénavant le parti de
faire imprimer fes pièces, au lieu de les faire jouer,
et le théâtre tombera abfolument. Les talens périffent
de tous côtés.

Gardez donc vos Scythes, mes divins anges, ne les montrez point; amuſez-vous de Guillaume Tell et d'un cœur en fricaſſée ; faites comme vous pourrez.

Je dois vous dire (car je ne dois rien avoir de caché pour vous) que j'ai envoyé mes Scythes à M. le duc de *Choiſeul*. J'ai été bien aiſe de lui faire ma cour et de réchauffer ſes bontés.

Daignez, je vous en conjure, vous occuper à préſent de mes pauvres *Sirven*. Vous aurez enfin cette ſemaine le factum de M. de *Beaumont*. Cette tragédie mérite toute votre bonté et toute votre protection.

Je vous demande en grâce de me mettre aux pieds de M. le duc de *Praſlin*, et de vouloir bien faire ſouvenir de moi M. le marquis de *Chauvelin* à qui j'épargne une lettre inutile, et à qui je ſuis bien tendrement attaché.

Je vous demande pardon de tout le tracas que je vous ai donné pendant quinze jours. Je ſuis au bout de vos ailes pour le reſte de ma vie.

# LETTRE CCXCI.

## A M. LE MARQUIS D'ARGENCE DE DIRAC.

8 de décembre.

JE vous renvoie, monsieur le Marquis, votre lettre à M. le comte de *Périgord*, que vous avez bien voulu me communiquer. J'en ai tiré une copie selon la permission que vous m'en donnez. Cette lettre est bien digne d'une ame aussi noble et aussi généreuse que la vôtre. Elle est simple, et c'est le seul style qui convienne à la vérité, quand on écrit à ses amis. Tous les faits que vous rapportez sont incontestables. Je ne doute pas que M. le comte de *Périgord* ne trouve fort bon que vous lui adressiez cette lettre, et que vous la rendiez publique. Pour moi, je vous avoue que je n'affecte point avec vous une fausse modestie, et que je vous ai une très-grande obligation.

Le livre du jésuite *Nonotte* vient d'être réimprimé sous le titre d'Amsterdam, mais l'édition est d'Avignon. Les partisans des prétentions ultramontaines soutiennent ce livre; mais ces prétentions ultramontaines, qui offensent nos rois et nos parlemens, n'ont pas un grand crédit chez la nation. C'est servir la religion et l'Etat que d'abandonner les systêmes jésuitiques à leurs ridicules.

Votre lettre à M. le comte de *Périgord* m'a tellement échauffé la tête et le cœur, que je vous ai répondu en vers par une ode dont voici une ſtrophe :

> Qu'il eſt beau, généreux d'Argence,
> Qu'il eſt digne de ton grand cœur
> De venger la faible innocence
> Des traits du calomniateur !
> Souvent l'amitié chancelante
> Reſſerre ſa pitié prudente,
> Son cœur glacé n'oſe s'ouvrir,
> Son zèle eſt réduit à tout craindre.
> Il eſt cent amis pour nous plaindre,
> Et pas un pour nous ſecourir.

Voici encore une ſtrophe de cette ode.

> Imitons les mœurs héroïques
> De ce miniſtre des combats,
> Qui de nos chevaliers antiques
> A le cœur, la tête et le bras,
> Qui penſe et parle avec courage,
> Qui de la fortune volage
> Dédaigne les dons paſſagers,
> Qui foule aux pieds la calomnie,
> Et qui fait mépriſer l'envie
> Comme il mépriſa les dangers.

Je crois que M. le duc de *Choiſeul* ne ſera pas mécontent de ces derniers vers. Il daigne toujours m'aimer ; il m'honore quelquefois d'un mot de ſa main.

J'aurai l'honneur de vous envoyer l'ode entière, dès qu'elle ſera miſe au net, et je la ferai imprimer à la ſuite de votre lettre. Je ſerai enchanté de joindre votre éloge à celui de M. de *Choiſeul* : cela paraîtra en même temps que le mémoire des *Sirven* dont les avocats ne manqueront pas de vous envoyer quelques exemplaires. Vous pourrez faire publier votre lettre et l'ode à Bordeaux, pendant que je la publierai à Genève. Je voudrais que vous eussiez la bonté de m'envoyer tous vos titres et ceux de M. le comte de *Périgord*, pour les placer à la tête.

J'attends vos ordres, et j'ai l'honneur d'être avec les sentimens les plus respectueux et les plus tendres, Monsieur, votre, &c. *V.*

# LETTRE CCXCII.

## A M. LE COMTE D'ARGENTAL.

10 de décembre.

JE pourrais maintenant dire à mes anges que j'ai fait à peu-près tout ce qu'ils ont ordonné, excepté leur cruelle proposition d'épuiser l'amour et l'intérêt en parlant trop tôt d'amour. Je pourrais fatiguer leurs bontés par mille petites remarques ; mais, comme il n'est point question de faire jouer la pièce, je ne les fatiguerai pas ; j'ai bien à leur parler d'autre chose, et voici sur quoi je supplie leurs ailes de trémousser beaucoup.

Je suppose que vous avez lu en son temps le factum de M. de *Sudre*, avocat de Toulouse, en faveur des *Calas*, factum aussi bon pour le fond des choses qu'aucun des mémoires de Paris. Ce M. de *Sudre* est un homme d'une probité courageuse, qui seul osa lutter contre le fanatifme, fans autre intérêt que celui de protéger l'innocence. Il fut lui-même long-temps la victime du fanatifme qu'il avait attaqué ; il fut même plufieurs années fans ofer plaider. Enfin les écailles font tombées des yeux de ces malheureux Touloufains ; ils ont élu d'une voix unanime M. de *Sudre* pour premier capitoul. On en élit trois ; le roi en nomme un entre ces trois. M. de *Sudre* a l'avantage d'avoir été propofé unanimement par la ville. Les voix ont été partagées entre fes deux concurrens ; mais il a bien un autre avantage auprès de vous, celui d'avoir foutenu la caufe de l'innocence opprimée avec une conftance intrépide. Il honorera la place que ce coquin de *David*, digne d'être le capitoul de Jérufalem , a tant déshonorée ; et fi quelqu'un peut faire abolir la proceffion annuelle de Touloufe où l'on remercie D I E U de quatre mille affaffinats , c'eft affurément M. de *Sudre*.

Voyez , mes anges , fi vous avez des amis auprès de M. le comte de *Saint-Florentin* de qui dépend cette affaire. Voyez fi M. le duc de *Praflin* et M. le duc de *Choifeul* veulent dire un mot. Vous ferez certainement ce que vous pourrez , car je vous connais.

Le tout fans préjudicier à la tragédie des *Sirven* qui va fe jouer , et qui n'attirera peut-être pas grand monde , parce que la pièce n'eft pas neuve. Pour celle des Scythes , pardieu , elle eft neuve.

Refpect et tendreffe. *V.*

LETTRE

## LETTRE CCXCIII. 1766.

### A M. LE RICHE, *à Befançon*.

A Ferney, 12 de décembre.

JE voudrais, Monfieur, avoir l'honneur de vous envoyer quelques livres pour vos étrennes. Il faut que vous ayez la bonté de me mander comment je pourrai vous les faire parvenir avec fureté. Je voudrais bien favoir auffi fi les lettres qu'on adreffe, du pays où je fuis, en Lorraine, paffent par la Franche-Comté.

Pourriez-vous encore me faire une autre grâce? Il y a dans votre ville un miférable ex-jéfuite, nommé *Nonotte*, qui, pour augmenter fa portion congrue, a fait un libelle en deux volumes. Je voudrais favoir quel cas on fait de fa perfonne et de fon libelle. On dit que le père de ce prêtre eft un boulanger ; cela eft heureux : il aura le pain azyme pour rien, et il diftribuera gratis le pain des forts. Il faut que frère *Nonotte* foit bien ingrat d'écrire contre moi dans le temps que je loge et nourris un de fes confrères; mais quand il s'agit de la fainte religion, l'ingratitude devient une vertu.

Je vous fouhaite pour l'année prochaine la ruine de la fuperftition.

Vous connaiffez, fans doute, à Dijon quelqu'un de vos confrères qui penfe fagement. Vous pourriez me rendre un grand fervice en le priant de s'informer

—— bien exactement quelle eſt la raiſon pour laquelle
les ex-jéſuites de Dijon ne voulurent point voir mon
ex-jéſuite de Ferney, quand il fit le voyage. Mon
ex-jéſuite s'appelle *Adam*. Il dit fort proprement la
meſſe ; il a marié des filles dans ma paroiſſe, avec toute
la grâce imaginable. Il avait le malheur d'être brouillé
depuis long-temps avec les jéſuites bourguignons ,
quoiqu'il aime aſſez le vin. En un mot, ni le révérend
père provincial , ni le révérend père recteur , ni le
révérend père préfet , enfin aucun ex-révérend cuiſtre
ne voulut voir mon aumônier ; et comme les jéſuites
diſent toujours la vérité, je voudrais ſavoir s'ils lui
ont refuſé le ſalut parce qu'il dit la meſſe chez moi,
ou ſi c'eſt une ancienne rancune de prêtre à prêtre.

Voyez , Monſieur , ſi vous pouvez et ſi vous
voulez vous charger de cette grande négociation.
Elle m'aura procuré au moins le plaiſir de m'entretenir avec un homme qui penſe , ce qui n'eſt pas
extrêmement commun. Je vous prie de compter ſur les
ſentimens qui m'attachent véritablement à vous, *V*.

## LETTRE CCXCIV.

### A M. LE MARQUIS DE VILLEVIEILLE.

#### 14 de décembre.

J'AI reçu votre petit billet de Valence, mon cher
Marquis , et je vous écris à tout haſard à Valence.
Je ſuis enchanté que vous vous confirmiéz de plus en
plus dans vos bons principes ; mais la maiſon du
Seigneur eſt entourée d'ennemis, et il y a des indiſcrets

dans le temple. Vous souvenez-vous d'une réponse
que je vous fis, lorsque vous étiez à Nancy ? Je fesais
vos complimens au brave confiseur qui vendait vos
dragées : vous envoyâtes ma lettre à un de vos élus
de Paris, et cet élu très-indiscret m'a damné en fesant
courir ma lettre. J'en ai reçu des reproches de la part
des préposés aux confitures, et je crois le confiseur
très-embarrassé. Tâchez que l'enfer où je suis se
tourne au moins en purgatoire; je ne crois pas en
effet avoir fait des complimens à un confiseur que je
ne connais pas. Mandez que cette lettre n'est pas de
moi, car assurément elle n'est pas de moi, et vous
ne mentirez pas. Mandez que vous vous êtes trompé;
mandez que ce n'est pas assez d'avoir l'innocence de
la colombe, et qu'il faut encore avoir la prudence
du serpent. Marchez toujours dans les voies du juste;
distribuez la parole de DIEU, le pain des forts; faites
prospérer la moisson évangélique ; recevez ma bénédiction, et vivez dans l'union des fidelles.

## LETTRE CCXCV.

### A MADAME DE SAINT-JULIEN.

15 de décembre.

CHARMANT papillon de la philosophie, de la
société et de l'amour, j'aurais été enchanté de vous
voir honorer encore ma retraite d'une de vos apparitions; vous auriez même été mon premier médecin;
car il y a environ deux mois que je ne sors guère
de mon lit.

Savez-vous bien, Madame, que j'ai des chofes très-férieufes à répondre à la lettre très-morale que vous n'avez point datée. Vous m'apprenez que, dans votre fociété, on m'attribue *le Chriftianifme dévoilé, par feu M. Boulanger;* mais je vous affure que les gens au fait ne m'attribuent point du tout cet ouvrage. J'avoue avec vous qu'il y a de la clarté, de la chaleur, et quelquefois de l'éloquence; mais il eft plein de répétitions, de négligences, de fautes contre la langue; et je ferais très-fâché de l'avoir fait, non-feulement comme académicien, mais comme philofophe, et encore plus comme citoyen.

Il eft entièrement oppofé à mes principes. Ce livre conduit à l'athéifme que je détefte. J'ai toujours regardé l'athéifme comme le plus grand égarement de la raifon, parce qu'il eft auffi ridicule de dire que l'arrangement du monde ne prouve pas un artifan fuprême, qu'il ferait impertinent de dire qu'une horloge ne prouve pas un horloger.

Je ne réprouve pas moins ce livre comme citoyen; l'auteur paraît trop ennemi des puiffances. Des hommes qui penferaient comme lui ne formeraient qu'une anarchie; et je vois trop, par l'exemple de Genève, combien l'anarchie eft à craindre.

Ma coutume eft d'écrire fur la marge de mes livres ce que je penfe d'eux; vous verrez, quand vous daignerez venir à Ferney, les marges du *Chriftianifme dévoilé* chargées de remarques qui montrent que l'auteur s'eft trompé fur les faits les plus effentiels.

Il eft affez douloureux pour moi, Madame, que la malignité et la légéreté des papillons de votre pays, qui n'ont ni votre efprit ni vos grâces, m'imputent

continuellement des ouvrages capables de perdre
ceux qu'on en foupçonne.

Quant à M. le maréchal de *Richelieu*, je me doutais
bien qu'il n'aurait pas le temps de parler à M. le
comte de *Saint-Florentin* de la famille infortunée qui a
excité votre compaffion : il allait partir pour Bordeaux. Votre jolie ame en a fait affez. Cette famille
obtient, par vos bontés, une penfion fur fon propre
bien dont on lui arrache le fonds pour avoir donné,
il y a vingt-fix ans, à fouper à un fot prêtre hérétique.
Quand j'aurai quelque grâce à implorer pour des malheureux, je demanderai votre protection, Madame,
auprès de M. le duc de *Choifeul*. Je l'ai importuné
quelquefois de mes indifcrètes requêtes, et il a
toujours daigné de m'accorder ce que j'ai pris la
liberté de lui demander. Je craindrais bien de fatiguer fes bontés, fi je ne favais par vous-même quel
eft l'excès de fa générofité.

Venez à Ferney, Madame; nous chanterons fes
louanges et les vôtres, pour le prologue de l'opéra
de Pandore; et vous ferez ma *Pandore*, mais vous
n'ouvrirez point la boîte.

Agréez, Madame, le refpect et l'attachement du
vieux folitaire *V.*

LETTRE CCXCVI.

## A M. DAMILAVILLE.

15 de décembre.

J'AI reçu à la fois, mon cher ami, vos lettres du 6 et du 8 de décembre. Il y a de la deftinée en tout : la vôtre eft de faire du bien, et même de réparer le mal que la négligence des autres a pu caufer. Il eft très-certain que, fi M. de *Beaumont* n'avait pas abandonné pendant dix-huit mois la caufe des *Sirven* qu'il avait entreprife, nous ne ferions pas aujourd'hui dans la peine où nous fommes. Il ne lui fallait que quinze jours de travail pour achever fon mémoire; il me l'avait promis. Ce mémoire lui aurait fait autant d'honneur que celui de M. de *la Luzerne* lui a caufé de défagrément. Ce fut dans l'efpérance de voir paraître inceffamment le factum des *Sirven* que l'on compofa l'Avis au public (*). C'eft cet Avis au public qui a valu aux *Sirven* les deux cents cinquante ducats que vous avez entre les mains, les cent écus du roi de Pruffe, et quelques autres petits préfens qui aideront cette famille infortunée. J'ai empêché, autant que je l'ai pu, que le petit Avis entrât en France, et furtout à Paris; mais plufieurs voyageurs y en ont apporté des exemplaires : ainfi ce qui nous a fervi d'un côté, nous a extrêmement nui de l'autre.

Voilà le trifte effet de la négligence de M. de

(*) Politique et Légiflation, tome II, page 266.

*Beaumont.* Je vous prie de, lui bien expofer le fait, 1766. et furtout de lui dire, aínfi qu'aux autres avocats, que s'il y a dans ce petit imprimé quelques traits contre la fuperftition de Touloufe, il n'y a rien contre la religion. L'auteur, tout proteftant qu'il eft, ne s'eft moqué que des reliques ridicules portées en proceffion par les vifigoths; il n'a dit que tout ce que les gens fenfés difent dans notre communion. Si ce petit ouvrage, fait pour les princes d'Allemagne, et non pour les bourgeois de Paris, révolte quelques avocats, ou fi plutôt il leur fournit un prétexte de ne point figner la confultation de M. de *Beaumont*, c'eft affurément un très-grand malheur. Il n'y a que vous qui puiffiez le réparer en leur fefant entendre raifon, et les fefant rougir du dégoût qu'ils donnent à leurs confrères. Vous mettrez le comble à toutes vos bonnes actions, en fuivant avec chaleur cette affaire qui fans vous échouerait entièrement. Ce dernier trait de votre vertu courageufe m'attache à vous plus que jamais.

Adieu, mon cher ami; il ne refte que la place de vous dire à quel point je vous chéris.

LETTRE CCXCVII.

## AU MEME.

17 de décembre.

Mon cher ami, l'affaire des *Sirven* m'empêche de dormir. Il ferait bien affreux que les retardemens de M. de *Beaumont* euffent détruit nos plus juftes efpérances. S'il y a des avocats qui faffent les difficiles, il faut en trouver qui faffent leur devoir en les bien payant. Il ne fera pas difficile d'en avoir trois ou quatre qui fignent; cela nous fuffira. Tout ce que demandent les *Sirven*, c'eft l'impreffion du mémoire; ils veulent encore plus gagner leur caufe devant le public que devant le confeil. Si nous pouvons obtenir une évocation, à la bonne heure; finon, nous aurons du moins pour nous l'éloquence et la vérité, et ce qu'on aurait payé en procédures fera tout au profit d'une famille infortunée.

Les affaires de Genève fe brouillent terriblement. J'ai peur que ces diffentions n'aient une fin funefte. Cela retarde la petite affaire de votre ami M. de *Lamberta* (*). On ne peut rien faire dans tous ces mouvemens; prefque toutes les boutiques font fermées, et les bourfes auffi. Donnez cependant à M. de *Lamberta* les cent écus dont vous ferez rembourfé; j'en répondrai toujours.

L'abbé *Coyer* jure que ce n'eft pas lui qui eft l'auteur de la lettre au docteur *Panfophe*. On en foupçonne beaucoup un M. de *Bordes* de l'académie de Lyon, qui

(*) D'*Alembert*.

1766.

a déjà donné une ode fous mon nom, pendant la dernière guerre. On ferait une bibliothéque des livres que
l'on m'impute. Tous les réfugiés errans qui font de
mauvais livres, les vendent fous mon nom à des
libraires crédules. Les *Frérons* et les *Pompignans* ne
manquent pas de m'imputer ces rapfodies qui font
quelquefois très-dangereufes. On me répond que c'eft
l'état du métier ; fi cela eft, le métier eft fort trifte.

Perfonne n'a encore ma tragédie ; M. d'*Argental*
n'en pofsède que des fragmens informes ; elle eft
intitulée les Scythes. C'eft une oppofition continuelle
des mœurs d'un peuple libre aux mœurs des courti-
fans. Madame *Denis* et tous ceux qui l'ont lue ont
pleuré et frémi. Je l'ai envoyée à M. le duc de *Choifeul*
qui me mande qu'elle vaut mieux que Tancrède. J'ai
déjà compofé une préface dans laquelle j'ai faifi une
occafion bien naturelle de faire l'éloge de M. *Diderot :*
cela m'a foulagé le cœur.

Je vous embraffe mille fois.

# LETTRE CCXCVIII.

## A M. LE COMTE D'ARGENTAL.

19 de décembre.

M ES divins anges, je ne veux point vous accabler
des pièces qu'il faut coudre aux habits perfans et
fcythes. Cette occupation deviendrait infupportable ;
le mieux eft d'achever le tableau dont vous avez
l'efquiffe, et de vous l'envoyer dans fon cadre.

Comme je fuis très-jeune et que j'ai les paffions fort vives , j'ai envoyé cette fantaifie à M. le duc de *Choifeul* , avant d'y avoir mis la dernière main ; cependant il en a été fi content qu'il ne balance point à la mettre au-deffus de Tancrède.

Vous m'avouerez qu'en qualité de riverain fuiffe, je devais cet hommage à mon colonel. Je craignais beaucoup que *Guillaume Tell* ne fût précifément mon *Indatire*. Il était fi naturel d'oppofer les mœurs champêtres aux mœurs de la cour , que je ne conçois pas comment l'auteur de Guillaume a pu manquer cette idée. Je m'attendais auffi à voir mon *Sozame* dans le *Bélifaire* de *Marmontel* ; on me mande qu'il n'en eft rien. Qu'eft donc devenue l'imagination ? eft - ce qu'il n'y en a plus en France ?

Mandez-moi , je vous en prie , fi la pomme de M. *le Mière* réuffit autant dans le monde que celle de *Pâris*, et celle de madame *Eve*.

Vous difiez autrefois que je ne répondais point catégoriquement aux lettres. Vous avez pris mes défauts, et vous ne m'avez pas donné vos bonnes qualités ; c'eft vous qui ne répondez point, car vous ne me dites feulement pas fi M. le duc de *Praflin* a reçu le Commentaire que je lui ai envoyé par monfieur *Janel* , et vous ne riez point affez de voir en quelles mains le premier envoi était tombé. On l'a lu, on en a été content , et on n'a pas voulu le rendre , en dépit du droit des gens.

Avez-vous lu Eudocie ou Eudoxie de M. de *Chabanon*? en êtes-vous fatisfaits .? Vous aurez une bonne tragédie de *la Harpe*, ou je fuis bien trompé. Je corromps, tant que je peux, la jeuneffe pour le fervice du tripot.

Le tripot de Genève va fort mal; les médiateurs n'ont point réuffi dans leur entreprife ; ils font très-fâchés, ils menacent ; tout cela tournera mal. Je crois que vous avez fort mal fait de ne point venir ; vous auriez tout concilié, et la comédie qui ne vaut pas le diable aurait été au moins paffable.

Je vous demande en grâce, quand vous ferez jouer *Zulime* à mademoifelle *Durancy*, de la lui faire jouer comme je l'ai faite, et non pas comme mademoifelle *Clairon* l'a jouée. Ce mot de *Zulime*, avec un cri douloureux, *ô mon père! j'en fuis indigne*, fait un effet prodigieux. La manière dont les comédiens de Paris jouent cette fcène, eft de *Brioché*.

Je meurs fans vous haïr... Ramire fois heureux
Aux dépens de ma vie, aux dépens de mes feux.

Comment ces malheureux ignorent-ils affez leur langue pour ne pas favoir que cette répétition, *aux dépens*, fait attendre encore quelque chofe ; que c'eft une fufpenfion, que la phrafe n'eft pas finie, et que cette terminaifon, *aux dépens de mes feux*, eft de la dernière platitude ? Il n'y a pas jufqu'aux acteurs de province qui ne s'en aperçoivent. Mademoifelle *Clairon* avait juré de gâter la fin de Tancrède. J'ai mille grâces à vous rendre d'avoir fait reftituer, par mademoifelle *Durancy*, ce que mademoifelle *Clairon* avait tronqué. Un miférable libraire de Paris, nommé *Duchefne*, a imprimé mes pièces de la façon déteftable dont les comédiens les jouent ; il a fait tout ce qu'il a pu pour me déshonorer et pour me rendre ridicule. De quel droit ce faquin a-t-il obtenu un privilége du roi pour corrompre ce qui m'appartient , et pour me couvrir de honte? Je vous avoue que cela m'eft fenfible. Je me fuis précautionné contre les plus violentes perfécutions , et j'ai de quoi les braver; mais je n'ai point de remède contre l'opprobre et le ridicule dont les comédiens et les libraires me couvrent. J'avoue cette fenfibilité ; un artifte qui ne l'aurait pas ferait un pauvre homme.

Je ne fais plus ce que devient l'affaire des *Sirven* ; je crois que les lenteurs de *Beaumont* l'ont fait échouer. C'eft bien pis que l'inepte infolence des comédiens et des libraires. C'eft-là ce qui me défefpère ; j'ai la tête dans un fac.

Les affaires de Genève ne laiffent pas de m'embarraffer. J'y ai une grande partie de mon bien; toutes les caiffes font fermées. Je ne fais comment j'ai fait, moi pauvre diable , pour avoir une maifon beaucoup plus groffe que celle de monfieur l'ambaffadeur. Il fe trouve qu'à Tourney et à Ferney je nourris cent cinquante perfonnes ; on ne foutient pas cela avec des vers alexandrins et des banqueroutes.

Pardonnez-moi de mettre à vos pieds mes petites peines ; c'eft ma confolation.

Refpect et tendreffe.

## LETTRE CCXCIX.

## A M. DAMILAVILLE.

19 de décembre.

Dites, je vous prie, mon cher ami, à M. de *Beaumont*, que j'ai reçu de M. de *Chardon* une lettre charmante dans laquelle il prend fort à cœur l'affaire concernant Canon, et celle des *Sirven*.

A l'égard des *Sirven*, j'ai pris mon parti. J'ai trouvé le public le premier des juges, et les suffrages de l'Europe me suffisent. Tant de difficultés me rebutent; et pour peu qu'on en fasse encore, que M. de *Beaumont* m'envoye son mémoire, je ne veux pas autre chose; je le ferai imprimer; les *Sirven* gagneront leur cause dans l'esprit des honnêtes gens; c'est à eux seuls que je veux plaire dans tous les genres.

Pour vous prouver que c'est aux honnêtes gens seuls que je veux plaire, je vous envoie une scène de la tragédie des Scythes. Montrez cela à *Platon* et à vos amis, et mandez-moi ce que vous en pensez. Il me semble qu'une tragédie dans ce goût a du moins le mérite de la nouveauté. Ce n'est pas la peine d'être imitateur; il faut se taire en tout genre quand on n'a rien de nouveau à dire. Donnez, je vous en prie, une copie à *Thiriot*; cela nourrira sa correspondance.

Je cultiverai, mon cher ami, les belles-lettres jusqu'au dernier moment de ma vie, malgré tout le mal qu'elles m'ont fait. Je sais que, dès qu'on a donné un ouvrage passable, la canaille de la littérature jette les

1766.

hauts cris ; elle ne peut rien contre l'ouvrage, mais elle calomnie l'auteur. S'il réuffit, on ne manque pas de l'appeler déifte, ou athée, ou même encyclopédifte ; s'il paraît un mauvais livre, on ne manque pas de l'en accufer ; et il en paraît tous les jours. L'impofture frappe à toutes les portes. Tantôt le vinaigrier *Chaumeix* convulfionnaire crucifié, tantôt l'abbé d'*Eftrées* auteur de l'*Année merveilleufe*, et affocié de *Fréron*, tantôt un ex-jéfuite, crient au fcandale jufqu'à ce qu'ils aient perfuadé quelque pédant accrédité ; et quelquefois la perfécution fuit de près la calomnie. On a beau faire du bien, on aurait beau même en faire à ces malheu-reux, ils n'en chercheraient pas moins à vous oppri-mer. Il faut combattre toute fa vie, et finir par s'enfuir, fi les méchans l'emportent.

Adieu, mon cher ami. Que j'avais bien raifon de vous dire autrefois à la fin de mes lettres, en parlant de la calomnie, *écrafons l'infame !* mais il eft plus aifé de le dire que de le faire.

# LETTRE CCC.

## A M. CHARDON.

A Ferney, 20 de décembre.

Vraiment, Monfieur, vous ne fauriez mieux placer vos bienfaits, et furtout en fait de colonie. J'en ai fondé une dans le plus bel endroit de la terre pour l'afpect, et dans le plus abominable pour la

rigueur des faifons, dans un baffin d'environ cinquante lieues de tour, entouré de montagnes éternellement couvertes de neige par le quarante-fixième
degré ; de forte que je me crois en Calabre l'été, et en
Sibérie l'hiver. Je n'ai trouvé, en arrivant, que des
terres incultes, de la pauvreté et des écrouelles. J'ai
défriché les terres, j'ai bâti des maifons, j'ai chaffé
l'indigence ; j'ai vû en peu d'années mon petit territoire peuplé de trois fois plus d'habitans qu'il n'en
avait, fans avoir eu pourtant l'agrément de contribuer par moi-même à cette population.

Vous m'inftruirez, Monfieur, et vous me forti-
fierez dans mon entreprife d'embellir des déferts et
de rendre l'horreur agréable. J'attends avec impatience le mémoire dont vous voulez bien m'honorer.
Vous pouvez m'envoyer votre mémoire fous le contre-
feing de M. le duc de *Choifeul.* Lorfque je le fuppliai
de vous demander pour rapporteur à monfieur le
vice-chancelier, dans l'affaire des *Sirven,* il me répondit
qu'il était votre ami, et il eft bien digne de l'être.
Je ne connais point d'ame plus noble et plus géné-
reufe, et jamais miniftre n'a eu tant d'efprit. Il dit
que vous étiez intendant dans une île où il n'y avait
que des ferpens ; ma colonie à moi eft environnée de
loups, de renards et d'ours : on a prefque par-tout
affaire à des animaux nuifibles.

Si nous fommes affez heureux, Monfieur, pour
que vous rapportiez l'affaire des *Sirven,* c'eft un
fujet digne de votre éloquence, et je ne doute pas
que cette affaire d'éclat ne vous faffe beaucoup d'honneur ; mais vous y êtes tout accoutumé. M. de *Beaumont*
me mande qu'il y a des préliminaires difficiles. Si on

ne peut lever ces obſtacles, j'aurai eu du moins la conſolation d'être honoré de vos lettres, et de connaître votre extrême mérite. J'ai l'honneur d'être avec bien du reſpect, Monſieur, votre, &c. *Voltaire.*

# L E T T R E  C C C I.

## A  M.  M A R M O N T E L.

### 20 de décembre.

Mon cher confrère, j'avais déjà répondu au reproche de madame *Geoffrin* de n'avoir rien dit du billet du roi de Pologne. Je lui ai mandé que le ſtyle de ce monarque ne m'étonnait point du tout. Je connais trois têtes couronnées du Nord qui feraient honneur à notre académie, l'impératrice de Ruſſie, le roi de Pologne et le roi de Pruſſe. Voilà trois philoſophes ſur le trône, et cependant il y a encore peu de philoſophie dans leurs climats : elle y pénètre pourtant. L'impératrice de Ruſſie dit que ce n'eſt qu'une aurore boréale, et moi je penſe que cette nouvelle lumière ſera permanente. On ſe plaint qu'il y en a trop en France. Je ne vois pas quel mal peut jamais faire la raiſon. On n'a jamais juſqu'à préſent eſſayé d'elle ; il faut du moins faire cette tentative, et on verra ſi elle eſt ſi nuiſible. Non, mon cher confrère, la raiſon n'eſt pas ſi méchante qu'on le dit ; ce ſont ſes ennemis qui ſont méchans.

J'aurai donc *Béliſaire* pour mes étrennes. C'eſt-là où je trouverai la philoſophie qui me plaît ; c'eſt-là

que

que tout le monde trouvera à s'amuſer et à s'inſtruire. ——
Je vous ſouhaite d'avance une bonne année. Préſen- **1766.**
tez mes hommages et ma reconnaiſſance à madame
*Geoffrin;* ce qu'elle a fait pour les *Sirven* eſt digne
d'une ſouveraine. Je ne la connais que par de belles
actions. Elle fut la première à ſouſcrire en faveur de
mademoiſelle *Corneille* dont le père lui avait fait un
procès ſi impertinent ; elle ne s'en vengea que par
des bienfaits. En vérité , voilà de ces choſes qu'il
faut que la poſtérité ſache.

Mettez-moi bien à ſes pieds.

Quand aurons-nous donc le diſcours de M. *Thomas?*
On dit qu'il lira un premier chant de la *Petréiade* qui
eſt admirable. L'année 1767 ne commencera pas mal
pour la littérature. Soyez-en le ſoutien avec M.*Thomas.*
J'applaudis de loin à vos ſuccès qui me ſont bien
chers et qui me conſolent.

Madame *Denis* vous fait les plus ſincères complimens.

*N. B.* Ce n'eſt point l'abbé *Coyer* qui a fait la
lettre au docteur *Panſophe*, c'eſt M. de *Bordes*, académicien de Lyon, qui s'était déjà moqué plus d'une
fois du charlatan de Genève.

Adieu, mon cher confrère. *V.*

## LETTRE CCCII.

### A M. LE COMTE D'ARGENTAL.

22 de décembre.

Je fouhaite à mes anges la bonne année, c'eft-à-dire, quatre ou cinq bonnes pièces nouvelles, quatre ou cinq bons acteurs, et de plus tous les plaifirs poffibles.

J'ai reçu le paquet dont vous m'honorez, du 13 de décembre. Voilà, je crois, la première fois qu'un pauvre auteur a été d'accord en tout avec fes critiques. Tout fera comme vous le défirez. Les trois quarts, au moins, de vos ordres font prévenus, et vous ferez ponctuellement obéis fur le refte ; mais les affaires de Genève ne laiffent pas de m'embarraffer. La ceffation de prefque tout le commerce qui ne fe fait plus que par des contrebandiers, la cherté horrible des vivres, le redoublement des gardes des fermes, la multiplication des gueux, les banqueroutes qui fe préparent ; tout cela n'eft point du tout poëtique : on ne vivait point ainfi en Scythie.

Je ne crois point du tout qu'on fe batte, mais je crois qu'on fouffrira beaucoup. Si on fe battait, ce ferait bien pis ; on pourrait bien mettre alors le feu à la ville, et alors toutes les dettes font payées.

Je penfe encore (entre nous) qu'on aurait pu prévenir tout ce tracas ; mais, quand les chofes font faites, ce n'eft pas la peine de dire ce qu'on aurait pu faire.

Les délais de *Beaumont*, les maudites et plates affaires dont il a été chargé fi long-temps, nous ont été très-funeftes : cependant fon mémoire eft figné de dix avocats ; on l'imprime enfin ; mais on craint le parlement de Touloufe, et je ne vois pas pourquoi on le craint. On ne veut donner le mémoire qu'aux juges ; on n'ofe pas le donner au public dont pourtant la voix dirige les juges dans des affaires fi criantes. Il me femble qu'il faut avoir pour foi la clameur publique. Voyez ce qu'a produit le cri de la nation dans l'affaire des *Calas*. Mais enfin je ne fuis pas fur les lieux, et je m'en rapporte à ceux qui voient les chofes de plus près. Je me flatte que vous aurez un exemplaire du mémoire en même temps que monfieur le vice-chancelier. M. le duc de *Choifeul* nous a promis de nous faire donner M. de *Chardon* pour rapporteur.

Vous l'en ferez fouvenir, mes divins anges.

Refpect et tendreffe.

## LETTRE CCCIII.

## A M. DAMILAVILLE.

### 22 de décembre.

Mon cher ami, l'autre *Sémiramis* ne valait pas celle-ci ; le *Ninus* n'était qu'un vilain ivrogne. J'admire fa veuve, je l'aime à la folie. Les Scythes deviennent nos maîtres en tout : voilà pourtant ce que fait la philofophie. Des pédans chez nous pourfuivent les fages, et des princeffes philofophes

1766.

accablent de biens ceux que nos cuiſtres voudraient brûler.

Que M. de *Beaumont* faſſe comme il voudra, mais je veux avoir ſon mémoire, je veux donner aux *Sirven* la conſolation de le lire. Songez bien, encore une fois, que, ſi nous n'avons pas le bonheur d'obtenir l'évocation, nous aurons pour nous le cri de l'Europe, qui eſt le plus beau de tous les arrêts. Je compte toujours que M. de *Chardon* fera le rapporteur. Pour moi, ſi j'étais juge, je condamnerais le bailli de Mazamet à faire amende honorable, à nourrir et à ſervir les *Sirven* le reſte de ſa vie.

Je doute fort que le roi permette la convocation des pairs au parlement de Paris. Ou je me trompe fort, ou il en fait beaucoup plus qu'eux tous : il apaiſe toutes les noiſes en temporiſant.

Genève eſt un peu plus difficile à mener que notre nation, mais à la fin on en vient à bout.

J'embraſſe tendrement le favori de *ma Catherine*. Je vais écrire à *ma Catherine*, et lui dire tout ce que je penſe d'elle. Mandez-moi des nouvelles de la pomme de *Guillaume Tell* : vous êtes normand, vous devez vous intéreſſer aux pommes.

Oh, comme je vous embraſſe !

Je vous prie, mon cher ami, de m'envoyer une lettre de change ſur Lyon, de cinquante louis, dont voici la quittance. L'affaire de *Lamberta* traîne un peu en longueur ; mais elle ſe fera, malgré le dérangement où l'on eſt.

## LETTRE CCCIV.

## A M. DE CHABANON.

A Ferney, 22 de décembre.

IL y a long-temps que j'aurais dû vous remercier, mon cher confrère, d'avoir fait votre tragédie. Vous savez combien j'aime à corrompre la jeuneffe, et combien j'adore les talens. M. de *la Harpe* travaille chez moi dix heures par jour, et moi, vieux fou, j'en ai fait tout autant. La rage des tragédies m'a repris comme à vous; mais, de par *Melpoméne*, gardons-nous bien de les faire jouer. Figurez-vous que Zaïre fut huée dès le fecond acte, que Sémiramis tomba tout net, qu'Orefte fut à peu-près fifflé, que la même Adélaïde du Guefclin, redemandée par le public, avait été confpuée par cet aimable public; que Tancrède fut d'abord fort mal reçu, &c. &c. &c.

Je conclus donc, et je conclus bien, qu'il faut faire imprimer fa drogue; enfuite les comédiens donnent notre orviétan fur leur échafaud, s'ils le veulent ou s'ils peuvent; et notre pauvre honneur eft en fureté: car remarquez bien qu'ils ne repréfenteront jamais une pièce imprimée que quand le public leur dira : Jouez donc cela, il y a du bon dans cela, cela vous vaudra de l'argent. Alors ils vous jouent, ils vous défigurent; mademoifelle *Duménil* court à bride abattue, une autre dit des vers comme on lit la gazette, un autre mugit, un autre fait les beaux bras, et la pièce va au diable; et alors le public qui

M m 3

1766.

est toujours juste, comme vous savez, avertit, en sifflant, qu'il siffle messieurs les acteurs et mesdemoiselles les actrices, et non pas le pauvre diable d'auteur.

Ce parti me paraît prodigieusement sage, et d'une très-fine politique. Faites imprimer votre Eudoxie ou Eudocie, quand nous en ferons tous deux contens; et alors je vous réponds que les comédiens même ne pourront la faire tomber.

Je vous souhaite d'ailleurs, pour l'année 1767, une maîtresse potelée, tendre, pleine d'esprit, et pourtant fidelle. Jouez du flageolet pour elle, et du violon pour vous. Cultivez les beaux arts, jouissez de la vie. Vous êtes fait pour être une des créatures les plus heureuses, comme vous êtes des plus aimables. Maman et moi, et *Cornélie-chiffon*, et tous ceux qui ont eu l'honneur de vous voir, vous font leurs plus tendres complimens. *V.*

*Fin du Tome huitième.*

# TABLE ALPHABETIQUE

## DES LETTRES

CONTENUES DANS CE VOLUME.

### A.

Mm 4

## B.

## C.

## D.

DAMILAVILLE. (M.)

## S.

## T.

## V.

*Fin de la Table du tome huitième.*

VOLTAIRE

59

CORRESPONDANCE

GÉNÉRALE

TOME XVIII

www.ingramcontent.com/pod-product-compliance
Lightning Source LLC
Chambersburg PA
CBHW070346030726
47504CB00001B/88